MISS M. E. BRADDON

LADY LISLE

TRADUIT DE L'ANGLAIS

PAR

CHARLES BERNARD DEROSNE

AVEC L'AUTORISATION DE L'AUTEUR

PARIS

LIBRAIRIE L. HACHETTE ET Cie

1863

LADY LISLE

1258

V 2.

195-13

ROMANS DE MISS M. E. BRADDON

TRADUITS PAR M. CHARLES BERNARD DEROSNE

ET EN VENTE CHEZ LES MÊMES ÉDITEURS

(à 3 francs le volume)

AURORA FLOYD. 2 volumes.
LE SECRET DE LADY AUDLEY. 2 volumes.
LA TRACE DU SERPENT. 2 volumes.
LE CAPITAINE DU VAUTOUR. 1 volume.
L'INTENDANT RALPH. 1 volume.

Sous presse :

LE TRIOMPHE D'ELEANOR. 2 volumes.
LE TESTAMENT DE JOHN MARCHMONT. 2 volumes.

Paris. — Imprimerie de Ch. Lahure, rue de Fleurus, 9.

MISS M. E. BRADDON

LADY LISLE

TRADUIT DE L'ANGLAIS

PAR

CHARLES-BERNARD DEROSNE

AVEC L'AUTORISATION DE L'AUTEUR

PARIS

LIBRAIRIE DE L. HACHETTE ET Cie

BOULEVARD SAINT-GERMAIN, N° 77

1863

1913

LADY LISLE.

CHAPITRE I.

APRÈS HUIT ANS.

Un coucher de soleil d'automne dorait les sombres massifs de genêts et les franges tremblotantes des bruyères qui couronnaient le sommet d'un coteau du comté de Sussex.

Au loin se mêlaient à la voix étouffée et plaintive du vent de septembre les lamentations de l'Océan lointain. Sur un étroit sentier bordant cette hauteur, allait et venait une femme vêtue d'habits de deuil, qui ne cessait de regarder l'horizon en feu et la ligne empourprée de la mer. Un enfant âgé de sept ans environ courait parmi les buissons, s'arrêtant çà et là pour cueillir les fleurs jaunes que cinq minutes après il foulait aux pieds.

Au bas de la montagne, la fumée de deux ou trois

1

chaumières rompait seule l'extrême solitude de ce
paysage aride; mais sur la route tortueuse qui cei-
gnait le flanc du coteau, un petit phaéton, attelé de
deux impatients chevaux isabelle, attendait les personnes qu'il avait amenées. Cette voiture était là
depuis près d'une heure, et le groom était las d'aller, de venir, et d'écouter le bruit que faisaient les
perdrix en volant, et la détonation du fusil de
quelque chasseur, qui retentissait au loin dans la
plaine.

« Quand rentreras-tu, maman? dit l'enfant en
courant se placer à côté de sa mère.

— Bientôt.

—Je suis si fatigué....

— Mon Rupert.... »

En disant ces mots, elle mit sa main caressante
sur l'épaule de l'enfant, mais ne détourna pas son
regard du côté où le soleil disparaissait derrière la
sombre ligne de la mer lointaine.

« Mon enfant, le docteur Parsons dit qu'il te faut
de l'exercice; c'est pour cela que je t'ai amené ici...
Cours.... cours, mon chéri.

— Je déteste courir. Viens avec moi, maman,
jouons aux chevaux. »

La dame soupira profondément, et, serrant davantage son châle autour de sa taille, elle se mit en
mesure de céder à la prière de son enfant. C'était
une femme mince, de haute taille, et qui paraissait très-délicate. Sa beauté était éblouissante; ses
grands yeux, d'un bleu clair et d'une nuance charmante, manquaient peut-être un peu d'expression;

un nez fin et petit, une bouche qui ne dénotait pas une bien grande force de caractère, et de longs cheveux flottants du blond le plus pâle complétaient l'ensemble de sa physionomie. Elle eût fait une poupée magnifique, mais ce n'était pas une très-belle femme. Elle serra encore son châle, en noua les deux bouts derrière sa taille, les donna à tenir à son fils, puis elle se mit à courir en montant et en descendant sur le bord de la montagne. L'enfant l'excitait d'une voix faible et criarde.

C'est ce qu'il appelait jouer aux chevaux.

Elle courait très-lentement, mais assez vite pour contenter son fils; bientôt pourtant, la respiration lui manquant, elle s'arrêta brusquement, tenant ses deux petites mains gantées sur son cœur qui battait avec violence. L'enfant continuait à tirer sur la frange du châle.

Sur le sentier, exactement en face d'elle, se tenait un homme qu'elle n'avait pas vu depuis huit ans. Les derniers rayons du soleil éclairaient son visage pâle et olivâtre, la dernière lueur mourante de l'astre se reflétait dans ses yeux bruns, et sa grande ombre s'étendait, étrange et gigantesque, sur la colline qui était derrière lui.

« Le capitaine Walsingham! » s'écria-t-elle avec un léger frémissement de terreur dans la voix, qui n'était ni un soupir, ni un cri.

« Lady Lisle! » dit l'autre en soulevant son chapeau.

Le vent de septembre effleura les mèches de ses cheveux noirs et les chassa de son front bas. Il était

beau, mais sa sombre beauté avait un caractère
particulier : ses traits étaient lourds mais parfaitement dessinés, son teint olivâtre, et ses yeux bruns
semblaient noirs comme la nuit, tant ils étaient om-
bragés par leurs cils épais. Il était grand, large de
poitrine, et assez fort. Il portait à la main une canne
sur la pomme d'or de laquelle il s'appuyait. Il ne
parut pas surpris de cette rencontre, et ses manières ne dénotèrent qu'une faible animation. Après
un moment de silence, il dit :

« J'ai lu dans un journal qu'il était mort. »

Elle jeta sur lui des yeux surpris et embarrassés,
et murmura :

« Je vous croyais dans l'Inde.

— Oui, mais j'ai lu sa mort dans un journal. Je
buvais de la bière dans un club de Calcutta avec
plusieurs camarades qui jouaient au billard : quelqu'un me mit dans la main un journal anglais. Je
lisais rarement les journaux, mais je lus celui-là, et
je vis entre autres décès celui de sir Reginald Lisle,
baronnet, de Lislevood-Park, dans le comté de Sussex, âgé de vingt-neuf ans. Le *Dalhousie* mettait à la
voile le lendemain, et je partis.

— Alors vous m'ai....

— Je vous aime toujours.... je vous aime plus
que jamais. »

Il prit dans la sienne la petite main gantée de lady
Lisle, et la pressa doucement sur ses lèvres. L'enfant tirait avec force le châle de sa mère, et
criait :

« Qui est ce monsieur, maman, et pourquoi embrasse-t-il ta main ?... Pourquoi t'aime-t-il ?... Ce n'est pas mon pauvre papa. »

Le capitaine Walsingham posa sa main sur la tête de l'enfant, et, tournant son visage pâle et maladif du côté de la lumière mourante, il le regarda avec attention et dit :

« Vous ressemblez à votre maman de visage et de caractère, sir Rupert Lisle, et vous et moi serons bons amis. Je jouerai aux chevaux avec vous.

— Alors je vous aimerai bien, dit l'enfant.

— Vous avez été étonnée de me voir, lady Lisle ?... Cependant quoi de plus naturel ? J'ai lu la mort de sir Reginald dans un journal, le lendemain je suis parti pour l'Angleterre. Arrivé à Douvres, je me suis assuré que vous habitiez toujours Lislevood ; j'y suis venu tout droit sans même aller à Londres. En arrivant à la maison, on m'a dit que vous étiez sortie dans la voiture aux poneys, et je suis venu vous trouver ici.

— Pourquoi ici ? demanda-t-elle.

— Vous ne devinez pas ?... parce que c'est sur ce coteau que nous nous sommes séparés en septembre, il y a huit ans, et parce que je pensais que vous viendriez quelquefois revoir cet endroit.

— Vous viendrez demeurer au château avec nous.

— Non, je descendrai au *Lion d'or* à Lislevood, et je traverserai chaque jour le parc. Si j'habitais votre maison, on ne manquerait pas de jaser sur votre compte.

— Vous avez raison. »

Elle avait si rarement pensé par elle-même et

avait été si accoutumée à agir d'après les opinions
des autres que les idées les plus simples et les plus
évidentes ne semblaient jamais lui venir spontané-
ment.

« J'ai vu votre voiture là-bas sur la route, et j'ai
reconnu la livrée de Lisle. Voulez-vous me ramener
avec vous?

— Oui; si vous voulez venir, nous dînons à sept
heures; il est plus que cela, je pense, mais je me
fais souvent attendre, on y est habitué. Venez, Rupert. »

Elle prit l'enfant par la main, et tous trois descendirent le coteau. Le capitaine Walsingham marchait à leurs côtés.

« Vous me dites que vous êtes contente de me
voir, dit-il, après un moment de silence, en frappant avec le bout de sa canne la bruyère pendant qu'il parlait, et cependant vous n'avez pas l'air
joyeux.

— Vous m'avez tant fait peur! Vous auriez dû
m'écrire pour m'annoncer votre arrivée. Je ne suis
pas très-forte.

— Non, dit-il avec un singulier sourire, qui était
presque dédaigneux; vous n'avez jamais été forte,
ni pour résister, ni pour souffrir. Pardonnez-moi,
lady Lisle; le ciel seul sait si ce défaut est dans votre
âme ou dans votre constitution. Je me demande
quelquefois si vous avez une âme.

— Vous êtes toujours aussi cruel, Arthur, » dit-
elle.

Et ses grands yeux bleus se remplirent de larmes.

« Envoyez votre fils à la voiture, et promenons-nous ensemble pendant cinq minutes. »

Elle obéit aussitôt, et le jeune enfant rejoignit en courant le phaéton, et grimpa à côté du groom.

« Claribel, dit le soldat avec passion, savez-vous que pendant des années passées au loin, dans l'Inde, je me suis souvent agenouillé et j'ai prié Dieu de nous réserver cette rencontre de ce soir? C'était une prière impie, n'est-ce pas? car elle demandait la mort d'un homme qui ne m'avait jamais fait de mal, et cependant elle m'a été accordée, peut-être, hélas! pour mon malheur. C'était la prière d'un homme passionné, fou, aveugle, désespéré; c'était la prière d'un païen. Combien de fois me suis-je écrié : « Que je la retrouve mendiant dans la rue, gisant misérable et malade sur un lit d'hôpital, abandonnée et méprisée par tous sur cette terre, pourvu que je la retrouve, n'importe où et n'importe comment, aussi vrai que la lumière est au ciel, j'en ferai ma femme. » Il y a des années de cela, et pendant huit années j'ai fait cette prière; elle a été exaucée, et me voici.

— Sir Reginald a été bien bon pour moi, dit-elle en réponse à ce discours, et j'ai essayé de faire mon devoir envers lui.

— Oh! oui, Claribel, je le pense et je le crois. Vous avez fait aussi votre devoir envers votre tante et envers vos tuteurs en foulant aux pieds mon cœur il y a huit ans, et en me manquant de parole pour épouser sir Reginald Lisle.

— Ils m'ont tant tourmentée.... Ils m'ont dit des choses si cruelles....

— Oui, ils vous ont dit que j'étais amoureux de votre fortune, n'est-ce pas? Ils vous ont dit que le pauvre officier indien, sans fortune, ne recherchait la fille orpheline du riche négociant que pour les millions que lui avait laissés son père. Voilà ce qu'ils disaient, et vous, vous qui me connaissiez, vous qui saviez mon amour, vous les avez crus, Claribel.

— J'avais peur de m'en rapporter à mon seul jugement.

— Oui, lady Lisle, cela a été la grande faute de votre vie. »

Il saisit ses poignets délicats dans ses deux vigoureuses mains, et la tenant à quelque distance en face de lui, il la regarda avec amour.

« Grands dieux! reprit-il, comment un homme peut-il échafauder tout l'espoir de sa vie sur un roseau aussi faible et aussi digne de pitié! Qui peut s'étonner que le naufrage ait eu lieu? Ma pauvre Claribel, si belle, si fragile, mais sans âme, on pourrait aussi bien compter sur la force de ces jacinthes des prés que sur votre constance et votre foi.

— Vous êtes bien cruel, Arthur.

— Trouvez-vous? Vous souvient-il de septembre, il y a huit ans? Qui fut cruel, alors, Claribel? Nous sommes à l'endroit même où nous étions ce soir-là. Oh! comme la douleur et le souvenir de cette scène d'autrefois reviennent envahir mon cœur!... Comme ces tortures reparaissent plus cruelles pour torturer mon âme brisée!... Chaque nuit, pendant des années, j'ai rêvé de ce coteau et des moindres détails de notre triste séparation. J'ai entendu le froissement de votre robe de soie, lorsque le vent la secouait sur les buissons. J'ai senti le léger toucher de votre petite main sur mon bras. J'ai vu vos larmes. Je me suis rappelé vos paroles déchirantes et désespérées, qui n'étaient pas moins douloureuses pour vous que pour moi. Je vous ai serrée sur ma poitrine comme dans la dernière étreinte de notre séparation, et je me suis souvent réveillé dans la jungle pour regarder les étoiles à travers la toile de ma tente et écouter au loin les hurlements des chacals affamés.

— J'ai beaucoup souffert.... j'ai souffert autant que vous, dit-elle d'une voix entrecoupée.

— Non, Claribel, c'est une erreur commune de penser qu'une femme souffre de semblables peines ; elle souffre, mais elle souffre chez elle, et la douleur même a souvent dans son intensité une influence favorable sur elle, qui en fait une femme meilleure. Pour l'homme, c'est tout différent. Il voit ses espérances ruinées et le but de sa vie manqué, et, tournant le dos au désastre, il va dans le monde chercher des distractions. Je ne vous dirai pas, lady Lisle, quelle large signification a ce mot : distraction ; je veux seulement vous dire qu'il y a huit ans, j'étais digne de vous, tandis qu'aujourd'hui, je ne le suis plus.

— Vous ne m'aimiez pas, alors? demanda-t-elle.

— Si, Claribel, si ; mon cœur n'a jamais eu la

force d'en aimer une autre. J'ai vu des femmes plus belles et plus dignes d'être aimées ; mais, dans ma folie et pour mon malheur, je n'ai pu vous oublier ni cesser de vous adorer. Je vous maudissais pour votre fausseté, je vous méprisais à cause de votre abandon, et pendant huit années de chagrin, de fatigue et de désespoir, je me suis toujours souvenu que je vous aimais. Dites, ne méritais-je pas quelque récompense ? Vous êtes votre seule maîtresse aujourd'hui ; votre tante, qui avait sur vous une influence si grande, est morte depuis longtemps. Vos tuteurs n'ont plus aucune autorité sur vous, Claribel ; je vous demande, maintenant que vous êtes libre, et à l'endroit même où, il y a huit ans, vous m'avez laissé désespéré, me traînant à cette place : voulez-vous être fidèle aux serments de votre jeunesse ? »

Elle garda le silence pendant quelques instants, et essuyant les larmes qui n'avaient cessé de couler pendant cette entrevue, elle dit à voix basse :

« Oui, Arthur, si cela peut vous rendre heureux. »

Elle prononça ces paroles plutôt sous une impression de crainte que par un élan naturel. Arthur l'entoura de ses bras, et, l'attirant à lui, il la baisa au front, puis il la conduisit en silence jusqu'à la voiture.

« Maman, maman ! s'écria l'enfant de sa voix tremblante pendant qu'ils approchaient, j'ai cru que tu ne viendrais jamais. J'ai si faim, et il fait presque nuit ; et puis Brooks est fatigué de me conter des histoires.

— Parce que vous les avez déjà entendues toutes plusieurs fois, sir Rupert, dit le groom en portant la main à son chapeau.

— Ainsi, Brooks vous raconte des histoires, sir Rupert, dit le capitaine en riant : Jack le tueur de géants, sans doute, et le Petit Poucet. Je crois que je trouverai bien quelque conte de l'Inde à vous raconter.

— Je vous aime beaucoup, et je voudrais bien que vous fussiez mon nouveau papa.

— Montez, sir Rupert, dit Brooks, il est près de huit heures, et votre maman va vous ramener à la maison. »

Le léger phaéton partit sur une route en pente, et, une demi-heure plus tard, il franchissait la grille de Lislewood-Park, une des résidences les plus consirables et les plus belles du comté de Sussex.

Le petit baronnet était enchanté de sa nouvelle connaissance, et il retint le capitaine jusqu'à neuf heures, occupé à lui inventer et à lui raconter des histoires; mais à cette heure une grave gouvernante parut sur la porte du salon, et, non sans une difficulté extrême, persuada à sir Rupert de regagner avec elle son appartement.

« Vous gâtez votre fils, Claribel, dit le capitaine quand l'enfant fut sorti.

— Comment pourrais-je faire autrement? Il est tout ce que j'ai eu à aimer.

— Il est très-gentil, mais il n'a pas l'air fort.

— Non, il n'est pas robuste. C'est une des raisons qui font que je lui laisse faire à peu près tout ce

qu'il veut. Les médecins prétendent qu'il ne faut
pas le contrarier ; c'est un enfant si nerveux!

— Est-il intelligent? demanda le capitaine.

— Mais non, je ne crois pas qu'il soit positivement intelligent, dit lady Lisle en hésitant beaucoup ;
il est très en retard pour ses études. M. Maysome,
le ministre, vient tous les matins du village et lui
donne une leçon qui dure environ deux heures ; je
crains qu'il ne le trouve un peu paresseux.

— S'en plaint-il ?

— Oui, quelquefois, dit lady Lisle d'un ton
pensif.

— Peu importe, Claribel : il sera riche, et n'a pas
besoin d'être savant. C'est à nous, pauvres diables
destinés à lutter en ce monde, qu'il faut de l'intelligence. »

Le capitaine dit ces mots avec un sourire plein
d'amertume, et, se levant, il s'approcha de la cheminée. Alors, s'appuyant sur le marbre, il baissa
les yeux sur la flamme. La lumière du foyer, éclai-
rant fantastiquement son visage bruni, révéla la
tristesse de ses grands yeux noirs et les lignes sé-
vères de sa belle bouche abritée sous une moustache que caressait sans cesse sa puissante main.
Lady Lisle, assise de l'autre côté de la cheminée,
près d'une petite table chargée d'une lampe à abat-
jour, fixait sur lui des regards étonnés.

« Vous êtes changé, capitaine, » dit-elle après un
instant.

Il ne répondit pas immédiatement, mais il leva
les épaules, et continua à pousser du bout de son

pied un morceau de charbon sur les barres des chenets en bronze. Bientôt il dit :

« Vous trouvez ?... Je suis changé !... très-changé !... Est-ce bien étonnant, après avoir mené huit ans la vie que l'on mène dans l'Inde? Après avoir bu huit ans du *pale ale* et de l'eau-de-vie.... après huit ans de billard, de dés, d'écarté, de jeux de hasard de toutes sortes, de cricket, de courses, de chasses au sanglier et au tigre, de querelles et d'intrigues amoureuses, de batailles, d'emprunts et de dépenses! Bah! lady Lisle, je pense que je ferai bien de ne pas achever ce catalogue, il pourrait ne pas être de votre goût.

— Arthur, dit Claribel Lisle en roulant avec distraction ses longues boucles blondes autour de ses doigts blancs, savez-vous que vous êtes devenu tout à fait ours !

— Ours ! (Il eut un petit rire moqueur.) Ah! c'est tout le changement que vous trouvez, après huit années de séparation. Mes manières ne sont pas aussi polies ; ma voix est devenue plus rude; je dis des choses impertinentes, et je ris tout haut au nez des gens. Je suis nerveux et j'ai un mauvais caractère, c'est-à-dire que je ne fais pas semblant d'en avoir un bon, comme feraient des gens bien élevés; je dîne en paletot et en gilet de couleur, et je me présente chez une dame, qui m'a manqué de parole il y a huit ans et que je n'ai pas vue depuis cette époque, à six heures de l'après-midi. Ne la trouvant pas chez elle, je la poursuis dans sa promenade, je l'accoste dans un chemin solitaire, et je lui demande de m'épouser avant que l'année de son veuvage soit expirée. En un mot, lady Lisle, pour me servir de votre expression, je suis devenu ours, vous avez raison. »

Comme il finissait de parler, il se regarda dans la glace placée au-dessus de la cheminée, et, passant une main dans ses abondants cheveux noirs, il les rejeta vivement en arrière, et se contempla pendant quelques moments avec un sourire plein de pensées. Lady Lisle l'examina avec une expression d'embarras marquée, mais elle ne dit rien. Son influence sur elle était évidemment énorme, et il y avait toujours une espèce de crainte dans sa manière d'être avec lui, crainte qui semblait prendre sa source dans la conscience de sa force à lui et dans celle de sa propre faiblesse.

« Lady Lisle, vous ne me trouvez plus ce que j'étais au mois de septembre il y a huit ans? Et si je vous disais que je ne suis plus le même homme que j'étais alors!

— Arthur!

— Voyez mon visage dans la glace; venez ici, Claribel, à côté de moi, et examinons-le ensemble. Il n'y a pas là de bien grands changements. Deux ou trois rides à peine visibles sous les yeux, quelques lignes dures vers la bouche, et la teinte bronzée du soleil indien. Grands dieux! que le visage reflète peu le cœur, et quel visage flétri, cicatrisé, vieilli serait le mien s'il portait les traces de tous les orages que j'ai éprouvés intérieurement! Voyez pourtant quel masque beau et utile il sait prendre, et comment la grande énigme, l'homme, peut se cacher derrière lui!

— Arthur, je déteste vous entendre parler ainsi.

— Oui, c'est le langage d'un ours, n'est-ce pas? Je devrais être à vos pieds, vous raconter la jolie historiette à l'eau de rose de mes huit années dans l'Inde : comment, pour l'amour de vous, je n'ai jamais goûté d'ale double; comment, pour vous, je me suis tenu à distance des dés et des cartes; et comment j'ai fui la société des femmes pour rêver au souvenir de votre beau visage. Cela serait bien, n'est-ce pas? Claribel, je ne vous dirai rien de tout cela. Je suis un ours, comme vous le dites, et je vais vous dire la vérité. Écoutez-moi donc. Je vous hais autant que je vous aime, mon cœur est déchiré par ces deux passions, et je sais à peine laquelle des deux m'a ramené ce soir à vos pieds. Par votre manque de foi, vous avez commis un meurtre il y a huit ans, et c'est le spectre de sir Arthur Walsingham, que vous avez tué alors, qui est à vos côtés en ce moment. A cause de vous et de votre trahison, j'ai été joueur, ivrogne et débauché. Votre souvenir me poursuivait à toute heure de la vie, et pour échapper à cette torture cruelle, j'ai cherché à le noyer dans le vin, le jeu et l'orgie. Voilà ce que je dois vous dire, lady Lisle, si je dois vous dire quelque chose.

— Arthur, mon cœur se brise à vous entendre parler ainsi, dit-elle comme il se détournait et cachait sa tête dans ses mains. Arthur, j'ai promis de faire tout ce qui serait en mon pouvoir pour vous dédommager du passé. J'ai promis, n'est-ce pas? répéta-t-elle en essayant de lui relever la tête avec ses mignonnes mains.

— Oui, oui, vous êtes bonne, Claribel, et vous avez promis d'être ma femme, enfin. Oh ! ma bien-aimée, mon tyran, ma chère et cruelle Claribel!... Que ce douloureux passé, je vous en prie, soit à jamais oublié, et qu'aucune suite de cette sombre page ne retombe sur cette tête charmante. »

Il attira ses boucles ravissantes sur son épaule, et la regarda d'un œil à la fois tendre et triste, et plein de compassion.

« Claribel, vous avez promis de m'épouser, reprit-il, vous repentez-vous d'avoir fait ce serment téméraire? Est-ce la terreur qui vous a amenée à céder à ma prière? Souvenez-vous, m bien-aimée, qu'il n'est pas trop tard ; dites un mot, et ce soir je quitte cette maison, et dans deux jours je serai en route pour l'Inde. Un mot, Claribel, et vous serez débarrassée de moi pour toujours. »

Elle leva ses yeux pleins de larmes, et, mettant ses petits doigts dans sa large main, elle dit d'une voix faible et entrecoupée de soupirs :

« Jamais.... jamais je n'ai aimé que vous.... J'ai été bien coupable le jour où je vous ai manqué de parole pour épouser sir Reginald Lisle ; mais j'étais trop faible pour résister à l'autorité de mes parents. Combien de fois le soir, du vivant de mon mari, suis-je restée en face de lui à ce même foyer, pensant à vous, jusqu'à ce que cette chambre et le visage de mon mari disparussent. Je vous voyais lessé sur quelque champ de bataille, ou endormi dans quelque forêt sinistre, seul, abandonné, malade, mourant ; mais, Dieu merci ! vous êtes sain et sauf, vous m'êtes revenu, vous m'aimez encore.

— Encore et pour toujours. Je vous dis que c'est ma folie, Claribel. Vous m'épouserez donc, qu'il en advienne ce qu'à Dieu plaira, de bien ou de mal ?

— Oui !... »

Elle tremblait en levant les yeux sur son visage sombre, et d'une voix craintive elle répéta lentement les derniers mots qu'il avait prononcés :

« ....De bien ou de mal. »

CHAPITRE II.

COUP D'ŒIL RÉTROSPECTIF.

Les dignes paroissiens de Lislewood, dans le comté de Sussex, pouvaient parfaitement se souvenir qu'un certain capitaine Walsingham, appartenant au service de la Compagnie des Indes orientales, était venu au village rendre visite à sir Reginald huit années auparavant. Ils pouvaient se souvenir de son visage plein de fraîcheur, de ses manières gracieuses et de sa tournure militaire, du bruit de

ses éperons quand il arpentait le rude pavé de la
longue rue du village, du sifflement de sa cravache
qu'il balançait sans gêne dans sa main, et du brillant de sa fière moustache noire — le capitaine servait dans un régiment de cavalerie; — son sourire
amical pour les petits enfants lorsqu'ils s'approchaient de lui pour admirer le bel officier, sa voix
cordiale quand il s'arrêtait devant le *Lion d'or* pour
voir entrer la diligence de Londres, ou quand il
flânait chez le maréchal ou chez le vétérinaire pour
demander ce qui blessait au paturon son cheval de
chasse *Dragon*, n'étaient pas oubliés.

« C'est un galant et noble gentleman, de beau visage, au cœur généreux, et au franc-parler, » pen-
saient les habitants de Lislewood.

Ils se souvenaient aussi comment il était tombé
follement, désespérément, stupidement amoureux
de miss Claribel Merton, héritière, orpheline d'un
riche négociant des Grandes-Indes, demeurant à
Lislewood, sous la tutelle de sa tante, vieille fille,
sœur de l'ex-recteur de la paroisse. Ils se rappelaient cette amourette, parce que le capitaine Arthur Walsingham, qui n'était en aucune façon le
plus discret des hommes, avait eu au moins vingt
confidents, et avait menacé un grand nombre de
fois de se brûler la cervelle ou de se noyer si on
n'acceptait pas son amour. Martin, son domestique,
— excellente créature — avait dit à la servante du
Lion d'or qu'il avait caché les pistolets de son maître,
et qu'il regrettait seulement de ne pouvoir en faire
autant de la rivière. Le capitaine Walsingham s'é-

tait montré bruyant, mauvaise tête, et indiscret
dans son amour pour la belle héritière aux blonds
cheveux, aux manières enfantines et pleines de langueur. Le capitaine avait juré, menacé et protesté,
lorsqu'on l'avait accusé de la rechercher pour sa
fortune, et il avait prié qu'on la lui donnât sans un
sou, et qu'on dotât un hôpital avec les millions du
vieux Merton. Tout Lislewood avait su cette petite
histoire d'amour, tout Lislewood s'y était vivement
intéressé, et tout Lislewood en avait pleuré. Chaque
rendez-vous secret, dans les vastes plaines ou sur
les grands coteaux abrupts qui encaissent le petit
village, était connu et commenté. Chaque soir qu'il
passait devant le jardin de la tante, pour voir la
faible lueur de la veilleuse à travers les jalousies
de la fenêtre; chaque lettre passée en fraude par
les femmes de chambre; la guinée que le capitaine
avait prié le forgeron de couper en deux, et dont
les amants s'étaient partagé les fragments; les terribles scènes entre l'amoureux et la tutrice de la
jeune miss : — toutes ces choses étaient ouvertement discutées aux thés de Lislewood, discutées par
les jeunes femmes qui trouvaient le beau capitaine
beaucoup trop bon pour cette « niaise et sotte créature, » c'est avec ce peu d'égards qu'elles dési-
gnaient miss Merton; par les vieilles femmes qui
affirmaient positivement qu'il n'en voulait qu'à son
argent; par les jeunes gens qui révéraient le soldat
indien et avaient foi en lui; par les célibataires à
tête grise, qui le traitaient de fou à cause de sa passion bruyante et indiscrète. Tout le monde enfin

brodait sur les prétentions d'Arthur Walsingham et pesait ses mérites.

Je crois que la seule personne qui demeurât réellement tranquille dans cette affaire était la jeune héroïne de ce drame sentimental. Claribel Merton ne fit pas d'aveux et ne choisit pas de confidents. Jamais on n'apprit qu'elle eût fait une scène ou qu'elle se fût évanouie aux pieds de son inexorable tutrice, ou bien qu'elle eût été surprise en flagrant délit de réponse aux brûlantes épîtres de son amant. Il y avait des rendez-vous, il est vrai, sur des coteaux retirés ; mais on les supposait être, pour ce qui la concernait du moins, tout à fait accidentels. Le capitaine avait rôdé autour de la maison, et l'avait suivie en la voyant sortir seule. En un mot, on parlait rarement d'elle dans toute cette affaire. Belle et pâle, avec de longues boucles blondes, brillantes, qui formaient une auréole d'or autour de sa tête gracieuse et penchée, elle affrontait les regards de tout Lislewood, tous les dimanches matin, dans l'église du village, et personne ne vit jamais son visage passer du rouge au pâle ou du pâle au rouge, sous le regard brûlant d'Arthur Walsingham, qui rongeait la reliure de son livre de prières aux places non-réservées. Il avait beau rester, pendant tout le temps qu'on chantait les Psaumes, assis le coude appuyé sur la barre de bois qui était devant lui, en regardant fièrement Claribel, l'air hagard, l'œil creux et vitreux, et sans être rasé ; il avait beau se précipiter dehors au milieu du sermon du ministre, en faisant craquer ses bottes et

résonner ses éperons sur les dalles du saint édifice;
il avait beau déranger chacun des membres de la
congrégation; il avait beau, en faisant tout ce fracas, attirer l'attention des enfants de charité, au
point que les jeunes personnes prononçaient par
mégarde le mot « de misérable Walsingham » dans
les répons des Litanies; quoi qu'il fît, il ne pouvait
pas arriver à troubler le calme de la jeune miss.
Quand le sermon était terminé, que la bénédiction
avait été donnée, que l'organiste avait joué un des
trois morceaux de son répertoire, et que l'assemblée se retirait lentement, miss Merton prenait le
petit sentier du cimetière, passait devant le capitaine assis sur un tombeau, d'où il regardait d'un
air désespéré son ombrelle. Si, par hasard, sa robe
de soie le touchait, ce qui le faisait trembler de tous
ses membres, elle ne s'en apercevait même pas, et
ni la surprise, ni l'émotion, ni l'embarras, ni l'ennui, ni l'amour, ni la commisération, n'étaient visibles dans ses yeux bleus si calmes.

« Vous me croyez fou, parce que je suis fou d'une
poupée de cire? s'écria le capitaine à Lislewood-
Park, un soir qu'il avait bu plus que de coutume,
et que le baronnet et ses autres camarades l'avaient
plaisanté sur sa passion ridicule. Je sais aussi bien
que vous que c'est une fièvre d'écolier, mais cela
importe peu, si j'en meurs. »

Mais si miss Claribel Merton avait, ainsi que le
déclaraient ses ennemis, bien des rapports avec les
jolies images aux yeux bleus et aux cheveux blonds
qu'on trouve chez les marchands de jouets, elle n'en

était pas moins une héritière et une fort charmante femme; et, que ce fût pour cette raison ou à cause du bruit causé par le furieux empressement du capitaine, je ne pourrais le dire, toujours est-il que six semaines après l'arrivée de l'officier indien à Lislewood, elle devint à la mode; et eût-elle été laide comme les sept péchés capitaux, elle eût pu épouser le plus bel homme de la paroisse, et pauvre comme Job épouser le plus riche. Elle aurait pu être bête à faire plaisir, et ignorante au delà de toute supposition; elle aurait pu être rousse, ou même bossue, étant à la mode, elle aurait été courtisée, suivie, flattée, admirée, poursuivie et recherchée de tous. Elle avait été tout d'un coup marquée de ce sceau merveilleux, et des gens qui ne se souciaient pas d'elle le moins du monde se mouraient du désir de l'épouser : ce n'était pas elle qu'ils voulaient, mais sa célébrité. Ils avaient bien soin de s'accrocher à sa réputation et d'en partager l'éclat et le bruit. Elle était aussi à la mode au village de Lislewood que l'est à Londres l'homme qui vient d'écrire un roman sur les classes laborieuses ou celui qui vient d'être jugé pour avoir commis un meurtre. C'était une rage, et deux mois après l'arrivée du capitaine, sir Reginald Lislewood, — qui n'avait jamais rien désiré, que pour le plaisir de l'enlever à un autre, — lui offrit sa main, et, après un court délai, grâce à l'instigation de sa tante, il fut accepté. C'est alors qu'eut lieu une scène terrible sur le sommet du coteau appelé Beecher's-Ride. Ce fut alors que le capitaine n'ar-

rivant pas au château à l'heure du dîner, on avait
envoyé Martin, son valet, à sa recherche, et que celui-ci s'étant instinctivement dirigé vers le coteau,
avait trouvé son maître étendu sur l'herbe mouil-
lée, dans l'ombre, et plongé dans une sorte de torpeur. C'est alors que le soldat avait voulu se battre
avec son hôte, sir Reginald, et qu'il y avait eu une
dispute effroyable entre le prétendu repoussé et le
prétendu accepté; dispute qui n'avait eu d'autre résultat que le départ du capitaine, lequel avait quitté
le château de son rival en souhaitant à son ennemi
qu'il pût être heureux avec son insensible fiancée;
puis, galopant comme un fou par les rues du village, il s'était rendu à India-House, où il avait prié
qu'on l'envoyât quelque part où les ennemis de son
pays auraient assez de commisération pour le tuer.

A Lislewood, on se demandait si, après tout ce
qui était arrivé, Claribel Merton était fâchée
d'avoir consenti à repousser cet amoureux écer-
velé. Comme de coutume, on ne put rien lire sur
son visage. C'était, en tout temps, un visage qui ne
révélait pas ses secrets : parfait de lignes, mais
indéchiffrable, énigmatique, et presque sans expression. Elle avait épousé sir Reginald sans l'aimer, aussi passivement qu'elle avait pris des leçons
de musique sans avoir d'oreille, et des leçons de
dessin sans avoir la moindre disposition pour la
forme et les lignes. Tout ce qu'on lui disait de faire,
elle le faisait. Elle aurait épousé le capitaine sur son
ordre, étant tout à fait incapable de résister à l'influence d'un esprit plus fort que le sien, si elle n'eût

été arrêtée par la contre-influence de sa tante, qui, par la force d'une longue habitude, était encore plus puissante que lui. Elle était entièrement à la merci de ceux qui la dirigeaient et la conseillaient. Elle voyait avec leurs yeux, pensait avec leurs pensées, et parlait en employant leurs expressions usuelles. Le capitaine pouvait être aussi franc que le jour dans son amour et dans sa loyauté; mais s'il leur plaisait de le traiter de fourbe, elle aussi finissait par douter de lui. Elle lui disait cent mots cruels avec sa voix basse et douce, qui n'étaient que la simple répétition des phrases débitées par sa tante. Sans gouvernail, sans ancre, elle était à la merci de tous les vents. Après deux ou trois jours de persécution, elle consentit à refuser le capitaine et à épouser le baronnet; et avant que le vaisseau qui emportait le capitaine et les troupes placées sous ses ordres eût touché Malte en se rendant aux Indes, les enfants du village parsemaient de fleurs le sentier que devaient suivre sir Reginald et lady Lisle.

Huit années s'étaient écoulées depuis la brillante matinée d'octobre où Claribel Merton avait donné sa main au jeune baronnet, et avant leur expiration, sir Reginald Malvin Bernard Lisle avait pris part à une autre cérémonie dans la même église de village. Cette fois ce fut une part bien tranquille, car les restes mortels du jeune homme reposaient dans un cercueil recouvert de drap, orné de ses armes en argent, de ses initiales en relief, sous le volumineux velours du lourd poêle que portaient les meilleurs gentlemen de Lislewood. Il y avait

une plaque de marbre et de porphyre toute neuve
sous les statues rongées par les vers du chevalier
Marmaduke Lisle, honoré serviteur de sa gracieuse
majesté Élisabeth, et de Martha, sa femme, agenouillés en face l'un de l'autre, séparés par un cous-
sin en marbre. Cette nouvelle plaque indiquait que
Reginald Malvin Bernard, fils d'Oscar, dernier baronnet, était enterré sous cette voûte, auprès de
l'autel où reposaient les cendres de ses nobles aïeux.
Sir Reginald était mort d'un affaiblissement précoce, qui avait fatalement frappé la maison de Lisle.
Depuis trois générations, les chefs de la famille
étaient morts avant d'avoir atteint leur trentième
année, ne laissant que des fils uniques pour hériter
de leur titre et de leurs biens ; de sorte que s'il était
arrivé à sir Reginald de mourir sans enfants, un
parent très-éloigné, amateur de musique et de peinture, résidant à Naples, aurait succédé à la baronnie ;
mais sir Reginald, comme son père et son grand-
père avaient fait avant lui, laissait un fils unique,
enfant âgé de six ans, pâle et délicat, qui ressemblait à sa mère, au physique et au moral ; comme
elle doux et sans volonté, comme elle privé de brillantes qualités et de force de caractère. Sir Reginald
et lady Lisle n'avaient pas été des époux malheureux. Sir Reginald était amateur de sport, de chevaux, de chiens, de tir, de courses, enfin de tous les
amusements si chers aux gentlemen qui ont beaucoup d'argent à dépenser et peu de choses à faire.
Il avait une ferme et faisait l'essai de nouveaux sys-
tèmes de culture qui lui coûtaient énormément,

2

sans jamais lui donner le moindre résultat; mais
cela l'amusait, et il menait sa jeune femme à travers les terres labourées et les prairies, par la
pluie ou le soleil, pour voir ses expériences agri-
coles, sans qu'elle fît la moindre opposition. Quelquefois il faisait courir, et tout Lislewood s'animait
par la présence des chevaux de course et des garçons d'écurie; mais il devait se fatiguer de ce plaisir comme de toutes choses, et un beau matin, *tout
l'estimable matériel de course, propriété de sir Reginald
Lisle, y compris* Claribel, *le vainqueur des courses de
Lislewood*, etc., etc., se virent annoncés et mis en
vente dans les colonnes de *Bell's Life*. Avec le temps,
tout le fatiguait, tout l'ennuyait, et il semblait qu'il
finît par dépérir, parce qu'il ne trouvait plus rien à
entreprendre. Claribel était douce et d'humeur facile, sinon affectueuse. Elle l'accompagnait, quand
il lui plaisait de voyager; elle buvait des eaux nau-
séabondes à Spa, s'il lui demandait d'en boire; elle
parcourait avec lui les galeries de peinture de Flan-
dre et d'Italie, ne connaissant rien ni aux unes ni
aux autres, prenant un Titien pour un Téniers ou
un Salvator Rosa pour un Rubens. S'il lui avait demandé de gravir le Mont-Blanc, elle eût entrepris
bravement l'ascension jusqu'au sommet, bien qu'elle
dût y mourir. Ce n'était pas une vertu que cette
obéissance tacite, que ce consentement souriant;
c'était plutôt l'indolence d'un tempérament lym-
phatique; tout lui coûtait moins que la résistance.
Elle l'écoutait, quand il parlait; elle lui lisait à
haute voix, pendant les soirées d'été, les descrip-

tions des boxes et des combats dans le *Bell's Life*,
bien qu'elle ne comprît pas un seul mot de ce jar-
gon spécial. Elle prenait place dans son phaéton
traîné par ses poneys, pour aller à quelque course
du comté, quoiqu'elle ne reconnût point le vainqueur en le voyant, et qu'elle se souvînt à peine des
noms des chevaux de son carnet. Quand il tomba
malade, elle le soigna avec tendresse et patience;
s'il était emporté, elle supportait ses emporte-
ments; s'il était abattu, elle faisait de son mieux
pour le consoler; et, quand il mourut, elle éprouva
du chagrin à sa manière. Elle quitta Lislewood immédiatement après les funérailles, et alla se cacher
dans une ville d'eaux, sur les côtes de Sussex, avec
son jeune fils et sa femme de chambre. Sa grande
et luxueuse maison l'effrayait, avec ses splendides
chambres où la mort était entrée si récemment;
elle tremblait à la vue des sombres allées du parc.
Sa tante était morte un peu après son mariage; elle
n'avait pas de parents, et très-peu d'amis : à peine
avait-elle au monde une seule créature à laquelle
elle pût donner ce nom. Cependant elle aimait passionnément son fils, et elle se dévoua entièrement
à lui. Pensait-elle au beau capitaine, maintenant
qu'elle était libre? Cela put lui arriver quelquefois,
et il se peut même qu'une partie de sa douleur vînt
de songer combien elle avait blessé et torturé ce
noble cœur, huit années auparavant. Elle ignorait
s'il était mort ou vivant, et elle n'avait aucun moyen
de se renseigner. Sir Reginald n'avait jamais prononcé le nom de son ami après la querelle qui les

avait séparés. Elle n'osait pas penser à lui ; cela lui
eût semblé d'une mauvaise femme et d'une créature sans cœur, pendant que la plaque était encore
toute neuve à l'église de Lislewood, et que les initiales de son cercueil étaient à peine ternies dans le
caveau sous l'autel. Elle partit avec son fils et sa
femme de chambre, elle fit voir à l'enfant les grandes
et sombres cathédrales qu'elle avait visitées avec
son père. Elle le conduisit à Anvers, à Cologne, à
Bruxelles, à Munich, et après six mois de voyage
d'une ville à l'autre, elle revint à Lislewood. Le
lendemain de son arrivée elle revit Arthur Walsingham à l'endroit même où elle l'avait quitté huit
ans auparavant.

CHAPITRE III.

LE NOUVEAU MAÎTRE DE LISLEWOOD-PARK.

Six mois se sont écoulés depuis le retour de l'officier indien, et un furieux vent de mars fait plier les
branches des chênes dans les magnifiques allées de
Lislewood-Park. C'est un noble et vaste domaine
que cet héritage seigneurial de Lislewood. Au loin,
sur les coteaux de Sussex, s'étendent les vastes terres
dont le jeune baronnet est propriétaire. Derrière

les sinuosités arides et nues qui couronnent la vaste plaine, il y a bien des maisons aisées et des fermes considérables dans lesquelles le loyer est mis de côté après la rentrée des foins ou des moissons, la tonte des moutons ou le grillage des porcs pour payer le semestre dû à sir Rupert Lisle, baronnet. Vous pouvez courir pendant des milles à travers les sentiers couverts de la campagne, et les grandes routes plates et blanches ; à travers les bois de sapin bas et rabougris ; à travers de petits villages si bien abrités, qu'en les regardant du haut des collines, on y plonge comme dans un puits. Tout cela lui appartient. Demandez, n'importe où, quel est le propriétaire de ce chemin ombragé de noisetiers et de roses sauvages, de cette plaine fertile qu'on aperçoit derrière les haies de la route, ou de ce petit amas de cottages entremêlés ; demandez-le n'importe à qui ; on vous répondra immanquablement : « C'est à sir Rupert Lisle. » Si vous vous arrêtez pour vous rafraîchir à quelque auberge du village, vous n'avez qu'à lever les yeux sur l'enseigne rustique qui se balance sous le soleil d'été pour lire : *Aux Armes de Lisle,* ou : *A la couronne du Baronnet,* ou : *A Sir Rupert Lisle.* Si en flânant, vous regardez le fermier qui dirige ou aide ses travailleurs au sommet d'une meule de foin ou à la porte de sa grange, l'homme que vous regardez est sans aucun doute un des tenanciers de sir Rupert. Le nom de Lisle est aussi vieux dans le comté que la bataille d'Hastings elle-même, car à cette terrible bataille, Oscar, seigneur de Lisle, avait commandé une compagnie de braves arbalétriers contre les forces du Saxon Harold. Les parchemins et les titres du petit baronnet de sept ans auraient couvert la plus longue avenue de Lislewood-Park, si on les avait déroulés dans toute leur longueur. L'église de Lislewood était remplie des trophées et des monuments de cette ancienne race; des bannières prises à Crécy, à Harfleur et à Flodden pendaient en loques sur les portraits des chevaliers et des soldats dont les cendres reposaient sous les dalles du chœur.

Dans la sacristie actuelle de l'église, qui a été autrefois la chapelle de la famille de Lisle, le ré-.vérend ministre accroche son surplis à des monuments dont les sculptures sont d'une valeur inappréciable. Vous pouvez regarder partout dans la vieille église ; le nom de Lisle frappera vos yeux — en latin tronqué sur les murs couverts d'inscriptions — en lettres d'or terni sous l'orgue offert par le grand'père du baronnet actuel, — en vieux caractères au-dessus du porche où une fois par semaine on fait des distributions de pains aux pauvres de Lislewood, par suite d'un legs du sixième baronnet.

Il était étrange, après avoir contemplé ces vivants souvenirs de cet ancien nom, après avoir vu ces preuves matérielles de la grandeur et de la richesse de la maison de Lisle, de rentrer à Lislewood-Park, et de trouver le seul possesseur de ces propriétés si vastes et si importantes jouer machinalement dans le jardin, le visage pâle, maladif, dans une attitude pleine de langueur et d'indécision. Le capitaine des arbalétriers normands, le puis-

sant oppresseur des Saxons, le vainqueur de Crécy
et de Flodden, les nobles royalistes qui avaient com-
battu sous Rupert du Rhin, les braves gentilshommes
qui avaient vaincu le superbe fils de Lucy Waters à
Marston-Moor; — tous ces hommes forts et coura-
geux n'avaient-ils laissé que ce faible petit enfant
aux cheveux blonds pour hériter de leurs richesses
et de leur gloire? Il semblait que le seul poids de ce
vaste héritage devait écraser et anéantir ce chétif
orphelin. Il y avait quelque chose de sinistre et de
surnaturel dans sa splendeur solitaire. Il n'avait ni
un frère plus jeune que lui qui pût lui en réclamer
une portion, ni aucun parent besoigneux pour prendre part à son immense fortune; les biens de sa
mère devaient être ajoutés un jour à tous ceux dont
il avait hérité de son père. Séparé du monde extérieur et de ses semblables, qui souffraient et luttaient, il semblait languir sous le poids de sa grandeur, et souffrir de ce surcroît de prospérité.

Mais le vent de mars ébranle les branches nues
des chênes de Lislewood-Park, et lady Lisle, aujour-
d'hui mistress Arthur Walsingham, était attendue
du continent, où elle était allée faire un voyage après
la célébration de son mariage avec l'officier indien.
Une matinée triste et froide avait revu les enfants
du village rangés une fois encore le long du chemin
qui conduit à l'église; mais cette fois il n'y avait pas
eu de fleurs répandues sous les pieds de la fiancée,
car l'hiver avait été excessivement rude, et on n'avait
pu trouver une seule boule de neige ou un seul crocus
dans les jardins de Lislewood. Par cette matinée du

commencement de février, le vent glacé avait sifflé
dans les plis de la robe de soie de la mariée, et soulevé la chevelure noire de la tête découverte du
marié. Les dents du recteur avaient claqué pendant
qu'il lisait le service sacré. Une pluie pénétrante
avait fait entendre sur les fenêtres un tapotement
qui couvrait les accents monotones de la voix du
recteur, et la main de la mariée avait tremblé si
fort au froid humide de la sacristie qu'elle avait
à peine pu diriger sa plume pour signer son nom
sur le registre de la paroisse.

Il n'y avait pas eu d'invités à ce mariage, célébré
en plein hiver. Le notaire de lady Lisle l'avait quittée, et personne des environs n'avait été invité à
prendre part à la cérémonie. La voiture de lady
Lisle avait attendu à la porte du cimetière pour
conduire les nouveaux mariés à une station du
chemin de fer situé à plusieurs milles de Lislewood, d'où ils devaient se rendre à Douvres, et de
là partir pour faire une tournée à l'étranger. Claribel Lisle avait paru honteuse d'épouser l'ancien
adorateur qu'elle avait jadis repoussé. Elle avait
semblé bien aise de voir terminer cette cérémonie,
et de fuir le village où elle était si bien connue. Elle
était tombée sur la dalle froide de la sacristie, et elle
avait pris le petit baronnet dans ses bras, en le pressant vivement sur son cœur. C'était la première
fois de sa vie qu'elle avait donné en public des signes d'une émotion quelconque, et cette sensibilité
inaccoutumée avait fait ouvrir de grands yeux à
tous ceux qui étaient présents.

« Ai-je bien agi envers toi, mon cher Rupert?...
s'était-elle écriée; t'ai-je fait tort, mon cher enfant,
par ce mariage? »

Le capitaine avait, pendant ce temps, tourné le
dos à la mère et au fils, et regardait vaguement par
la fenêtre de la sacristie, où les enfants tout gre-
lottants avaient attendu pour voir la mariée.

« Êtes-vous prête, lady Lisle? » avait-il dit après
un moment de silence.

Elle ne lui avait pas répondu; mais elle avait
renvoyé doucement l'enfant, et l'avait suivi longtemps et avidement du regard, lorsqu'il était sorti
de la sacristie avec sa gouvernante pour rentrer à
Lislewood-Park. Elle avait entendu s'éloigner la
voiture qui emmenait l'enfant et sa gouvernante;
ensuite, prenant le bras du capitaine, elle avait dit
adieu au recteur, et était sortie de l'église. Les enfants du village avaient remarqué son visage pâle,
ses yeux pleins de larmes, et ses longs cheveux
blonds mouillés par la pluie et mis en désordre par
le vent glacé; ils avaient vu aussi que le visage de
l'officier indien était encore plus pâle que celui de
sa fiancée, et que sa main tremblait quand il avait
soulevé le petit loquet de la porte du cimetière.

Les six semaines de voyage étaient passées, et on
attendait à toute heure les mariés; des feux flam-
baient dans toutes les chambres de Lislewood. La
maison avait été meublée et décorée à neuf à l'é-
poque du mariage de sir Reginald avec la riche Claribel Merton. Les vieilles boiseries en chêne, qui
dataient du règne d'un des premiers Henri, avaient

été repolies et relevées par des moulures dorées et
des armoiries coloriées; des consoles finement cise-
lées en or, en bronze, en ébène, en argent, et en
acier, brillaient devant des miroirs ovales entourés
de bordures d'un travail merveilleux. La grande bibliothèque, entièrement meublée en chêne brun et
or, était éclairée par des fenêtres en ogives à vitraux. Les cadres de tous les portraits qui ornaient
les deux immenses escaliers qui partaient de chaque côté du grand vestibule, et se rejoignaient sur
un vaste palier se déployant en deux galeries qui
ouvraient sur toute la longueur de la maison, avaient
été redorés et les peintures elles-mêmes nettoyées
et restaurées. Le grand salon avait été meublé dans
le goût moderne; les tentures étaient de soie blanche, relevées avec des franges d'un ton rosé extrêmement délicat; les murs étaient d'un ton jaune
très-pâle, et les corniches et les moulures blanc d'argent. Le tapis avait un fond blanc sur lequel étaient
semés çà et là des boutons de roses à demi ouverts.
Les canapés et les fauteuils splendides étaient re-
couverts de la même étoffe de soie blanche que les
rideaux et étaient garnis de franges d'or; leurs bois
étaient blancs et si polis qu'ils ressemblaient à de
l'ivoire; ils roulaient sans bruit sous la main, quelque légèrement qu'on les touchât, presque sans ef-
fleurer le velours du tapis semé de boutons de roses.

Ce salon communiquait avec un autre plus petit,
tendu d'étoffe vert pomme, sur lequel donnait un
escalier réservé conduisant aux appartements de
lady Lisle, qui étaient séparés du reste de la mai-

son par un corridor étroit. La salle à manger était meublée en chêne moderne, mais sculpté à l'antique; il y avait des rideaux en velours vert et un tapis de Turquie de même couleur. Les murs, comme ceux de l'escalier et des galeries, étaient couverts de peintures de maîtres italiens et des portraits de la maison de Lisle.

Les flammes du foyer éclairaient les murs des chambres ; les bougies placées dans des lustres d'argent et de cristal se multipliaient à l'infini dans les miroirs qui les réfléchissaient; tous ces lustres étaient allumés pour fêter le retour de M. et mistress Walsingham. Le linge blanc comme la neige; l'argenterie brillante et les grands surtouts dorés étalés sur les buffets antiques de la salle à manger; la luxueuse chambre à coucher avec ses rideaux de velours violet doublés de satin blanc; le cabinet de toilette avec ses glaces et ses porcelaines d'un prix inestimable rendu inaccessible par de doubles fenêtres à toute brise un peu froide du printemps; les épais tapis d'Axminster ; les domestiques bien dressés, à la voix sourde, au pied léger, à la main habile et aux manières pleines de déférence; les vins coûteux enfouis dans des seaux à rafraîchir en argent; les mets délicats préparés sous la direction d'un habile cuisinier français ; tout ce luxe, toutes ces lumières, ces richesses, ces splendeurs et ce comfort, étaient préparés pour le plaisir de l'officier indien, qui avait envoyé son grade de capitaine à tous les diables (très-peu de gens pouvaient dire pourquoi), qui, il y avait peu de temps encore, était pauvre et sans amis, dont les relations n'étaient pas bien connues de la femme qui l'avait épousé; et qui, malgré tout, avait eu la bonne fortune, comme disaient les gens de Lislewood, de tomber comme des nues dans le giron de la fortune et du bien-être.

Considérons le beau soldat assis à table, en face de sa femme. Il ne paraît pas très-heureux au milieu de sa grandeur. Il roule le pied fragile de sa coupe à champagne dans sa main vigoureuse, pendant que les brillantes bulles de vin étincelant viennent se fondre une à une. Il avait bu une grande quantité de vin de Madère ou de Moselle, mais ces vins généreux n'avaient ni délié sa langue, ni éclairé son visage. Il est bien changé depuis le temps où il s'asseyait sur les bancs de l'église de Lislewood, en regardant fièrement Claribel Merton. Il semble presque que cette nature fière et ardente, généreuse et insouciante, se soit consumée sous le soleil indien, et qu'il n'en reste plus que les cendres.

Claribel n'a presque pas changé depuis sa jeunesse. Sa délicate beauté n'a rien perdu de la pureté de ses teintes transparentes. Ses yeux bleus sont tout aussi brillants qu'ils l'étaient il y a huit ans. Elle est un peu plus femme, et ses épaisses soieries et ses dentelles de prix font entendre un léger bruit pendant qu'elle s'avance lentement à travers les chambres resplendissantes.

« Claribel, dit le capitaine alors qu'ils sont seuls devant le feu du salon, Claribel, je meurs de votre richesse et de votre grandeur.

— Capitaine Walsingham !

— Ah! naturellement, vous ne me comprenez pas. C'est une chose si généralement admise qu'un homme épouse une femme riche pour son argent, que je dois accepter ma situation sans me plaindre de ce que bien des hommes meilleurs ont accepté avant moi. Mais, Claribel, je vous dis que je meurs sous le poids de cette splendeur extravagante. J'étouffe dans ces chambres étincelantes; il me faut ma caserne et ma liberté, ma pipe, mon brosseur, après lequel je puisse jurer, ce que je n'ose faire avec vos valets qui portent la livrée de mon rival. Il me faut mes cartes, avec lesquelles je suis resté assis bien souvent jusqu'à ce que les étoiles eussent disparu derrière les toits de Calcutta ; mes dés ; tout enfin, excepté cette prison dorée et moelleuse. C'est dans cette maison que j'ai souffert la première fièvre de ma vie, Claribel ; et si cette chambre n'avait pas été remeublée pour votre mariage, je pourrais vous montrer la chaise que j'ai saisie pour la jeter à la tête de sir Réginald, le soir où j'appris qu'il m'avait supplanté.

— Et le frappâtes-vous? demanda mistress Walsingham avec la curiosité d'une pensionnaire.

— Non; les hommes ne se frappent jamais dans un salon rempli de monde. Il y a toujours quelqu'un pour dire : « Walsingham, ne soyez pas ridicule ! » ou : « Lisle, à quoi pensez-vous ? » Non, on nous sépara comme on sépare deux enfants qui se battent dans la rue, et je lui envoyai un cartel le lendemain matin. »

Elle prenait un plaisir enfantin à entendre les détails de cette vieille querelle. Mais le capitaine ne pouvait guère parler de ses anciennes blessures sans éprouver une torture pénible.

« Si l'esprit de Réginald Lisle pouvait hanter cette chambre et me voir assis à ce foyer, Claribel ? »

Elle regarda la porte en frissonnant, pendant que son mari lui parlait ainsi, comme si elle se fût presque attendue à la voir s'ouvrir sous la main de son défunt mari.

« Arthur, vous et sir Réginald fûtes amis un jour. Vous serez bon pour son fils, n'est-ce pas ? Vous ferez cela pour moi ? La fortune peut lui attirer de faux amis et de mauvais conseillers. Il n'a pas de proches parents. Le plus proche est l'homme qui hériterait de sa fortune et de ses titres, s'il venait à mourir sans enfants. Je puis ne pas vivre pour le voir grandir. Il est d'une faible santé, et, à ce qu'on dit, d'une faible intelligence. Il sera en votre pouvoir d'être son ami ou son ennemi. Vous serez bon pour lui, Arthur, n'est-ce pas ?

— Aussi vrai que j'espère jouir de votre amour, oui, Claribel, je ne suis ni bon, ni sage, mais je ferai mon devoir envers votre fils, sir Rupert Lisle. »

CHAPITRE IV.

A LA GRILLE DU PARC.

Malgré l'air mélancolique et chagrin avec lequel
le capitaine Walsingham, ancien officier au service
de l'honorable Compagnie des Indes orientales,
porte sa bonne fortune, il y a cependant bien des
gens dans cet obscur village de Sussex qui sont
prêts à l'envier et à le haïr, à cause de ce qu'ils appellent sa chance et son bonheur extraordinaires !
Il s'inquiète lui-même fort peu de ces bonnes gens
et de ce qu'il leur plaît de penser de lui ; mais, absorbé dans ses propres pensées, et sans doute indif-
férent à l'opinion du monde extérieur, il se promène
au soleil de mars, dans la grande allée, sous les
branches qui forment un grand berceau sans feuil-
lage, fumant son cigare, et suivi d'un gros chien de
Terre-Neuve. Quelquefois il s'arrête à la grande
grille en fer qui sépare le parc de la route poussiéreuse et regarde au loin à travers ses barreaux et
ses ornements. Il y a quelque chose du lion en cage
dans le regard du soldat, — lorsqu'il regarde au travers du fer ouvragé — quelque chose de cet air soucieux, découragé et vague que les poëtes nous disent

voir dans les yeux des aigles enfermés dans les ca-
ges de quatre pieds carrés d'un jardin zoologique.

Sait-il que, pendant qu'il est là à la grille du domaine de son beau-fils, les mains dans les poches
de son vêtement du matin, — sait-il que les yeux
de l'envie sont fixés sur lui, et que si les désirs pouvaient amener la mort, il tomberait sans vie sur le
seuil de Lislewood Park?

Derrière les carreaux à facettes de l'une des petites fenêtres de la loge gothique, à droite de la
grille, se tient un homme âgé d'environ trente ans.
Comme le capitaine, il est sombre et triste; son teint
est bronzé par le soleil; il est grand et fort, ses
traits sont extrêmement accentués; mais, contrairement au capitaine, sa démarche est lente et gauche; il a de hautes épaules un peu voûtées ; des rides
précoces se montrent sous ses yeux creux, et donnent à sa bouche fortement comprimée une expression sinistre. Comme le capitaine, il fume non-
chalamment au soleil du matin; mais, contrairement
au capitaine, il regarde à travers la fumée bleue
qui s'échappe de sa pipe en terre, avec des yeux
dans les sombres profondeurs desquels brûle le feu
de la haine, de l'envie, de la malice et de la fureur
contenue d'un tigre qui épie le moment de s'élancer
sur sa proie. Gilbert Arnold est son nom. Il y a dix
ans, — il en avait vingt alors, — c'était le braconnier
le plus déterminé du comté de Sussex. Changé et
réformé par une prison modèle et un chapelain
évangélique, il est aujourd'hui sournois et paresseux, et vit du travail de sa femme, jeune paysanne

laborieuse, qui garde la principale entrée de Lislewood Park.

Rachel Arnold a eu des moments bien durs depuis le jour où, il y a sept ans, elle a mis un chapeau
de paille et des rubans blancs pour aller épouser le
braconnier Gilbert dans l'église de Lislewood. Elle
a été forcée de vivre avec un homme sournois et
maussade, auquel le masque du repentir et de la
religion a servi d'excuse à une vie de loisir et de
fainéantise. Il est très-facile au paresseux mari de la
gardienne de la loge de lever au ciel ses yeux d'un
jaune verdâtre, quand le zélé recteur de Lislewood
entre en passant pour voir comment va son protégé. Il est facile de lire des brochures religieuses
— et Gilbert Arnold les aime même beaucoup, car
généralement elles tonnent vigoureusement contre
les riches, les beaux, les heureux, les puissants de
ce monde, qu'il hait avec une furie croissante, qui
touche presque aux limites de la folie. Il est assez
facile de tromper ces bons et simples pasteurs qui
désirent si ardemment le salut de nos âmes, qu'ils
ne demandent pas mieux de voir dans ces apparences extérieures les signes visibles du bien intérieur.
Il est facile de faire tout cela, et en même temps
d'être envieux et mécontent, paresseux et extravagant, méchant pour sa femme, négligent pour ses
enfants, mécontent de sa position dans le monde,
envieux de ses supérieurs et mal disposé pour eux.
Il est facile, en un mot, de paraître un homme excellent aux naïfs habitants de Lislewood, et d'être
en réalité un homme très-mauvais. Les Arnold

n'ont qu'un fils, un enfant maladif et précoce, âgé
de six ans; il a des cheveux d'un blond clair, un visage maigre et pâle comme celui de sa mère, et ne
ressemble en rien à son vigoureux père au teint
foncé.

« Le voilà, Rachel ! dit Gilbert en regardant de
côté le capitaine à travers les carreaux à facettes.

— Qui cela? demanda la femme, occupée près du
feu à quelque travail de ménage.

— Notre nouveau.... maître.... Je suppose que
nous devons l'appeler : *Capitaine on ne sait quoi.*

— Le capitaine Walsingham?

— Oui, le capitaine Walsingham. Ça n'est pas un
crâne nom! On dirait un nom de comédie, ou celui
d'un de ces romans que mylady lit sans cesse, et dont
le ministre dit que ce n'est que vanité. L'escroc!...
le vagabond! je ne vais pas faire mine de saluer ...
avant lui, il peut bien y compter.

— Oh! Gilbert! »

Comme tous les vieux serviteurs, Rachel était du
parti conservateur; mais elle était tellement accoutumée au ton de son mari, qu'elle n'y faisait pas
atttention.

« Oh! Gilbert! reprit-il en imitant le ton de reproche de sa femme. Oui, je puis l'appeler escroc.
Quel droit a-t-il de venir ici s'engraisser avec le
bien de feu sir Réginald? Quel droit a un misérable
sans le sou, comme lui, de venir ici et de s'insinuer
dans les bonnes grâces de cette veuve idiote, que tu
appelles ta maîtresse? Un paresseux, un propre-à-
rien comme ça, de quel droit vient-il s'appeler lui-

même le maître de Lislewood? C'est bien assez dur
d'avoir eu à baiser les souliers de sir Réginald, mais
je ne m'abaisserai jamais à baiser les siens. Vous
voudriez que je le fisse.... n'est-ce pas que vous le
voudriez bien à présent? dit-il avec dépit, en s'a-
dressant au profil du capitaine, qui venait de finir
son cigare, et qui s'éloignait de la grille en disparais-
sant dans l'avenue. Son chien coûte plus à entretenir que mon enfant, reprit Gilbert Arnold, quand
il eût vu le soldat disparaître. Regarde-le, dit-il
en indiquant son fils assis à la table en sapin, occupé
à manger une jatte de lait et de pain; cette soupe-là
n'est pas meilleure que celle que maître Wolf
a tous les matins pour déjeuner. Je les ai vus la lui
donner.

— Mais ils sont très-bons pour nous, Gilbert.

— Oh! Seigneur! je le sais de reste; je l'entends
dire assez souvent. Ils nous donnent ce qui est trop
mauvais pour les domestiques et trop bons pour les
cochons; et ils t'ont donné cinq shillings pour acheter à Jim cette paire de souliers, n'est-pas? Et, à
Noël ils nous donneront une bouteille de vin, de ce
vieux vin rare qui change en feu chaque goutte de
votre sang et vous fait paraître aussi bon qu'eux,
pendant que vous le buvez! Mais, qu'est-ce que
cela? Il peut bien boire son vin tous les jours; il
peut se vautrer dedans si cela lui fait plaisir; il peut
nager dans le champagne et nourrir son chien avec
de l'argent. Regarde le baronnet dans sa veste de
velours, monter son poney gris. Ce poney est un
pur sang, et il a coûté plus d'argent que tu n'en

mettras jamais à la caisse d'épargne ; quand même tu aurais beau économiser et y regarder de près ! Puis, vois mon fils dans ses souliers à gros clous et sa blouse de toile ; et cependant je sais quel est le plus adroit des deux à tous les exercices.

— Oui, notre Jimmy est un garçon intelligent, dit la mère en regardant son fils avec amour; mais il faut qu'il soit bon et qu'il fasse attention à ce qu'on lui dit, et qu'il ne tourmente pas les cochons où les poules, car cela est mal.

— Oh! que le diable t'emporte! dit le père avec impatience; je n'ai pas besoin d'en faire une mijaurée. Qu'il tourmente les cochons et les poules tant qu'il voudra; j'en faisais autant quand j'étais petit. »

Gilbert Arnold, qui fainéantait dans sa loge toute la journée, sa pipe à la bouche et les mains dans les poches de sa jaquette de velours, n'avait pas l'air d'une personne dont il serait bon de suivre l'exemple. Peut-être est-ce ce que sa femme pensa en soupirant et en reprenant son travail. Son mari aimait à la voir se fatiguer et lui reprochait souvent d'être lente et inactive, pendant qu'il se tenait accoudé contre la porte, suivant tous ses mouvements à l'intérieur du cottage : mais il lui arrivait parfois, d'un autre côté, de rire amèrement de son assiduité au travail, et lui indiquant du bout de sa pipe — qui, entre parenthèse, était rarement autre part que dans sa main — il lui demandait d'un air narquois si elle pensait qu'en travaillant autant elle aurait jamais une maison comme celle-là.

Les dispositions de Gilbert Arnold à la haine, à l'envie et à la méchanceté étaient considérablement plus fortes que celles de tous les autres personnages de son espèce. Il détestait l'officier indien, comme nous l'avons vu ; mais il avait détesté sir Réginald tout autant, bien que le baronnet eût donné à sa femme le petit bâtiment gothique et un salaire hebdomadaire plus que suffisant, et qu'il eût pardonné bien des méfaits commis sur les terres de Lislewood. Il haïssait l'enfant aux cheveux blonds qui sortait par la porte de la loge, monté sur son poney pur sang ; il lui enviait son beau château et les splendides appartements qui avaient dû coûter tant d'argent ; il aurait voulu l'arracher de sa selle et le rouler dans la boue du chemin. Il restait à sa porte, les nuits où brillait la lune, à regarder les fenêtres de la grande maison et à souhaiter de les voir briller tout à coup d'un éclat rouge et incandescent, de voir les flammes bleues et violettes monter jusqu'à la nue tranquille, jusqu'à ce que la masse imposante s'effondrât sur le sol.

« Il y a des maisons qui brûlent, disait-il d'une voix féroce, celle-ci ne brûlera donc jamais ! »

Quand la petite vérole était venue répandre, pendant un court espace de temps, la terreur dans le village de Lislewood, le garde avait été d'une bonne humeur extraordinaire ; mais l'horrible épidémie avait passé sans avoir une seule fois montré son hideux visage aux portes de Lislewood Park.

« D'autres ont vu mourir leur unique enfant,

grommelait Gilbert Arnold, rien ne s'attaquera donc au sien. »

Mais le jeune baronnet, quoiqu'il eût échappé à bien des fléaux inhérents à l'enfance, grâce aux soins incessants de sa nourrice et de ses médecins, n'était rien moins qu'un enfant bien portant. Il était faible et souffrant, petit pour son âge et très en retard pour ses études ; difficile à amuser, éprouvant du dégoût pour les exercices du corps, et très-peu de goût pour les livres et les gravures d'enfant. Il restait à rien faire toute la journée dans sa chambre, et ne montait son poney que lorsqu'il y était forcé. Il n'était pas aussi grand à sept ans que le fils de Gilbert Arnold à six, et il était beaucoup moins fort. Il ne se montrait ni affectueux ni tendre, et son amour pour sa mère, qui l'idolâtrait, était faible et tout passif. Peut-être aimait-il l'enfant du garde plus que toute autre personne. Il arrêtait son poney devant la petite porte, quand James Arnold jouait dans le jardin, et lui faisait cent questions enfantines, tandis que, toujours caché dans l'ombre de la petite porte, le père, au visage soucieux, promenait à la dérobée sur les deux enfants le regard de ses yeux vert-jaune.

Il était remarquable que Gilbert Arnold évitait toujours le soleil. Il avait même, dans sa cabane, l'air d'un homme qui se dérobe aux yeux d'un ennemi. Peut-être était-ce une vieille habitude de sa vie de braconnage ; où il restait pendant de longues heures caché derrière les haies ou couché dans des fossés desséchés. Il ne faisait le tour de son cot-

tage que d'un pas lent et prudent, comme s'il s'attendait, à chaque angle, à se trouver face à face
avec un garde-chasse ou un constable. Il n'était
coquet ni de sa maison ni de sa personne : on le
voyait d'un bout de l'année à l'autre avec la même
jacquette de velours, à laquelle pendait par-ci par-là
un bouton de verre cassé, une cravate d'étoffe de
laine de couleur, attachée avec un nœud coulant
sous le col de sa chemise ouverte; un vieux pantalon en tartan du feu baronnet, tombant en larges
plis sur ses jambes, et des bottes trouées et éculées
à ses pieds. Pendant ses promenades du matin, le
long de l'avenue, le capitaine Walsingham finit par
remarquer cet homme qui se cachait dans l'ombre
de la porte de son logis, à l'entrée du parc. Il lui
disait quelquefois bonjour, ce à quoi l'autre ne répondait que par un grognement de mauvais au-
gure, qui n'encourageait pas la conversation.

L'officier indien finit par prendre une espèce
d'intérêt à cet homme étrange, dont la face sinistre
et les manières sournoises lui inspiraient la curiosité de connaître son passé, ce qui le conduisit à
prendre des informations sur ce garde misanthrope.

« Un braconnier converti, dit-il d'un ton pensif,
quand un des domestiques du château lui eut raconté l'histoire de cet homme; un vieux gibier de
prison, un paresseux, un hypocrite, vivant du travail de sa femme, qui est trop bonne. Ah! je l'avais
bien pensé! »

Depuis ce jour, le garde bourru sembla avoir un
attrait tout particulier pour le beau capitaine. Ce-

lui-ci finit par entrer en conversation avec lui, presque contre la volonté de Gilbert Arnold, qui se faisait arracher les paroles une à une, et paraissait souffrir de l'insistance de son interlocuteur.

Il le questionnait sur sa vie errante d'autrefois; il lui demandait s'il n'était pas plus heureux quand il braconnait, plus heureux encore dans la prison du comté qu'il ne l'était maintenant. Mais Gilbert Arnold était un trop grand hypocrite pour répondre à ces questions autrement que par de mensongères protestations sur sa mauvaise vie passée et sur son repentir actuel, qu'il entremêlait pieusement de citations tirées des brochures religieuses que lui prêtait le ministre.

Mais ni la mauvaise humeur, ni l'hypocrisie n'avaient le pouvoir de refroidir cet intérêt excentrique que le ci-devant braconnier avait excité chez le capitaine Walsingham, et l'officier venait rarement à la grille du parc sans s'arrêter pour causer devant la haie basse qui entourait la petite maison gothique. Les yeux du braconnier, brillant d'un éclat sinistre dans l'ombre du porche, semblaient l'attirer et le retenir par leur influence magnétique, comme le chat qui rampe fascine un oiseau par son regard.

« C'est bien là un de ces hommes à venir derrière vous, au milieu de la nuit, dans un chemin sombre, avec un bâton ou un emplâtre de poix, murmura le capitaine en quittant Gilbert Arnold, après une de ces conversations. Il a fait de vilaines choses dans sa jeunesse, et il se hait d'autant plus qu'il hait les autres parce qu'ils ne sont pas comme lui. C'est un poltron dangereux, sournois, rampant et sans cœur, j'en jurerais, et cependant, malgré tout cela, j'aime à le regarder et à m'occuper de lui. »

CHAPITRE V.

LE MAJOR GRANVILLE VARNEY ET MISTRESS GRANVILLE VARNEY.

Les chênes des allées de Lislewood Park étaient couverts de feuilles, et il y avait six mois qu'Arthur Walsingham avait épousé la femme qu'il aimait depuis si longtemps. Ils déjeûnaient dans la bibliothèque, sur une petite table qu'on avait roulée près de la fenêtre à vitraux de couleurs. La lumière passait à travers ces vitraux et teintait la nappe blanche comme la neige et l'ample robe de mousseline de mistress Walsingham des couleurs splendides de l'arc-en-ciel. La pièce tout entière était baignée par un soleil d'août, et les yeux bleus de sir Rupert Lisle avaient peine à supporter son éclat éblouissant. Des raisins obtenus en serre chaude se cachaient sous de larges feuilles de vigne au milieu de corbeilles rustiques en porcelaine de Sèvres; un pâté de pigeons, entouré d'une délicate frange de papier blanc, des bocaux de conserves, du miel vierge, et un éblouissant service à thé en argenterie magnifique, couvraient la petite table devant laquelle étaient assis les trois habitants de la maison. Le parfum de mille roses entrait par la fenêtre ouverte ; le murmure d'une chute d'eau dans le lac, le bourdonnement des abeilles dans le jardin, les voix d'une myriade d'oiseaux, les mugissements plaintifs des vaches qui paissaient, et le ronron bruyant d'un chat angora couché sur le large appui de la fenêtre, se mêlaient en se confondant, et formaient un seul bruit monotone, expression du bonheur rustique.

« Claribel, dit le capitaine, je ne pense pas que nous ayons eu de tout l'été un jour plus splendide que celui-ci. Je vais vous emmener faire une longue promenade, sir Rupert et vous. Voulez-vous venir, baronnet ? »

Le capitaine aimait à appeler son petit beau-fils par son titre. Il y avait quelque chose de singulier dans le contraste de ce titre de noblesse avec l'enfant pâle et chétif auquel il s'adressait, qui l'amusait beaucoup.

« Voulez-vous bien, baronnet, venir promener au delà des coteaux, passé Beecher's Ride jusqu'aux jolis villages, sur la route de Londres, où les pauvres enfants viennent pour voir votre phaéton, vos superbes chevaux et vos grooms en livrée, eh ! baronnet ?

— Oui, si cela vous plaît, papa.

— Vous plaira-t-il de sortir en voiture aujourd'hui, Claribel ?

— Si cela vous plaît, cher Arthur, » dit sa femme en pelant une pêche et sans lever les yeux.

Pendant cette conversation, un domestique entra et déposa les journaux du matin près de l'assiette du capitaine Walsingham.

« Ah ! voilà le *Times* et le *Morning-Post*. Que le ciel bénisse ces chemins de fer qui nous apportent à dix heures les journaux de Londres. Voici la *Gazette de Brighton*. »

Le capitaine déploya le journal du comté, car Lislewood Park n'était qu'à vingt milles de Brighton.

« Les Lance, cousins de mon père, vont tous les ans à Brighton en août. Cherchez si leurs noms sont dans le journal, Arthur, dit mistress Walsingham.

— Où faut-il chercher?

— A la liste des arrivées. Il y a toujours une liste des arrivées dans ces journaux. Ils descendent à l'*Hôtel du Vaisseau*.

— Bien, nous allons voir. »

Le soleil d'août donnait-il avec tant de force dans les yeux du capitaine, qu'il l'éblouit et le fit chanceler quand il se leva pour s'approcher de la fenêtre ouverte? Était-ce la brise d'été qui agitait le journal, ou la main vigoureuse du capitaine qui tremblait comme une feuille secouée par un vent furieux? Qu'était-ce?... que pouvait-il y avoir?... qu'est-ce que cela signifiait?

« Arthur ! vous sentez-vous malade ?.... vous êtes pâle comme la mort! » s'écria Claribel Walsingham.

Le capitaine froissa le journal dans sa large main,

et, rejetant ses cheveux en arrière, il dit du ton le plus naturel du monde :

« Les Lance, avez-vous dit? Non, leur nom n'y est pas.

— Mais, Arthur, qui a pu vous faire lever de table tout à coup comme cela?

— Oh! rien, une sorte de vertige, un étourdissement causé par la chaleur.

— Comme vous m'avez effrayée, capitaine Walsingham! Je pense parfois que vous êtes réellement un peu fou!

— Ma chère Claribel, je le pense aussi quelquefois.

— Donnez-moi donc la *Gazette*, je vais voir si je ne trouve pas le nom des Lance. »

Il lui tendit le journal tout froissé, en se laissant retomber dans son fauteuil; puis il laissa errer son regard sur les arabesques de la tenture de velours.

Elle parcourut avec soin la liste des noms des voyageurs nouvellement arrivés à Brighton.

« Non, dit-elle, ils n'y sont certainement pas. Il n'y a personne au *Vaisseau*, qu'un major Granville Varney et sa femme. C'est un joli nom, n'est-ce pas, Arthur?

— Lequel? dit-il d'un ton distrait et sans tourner les yeux de son côté.

— Granville Varney.

— Oh! oui, n'est-ce pas? un joli nom. Le major est au service de la Compagnie des Indes.

— Le connaissez-vous?

— Intimement, il était dans le même régiment

que moi. Je vais commander la voiture. Mettez votre chapeau, Claribel, je vous conduirai à Markham Wood. J'ai une proposition à vous faire pendant que nous serons dehors.

— Une proposition ?

— Oui ; ou plutôt j'ai une faveur à vous demander. Allez mettre votre chapeau comme une bonne et obéissante enfant que vous êtes ; et vous, Rupert, allez chercher votre casquette. Je descends aux écuries. »

Il sortit de la salle avec la démarche assurée des officiers de cavalerie ; mais quand il se trouva dans le vestibule, il demanda un verre d'eau et le vida d'un trait. Le valet de pied qui le lui avait servi fut presque effrayé en voyant le visage défait du capitaine.

« Vous servirai-je un peu d'eau-de-vie, monsieur ? demanda-t-il avec inquiétude,

— Oui, Richard, je vais aller à l'office, vous pourrez m'en préparer là. »

Assis au milieu d'un brillant étalage de verres et d'argenterie, le capitaine Walsingham, anciennement au service de l'honorable Compagnie des Indes Orientales, s'évanouit tranquillement, la tête appuyée sur l'épaule de l'aide-sommelier. En forçant les bords d'une timbale à ouvrir ses dents serrées, l'on introduisit la moitié de l'eau-de-vie de France qu'elle contenait dans son gosier, et on allait appeler mistress Walsingham, quand le capitaine ouvrit les yeux, et dit en regardant vaguement autour de lui :

« Pour l'amour de Dieu, pas un mot de tout ceci à votre maîtresse. J'étais sujet à ces accidents dans l'Inde. Nous autres soldats, nous menons une vie un peu agitée là-bas, et nous en rapportons une constitution affaiblie et des nerfs irritables comme ceux d'une jeune pensionnaire. »

Il avait quitté l'office avant qu'ils eussent eu le temps de lui répondre, et, rentrant dans la bibliothèque, il ramassa le journal qui était tombé à terre.

« Le major Granville Varney et mistress Granville Varney, dit-il lentement et distinctement, à vingt milles d'ici seulement. Ils entendront parler de moi, ils vont me dépister, me harceler, se moquer de moi, m'humilier, me torturer, me rendre fou, et me perdre. Ils vont me rappeler leur marché infernal, ils exigeront de moi jusqu'au dernier moment l'exécution de l'engagement que j'ai pris avec eux. Fou!... fou!... fou!... que j'étais de croire que, même dans le coin le plus reculé de la terre, un homme pouvait fuir son passé. Je suis comme cet ancien braconnier de la porte du parc, dit-il en marchant à grands pas, qui se cache dans un coin ou rampe dans l'ombre, sans jamais parvenir à se dérober complétement à la vue. Quelle marque réprobatrice nous portons tous, dit-il avec un rire étouffé, et comme chacun peut nous reconnaître ! Je me vois mieux représenté dans cet homme que dans un miroir. Je me vois en lui, fumant, ne faisant rien, errant, et me cachant. Mais si je les déroutais, si je leur donnais le change par une combinaison intelligente? Par le ciel! je le puis, si seulement elle veut m'aider. »

Sa femme, tenant son fils par la main, entra comme il disait ces mots; elle avait l'air calme et souriant sous son simple chapeau de paille et avec son léger châle de mousseline garni de dentelles.

« Claribel, dit le capitaine, quand ils eurent pris place dans le phaéton avec deux grooms sur le siége de derrière, et que les chevaux mâchaient leurs freins et piétinaient d'impatience, Claribel, vous êtes si jolie aujourd'hui, que je ne vous crois pas capable de me refuser si je vous demande une faveur.

— Eh bien, Arthur, faites votre demande, dit-elle en riant.

— Je voudrais passer cet automne à l'étranger avec vous, dit-il en la regardant avec inquiétude pendant qu'il parlait.

— A l'étranger. Fort bien. A Paris?

— Plus loin que Paris, dit le capitaine.

— Plus loin que Paris?... En Italie?... En Allemagne?

— Non; ni dans l'un ni dans l'autre de ces pays. Je voudrais vous faire faire une vraie tournée d'artiste, Claribel, bien que je ne sois pas peintre. Je voudrais vous emmener dans un désert; je voudrais vous emmener jusqu'aux colonnes d'Hercule. Voulez-vous y venir?

— Mais, fit-elle observer, personne ne va là.

— Et pour quelle raison, Claribel, irions-nous où tout le monde va? Nous n'avons pas besoin d'aller à

Bade pour voir des boutiquiers de Londres se ruiner
à *rouge* ou *noire*, ou à Naples, ou à Florence, pour
entendre de fiers touristes bavarder, le *Guide de
Murray* à la main. Non, Claribel, je veux vous enlever au monde; voulez-vous venir? Si vous m'avez
jamais aimé, dites oui, ajouta-t-il avec une énergie
fiévreuse, dites oui, ma bien-aimée, et laissez-moi
fuir cette terre de malheur. »

Nous avons déjà dit qu'il y avait quelque chose
qui ressemblait à la crainte dans les manières de
Claribel avec l'officier indien. Elle consentit alors,
comme elle avait cédé à sa prière sur le sommet de
Beecher's Ride; elle consentit, n'osant pas lui refuser.

« Oui, Arthur, nous partirons si vous voulez,
mais réellement vous devenez un peu fou.

— Je vous ai déjà dit qu'il n'y avait pas le
moindre doute sur ce point; mais vous êtes une
adorable et bonne créature, et vous m'avez rendu
le plus heureux des hommes. Allumez-moi mon cigare, et vous verrez comme je vais tourner le coin
de la route de traverse du côté du bois. »

La riche veuve du baronnet était la plus soumise
des épouses pour le pauvre soldat; elle lui permettait de fumer dans son salon blanc et argent; elle
les lui allumait quand il conduisait, et allait jusqu'à
les lui mettre dans la bouche. S'il eût été en son
pouvoir d'aimer autre chose que son fils sir Rupert
Lisle, elle aurait aimé certainement ce beau, ce fou,
ce fringant militaire qui l'avait courtisé si hardi-
ment autrefois; mais elle avait une peur affreuse

de ses accès de mélancolie silencieuse, et elle passait des heures à étudier chaque altération de son visage sombre, pendant qu'il fumait ses éternels cigares en tordant et caressant sa moustache noire, plongé dans une rêverie triste et profonde. Le capitaine fut toute la journée de la meilleure humeur, et, lorsqu'on fut arrivé dans les profondeurs du bois touffu, on descendit de voiture, et un des grooms prit dans la caisse un petit panier contenant deux poulets, une corbeille d'abricots et deux bouteilles de vin du Rhin étincelant.

Claribel et l'enfant furent enchantés de cette collation improvisée, que le capitaine plaça de ses propres mains sur une nappe qu'il avait étendue sur la mousse épaisse au pied d'un vieil arbre. Il se mit à cheval sur une de ses racines noueuses, ayant le sourire sur les lèvres, fumant son cigare, et contemplant la mère et le fils assis côte à côte devant le petit banquet.

« Comme vous êtes jolie, ma Claribel. Mettez ces feuilles de chêne dans les cheveux de votre mère, sir Rupert. Non, non, pas comme cela ; tressez-les en guirlande, baronnet. Ma bien-aimée aux blonds cheveux, on vous prendrait pour la déesse tutélaire du lieu. Quel heureux homme je vais être, Claribel, avec une femme riche dont les cheveux ont la couleur de l'ambre de mes pipes, et qui consent à aller à la découverte des colonnes d'Hercule avec son époux ! Vous m'avez acheté, mistress Walsingham, tout comme sir Réginald Lisle vous avait achetée. C'est une compensation, la loi du talion, comme disent nos voisins. Vous payez mes habits et mes cigares, le vin que je bois et les gens qui me servent, et maintenant vous allez payer mes frais de voyage quand je vais fuir mes démons imaginaires. »

Il était plus de six heures quand ils reprirent le chemin du château. Rachel Arnold ouvrit la grille; son enfant à la chevelure blonde se cramponnait aux plis de sa robe et regardait avec empressement l'autre enfant à chevelure également blonde, perché entre le capitaine et sa femme sur la première banquette du phaéton. Gilbert était appuyé contre la porte de son jardin, fumant sa sale pipe de terre, et c'est à peine s'il leva les yeux en portant la main à sa casquette de futaine déguenillée, quand la voiture passa devant la loge. Malpropre et pas rasé, ses cheveux noirs en désordre, avec ses yeux de chat clignotants, il se tenait là immobile; l'ombre de son corps se projetait sinistre au travers de la route si directement sous les pieds des chevaux, que, lorsqu'ils la traversèrent au grand trot, on eût dit qu'ils passaient sur le corps de l'homme lui-même.

Le capitaine et sa femme avaient parlé de leur voyage projeté pendant toute l'après-midi. Ils devaient partir de suite; l'impatience de Walsingham n'avait pas de bornes. Il aurait quitté le comté de Sussex le soir même si la chose eût été possible; l'enfant devait les accompagner, ainsi que deux des domestiques. On prendrait un courrier à Londres; il n'y avait pas un moment à perdre en préparatifs superflus. Ils devaient traverser la France, et là compléter leurs arrangements selon les besoins de

la route que l'on prendrait, mais ils devaient quitter
l'Angleterre immédiatement.

« Comme la maison est jolie aujourd'hui, Arthur,
dit mistress Walsingham quand son mari l'aida à
descendre du phaéton, et lorsqu'ils passèrent dans
un vestibule rempli de fleurs exotiques et séparé de
l'antichambre par une porte en glace. J'aurais bien
désiré que vous vous accommodassiez mieux de la
vie anglaise.

— Je l'aurais voulu aussi, Claribel. Oui, la maison est jolie; il faut que j'aie l'esprit aussi inquiet
que Caïn pour fuir un tel paradis. »

Ils étaient dans le vestibule quand un domestique
s'avança, tenant à la main un plateau d'argent sur
lequel étaient placés deux cartes de visite : celle
d'une dame et celle d'un gentleman.

« Qu'est-ce que cela? demanda le capitaine avec
distraction. Mettez-les dans le panier aux cartes de
mistress Walsingham, Jervis.

— Mais cette dame et ce gentleman sont ici, monsieur. Ils ont voulu attendre votre retour, et ils
sont occupés à regarder les tableaux de la salle à
manger.

— Les tableaux !... »

Le capitaine ôta son chapeau et essuya la sueur
de son front avec son mouchoir.

« Qui sont ces personnes, Claribel? demanda-t-il
à sa femme, qui regardait les cartes.

— Mais, Arthur, on n'a jamais rien vu de plus
singulier. Ce sont justement les personnes dont
nous avons vu ce matin les noms dans le journal

de Brighton, vos amis de l'Inde, le major Varney et sa femme. »

En ce moment, la porte de la salle à manger s'ouvrit, et un visage souriant se montra dans le vestibule.

« Eh ! c'est ce cher camarade lui-même, s'écria le possesseur de ce visage, d'une voix franche et joyeuse. Arthur, je vous trouve enfin, vieux renard ! Vous voyez, je vous ai relancé, eh ! cher garçon.... eh ! vieux renard rusé.... eh ! cher camarade ? »

Et le major Granville Varney fit entendre un long et retentissant carillon du plus joyeux rire qui puisse jamais surgir de poumons humains. Il s'élança et serra les mains de son cher camarade, de son vieux renard, à plusieurs reprises, et des deux mains à la fois. Il n'y avait pas à douter de la joie que cette rencontre lui faisait éprouver. Il riait, il s'étranglait en riant, il répétait sans cesse les mêmes phrases d'une façon presque idiote, tant était grande sa joie. C'était un homme grand et fort, frais et rose ; il avait des yeux bleus qui brillaient d'un sourire radieux, et dont les paupières s'ouvraient et se fermaient si fréquemment, que ses cils jetaient des éclats de lumière même en plein soleil. Ses dents étaient si blanches qu'elles brillaient presque autant que ses yeux ; ses lèvres étaient roses et son teint aussi frais et aussi uni que celui d'une femme ; ses moustaches, d'un brun clair, coquettement relevées, et la forêt de cheveux luisants et abondants qui encadraient son front, reflétaient des teintes dorées ; et l'effet général faisait paraître son

visage tout épanoui, de sorte que l'on ne pouvait le
regarder longtemps sans être ébloui, presque autant que si l'on avait regardé la réflexion du soleil
sur un verre brillant. Il portait d'amples vêtements
négligés qui lui allaient merveilleusement ; une
cravate de couleur claire nouée sans prétention autour de son cou, un paletot en velours à côtes, un
gilet citron, et une quantité d'ornements en or qui
pendaient et scintillaient à sa chaîne de montre.
Ses mains étaient couvertes de bagues ; des pieds à
la tête il était éclatant, flamboyant, ébouriffant, et
partout où il allait, il semblait répandre autour de
lui des rayons d'une lumière dorée.

Son vieux renard, pâle et défait, lui fit un accueil
assez froid à Lislewood Park, et le présenta à sa
femme. Le major était dans le ravissement.

« Je n'avais jamais entendu parler du mariage de
ce mauvais garnement. Le croiriez-vous, madame,
ce cher camarade l'a caché même à ses amis de
Calcutta ; ses amis qui l'aimaient si tendrement et
avaient une centaine de petites raisons pour pré-
tendre à son affection, et je l'ai appris ce matin
même par hasard à Brighton, à l'*Hôtel du Vaisseau*.
Vous dirai-je comment cela s'est fait, Arthur ? Mistress Varney voulait faire une promenade en voiture. Je lui fis observer qu'il n'y avait rien à voir
dans les environs à une distance assez rapprochée
pour que nous puissions nous y rendre ou que nous
n'eussions déjà vu. Mistress Varney ayant insisté,
je demandai au garçon quels étaient les châteaux
des environs que nous pourrions bien visiter. Le

4

garçon nomma Lislewood Park. — Bon! quel Lïs-
lewood Park? — Mais, la résidence de sir Rupert
Lisle. — Bon! nous irons jusque-là voir sir Rupert
Lisle. Nous n'eûmes pas un moment l'idée que sir
Rupert Lisle, baronnet, fût un jeune gentleman encore en tunique de velours. Très-bien. Arrivés ici,
nous demandons à visiter le château. On nous dit
qu'on ne le visite jamais. — Quoi! nous écrions-
nous tristement, jamais? — Jamais! répliquent les
domestiques. Le capitaine Walsingham a des raisons particulières pour cela. — Le capitaine Walsingham! Figurez-vous ma surprise, cher ami; car,
s'il vous en souvient, quand vous quittâtes Calcutta,
vous n'étiez pas le moins du monde propriétaire de
Lislewood Park. Figurez-vous toute ma joie, tout
mon bonheur, en apprenant le bonheur de mon
ami; allons, encore une poignée de main, mon
vieux renard.

— Ne faites pas le fou, major, dit le vieux renard en réponse à ses paroles affectueuses.

— Et ce cher camarade n'a pas encore demandé
des nouvelles de notre pauvre Ada, qui bâille devant un beau Rubens de sir Rupert Lisle, qui est
accroché au-dessus de la cheminée de la pièce à
côté, dit le major en indiquant la porte entr'ouverte du salon, lequel, entre vous et moi, et mistress Walsingham (et sauf le respect que je dois
au baronnet, qui est encore bien jeune pour être
un connaisseur difficile), n'est ni plus ni moins
qu'une copie! Oui! dit le major en s'adressant à
sir Arthur Walsingham; oui, Arthur, cher ami,

une copie; et je crois que je pourrais mettre la main
sur le petit-fils de l'homme qui l'a faite, un petit
bonhomme d'Anvers, un juif, mistress Walsingham, mais un génie. La couleur de Rubens est hé-
réditaire dans sa famille, et tout marchand de tableaux vous dira où l'un de ses membres a mis la
main. »

Le capitaine baissait tristement les yeux sur ses
bottes pleines de poussière et ne paraissait prendre
aucun intérêt aux talents artistiques des juifs d'Anvers.

Le major Varney regardait autour de lui avec
un sourire étincelant comme un homme qui attend
que quelqu'un veuille bien dire quelque chose d'aimable. Le capitaine ne quittait pas ses bottes des
yeux.

« Arthur, dit l'officier supérieur en caressant
d'une de ses belles mains couverte de bijoux,
sa moustache blonde, mon camarade, vous me
recevez comme si j'étais un huissier; et la pauvre
Ada, vous allez assurément me demander de ses
nouvelles !

— Ah ! oui, répondit le capitaine. Comment va
mistress Varney ?

— Mistress Varney ! s'écria le major avec une
tristesse pleine de reproches, il y a deux ans, ma
chère mistress Walsingham, c'était toujours Arthur et Ada entre ces chers enfants. Mais venez ici,
mauvais capitaine, venez voir votre ancienne amie;
mistress Walsingham, ma femme sera enchantée de
vous, et vous serez enchantée de ma femme. Vous

êtes jeunes toutes deux, toutes deux éminemment charmantes, ajouta-t-il en saluant Claribel, l'une vive, l'autre calme et tranquille. Ada! dit-il en élevant la voix.

— Oui, cher. »

Deux syllabes seulement; mais deux notes d'un fluide magique qui allaient droit au cœur et le faisaient vibrer d'une manière inconnue, comme si sa corde la plus exquise et la plus sensible n'eût point encore été touchée. C'était une voix qui semblait douloureusement agréable. Mistress Varney apparut à la porte du salon, et s'arrêta sur le seuil, comme un tableau dans son cadre.

Une portière de velours vert qui pendait des deux côtés de la porte ajoutait à l'illusion ; la lumière tombait par derrière de la grande fenêtre du vestibule, et elle était si belle que le soleil semblait concentrer sur elle tous ses rayons, et laisser tout le reste de l'appartement dans l'ombre; le major même cessait d'étinceler. Elle était vêtue d'une robe de soie brochée d'un gris d'argent éclatant, ornée de franges et de rubans violets. Un grand châle de dentelle noire épaisse tombait autour d'elle, non comme un châle, mais comme une draperie, s'échappant en liberté de son épaule et formant des plis savants sur la jupe de sa robe. Elle avait ôté son chapeau, et ses cheveux d'un brun foncé tombaient en désordre sur ses épaules. Ils n'étaient pas arrangés ni peignés comme les cheveux de tout le monde, mais ils semblaient rejetés en arrière pour tomber en boucles singulières dans un abandon dé-

licieux. Son visage était du type oriental le plus
pur : le nez petit et aquilin, les yeux noirs comme
la nuit, dessinés en amandes pleins de langueur et
à demi-voilés par des cils longs et noirs comme du
jais. Ses lèvres un peu saillantes étaient d'un rouge
vif, son teint pâle et olivâtre. Mais à cette glorieuse
splendeur de lignes et de couleur se mêlait le
charme plus séduisant encore d'une ravissante expression enfantine. Ses ennemis, impuissants à
nier ses charmes, déclaraient qu'elle était juive.
C'était tout ce qu'ils trouvaient à dire. Elle demeura
quelques instants dans la même attitude, immobile
comme une statue. Il semblait qu'instinctivement
elle fût accoutumée à attendre que la surprise et
l'admiration causées par son aspect fussent passées.
Alors, tendant une petite main délicatement gantée,
elle s'approcha du capitaine qui l'avait regardée,
comme si, lui aussi, la voyait pour la première fois.

« Capitaine Walsingham, avez-vous donc tout à
fait oublié Calcutta ?

— Oublié Calcutta?... Je parie que non, dit le·
major avec un éclat de rire sonore.

— Pas le moins du monde, mistress Varney ; le
passé est un maître presque toujours coûteux, mais
il serait un mauvais maître si nous devions si tôt
oublier ses leçons.

— Il parle, dit le major toujours riant, comme
la morale d'un roman au dernier chapitre. Vieux
renard ! il s'est rangé à la fin, comme disent nos
amis de l'autre côté du détroit. Mais allons, Arthur,
présentez ces dames l'une à l'autre. »

La face bronzée du capitaine prit une teinte encore plus sombre que de coutume.

« C'est à peine nécessaire, dit-il, ma femme et moi nous partons demain pour le continent. Venez, Claribel, venez, baronnet. »

Il prit l'enfant par la main et se dirigea vers la porte de la bibliothèque, tournant résolument le dos au major et à sa charmante femme. Mistress Walsingham le regardait avec étonnement. Elle l'avait vu souvent brusque et étrange, mais jamais jusqu'à présent elle ne l'avait vu aussi grossier et aussi malhonnête. Le major ne paraissait pas le moins du monde embarrassé ; il riait doucement en lui-même, et avant que le capitaine Walsingham eût eu le temps de quitter le vestibule, il avait commencé à chanter d'une belle voix de ténor les premières strophes d'une des mélodies de Moore :

Ne t'enfuis pas encore, car l'heure est venue.

Arthur Walsingham s'arrêta subitement, comme s'il avait reçu à bout portant la décharge d'un pistolet.

« Songez-y mieux, cher camarade, dit le major quand il eut fini le couplet et exécuté une très-artistique fioriture sur l'avant-dernière note. Songez-y mieux, mon ami, et présentez mistress Walsingham à mistress Varney ; présentez-les, Arthur, et changez, je vous prie, d'avis quant à votre voyage sur le continent. Je pense réellement que c'est ce que vous avez de mieux à faire. »

Le capitaine présenta sa femme et mistress Var-

ney l'une à l'autre. Claribel paraissait très-bien disposée envers la belle étrangère.

« N'inviterez-vous pas vos amis à dîner, Arthur? »
dit-elle à l'oreille de son mari.

Il ne lui répondit pas.

« Emmenez mistress Varney au salon, Claribel,
dit-il ; et vous, major, venez fumer un cigare sur la
terrasse, avec moi.

— Une douzaine de cigares, mon cher ami, car
j'ai bien des choses à vous dire. »

Les deux hommes arpentèrent la terrasse, jusqu'à
ce que la cloche suspendue à la coupole du vestibule sonnât le dîner. Les dames étaient assises auprès d'une des fenêtres du salon et voyaient qu'ils
étaient en grande conversation. Le major était très-
agité et ajoutait à ses paroles bon nombre de gestes.
Le capitaine Walsingham marchait la tête penchée
et les mains dans ses poches, et il était remarquable
que plus le major était vif, radieux et animé, plus il
gesticulait et riait fort, plus son compagnon fumait
avec une ardeur plus marquée et paraissait plus
abattu, et l'on eût dit qu'il allait consumer son cigare en une demi-douzaine d'aspirations féroces.
Quelques minutes après que la cloche eût cessé de
sonner, le capitaine Walsingham se dirigea vers
la porte suivi de son ami.

« Claribel, dit-il, le major m'a persuadé de remettre notre voyage jusqu'à ce que lui et sa femme
puissent se joindre à nous ; il m'a promis en même
temps de nous faire le plaisir de passer avec nous
une semaine ou deux.

— Ce cher Arthur a été si éloquent dans ses instances hospitalières, Ada, que sans consulter votre bon plaisir ou mistress Walsingham, — qui, j'y pense, peut trouver ces amitiés indiennes bien désagréables, — j'ai consenti à rester ici quelques jours ; mais j'ai avec moi ma voiture, Arthur,... cela vous gênera-t-il ?

— Non ; il y a de la place aux écuries. Vous avez votre cocher, alors ?

— Oui, un excellent garçon ; il sera une véritable bonne fortune pour vos gens.

— Le major et mistress Varney occuperont les chambres bleues, Claribel. Voulez-vous donner des ordres à Carson ?

— Oui, Arthur, immédiatement. Je suis bien heureuse que vous consentiez à rester avec nous, ajouta mistress Walsingham en se tournant vers Ada Varney.

— Vous l'aimez déjà ? dit le major, j'en étais sûr ; tout le monde l'aime. »

Ils quittaient ensemble le salon, quand le major s'arrêta à la porte, et jetant un coup d'œil dans l'appartement qui dominait les vastes jardins, le lac et les bois, il dit :

« Ainsi, c'est cela Lislewood Park ! Arthur Walsingham, vous êtes un renard plus rusé que votre supérieur. »

CHAPITRE VI.

TRAQUÉ.

A table, le major Granville Varney fut encore plus brillant, plus étincelant et plus radieux. Il était assis auprès de Claribel Walsingham, et la tranquille et languissante maîtresse de Lislewood Park écoutait avec un intérêt inaccoutumé le bavardage incessant de l'officier aux cheveux d'or. Il lui raconta cent anecdotes de la vie de l'Inde, — anecdotes si vives, si nettes et si épigrammatiques qu'elles aussi semblaient avoir un éclat à elles et être aussi brillantes et aussi étincelantes que le major lui-même.

Comme toutes les personnes calmes et peu démonstratives, Claribel se laissait toujours fasciner par l'animation des autres. Elle écoutait, et s'étonnait de tout ce que lui disait ce joyeux soldat, qui lui racontait sans désemparer une lutte terrible qui avait eu lieu dans le Punjaub, et une scène burlesque qui s'était passée dans un dîner, à Calcutta ; elle soupirait ou regardait tour à tour le charmant major et le silencieux capitaine qui penchait tristement la tête et regardait vaguement le chiffre de Lisle gravé sur sa fourchette.

« Si seulement Arthur était doué d'une semblable gaieté » pensait-elle.

Mistress Varney parla peu. Elle avait déjà entendu les histoires du major, peut-être. Le capitaine ne fit aucun effort pour lier conversation avec sa belle voisine, mais il se rejetta sur le dos de sa chaise l'air contraint et embarrassé, et laissant son verre de porto intact.

Le soir, quand les dames furent assises au salon, et pendant que le major faisait à mistress Walsingham une description topographique de la Cité des Palais, le capitaine sortit par la fenêtre ouvrant sur la terrasse; puis il traversa le jardin et la longue avenue qui conduisait à la grille. Le soleil s'était couché dans un ciel chargé de nuages, et jetait des rayons rougeâtres qui disparaissaient lentement derrière les troncs des grands arbres. La chaleur était accablante, et la lourde atmosphère avait ce calme sinistre qui est toujours le présage d'un orage, de grosses gouttes de pluie tombaient avec bruit sur les feuilles des chênes et çà et là sur la tête nue du capitaine; mais il ne leva pas une seule fois les yeux et ne parut pas remarquer la pluie.

« On est aussi seul ici que dans une forêt, » dit-il en jetant un regard inquiet autour de lui, et en passant de l'avenue dans une partie du parc très-boisée.

Après avoir marché quelque temps, il arriva à un endroit où les grandes branches de hêtres formaient un couvert épais au-dessus de sa tête. De temps à autre il avait jeté un regard du côté des fenêtres éclairées de la maison, qui brillaient sur le lac et se reflétaient dans son eau tranquille, mais, se retournant en ce moment, il vit que l'habitation était hors de vue, tant l'endroit où il se trouvait était caché par de magnifiques arbres centenaires.

« A mi-chemin entre la maison et la grille, dit-il, et aussi loin de l'une que de l'autre. Il n'y a qu'un braconnier ou un homme qui va se tuer qui puisse venir ici. »

Il s'arrêta sous l'un des grands arbres, et s'asseyant sur l'une des branches à quelques pieds du sol, il prit quelque chose dans la poche de son habit. Ce quelque chose était enveloppé dans un mouchoir de batiste. Il l'examina avec soin en le touchant, car il faisait trop sombre pour qu'il pût le voir, et pendant qu'il le tenait à la main, on entendit un petit craquement sec. Au bruit de ce craquement un objet blanc passa sur son épaule comme l'aile d'un oiseau, et le quelque chose lui fut arraché des mains. Il se leva, et se retournant il saisit à la gorge un homme qui se tenait derrière lui.

« Rendez-le-moi, dit-il d'un ton furieux à l'importun qui n'était autre que son ami le major Granville Varney.

— Sous aucun prétexte, mon cher ami. En avez-vous un autre ?

— Qu'est-ce que cela vous fait ?

— Stupide enfant, avez-vous un autre pistolet, oui ou non ? dit le major de la voix la plus agréable.

— Non.

— Bien, mon cher Arthur. Alors asseyons-nous tous deux sur cette branche qui forme une excellente causeuse, et expliquons-nous tranquillement. »

Le capitaine Walsingham s'assit en face du major sans dire un seul mot.

« D'abord, nous allons ôter la charge de cet affreux joujou, dit le major Varney en mettant la balle dans sa poche et en éparpillant la poudre sur le sol, puis nous allumerons nos cigares, et nous causerons affaires. »

Il tendit à Arthur Walsingham un étui à cigares et une allumette. Les allumettes jetaient une lueur rouge sur les figures des deux hommes; le capitaine était pâle comme un mort, le major toujours calme et souriant.

« Et maintenant, cher Arthur, que signifie tout cela?

— Quoi? murmura le capitaine.

— Le pistolet chargé. Fou.... enfant!... supposez-vous que je n'aie pas deviné ce que vous vouliez faire? Pensez-vous que je n'aie pu le voir... le lire sur votre visage pendant le dîner? J'ai entendu le pistolet heurter votre chaise quand vous vous êtes levé pour ouvrir la porte à ces dames. En vous voyant sortir du salon, je savais ce que vous alliez faire, et cinq minutes après je vous suivais. Fol enfant, naïf enfant, qui ne voit pas son propre intérêt, ingrat envers ses amis, pauvre garçon! »

Le rire joyeux du major résonnait sous l'arche sombre, quand il laissa glisser le pistolet dans la poche de son habit, et qu'il aspira quelques bouffées de fumée. Le cigare du capitaine Walsingham brûlait doucement, tandis que le fumeur conservait une attitude d'abattement, appuyé contre le tronc de l'arbre. Le major était assis à l'autre extrémité de la branche, et berçait doucement sa botte vernie sur son genou.

« Voyons, Arthur, ai-je été désagréable? Je pourrais commencer cette conversation en vous reprochant votre ingratitude; mais je hais les reproches, je passe donc par là-dessus, et j'arrive à votre bêtise. Arthur, vous vous êtes rendu ridicule. »

Le capitaine ne répondit rien; après un moment de silence, le major continua :

« Vous êtes un niais, Arthur, ou vous me demanderiez : Comment? Mais peu importe, je vous pose la question pour y répondre. Je me mets à votre place, Arthur Walsingham, et je me demande comment, moi, Arthur, je me suis rendu ridicule? D'abord, mon cher ami, vous avez commis la faute terrible, mais extrêmement commune de croire qu'il était possible de profiter des services d'un homme beaucoup plus intelligent que vous, tant que ses services vous étaient nécessaires, et de repousser cet homme, beaucoup plus intelligent que vous, aussitôt qu'il vous serait possible de vous passer de son aide. »

Le bruit de la pluie tombant sur les feuilles fut encore le seul qui répondit au major Granville Varney.

« Il y a quelques années, Arthur, vous étiez dans un embarras tel que sans le secours d'un ami dé-

5

voué, il est fort peu probable que vous vous en fussiez tiré.

— C'est vrai, dit le capitaine.

— Cher ami, si vous voulez seulement cesser de bouder nous resterons aussi bons amis que par le passé. Donc l'ami vous aida et par lui vous sortîtes de vos embarras ; comme on devait s'y attendre, un vif attachement survint entre vous et l'ami en question. A Calcutta on commençait à parler de Damon et Pythias, c'était quelque chose de plus que de l'amitié ; c'était une association mystérieuse et maçonnique que la mort seule pouvait rompre. N'était-ce pas ainsi, Arthur ?

— Si vous voulez dire que nous avons été utiles l'un à l'autre, je réponds oui, fit le capitaine.

— Mais vous n'en direz pas davantage, peu enthousiaste Arthur ! Eh bien, alors, nous nous fûmes utiles l'un à l'autre,—éminemment utiles,—et nous aurions pu continuer ainsi pendant bien des années heureuses. Tout à coup, un matin, sans rime ni raison, le capitaine Arthur Walsingham quitte aussi tranquillement le service de la Compagnie des Indes que s'il sortait d'un café ; au lieu de consulter son ami qui lui eût conseillé d'attendre tranquillement qu'un officier d'un grade inférieur achetât son brevet de capitaine.

— Peut-être eussiez-vous voulu qu'il attendît tranquillement qu'on lui dise qu'il ferait mieux de quitter le service, n'est-ce pas, major ? dit le capitaine avec un rire moqueur.

— Arthur, vous êtes fou ! Donc, au lieu de pren-

dre conseil d'un esprit supérieur, oublieux de tous
les services passés, ingrat, sournois, et défiant, ce
pauvre garçon quitte le service et s'embarque sur
un navire pour l'Angleterre. Voilà tout ce que son
ami dévoué peut apprendre sur son compte en revenant d'une excursion dans la montagne, quand il
le trouve parti.

— Oui. Vous aviez perdu votre instrument,
major!

— J'avais perdu mon instrument, Arthur? Comment pouvez-vous présenter les choses sous un aspect aussi peu délicat? dit le major avec un accent
de mâle indignation. J'avais perdu mon ami, mon
élève, mon compagnon, mon Damon; je fis prendre
des renseignements par un ami en Angleterre. On
vous avait vu débarquer à Douvres, mais depuis on
ne vous avait plus aperçu; en un mot, je n'avais
plus rien à faire qu'à me soumettre et à attendre.
Le rusé renard m'a glissé des mains, dis-je; le
mieux est d'attendre mon tour, et aussi vrai que je
m'appelle Granville Varney, je le rattraperai? »

En parlant ainsi, il posa légèrement ses deux
mains de femme sur l'épaule du capitaine. Si
léger que fut ce contact, Arthur Walsingham plia
sous lui comme il aurait plié sous mille livres
de fer.

« Je le rattraperai, me suis-je dit, continua le
major, qu'il se cache n'importe comment et où il
voudra, je le rattraperai, et je l'ai fait comme je
l'ai dit. »

Il eut un gros rire de triomphe, se frotta douce-

ment les mains l'une contre l'autre, et jeta à travers
l'obscurité un regard scrutateur de ses yeux bleus
brillants sur la silhouette indécise du capitaine.

« J'obtins une permission et je quittai l'Inde,
continua-t-il en parlant rapidement et en s'échauffant. J'ai couru dans toutes les maisons de jeu de
Londres, dans toutes les tavernes de chaque comté
de l'Angleterre ; j'ai pris mes renseignements partout et auprès de tout le monde, et après une recherche infatigable, après mille mortifications, mille
désappointements, j'apprends enfin ce matin, à
l'*Hôtel du Vaisseau*, à Brighton, qu'un certain capitaine Walsingham a épousé la riche veuve de sir
Réginald Lisle, Baronnet, et réside à Lislewood
Park.

— Votre visite n'est donc pas due au hasard? demanda le capitaine.

— Mon cher Arthur, pensez-vous que si j'avais
laissé le cours de mon existence se diriger par le
hasard, je serais l'homme que je suis? Non ; je savais pourquoi je venais et où j'allais, et maintenant
vous pouvez le savoir aussi. Je suis venu pour exiger l'accomplissement des termes de notre traité ;
je viens réclamer ma part dans vos gains selon notre
ancien marché ; je viens soutenir mes droits établis
depuis longtemps. Quel que soit le chiffre de la fortune de votre femme qui puisse vous appartenir, je
réclame la moitié de cette somme ; quelle que soit
la dose de fortune et de pouvoir que vous puissiez
arracher à votre beau-fils, la moitié de cette fortune
et de ce pouvoir m'appartient ; quel que soit le con-

fort, le luxe, l'indolence, et l'extravagance dont vous puissiez jouir, je demande à les partager; et maintenant, cher Arthur, rentrons au château. Allez, Arthur Walsingham et compagnie, souvenez-vous que votre ancien associé marche derrière vous, bien qu'il lui plaise de rester dans l'ombre. »

Cinq minutes après, les deux hommes avaient quitté le couvert; un autre homme écartait les branches derrière le tronc sur lequel ils s'étaient assis, et s'éloignait sans bruit dans la direction de la grille du parc.

Pâle et tremblant, Arthur Walsingham s'avança dans l'avenue, puis traversa le pont et les jardins. Un condamné à mort, gravissant les marches de l'échafaud, aurait marché comme il marchait, et regardé comme il regardait; tandis que le bourreau, qui quelquefois aide l'infortuné à monter à l'échafaud, aurait assez ressemblé au brillant major qui suivait de près son ami en tenant une main légèrement appuyée sur son épaule. Même dans la gracieuse pose de cette main délicate, il y avait quelque chose du mouvement de l'officier de police qui vient d'appréhender sa victime, quelque chose qui disait plus clairement encore que les paroles mêmes du major : —

« Pris, Arthur Walsingham! tu es pris! »

CHAPITRE VII.

TRAVAIL EN SOUS-ŒUVRE.

Le major Granville Varney ne parut trouver aucune difficulté à s'installer commodément à Lislewood Park. Il envoya à Brighton chercher ses bagages, qui arrivèrent sous la conduite de son valet de chambre, un juif du nom de Salamons. Il y avait à Calcutta des personnes assez médisantes pour dire que cet israélite à l'œil noir n'avait pas toujours été le valet du major, mais qu'il avait été autrefois directeur d'un petit théâtre de province, sur les planches duquel une jolie sœur à lui avait rempli les premiers rôles dans les drames anglais; et ces malveillants Anglo-Indiens allaient quelquefois jusqu'à affirmer que ladite jolie sœur n'était ni plus ni moins que la charmante mistress Granville Varney actuelle, et que le major, se trouvant en congé en Angleterre, était devenu follement amoureux d'elle en la voyant jouer sur le théâtre de son frère, et l'avait épousée sans plus tarder. Quoi qu'il en fût, mistress Varney était une femme accomplie, élégante, belle, et séduisante; elle possédait la voix de contralto la plus riche et la plus pure qui se pût entendre, et avait cette disposition naturelle pour la musique qui est tellement au-dessus de tous les talents ordinaires, qu'elle mérite le divin nom de génie. Si le gras et graisseux valet juif était son frère, elle ne montrait pas une bien grande affection pour ce parent, car elle passait devant lui en tenant ses blanches paupières abaissées fièrement sur ses grands yeux noirs, comme s'il eût été une chose de trop peu d'importance pour qu'elle daignât seulement s'apercevoir de sa présence.

Après les deux ou trois premiers jours du séjour du major, l'humeur de Walsingham s'améliora considérablement. Ils jouaient généralement au billard pendant la plus grande partie de la journée, et à l'écarté la moitié de la nuit. Mistress Varney et Claribel se montraient quelquefois dans la salle de billard pour regarder jouer ces messieurs. Le major riait et parlait en faisant tourner sa queue; il adressait des compliments aux dames, et causait avec une vivacité intarissable pendant que les boules d'ivoire roulaient sur le drap vert. Arthur Walsingham, au contraire, jouait avec une attention fiévreuse; il ne paraissait jamais ni fatigué, ni ennuyé; il quittait avec regret la salle de billard, et il y revenait avec impatience. A leurs parties d'écarté du soir, c'était lui qui insistait auprès du major pour continuer le jeu; c'était lui qui retenait son ami à la petite table bien longtemps après que les dames s'étaient retirées. Quiconque aurait vu les visages de ces deux hommes penchés sur la petite table qui était entre eux, aurait dit que pour le ma-

jor le jeu était un plaisir, un caprice ou une com-
plaisance ; mais que, pour le capitaine, c'était une
passion profondément enracinée.

Pendant que tout cela se passait au château, Gilbert Arnold, le garde, tout en fumant sa pipe à
l'ombre de sa porte, regardait d'un œil envieux et
haineux les visiteurs et leurs gens.

« Ainsi donc, le capitaine on — ne — sait — qui,
qui est sorti on — ne — sait — d'où, a un ami en visite chez lui? dit-il un matin à sa femme, quelques
jours après l'arrivée du major ; il pensait sans doute
que mon fils allait se coucher à terre, pour qu'il eût
le plaisir de marcher sur lui ; c'est toujours ce
qu'ils attendent, ces grands messieurs. Mais nous
n'en ferons rien, Jim, n'est-ce pas? ajouta-t-il en
s'adressant à l'enfant qui se balançait sur la porte
du petit jardin.

— Nous ne ferons pas quoi, père?

— Nous ne nous coucherons pas à terre pour que
les riches nous marchent sur le corps avec leurs
bottes luisantes, n'est-ce pas, Jim?

— Non, pas de bonne volonté, père, » dit l'enfant
en levant sur la face refrognée du braconnier un regard rempli d'une ruse précoce.

Gilbert éclata de rire.

« Tu es bien mon fils, un copeau du vieux tronc,
dit-il ; foin des bassesses de ta mère comme du
moindre signe de nos maîtres ; foin des stupidités
de notre recteur quand il parle d'honorer nos supérieurs et de leur être reconnaissants des restes
qu'ils nous donnent.

— Père, s'écria l'enfant, voici le capitaine, le gentleman aux moustaches, et sir Rupert, qui viennent du côté de la grille.

— Ah! alors tu auras une pièce de six pence, peut-être, si tu te mets sur leur chemin. Prends leur argent, mais ne prends pas leur impudence, Jim, c'est un conseil que je te donne. »

L'enfant fit un signe de tête, et quittant la porte du jardin, il courut dans l'avenue.

« Les voilà, dit Gilbert; voilà le capitaine et le bel officier son ami, je n'ai jamais vu son semblable, il vous fait clignoter les yeux, tant il est brillant et luisant. Voilà sir Rupert sur son poney. Pourquoi mon garçon n'aurait-il pas un poney aussi? Il est bien plus beau pour son âge que celui-ci, » grommela Gilbert Arnold.

Les deux gentlemen marchaient ensemble, et le capitaine tenait la bride du petit poney du baronnet.

« Arthur, dit le major, en approchant de la grille, savez-vous quelque chose sur le compte de l'ancien braconnier que vous employez?

— Rien, si ce n'est que cela a été un fameux vaurien dans son temps, qu'il s'est adonné depuis à la lecture des livres religieux de M. Maysome, et que le dimanche il va à l'église.

— Bon! dit le major. Autrefois braconnier fieffé, et maintenant dévot et hypocrite. Voilà, mon cher Arthur, exactement l'homme que j'ai besoin d'étudier.... d'étudier seulement, vous m'entendez. Vous pouvez me donner quelques détails sur la première partie de son existence, n'est-ce pas?

— Non, je crois qu'il a passé une année ou deux hors du comté de Sussex et qu'il a été envoyé en prison dans le Hampshire, pour quelque malentendu avec nos gardes-chasse; qu'à son retour à Lislewood, il a épousé Rachel Dawson, la fille du garde, et qu'il n'a rien fait depuis que fainéanter autour de sa maison, comme vous le voyez en ce moment.

— Oui, le voilà, dit le major gaiement; des yeux jaunes teintés de vert; des yeux de chat, qui changent au soleil; le pas du chat, lent et prudent, et la traîtrise du chat, s'il en était besoin. Arthur Walsingham, j'étudierai cet homme. »

Ils arrivèrent à la grille comme le major finissait de parler.

« Bonjour, Arnold, » dit le capitaine.

L'homme fit un signe de tête maladroit, et ôta sa casquette graisseuse comme en maudissant la nécessité qui l'y forçait. Le petit baronnet, vêtu d'une tunique de velours, regardait le fils du garde avec son pantalon de velours à côtes, sa blouse de toile, et ses souliers à gros clous.

« Diable! dit le major, ces deux enfants sont exactement du même âge, du moins on le dirait.

— Mon garçon a un an de moins que sir Rupert, grommela Gilbert Arnold.

— Un an de moins! Alors c'est un très-beau gaillard pour son âge, mon brave. Ils sont juste de la même taille, à ce que je crois; voyons, sautez à bas de votre poney, baronnet, et voyez qui est le plus grand de vous ou du petit Arnold.

L'enfant sauta à terre et le major plaça les deux enfants dos à dos. Sir Rupert avait ôté son chapeau et les deux têtes arrivaient exactement au même niveau.

« Il n'y a pas un pouce de différence entre eux, dit le major Varney, et leurs cheveux sont exactement de la même nuance. »

Le major avait raison, les longues boucles du baronnet, et les cheveux coupés en brosse de James Arnold étaient du même blond. Les deux enfants avaient les yeux bleu clair, les joues pâles et les traits secs, mais fins; mais si grande était la différence produite par les riches vêtements et les longues boucles tombantes de l'un, et les vêtements grossiers de l'autre, que l'observateur le plus superficiel n'eût pas remarqué la ressemblance frappante qui existait entre les deux enfants.

« Si mon ami Arnold, dit le major, habillait son fils comme sir Rupert, ces deux enfants pourraient passer pour frères jumeaux. Baronnet, laissez le petit garçon monter un instant votre poney, que nous voyions s'il sait s'y tenir. »

Le major mit l'enfant en selle; mais James Arnold avait hérité du caractère envieux de son père sans hériter de son courage de bouledogue; dès que le major eut mis le poney au trot, l'enfant devint pâle et commença à crier.

« Comment donc? dit le major en le faisant descendre, il tremble de tous ses membres.... Est-ce que par hasard il aurait peur?...

— Il est un peu poltron, dit le père.

— Poltron! dit le major, poltron! je n'ai jamais

rien vu de pareil. Sir Rupert est délicat comme une
jeune fille, mais il se tient sur son poney comme
un homme et il n'a pas plus peur d'une haie que
moi. N'est-ce pas, baronnet? dit-il, en s'adressant à
l'enfant, qui s'était mis en selle.

— Non, major, James Arnold est un poltron, il
crie quand on le touche, je n'aime pas les poltrons.

— Chut, baronnet, cela n'est pas parler en gentleman; le courage est un effet de la constitution,
de même que la poltronnerie. Cet enfant n'est pas
maître de ne pas s'effrayer, dit le major, en posant
sa main sur la tête du petit garçon. Il est d'un tempérament nerveux, et un homme d'une grande force
de volonté pourrait faire de lui ce qu'il voudrait;
je parviendrais, j'en suis sûr, à me faire suivre
comme un chien par cet enfant, et à lui faire deviner
les mots sur mon visage avant d'avoir le courage de
les prononcer. Prenez garde à votre fils, Arnold, ou
il vous donnera du fil à retordre un de ces jours.

— Merci, monsieur, répondit le garde d'un ton
bourru, je ne crains rien.

— Ah! je comprends, vous n'aimez pas qu'on se
mêle de vos affaires; n'importe, mon ami, nous
nous comprendrons beaucoup mieux, j'en suis sûr, »
dit le major Varney en se frottant les mains, en
riant gaiement et en jetant de côté un regard sur le
garde mécontent.

Les yeux de Gilbert Arnold clignotaient sous ce
regard inquisiteur, comme si le major eût été un
rayon de soleil.

« Bonjour, mon ami, je viendrai tantôt causer un

instant avec vous. Allons, baronnet; venez Arthur,
mon cher ami; en route pour la promenade.

La grille du parc grinça sur ses gonds, et se referma derrière les promeneurs, au moment où le major prononçait ces derniers mots. Gilbert Arnold
quitta son poste favori dès qu'ils furent partis, et
les regarda s'éloigner sur la grand'route.

« Maudit soit cet homme! dit-il d'un ton féroce.
Je me demande qui il peut être pour venir estimer
un homme comme si c'était un chiffre? Que le diable
soit de cet insolent aristocrate! »

Le major Granville Varney fut longtemps à sa
toilette ce soir-là; il semblait qu'il n'aurait jamais
fini de brosser ses cheveux et de peigner sa moustache. Mais il s'arrêta enfin, tenant à la main ses
deux brosses d'ivoire, et regarda d'un air pensif le
juif qui lui servait de valet, et qui se tenait près de
lui avec le gilet noir de son maître sur le bras.

« Salamons, vous menez une vie très-tranquille
dans ce triste château. J'espère que votre intelligence
ne se rouillera pas, dit le major après avoir pendant quelques instants promené sur son domestique
un regard sournoisement scrutateur.

— J'espère que non, monsieur le major, surtout si....

— Surtout si j'ai besoin d'exercer cette intelligence, n'est-ce pas, Salamons? Je vous comprends,
vous êtes une très-digne créature, Salamons, et je
serai bientôt, je l'espère, en position de doubler vos
gages. Maintenant, prenez votre carnet, et écoutez-
moi. »

M. Salamons tenant toujours sur son bras le gilet
du major, tira de sa poche un portefeuille en cuir,
l'ouvrit, prit un crayon de mine de plomb, et se pré-
para à écrire ; les feuilles de ce memorandum étaient
remplies dans tous les sens ; de sorte que le valet
du major eut quelque peine à trouver un endroit
convenable.

« Il y a à la grille du parc, dit le major, en dé-
crivant avec les brosses une ligne circulaire pour
illustrer son discours, un certain braconnier qu'on
appelle Gilbert Arnold ; écrivez Gilbert Arnold,
braconnier. »

M. Salamons écrivit en lettres courtes, grosses,
lourdes, entassées les unes sur les autres : GILBERT
ARNOLD, *braconnier.*

« Il a été enfermé dans la prison de Winchester,
pour s'être battu contre les gardes-chasse. Mettez la
prison de Winchester. »

M. Salomons écrivit: PRISON DE WINCHESTER, au-
dessus de GILBERT ARNOLD, *braconnier.*

« Maintenant fermez votre livre et écoutez-moi. »

Le major déposa les brosses et se jeta dans un
fauteuil.

M. Salamons ferma son calepin, le mit dans sa
poche, et attendit dans une attitude pleine de déférence les communications de son maître.

« Ce braconnier a été enfermé dans la prison de
Winchester pour un délit de chasse qu'il a commis
ici ; il a été deux fois enfermé dans la prison de Lewes
pour d'autres délits ; mais il a dû commettre quelque crime pour lequel il n'a jamais été puni.

— Et vous tenez ce renseignement, monsieur?...

— De la figure même de l'homme, de ses yeux clignotants qui fuient le regard des miens, de son pas indécis, et de son attitude rampante. Chaque matin, en se levant, cet homme se dit : « Je puis être arrêté ce soir ; » au moment où il va pour se raser, il rejette le rasoir, car il pense : « Peut-être avant ce soir porterai-je les habits de la prison. » Salamons, il y a des années, cet homme a commis un crime, et il a pu éviter jusqu'ici d'être découvert ; il vit dans la crainte perpétuelle d'être arrêté. Peut-être se croit-il en sûreté maintenant ; mais la crainte est devenue une telle habitude de son esprit, qu'en dépit de lui-même il a peur. Oh ! Salamons ! quelle consolation pour un homme d'avoir une conscience nette, et de n'avoir pas à craindre de porter un jour les vilains habits des prisons. »

Le major se mit à rire à haute voix, à cette pensée consolante.

« Maintenant, Salamons, vous pouvez deviner ce que je vais vous demander. Il faut partir d'ici à demain matin ; je vous dirai où et comment vous prendrez des informations ; je compte sur votre sagacité, et je vous dis tout simplement : découvrez les secrets de la vie passée de Gilbert Arnold, et apportez-les moi. J'ai comme une idée que cela pourra être utile un jour ou l'autre. Et maintenant donnez-moi mon gilet. »

Le major termina sa toilette, et renvoya son valet. Une porte s'ouvrit, et mistress Varney, vêtue de blanc, avec des fleurs naturelles dans ses cheveux noirs, parut sur le seuil.

« Vous avez une toilette on ne peut plus charmante ce soir, idole de mon âme, dit le major avec tendresse. Ces fleurs ont un air de divine innocence qui vous sied à merveille. Ada, ou Adeline Varney, aimeriez-vous à devenir maîtresse de Lislewood Park?

— Ne dites pas de folies, Granville, fit la jeune femme, mais descendons. Je croyais que vous n'en finiriez jamais avec votre toilette ce soir.

— Ada, la traînée nécessaire pour miner cette maison doit être bien longue, et je crois que nous devrions déjà la commencer et étendre la poudre à une certaine distance, n'est-ce pas? Mais ne vous inquiétez pas, ma chère amie. Le grand système est à l'œuvre. Alfred Salamons a reçu ses instructions. Il y a encore de grandes choses à faire, mais nous arriverons à notre but avec une conscience nette, et sans avoir à craindre ni prison ni punition depuis le commencement jusqu'à la fin. »

CHAPITRE VIII.

BEECHER'S RIDE.

Cinq semaines se sont écoulées depuis l'arrivée
du major et de sa femme, et le jour où ils devaient
quitter Lislewood Park est arrivé. Ils allaient passer
encore une semaine ou deux à Brighton avant de
rentrer à Londres, où ils devaient séjourner jusqu'à l'expiration du congé du major. Ils devaient
voyager dans leur voiture avec leurs chevaux et leur
cocher, et M. Salamons sur le siége de derrière. Le
major et mistress Varney attendaient sur la terrasse
en compagnie de leur hôte et de leur hôtesse pendant que les malles étaient chargées sur la voiture
sous la direction de l'expert Salamons.

« Arthur, dit le major, la grand'route tourne au
pied du côteau que vous appelez Beecher's Ride,
n'est-ce pas ?

— Au pied du côteau, oui, mais non pas au pied
de Beecher's Ride même, qui est à l'autre extrémité.

— Si vous et moi nous allions jusque-là, pendant
que Salamons charge les bagages. Il en a encore
pour longtemps. Ada m'attendra sur la route, je

verrai arriver la voiture de la hauteur. J'ai quelques mots d'adieu à dire à ce cher Arthur. »

Le major fit ses adieux à mistress Walshingham, jeta un grand plaïd écossais sur ses épaules, et indiqua à sa femme où elle le rejoindrait en voiture.

A ce moment même le jeune homme sortit au galop des écuries monté sur son poney pur sang.

« Papa, puis-je sortir avec vous ? » demanda-t-il.

Le capitaine Walsingham hésita et consulta des yeux son ami.

« Certainement, sir Rupert, dit le major, venez avec nous. »

Le major s'arrêta à la loge du garde pour glisser un souverain dans la main de Gilbert Arnold.

« Bonjour et adieu, mes amis, dit-il, souvenez-vous de mes conseils et surveillez votre fils, si vous ne voulez pas être dans l'embarras un de ces jours.

— Fort bien, monsieur, » dit le garde avec un sourire rusé dans les yeux.

Une fois encore la grande grille de fer se referma en grinçant sur le jeune maître de Lislewood Park. Tout enfant qu'il était, s'il avait pu songer un instant à ce qui l'attendait hors de cette grille splendide, assurément le bruit criard de la serrure aurait vibré à son oreille comme le glas funèbre de sa jeune et brillante existence.

Ils mirent plus d'une heure à franchir la route tortueuse qui conduisait au coteau sur lequel le capitaine Walsingham avait rencontré lady Lisle le soir de son arrivée en Angleterre. En atteignant le sommet, les deux hommes regardèrent autour d'eux. Le major se tourna vers sir Rupert, et fit signe des yeux au capitaine Walsingham.

« Rupert, poussez un temps de galop jusqu'à la côte là-bas, j'ai à parler au major Varney. »

L'enfant fit un signe d'acquiescement, et, faisant claquer son fouet, il s'éloigna au trot hors de la portée de la voix, mais non hors de la vue.

« Qu'est-ce? » demanda le capitaine en enfonçant sa canne dans le sol et en s'appuyant lourdement dessus.

Il semblait préparé à une longue conversation.

Le major ouvrit son ample pardessus, et commença à jouer avec les breloques d'or suspendues à sa chaîne de montre. Chacun des poils de ses moustaches et de ses favoris blonds, chacune de ses dents blanches et carrées brillaient sous le soleil d'automne, — pourquoi?

« Qu'est-ce que c'est? dit le capitaine avec impatience. Pourquoi m'avez-vous attiré ici? Qu'avez-vous à me dire ce matin que vous n'ayez pu me dire hier soir.

— Ne devinez-vous pas? demanda le major avec un sourire aimable.

— Non.

— C'est-à-dire que vous ne le voulez pas, vieux renard. Vous craignez de prendre l'initiative; donc il faut que ce soit moi. Arthur, cher ami, il me faut encore de l'argent.

— Oh! vous revenez encore là-dessus, alors je vous répète ce que je vous ai dit hier soir; je n'en ai plus, et il se passera quelque temps avant que je puisse m'en procurer d'autre. J'ai tourmenté assez ma pauvre femme comme cela; je ne lui demanderai pas un liard de plus.

— Entêté que vous êtes ! »

Le major plongea sa main dans la poche de son pardessus, en sortit un petit paquet de lettres très-proprement pliées, couvertes d'une écriture féminine et délicate, et attachées ensemble par un ruban de soie bleue.

« Voyez ces lettres. Elles ont l'air assez coquet, n'est-ce pas. Vous les lirai-je? ou ne vous souvenez-vous plus de ce qu'elles contiennent? »

Le capitaine détourna la tête en faisant entendre un blasphème étouffé.

Le major Granville Varney, tenant d'une main le petit paquet, promenait lentement ses doigts sur les coins des différentes lettres. Il plongeait son regard dans les feuilles pliées en secouant la tête, et fredonnait doucement, ou quelquefois s'arrêtait à quelque passage qui lui semblait particulièrement amusant. Le capitaine l'examinait sournoisement avec un regard triste et sinistre.

« Arthur, cher ami, si je n'ai pas cinq mille livres avant la fin de ce mois, mistress Walsingham recevra ce petit paquet de lettres le 1ᵉʳ octobre. Amusantes comme le sont ces lettres, je crains qu'elle devine à peine l'étendue de leur folie. Il se peut qu'elle prenne la chose au sérieux. Vous l'aimez beaucoup, Arthur; vous l'aimez stupidement; car, sur ma parole, sa bêtise est quelquefois fatigante; mais il y a des gens qui aiment le poulet bouilli.

— Major Varney !

— Mauvaise tête, aurai-je mes cinq mille livres, ou la dame aux blonds cheveux recevra-t-elle ces lettres? Décidez-vous vite, cher ami, car je crois que nous allons avoir une averse.

— Je vous dis qu'il m'est impossible de me procurer cet argent; quant à l'envoi de ces lettres, cela ne m'effraye pas : vous ne voudriez pas éventrer votre poule aux œufs d'or; vous êtes plus habile que cela; l'infernal secret que vous tenez suspendu sur moi devient sans valeur le jour où il sera dévoilé. Vous n'êtes pas homme à vous en dessaisir. »

Le major se mordit les lèvres, et un certain air d'abattement couvrit son visage. Un moment on eût dit qu'il allait se trahir, mais il se remit aussitôt, et éclata d'un rire joyeux en disant :

« Arthur, vous êtes un fin renard; il n'y a pas prise sur vous. Non, vous avez raison, je ne tiens pas à divulguer ce secret, je ne tiens pas à briser le cœur de cette pauvre lady Lisle, ou mistress Walsingham, ou quel que soit son nom; je ne tiens pas à vous voir mettre à la porte de Lislewood Park ou envoyé dans quelque déplaisante colonie où l'on pourrait avoir l'impertinence de vous prier de carder de l'étoupe ou de casser des pierres. Non, cher Arthur, ce à quoi je tiens, c'est à tout arranger pour le mieux et pour le bonheur de tous. Me croirez-vous si je vous dis que je pense avoir trouvé le moyen de le faire ?

— Peut-être.

— Bien. Alors, Arthur, écoutez-moi. Je ne suis pas de ces pauvres diables pour lesquels l'argent comptant est une des conditions de l'existence ; voyez là-bas, vous pouvez voir ma voiture de voyage et mes chevaux, mon cocher, mon valet de pied, vous devinez bien que je ne fais pas tout cela avec ma paye de major au service de la Compagnie. D'un autre côté, vous devinez parfaitement que je n'ai pas un besoin immédiat d'un billet de dix livres. J'aimerais mieux avoir cinquante mille livres dans dix ans que cinq mille aujourd'hui. Arthur Walsingham, quel âge a cet enfant là-bas ? »

En parlant, le major Varney indiquait sir Rupert Lisle.

« Quel rapport cela a-t-il avec nos affaires? demanda le capitaine.

— Peu importe, mais répondez à ma question : quel âge a-t-il ?

— Il a eu sept ans au mois de juillet dernier.

— Sept ans, très-bien ; que diriez-vous, Arthur, si je déchirais ces ridicules lettres et cet autre petit document en mille morceaux, et si je ne vous demandais plus un liard avant quatorze ans ? »

Le capitaine promena sur lui un regard de surprise.

« Que voulez-vous dire? » demanda-t-il avec impatience.

Le major passa son bras sous celui de son ami, et appuyant sa main libre sur l'épaule du capitaine, il lui dit à voix basse quelques mots qui firent pâlir le capitaine, et qui firent s'entrechoquer ses genoux comme s'ils allaient céder sous lui. Il y eut un moment de silence pendant lequel le major contempla le visage bouleversé du capitaine.

« Voulez-vous le faire, dit-il à haute voix, ou voulez-vous que je le fasse ?

— Misérable ! tonna le capitaine. Non, quand je devrais par là éviter les galères.

— Enfant ! dit le major Varney, ne vous emportez pas ! Non, pas même pour vous sauver des galères ! répéta-t-il avec dédain. Mais il y a bien des hommes meilleurs que vous qui le feraient pour un billet de vingt livres. Qu'est-ce que c'est ! un petit tour de main. « Messieurs et mesdames, vous voyez ce shilling, voyez, je le mets sous ce gobelet, toc, toc, il est parti : toc, toc, le voici revenu ! » et l'escamoteur représente la pièce de monnaie à son auditoire étonné, qui croit avoir affaire au plus habile des hommes ; tandis que la vérité, cher Arthur, c'est que ce n'est pas du tout le même shilling, mais un autre tout à fait semblable. Capitaine Walsingham, voulez-vous vous mettre en travers de notre fortune, ou bien voulez-vous m'aider à faire ce tour de passe-passe ?

— Non..... vous dis-je.

— Et si je le fais sans vous ?

— Je dénoncerai le crime, quel que soit le malheur qui m'attende.

— Arthur, vous êtes incorrigible ! Est-ce là votre dernier mot ?

— Oui.

— Très-bien, alors, dit le major en haussant les épaules. S'il en est ainsi, il n'y a rien à faire; souvenez-vous, ajouta-t-il en frappant sur les papiers qu'il tenait à la main, que vous ne devez attendre de moi aucune pitié. Quand les hommes ferment les yeux à leur propre intérêt, ils ne doivent pas s'attendre à ce que des gens plus sages souffrent de leur aveuglement et de leur folie. Appelez votre beau-fils, je vais lui dire adieu, puis je regagnerai ma voiture; la pauvre Ada doit être fatiguée d'attendre. »

Le capitaine appela sir Rupert, qui arriva au galop à l'endroit où se trouvaient les deux officiers.

« Sir Rupert, dit le major, je veux vous dire adieu; je vais tourner le dos à Beecher's Ride. A propos, cela me rappelle que j'ai beaucoup entendu parler de Beecher's Ride par les gens du pays; mais je n'ai jamais su à quoi ce côteau devait son nom. Apprenez-le moi, Arthur.

— Allons, dit le capitaine avec impatience, que voulez-vous savoir sur Beecher's Ride?

— Ne soyez pas impoli, mon cher Arthur, contez-moi cela. »

Ils étaient debout sur le bord escarpé du premier et du plus haut talus de toute une longue rangée de mamelons; ils avaient devant eux le pic le plus élevé, dont la pente était si brusque qu'elle semblait perpendiculaire.

« Le côté de ce talus, c'est-à-dire la pente qui se trouve à nos pieds, a été appelée Beecher's Ride, dit le capitaine, parce qu'il y a environ cinquante

ans, un certain capitaine Beecher, sportman cé-
lèbre, le franchit, monté sur sa jument de race, à
la suite d'un pari.

— Fut-il tué? demanda le major.

— Non, mais sa jument le fut. »

Le major se mit à rire.

« Pauvre garçon ! Alors, il a perdu un bon cheval
s'il a gagné son pari. Personne ne l'a sauté depuis?

— Je ne l'ai jamais entendu dire. »

Sir Rupert Lisle avait écouté attentivement cette
conversation.

« Je voudrais sauter cela, » dit-il en montrant la
descente.

Le capitaine s'était éloigné et s'était jeté sur
l'herbe courte et brunie.

« Je voudrais bien le faire, dit le baronnet, et je
crois que mon poney s'en tirerait.

— Quelle idée, baronnet, répondit le major.
Vous n'êtes pas assez brave pour cela, ajouta-t-il
en riant. Vous pouvez ne pas être aussi poltron que
James Arnold, mais je ne crois pas que vous soyez
assez brave pour descendre Beecher's Ride au galop; sur mon honneur, je ne le crois pas. »

Il y avait un entêtement obstiné dans le sang des
Lisle, qui avait souvent porté les fils de cette maison à faire des choses extraordinaires que les
hommes les plus braves n'eussent jamais tenté; une
détermination tenace d'accomplir tout ce qu'on les
mettait au défi de faire, qualité qui a souvent des
résultats plus grands que le courage bruyant et fan-
faron. Sir Rupert avait le caractère des Lisle — apa-

6

thique et sans initiative; mais excessivement obstiné.

Le major riait; son visage, tourné vers le soleil, était provoquant.

« Non, non, mon petit baronnet, dit-il, vous n'êtes pas assez brave pour tenter cela, et vous êtes trop sensé pour ne pas savoir que cela est impossible. »

Les joues pâles de l'enfant devinrent rouges de colère.

« Ah! cela ne se peut pas! cria-t-il de sa voix tremblante et aiguë; ah! cela ne se peut pas, major! »

Il tourna la tête de son poney, fit une fois le tour du sommet du mamelon; puis, cinglant vigoureusement l'animal de son fouet, il l'enleva par dessus l'étroit garde-fou, puis sur la pente. Le major vit le rouge des joues du jeune homme se changer en une pâleur mortelle dans le court espace de temps que le poney mit à franchir la descente. Le capitaine, rappelé à lui-même par le bruit des pas du cheval, se leva, et se précipita au bord du talus juste à temps pour voir le poney galoppant sur l'herbe glissante qui descendait à un ravin.

« Il sautera, dit le major, sans une seule contusion.

— Démon, c'est là ton œuvre! » s'écria le capitaine.

Le poney arriva au bas du talus; l'enfant portait tantôt en avant, tantôt en arrière de la selle, sans se laisser désarçonner; mais dans l'impétuosité du dernier choc, l'animal perdit l'équilibre, et tomba en reculant sur son cavalier. De l'endroit où les hommes étaient placés, le poney et l'enfant ne présentaient qu'une masse informe qui tourna sur elle-même pendant quelques moments, puis tout d'un coup demeura immobile.

« Par ici, » cria le capitaine, franchissant en courant la route en zigzags qui rendait la pente praticable pour les piétons.

Et il arriva à l'endroit où l'enfant était tombé.

Le major le suivit, et fut le premier à tomber à genoux à côté du poney et de l'enfant. Sir Rupert était étendu sous l'animal; le major Varney défit la bride qui s'était emmêlée, et le poney se releva.

Sir Rupert Lisle était étendu sur le dos parfaitement immobile. Quelques gouttelettes de sang sur le front étaient les seules traces de blessures qu'il paraissait avoir reçues.

« Dieu merci, dit le capitaine, il a seulement eu peur en tombant. »

Le major Granville ouvrit la petite jacquette de l'enfant et mit une main sur son cœur. Il pâlit pendant cette opération, et la lumière sembla se retirer et disparaître de ses favoris et de ses moustaches blondes.

« Il est mort, dit-il d'un ton grave, d'une congestion au cerveau.

— Démon! s'écria le capitaine en saisissant le major à la gorge, voilà votre œuvre!... »

Le major, toujours très-pâle, se dégagea de la

puissante étreinte d'Arthur Walsingham, et dit tranquillement :

« Arthur, soyez raisonnable et écoutez-moi. Je
suis tout aussi innocent de ce qui vient d'arriver
que vous-même. Quand, tout à l'heure, je vous ai
fait la proposition d'une combinaison qui devait
assurer notre fortune, je vous ai dit qu'on ne tou-
cherait pas à un cheveu de l'enfant; je pensais ce
que je disais, mais j'enrageais de votre folie, et je
m'amusais à taquiner l'enfant; ce qui vient d'arriver s'est fait sans mon concours. C'est un de ces
hasards étranges qui renversent tous les calculs.
Ce qui est fait est fait, et nous ne pouvons le dé-
faire, mais — il baissa la voix jusqu'au chuchotte-
ment, — nous pouvons en tirer parti. Voulez-vous
me laisser faire comme je l'entends?

— Oui, dit le capitaine Walsingham en couvrant
de ses mains son visage frappé de terreur, j'avais
juré de protéger cet enfant, et voilà comme j'ai tenu
mon serment. »

Le major ôta son plaid de dessus ses épaules, et
l'étendit sur l'herbe foulée; il souleva le corps inanimé de l'enfant, le déposa sur le châle, et couvrit
sa figure livide et calme avec son mouchoir.

« Arthur, dit-il, restez ici; s'il venait quelqu'un
de ce côté, ayez soin qu'on ne se doute pas de ce
qui s'est passé. Je ne serai pas longtemps. »

Il prit le poney par la bride, et le conduisit à travers l'étroit ravin dans un champ à quelque distance de là, sans s'occuper de ses bottes vernies. Il
fit passer l'animal au milieu de la chaux et de la

vase jusqu'à un étang d'eau stagnante, à un mille du théâtre de la catastrophe, et environ à six milles de Lislewood Park. Il poussa l'animal dans l'étang en le cinglant vigoureusement avec sa cravache, et en lançant la bride par dessus sa tête. L'animal s'enfonça dans l'eau jusqu'au poitrail, et, remontant sur le bord fangeux de l'étang, il galopa furieusement à travers.les terres labourées, et s'enfonça dans un bois de pins rabougris. Le major le suivit des yeux jusqu'à ce qu'il eut entièrement disparu, puis il regagna vivement l'endroit où il avait laissé le capitaine Walsingham et l'enfant. Il trouva le capitaine assis à côté de son beau-fils, immobile et enveloppé dans le plaid épais.

« J'ai cru que vous ne reviendriez jamais, dit-il quand le major fut près de lui.

— Est-il passé quelqu'un par ici?

— Personne.

— Bien; maintenant, Arthur, retournez auprès de la mère de cet enfant, et dites-lui qu'il s'est égaré; rien de plus, car, ne l'oubliez pas, le poney saura bien retrouver le chemin des écuries. »

Il souleva le corps inanimé de l'enfant dans ses bras, et fit quelques pas vers la route où la voiture attendait.

« Arthur, dit-il, courez jusqu'à la voiture, et dites qu'on fasse le tour pour venir me prendre par ici. »

Le capitaine obéit, et au bout de quelques minutes, on entendit les roues tourner doucement sur l'herbe.

Mistress Varney regarda par la portière. Elle

était belle et radieuse dans son chapeau mauve
tendre.

« Qu'y a-t-il? demanda-t-elle.

— Ouvrez la portière, Salamons, dit le major.

— Vous est-il égal de tourner le dos aux chevaux, Ada? ajouta-t-il pendant que le valet, au nez
crochu, ouvrait la portière et baissait le marche-
pied.

— Pourquoi? » demanda-t-elle avec étonnement.

Le major ne lui répondit pas, mais la prenant
par la main, il la fit descendre de voiture, et déposa
le corps enveloppé sur la banquette. Une magnifique peau de léopard, dans laquelle avaient été en-
veloppés les pieds de mistress Varney, était au fond
de la voiture; il la prit et la jeta par-dessus le
plaid.

« Qu'a donc cet enfant?... demanda mistress Varney. Qu'est-il arrivé?... est-il blessé?...

— Oui, sérieusement blessé; je l'emporte à Brighton pour avoir recours aux médecins les plus ha-
biles. Montez, Ada; fermez la portière, Salamons. »

Le major et sa femme prirent place sur la banquette de devant, tournant le dos aux chevaux; le
capitaine mit la main sur l'appui de la portière.

« Qu'allez-vous faire de cet enfant? » demanda-
t-il.

Pour la première fois depuis l'accident, le major
sourit.

« Vous le savez, ou vous le devinez bien, dit-il.
Au revoir, cher ami. »

La voiture s'éloigna, laissant le capitaine debout,

et la regardant s'éloigner; sa figure était d'une pâleur mortelle.

« Claribel Lisle, dit-il, votre ancienne trahison qui a brisé toute mon existence il y a des années retombe maintenant sur vous! Que Dieu vous vienne en aide, pauvre femme, car moi je ne le puis pas! »

CHAPITRE IX.

LE MAJOR VARNEY JOUE LE PREMIER.

Une demi-heure après le retour à Lislewood Park du capitaine Walsingham qui avait apporté la triste nouvelle, tout le monde aux environs savait que sir Rupert Lisle avait disparu. Tous les chevaux des écuries de Lislewood avaient été sellés, tous les domestiques mâles de la maison, aussi bien que ceux du dehors, s'étaient enrôlés pour aller à sa recherche : ils galoppaient le long des routes — ils questionnaient les paysans qui revenaient du marché — tous ceux qu'ils rencontraient de près ou de loin. Ils fouillèrent les allées tortueuses, les champs labourés, et la grande chaîne de côteaux qui partait de Beecher's Ride; mais ils ne purent rien apprendre sur l'enfant monté sur le poney gris-pommelé.

Claribel Walsingham était comme une folle; elle

voulait aller elle-même à la recherche de l'enfant, et elle se fût échappée de la maison si, sur le seuil, son mari ne l'eût retenue dans ses bras. Dans sa folle angoisse elle l'accusait et lui adressait mille reproches.

« Mon fils ! mon fils ! s'écriait-elle, je vous l'avais confié; vous aviez juré de le protéger, qu'en avez-vous fait? Vous auriez dû mourir plutôt que de venir me dire que mon enfant est perdu. »

Cette femme, ordinairement si froide et si peu impressionnable, était terrible dans sa douleur; elle allait et venait dans ces luxueux appartements, pleurant son enfant dans un véritable paroxysme de désespoir. Le capitaine n'avait pas la force de la consoler; il quitta le château, et alla attendre à la grille du parc le retour des gens dont il savait les recherches inutiles. Il trouva Gilbert Arnold à son poste sur le seuil de la loge. Le fils du braconnier était à la porte du jardin. Le capitaine Walsingham tressaillit à la vue de cette chevelure blonde et de ce visage maladif, comme s'il avait vu un revenant. Il pensait au pauvre petit être inanimé qui, roulé dans un plaid d'Écosse, gisait sur l'herbe touffue du fond de Beecher's Ride. Il pensait à l'autre chevelure blonde, sur laquelle la main caressante d'une mère ne devait plus se poser.

« Pourquoi n'êtes-vous point avec les gens qui sont partis à la recherche de sir Rupert? demanda-t-il au garde.

— Parce qu'ils sont assez nombreux sans moi, répondit Gilbert d'un ton bourru. J'ai assez à faire de veiller au mien. Il pourrait être perdu, ou volé, ou assassiné aussi, » ajouta-t-il avec une grimace.

L'officier indien s'élança vers la porte, comme s'il allait fondre sur Gilbert Arnold ; mais l'enfant qui se trouvait sur son chemin , commença à crier.

« Tais-toi, mauvais petit pâlot, hurla le père. Il ne va pas me frapper, j'espère. »

Le capitaine vit que cet homme avait bu. Gilbert plongea sa main rude dans les poches de sa veste et fit sonner la monnaie du souverain que lui avait donné le major Varney. Le capitaine jeta sur lui un regard scrutateur.

« Lui a-t-on déjà fait la leçon, pensa-t-il ; sait-il déjà quel rôle il aura à jouer dans cet infernal complot ? »

Il faisait nuit quand les domestiques rentrèrent pour annoncer que leurs recherches avaient été inutiles ; mais, avant eux, le poney, mouillé et couvert de boue, était rentré à son écurie. Il n'y avait pas à en douter. L'enfant avait été noyé. Mais comment et où ?

Claribel Walsingham ne fit aucune de ces questions ; elle avait appris que le poney était rentré seul à l'écurie, et elle était tombée inanimée sur le sol. Quand les premières lueurs du jour parurent, on sonda chaque étang et chaque ruisseau des environs de Lislewood Park ; mais toutes les recherches furent inutiles ; le jour se passa, et on ne trouva pas le corps de Rupert. On colla de grandes affiches à des intervalles réguliers tout le long des murs du parc, aux poteaux de la route, dans tous les villages des environs, qui faisaient savoir en lettres d'un pied de haut qu'une récompense de cinq cents livres serait donnée à toute personne qui découvrirait le corps de sir Rupert Lisle, baronnet.

Chaque ruisseau, chaque étang avait été fouillé. Où donc l'enfant pouvait-il s'être noyé? Chacun se regardait gravement en faisant cette question. De petits groupes s'étaient rassemblés aux portes des tavernes et des auberges de Lislewood, et leur conversation roulait entièrement sur le gentil petit baronnet qui avait si étrangement disparu. Il était sorti du parc avec son beau-père et l'ami de son beau-père; on les avait rencontrés sur la grand'-route, le capitaine conduisant le poney de sir Rupert par la bride, et depuis personne n'avait revu l'enfant. Le récit que fit le capitaine Walsingham de la disparition de l'enfant était assez vraisemblable; il avait descendu le coteau pour conduire le major jusqu'à la voiture, et avait laissé le petit baronnet galopant sur le sommet; en remontant après une absence d'un peu plus d'un quart d'heure il l'avait en vain cherché. Le beau-père ne pouvait avoir aucune raison pour en vouloir à la vie de cet enfant. Le domaine de Lislewood, sur lequel, du vivant de son beau-fils, le capitaine aurait pu avoir quelque contrôle, revenait maintenant à un étranger. On ne pouvait s'expliquer la disparition de sir Rupert. S'il avait été volé par les misérables rôdeurs des environs, le poney aussi aurait été volé. Il avait donc été noyé, on ne pouvait en douter.

Mais où? Une rivière étroite baignait une vallée

à environ cinq milles de Lislewood Park. L'enfant devait avoir quitté les hauteurs, galopé vers la rivière, et s'être noyé en voulant la traverser. Qui pouvait l'avoir attiré dans cette direction, et si loin de l'endroit où le capitaine l'avait laissé ? Un caprice d'enfant peut-être. On dragua la rivière sans résultat, le courant avait sans doute emporté le corps de l'enfant à la mer, et la malheureuse lady Lisle ne reverrait jamais son fils.

Le deuil régna dans la magnifique demeure de Lislewood. La violence de la douleur de Claribel Walsingham fit place à un chagrin plus calme qui n'eut ni changement ni répit. Tout vestige de couleurs avait disparu de ses joues amaigries, tout éclat de ses yeux bleus ; on ne la voyait jamais pleurer ; mais jamais non plus on ne la voyait sourire, elle ne prenait intérêt à rien ; le château eût-il été en flammes, c'est à peine si elle s'en fût aperçue, et si elle l'eût quitté de son propre mouvement ; elle restait toute la journée dans sa chambre, refusant de recevoir qui que ce fût, à l'exception de son mari et de sa femme de chambre.

Le capitaine pénétrait rarement dans cette chambre de désolation. Il sortait à cheval chaque matin et rentrait à la nuit tombante pour rester à fumer dans la bibliothèque depuis le dîner jusqu'à onze heures ou minuit. Les domestiques se disaient tout bas entre eux que le capitaine s'était adonné à la boisson plus qu'il ne fallait pour son bien, et que la douleur de sa femme et la disparition de son beau-fils pesaient d'une manière terrible sur son esprit. Le capitaine n'avait jamais passé pour un homme très-gai depuis son retour de l'Inde ; mais la morne tristesse de ses manières augmenta encore après la disparition de l'enfant. Sir Launcelot Lisle, le nouveau baronnet, écrivit de Florence pour supplier la veuve de son parent de rester en possession du château et du parc de Lislewood, ajoutant que son notaire arrangerait cette affaire à sa place, car, pour lui, il ne voulait pas changer la vue des coteaux de Florence pour celle des plaines arides du Sussex. Mistress Walsingham pouvait donc ha·biter Lislewood Park jusqu'à la fin de ses jours, et ce serait lui accorder une faveur que d'y consentir.

Une neige épaisse couvrait les allées du parc, et frangeait de blanc les branches des vieux chênes dépourvus de leurs feuilles, avant que l'émotion causée par la perte qu'avait faite mistress Walsingham fût calmée. Toutes les mères du village de Lislewood avaient pleuré sur les chagrins de la grande dame qu'elles se souvenaient d'avoir connue bien longtemps avant son premier mariage.... De simples villageois se rappelaient combien de fois, quand la voiture de Lislewood traversait avec fracas le village, ils avaient envié la belle dame vêtue de soie et de velours, si fière d'avoir son joli enfant à ses côtés ; et maintenant quels sont ceux d'entre eux qui changeraient leur sort contre le sien ? Ils frissonnaient en entendant raconter par les domestiques bavards la désolation qui régnait dans les salons splendides ; la tristesse du capitaine fumant et buvant devant son feu solitaire, jusque dans le silence de la nuit ; celle encore plus grande de la dame couchée dans ses appartements assombris, fatiguée du monde où elle avait été si heureuse, et appelant la mort qui la rendrait à son enfant. Rachel Arnold, entre autres, prenait la plus grande part au chagrin de la dame du château.

Assise un soir de janvier où la neige couvrait la terre, devant l'étroite cheminée de son petit salon, elle risqua jusqu'à le dire en présence de son mari.

« Qu'est-ce que cela ? murmura Gilbert Arnold en la regardant d'un air féroce sous ses épais sourcils. Qu'est-ce que vous marmottez-là ?

— Je disais que je pensais à la pauvre dame du château, Gilbert. Je viens de là-haut voir le petit James, et quand je le vois tranquille et bien portant dans son lit, je pense toujours au pauvre sir Rupert.

— Ces deux enfants se ressemblaient, dit Gilbert d'un ton pensif, les yeux fixés sur le feu et en vidant sa pipe sur la barre de fer. Seigneur Dieu ! j'aime à les entendre parler de race et de famille, et de tout ce qui s'en suit ! Mon garçon a tout aussi bon air que sir Rupert Lisle a jamais eu, et meilleur air même.

— Quand j'étais toute jeune fille, Gilbert, dit la femme en rougissant légèrement, on me disait que je ressemblais à miss Merton. »

M. Gilbert Arnold n'était en aucune façon d'une galanterie exagérée. Il regarda sa femme pendant quelques secondes en faisant une grimace désagréable ; puis, il éclata de rire.

« Ah! tu lui ressemblais.... vraiment?.... dit-il.
Je ne l'ai jamais remarqué, et si tu lui ressemblais
alors tu ne lui ressembles plus maintenant, je puis
bien te l'assurer. »

Il rebourra avec soin sa pipe et l'alluma; puis,
il mit ses pieds grossièrement chaussés sur les chenets, et recommença à fumer.

« C'est à force de travailler que j'ai perdu ma
beauté, Gilbert, dit sa femme.

— Si jamais tu as eu quelque chose à perdre,
grommela-il.

— Mes cheveux étaient aussi blonds et mes yeux
aussi bleus que ceux de mylady.

— Oh! oui! dit Arnold avec gaieté; tes cheveux
sont de ceux dont il semble qu'on ait enlevé toute
la couleur, et tes yeux sont ternes comme si on les
avait fait bouillir pour les embellir; seulement, cela
n'a pas réussi. A cela près, tu es tout comme mylady, dit-il en riant.

— Pauvre chère femme, je suis bien désolée pour
elle, murmura Rachel d'une voix triste.

— Ah! ça écoute-moi bien, dit Gilbert Arnold en
ôtant sa pipe de sa bouche, et en frappant du poing
sur la petite table placée à côté de lui : Je ne veux
pas de tout cela, pas de pleurnicheries sur son
compte, pas de cris, pas de plaintes et pas de soupirs. Elle a une belle maison, n'est-ce pas? une
belle voiture pour se promener, de belles robes à
mettre, de bons lits pour se coucher, de bons dîners à manger, de bon vin à boire, et de l'argent à
dépenser.... n'est-il pas vrai? Eh bien! qu'elle se

contente de tout cela! Elle n'a jamais goûté au gruau de la prison.... n'est-ce pas? On ne lui a jamais mesuré son pain.... elle n'est jamais restée couchée sous une haie pendant six ou sept mortelles heures par une froide nuit d'hiver pour attraper un lièvre qu'elle ne vendait pas plus de trois shillings le lendemain matin.... elle ne craint pas d'aller à six milles de sa maison, de peur d'être arrêtée et accusée d'une chose qu'elle n'a jamais faite, ou que personne ne peut prouver qu'elle ait faite. Qu'elle se contente donc de tout cela, alors! Si son garçon s'est noyé, eh bien, il est noyé. D'autres ont eu à supporter de pareils malheurs, elle peut supporter celui-là. Elle a eu plus que sa part de bonheur, qu'elle ait sa part de malheur. »

Le vent glacé et la neige qui tombait entraient avec violence dans la petite chambre. Tout à coup on entendit le bruit de deux mains frappées l'une contre l'autre en signe d'approbation.

« Qu'est-ce que cela? » dit Gilbert Arnold, en se levant brusquement avec une expression d'alarme dans ses yeux vert-jaune, et il se retourna vers la porte qui était derrière lui.

Un homme de haute taille, couvert d'un habit rapé, ayant un cachemire de couleurs éclatantes où le jaune dominait, roulé autour de son cou, se tenait en dedans de la porte ouverte. Son chapeau était rabattu sur ses yeux et son châle arrivait si près de son nez qu'on ne pouvait rien voir de son visage que ce dernier organe, lequel était fortement aquilin. Gilbert Arnold tremblait comme une feuille.

Il saisit le barreau de la chaise qu'il avait occupée, et s'y cramponna, mais le barreau céda sous son poids, et il le lança loin de lui en jurant.

« Qu'est-ce que c'est?... que me voulez-vous?... » dit-il.

Et tout en parlant il jetait un regard furtif du côté du petit escalier qui conduisait à l'étage supérieur, comme s'il eût voulu tenter d'échapper à cet étrange visiteur en se réfugiant en haut.

L'étranger riait à gorge déployée, — c'était un rire clair, sonore, argentin, et joyeux que Gilbert Arnold avait déjà entendu. Il ôta son chapeau, secoua la neige sur le plancher sablé, et ferma la porte derrière lui. Il ôta son manteau, s'assit auprès du feu, passa sa main dans ses cheveux dorés et luisants, puis, il se mit à caresser sa longue moustache, en regardant Gilbert Arnold avec un sourire aimable. Le garde-chasse fit un salut gauche et presque poli.

« Major.... dit-il en hésitant avant de prononcer son nom.

— Granville Varney. Précisément. Il paraît que vous recevez peu de visites ici, mon digne ami, à en juger par l'effet extraordinaire que mon arrivée a produit sur vous. »

Le visage de Gilbert Arnold devint cramoisi. Il regarda le petit coucou perché dans un coin de la chambre.

« Mais.... il est un peu tard, murmura-t-il.

— C'est vrai. Onze heures et demie. C'est tard. J'ai quitté Londres par l'express de neuf heures,

tout exprès pour avoir un petit bout de conversation
avec vous, Arnold. Il y a loin de la station ici, mais
je n'avais pas besoin d'apprendre ma visite à vos
convives, je suis venu à pied ; c'est pourquoi j'arrive si tard. Passons donc maintenant aux affaires.
Vous avez bien pensé que je viendrais, n'est-ce
pas ? »

Le garde frotta d'une main son menton bleuâtre,
et il hésita.

« Pourquoi ?... dit-il. Je....

— Vous vous attendiez à me voir.... je le sais....
je le sais fort bien. »

Rachel Arnold, extrêmement intriguée, regardait
alternativement son mari et le major.

« Va te coucher, Rachel, dit Gilbert, nous n'avons
pas besoin que tu restes là à nous écouter; va te
coucher.

— Ne soyez pas si brutal avec votre aimable
femme, mon digne ami, dit le major avec un sourire plein d'affabilité. Ce que veut dire ce bon Arnold est tout simplement ceci, ajouta-il : comme
nous avons besoin d'avoir une petite conversation
sérieuse et confidentielle, et comme il n'est pas de
bonne heure, il vous conseille d'aller vous reposer.
C'est un excellent garçon, mais il a une manière à
lui de dire les choses, et ce n'est pas toujours une
manière aimable. Bonsoir. »

Le major fit un signe de sa main blanche couverte
de bagues, qui semblait pousser mistress Arnold
hors de la petite chambre. Elle monta et se jeta
toute habillée sur son lit.

L'escalier était fermé par une porte ouvrant sur
la pièce du rez-de-chaussée. Le major Granville
Varney ferma cette porte de sa propre main. Ce
qu'ayant fait, il prit place en face de Gilbert Arnold.

« Choisissez une autre pipe, » dit-il en montrant
les fragments de celle qu'il avait laissé tomber dans
son agitation.

Gilbert prit une longue pipe en terre dans une
armoire placée auprès du feu ; le major tira un cigare de son étui, et l'alluma à la petite chandelle
qui brûlait sur la table. Il en fuma la moitié avant
de dire un mot : puis levant les yeux sur le garde,
qui était appuyé contre la cheminée et qui examinait son visiteur avec avidité, il dit d'un ton poli :

« Vous avez eu peur tout à l'heure, quand je suis
arrivé chez vous si brusquement. Pensiez-vous
qu'on.... vous savez qui.... vous avait trouvé à la
fin ? »

Gilbert Arnold regardait le major comme si cet
individu à moustaches jaunes et souriant eût été un
fantôme.

« Voyons : vous habitez ici depuis sept années et
plus ; deux ans auparavant, vous étiez dans la prison de Winchester, une autre année auparavant,
vous étiez à Sevanoacks, dans le comté de Kent. »

La seconde pipe de terre glissa des mains du
garde, et se brisa sur la pierre du foyer.

« Encore un penny perdu, dit le major. Mon digne
ami, vous êtes trop nerveux.

— Il n'y a jamais eu personne de mon nom à Se-
venoacks, murmura Gilbert qui regardait les char-

bons enflammés, et s'étudiait à éviter les yeux bleus perçants du major.

— Personne de votre nom, bien certainement non, mon excellent ami; mais vous savez, il y a des gens qui ont beaucoup de noms. Si nous vous laissions de côté pour un moment, et si nous parlions de Josiah Bird. »

Le garde tomba sur sa chaise comme s'il eût reçu un coup de fusil à bout portant. Il essuya la sueur froide qui perlait sur son front avec la paume de sa main brûlée par le soleil.

« Cela doit vous être égal d'entendre parler de Josiah Bird? Mon digne ami, je n'aime pas à faire de la peine aux gens, mais il me serait difficile de continuer sans parler de ce Josiah Bird. »

Il tira de sa poche un petit portefeuille, et choisit parmi les breloques pendues à sa chaine de montre un crayon lilliputien, ouvrit le portefeuille, et tournant les feuillets jusqu'à l'endroit qu'il cherchait, il y posa son crayon et dit d'un ton résolu :

« Comme j'ai dans l'idée, mon digne Arnold, que vous êtes un gaillard extrêmement intelligent, je serai d'une grande franchise dans tous mes rapports avec vous. Je crois que vous pouvez m'être utile, sans cela je ne serais pas ici. Si je vous prenais pour un imbécile, je me servirais de vous sans vous le dire. Comme je ne vous prends pas pour un imbécile, je me figure que vous ne me servirez que mieux si je vous mets dans les secrets de ma politique. Gilbert Arnold, je n'ai jamais commis un seul délit passible des lois depuis que je suis au monde. »

Le major se rejeta en arrière sur sa chaise, et éclata de rire comme s'il eût dit la meilleure des plaisanteries.

« Non, dit-il; je suis officier dans l'armée des Indes. Je n'ai que ma paye de major. Personne ne m'a jamais laissé un liard; je n'ai jamais fait de dettes, et je vis sur à peu près deux mille livres par an. Je ne me suis jamais mis sous le coup de la loi; je n'ai jamais couru le risque d'endosser la casaque des prisons, mais je connais mieux les crimes des autres que personne au monde, excepté les fonctionnaires de la police secrète. Vous pourriez me demander pourquoi je cultive ce genre de renseignements, je vous répondrais simplement que c'est une étude qui me plaît. Quand j'ai besoin d'un homme, je ne l'achète pas, je ne le menace pas. Quand j'ai besoin d'un homme, j'apprends son histoire! J'avais besoin de vous, j'ai appris la vôtre. »

Il y avait un fusil dans un coin de la chambre, derrière la chaise du major. Les yeux de Gilbert Arnold se portèrent involontairement dans cette direction. Si rapide que fut ce regard, le major Granville Varney le saisit, et, tournant son fauteuil, il suivit les yeux de Gilbert.

« Ne pensez pas à cela, mon bon ami. Attendez un peu et vous verrez que je suis ici dans notre mutuel intérêt. Revenons donc à Josiah Bird. Il y a dix ou onze ans vous étiez un beau et vigoureux jeune homme, seulement vous étiez malheureusement un peu trop connu dans ces parages sous le nom de Gil, le braconnier, et en dernier lieu, vous fûtes forcé par un usage un peu trop fréquent des collets, de quitter le comté de Sussex, après avoir fait un court séjour dans la prison de Lewes.

— Pour un lièvre et un couple de faisans, dit le garde, comme pour s'excuser.

— Non, pas seulement pour un lièvre et un couple de faisans. On parla de quelque chose comme d'un canon de fusil tourné sur le garde qui vous avait arrêté ; mais c'est sans doute pure médisance et pure méchanceté. Enfin, après deux mois passés à Lewes, Gilbert, le braconnier, disparut, et les propriétaires des environs de Lislewood se félicitèrent de son départ. Jusqu'ici c'est très-bien ! Voici que nous arrivons à Josiah Bird.

— Je ne sais de qui vous parlez, ni de quoi vous parlez, dit Gilbert d'un ton furieux, avec le même regard jeté par dessus l'épaule du major sur l'arme qui était placée derrière la droite de l'officier.

— Vraiment, mon bon ami? Quelle singulière affection vous avez pour ce fusil. Accordez-moi votre attention pendant cinq minutes, et vous verrez quelle folie est la vôtre. Dans les environs de Sevenoaks, dans le comté de Kent, il y a plusieurs réserves considérables. Une entre autres devint une mine pour le braconnier. Pendant l'automne de 1835, le gibier disparut de cette propriété avec une rapidité qui souleva l'indignation du propriétaire et de ses gardes. L'un d'eux, gaillard fort et déterminé, de six pieds de haut, dit à son maître qu'il pensait pouvoir mettre la main sur l'homme qui causait tout le mal. « Je le connais, » dit-il; « c'est un

chien rampant et lâche qu'on appelle Josiah Bird.
On l'a vu colporter du gibier dans Sevenoaks. Je lui
pardonnerais s'il se servait d'un fusil, comme un
homme ; car alors il y aurait une chance de l'attraper, mais il rampe çà et là, et prend le gibier sous
votre nez, puis il vous glisse dans les mains comme
une anguille. Mais j'ai l'œil sur lui, et aussi vrai que
je le prendrai, il payera tout le mal qu'il a fait. »
Peut-être cela arriva-t-il aux oreilles de Josiah
Bird, car une semaine plus tard on trouva le garde
couché dans une fougère et sa cervelle éparse de
tous côtés. On suivit la trace des pas d'un homme
sur la bruyère, qui était souillée çà et là de larges
flaques de sang. Le chirurgien d'un village des environs raconta qu'un homme était venu le trouver
avant le jour pour le prier de panser une blessure
faite par une balle sous le genou ; que cette blessure
pourrait le rendre boîteux, mais que, dans tous les
cas, elle laisserait une cicatrice qui se verrait toute
la vie. Cet homme était Josiah Bird. La femme du
péage le vit sauter par dessus la barrière au point
du jour, et l'entendit prier un charretier qui se rendait à Londres de lui donner une place dans sa voiture. Avant midi le crime était connu, mais depuis
ce jour les constables de Savenoaks n'ont jamais
pu mettre la main sur Josiah Bird. Je crains bien
que si jamais ils y arrivent, le pauvre diable ne
passe un mauvais quart d'heure ! » dit le major en
riant.

Gilbert Arnold était atterré, on eût dit qu'il allait
glisser sur le sol. Le major, avec l'intention bien-

veillante de prévenir sa chute, le saisit brusquement par la jambe droite, et relevant son large pantalon par un rapide mouvement, il saisit la chandelle et l'approcha du genou.

« Diable ! dit l'officier, voilà une blessure faite par une balle et qui ressemble étonnamment à celle de Josiah Bird. Je pensais bien que vous aviez un peu de faiblesse dans la jambe, mon bon Arnold. »

Le bon Arnold rabaissa la jambe de son pantalon avec un grognement sauvage.

« Maintenant, mon digne ami, dit le major en se levant, je crois que nous commençons à nous comprendre. Si je n'avais pas eu besoin de vous, je ne serais pas venu ici par le train express de neuf heures, pour vous raconter l'histoire de Josiah Bird. Voici un billet de dix livres qui payera les frais de votre voyage à Londres avec votre femme et votre enfant. Vous direz aux gens de ce pays que vous allez en Amérique. Voici l'adresse d'une maison où vous vous rendrez en arrivant à Londres ; dans cette maison, vous attendrez qu'il me plaise de vous donner d'autres instructions. Vous recevrez ces instructions soit par moi, soit par mon domestique Salamons ; je me lave les mains de tout ceci. J'ai une conscience nette, et je n'ai jamais commis un seul délit de ma vie. Si on vous mettait demain sur le banc des témoins, tout ce que vous pourriez dire, c'est que je suis venu un soir chez vous pour vous parler de Josiah Bird ; le jury ne me trouverait qu'excentrique. Mon paletot, s'il vous plaît ? »

Le major remit son paletot, s'enveloppa dans une

immense couverture de voyage, ramena le cachemire sur son nez, enfonça son chapeau sur ses yeux,
et sortit du cottage.

« Malédiction sur toi!... murmura le garde en
apostrophant la silhouette du bel officier. Malédiction sur toi!... Comment a-t-il découvert cela?
Après dix années... après dix années si longues et
si misérables, se voir enfin découvert, devenir ton
laquais, le paillasson sur lequel tu essuieras tes
bottes crottées pour le reste de tes jours... Malédiction!.... »

Il traversa brusquement la petite chambre, dé-
crocha le fusil et s'éloigna dans l'allée couverte de
neige.

« Je voudrais bien le suivre; oui, je le voudrais
bien, dit-il; mais si je le faisais, je pourrais bien
ne pas m'en tirer aussi facilement cette fois. »

CHAPITRE X.

L'AMBASSADEUR DU MAJOR.

Agissant selon les ordres qu'il avait reçus, Gilbert Arnold dit à sa femme, quelques jours après la
visite du major, qu'il commençait à se fatiguer de
ce trou, et qu'il allait partir pour l'Amérique, où il

pourrait passer pour un homme aussi bon qu'un
autre, et où il ne s'entendrait plus jeter sans cesse
au visage tous les jours de sa vie les peccadilles de sa
jeunesse. Cette élégante remarque était un coup de
patte au bienveillant recteur, qui considérait M. Gilbert Arnold comme un excellent pénitent, et qui lui
apportait des livres religieux sur lesquels l'ancien
braconnier discourait avec une hypocrite onction.

« Oui, dit Gilbert, après une longue conversation
avec sa femme, qui pleurait amèrement à la pensée
de quitter sa bonne maîtresse et sa maison pour bra-
ver les périls d'un voyage en Amérique, avec un
mari qui n'était ni bon ni attentionné ; oui, dit-il,
cela ne te servira à rien de pleurer ou de faire ce
bruit-là ; car que cela te plaise ou non, nous serons
en route pour New York d'aujourd'hui en trois semaines ; donc tu ferais mieux de mettre ton chapeau et d'aller au château, dire à milady que tu vas
la quitter, afin qu'elle puisse trouver quelqu'un
pour nous remplacer dans ce trou, et pour être
foulé sous les bottes luisantes de son beau capitaine. »

Gilbert Arnold insistait sur ce détail, comme s'il
faisait partie de son service, bien qu'il n'eût jamais
rencontré que de l'indulgence chez mistress Walsingham et chez son mari.

Donc, Rachel ne pleura plus, ou si elle pleura ce
fut en silence et loin des yeux de son mari, qui restait au coin du feu, fumant sa pipe, et la suivant du
regard pendant qu'elle s'occupait des préparatifs du
voyage. Elle pâlissait de terreur à la pensée de ce
qui l'attendait, mais elle avait tellement peur de

son mari que si un matin il lui eût proposé de se
pendre tous deux, elle n'eût peut-être pas osé s'y
opposer. Les trois semaines se passèrent rapidement. Rachel dit adieu à sa maîtresse; et elle, Gilbert, l'enfant et leurs bagages furent transportés
dans une charrette à la station du chemin de fer. Il
faisait nuit quand le train arriva à Londres. En entrant dans l'embarcadère, Gilbert vit sur la plate-
forme un homme dont le visage ne lui était pas
inconnu. Cet homme, c'était M. Salamons, le valet
juif du major Varney.

« Oh! vous êtes exact, dit-il, comme Arnold descendait la voiture. Veillez à vos bagages, faites-les
mettre dans ce cab, et venez me trouver. Je vous
donnerai l'adresse de la maison où vous devrez
vous faire conduire.

— Vous feriez mieux de venir avec nous, dit Gilbert; nous sommes étrangers ici, et j'aimerais assez
à avoir avec moi quelqu'un qui connût les environs. »

M. Salamons promena malicieusement ses yeux
noirs sur Gilbert Arnold. Le garde, portant une
lourde veste de matelot avec un cache-nez à rayures
autour du cou, une casquette en peau de lapin sur
la tête, et un paquet à la main, ne faisait pas l'effet
d'un voyageur très-élégant.

« Vous vous y ferez, pensait le valet du major
Varney; pour le moment vous êtes avec nous, vous
attraperez un peu de science avant qu'il soit longtemps. Maintenant vous avez la meilleure volonté du
monde, mais vous n'avez pas assez de talent pour
être des nôtres; mais ça viendra, ça viendra! »

Gilbert Arnold rassembla ses bagages, mit sa femme dans un cab, y jeta son fils après elle, puis revenant à M. Salamons il lui dit d'un ton bref : —

« Eh bien ?

— Eh bien, quoi ?.... Lord Chesterfield ?.... demanda le valet.

— Par ici, et un peu vite, car j'ai besoin de me rafraîchir un peu.

— Oh ! vous voulez vous rafraîchir, très-bien, voici l'adresse. Donnez-la au cocher, et quand vous serez arrivé, donnez-lui une demi-couronne, et s'il demande davantage, fermez-lui la porte au nez. Je passerai chez vous avant dix heures, ajouta Salamons comme Arnold hésitait. Ainsi, allez-vous-en. »

Et sur ce, le factotum du major tourna le dos au garde, et quitta la gare.

« Allons ! se dit-il en lui-même, voilà un singulier échantillon des instruments du major, et je veux être damné si je vois où mon chef veut en venir ; mais je suppose que je ne risque rien en exécutant ses ordres. Notre grande association commerciale a mis la main sur du nouveau, et le temps montrera si cela valait quelque chose. »

Le cab conduisit le digne Gilbert et sa famille à une maison d'une rue obscure au delà de Waterloo Road. Ils descendirent tous trois, et furent reçus par une femme pâle, ayant sur la tête un bonnet de dentelle noire, qui les introduisit dans un salon proprement meublé qui, dit-elle, avait été retenu pour une famille du Yorkshire, du nom de Green.

Comme les Arnold ne répondaient ni l'un ni l'au-

tre au nom de Green, et ne venaient pas du Yorkshire, Rachel allait dire qu'il devait certainement y
avoir une erreur, mais Gilbert l'arrêta en fronçant
le sourcil, et dit que c'était très-bien, et que tout ce
que la dame pouvait faire de mieux, c'était de lui
procurer de la bière, et quelque chose à manger.

Là femme ayant apporté de la bière et quelque
chose à manger sous la forme de côtelettes de mouton, avec de l'eau chaude versée dessus en guise de
sauce, Gilbert Arnold s'assit devant la petite table,
et mangea énormément, après quoi il dit à sa femme
et à l'enfant de manger un morceau. Il se mit à fumer sa pipe en silence pendant que mistress Arnold
et l'enfant mangeaient les restes de côtelettes et buvaient le fond du pot de bière. Puis il leur conseilla
d'aller se coucher ensuite, car l'individu qu'ils
avaient rencontré à la gare allait venir, et il n'avait
pas besoin d'eux pour espionner et écouter ce qui
allait se dire. Rachel prit l'enfant par la main, et se
retira sans répliquer dans sa chambre à coucher,
située à l'étage supérieur, et Gilbert, resté seul,
continua à fumer et à boire jusqu'au moment où
dix heures sonnèrent. Il entendit alors un double
coup de marteau frappé à la porte de la rue, auquel
il répondit lui-même. Il trouva M. Salamons debout sur le seuil.

« J'espère que vous avez un bon feu, dit ce gentleman en entrant dans le salon, car il fait un froid
à vous geler le nez. »

Le valet au nez crochu avait pris une bonne partie des manières faciles et libres de son maître ; il

se jeta sur le fauteuil qu'avait occupé M. Arnold, le roula près du feu, et mit ses pieds sur les chenets.

« Maintenant, dit-il, écoutez-moi. C'est une règle générale, chez moi et chez la personne qui m'emploie, de ne jamais dire un mot inutile ; donc si vous ne faites pas bien attention vous ne saisirez pas mon intention, il est probable qu'on aura besoin de vous.... ou plutôt, c'est de votre femme dont on aura besoin, ou peut être même de votre fils ; peu importe, c'est le désir de la personne qui m'emploie que vous restiez dans cette maison jusqu'à ce qu'elle prenne d'autres arrangements pour vous. Vous ne ferez pas de questions, et si les autres vous en font, vous n'y répondrez pas ; vous recevrez chaque semaine un bon de trente shillings sur la poste payable à John Green (nom que vous porterez jusqu'à nouvel ordre), et venant de Alfred Salamons. C'est autant que vous pourriez gagner en travaillant. Ainsi donc vous devez être content. A propos, vous pourrez avoir davantage, et si vous vous comportez bien vous pourrez être riche un jour. Si quelqu'un vous demande qui vous êtes, vous êtes un cordonnier, un charpentier, ou n'importe quoi, sans travail. Si on vous demande comment vous pouvez vivre, dites que vous avez un frère riche, bien posé dans le monde, qui vous fait une rente hebdomadaire. Jusque-là c'est assez facile. Maintenant votre tranquillité repose sur deux conditions (en vous souvenant toujours de Josiah Bird). La première de toutes, ayez bien soin de votre enfant ; gardez-le comme vous garderiez un prince de sang royal s'il vous était confié ; qu'il lui arrive malheur, et il vous arrivera malheur, voilà la première condition. La seconde, c'est le silence ; s'il arrive jamais à mes oreilles, ou aux oreilles de celui qui m'emploie, que vous ayez seulement prononcé son nom, ou même mon nom, vous entendrez parler de Josiah Bird ; et maintenant bonsoir. Éclairez-moi, ouvrez-moi la porte. »

M. Salamons avait débité ce discours avec une telle rapidité que le garde étonné fut totalement incapable de l'interrompre par une seule question, et avant qu'il fut complétement revenu de son étonnement, le valet du major avait tourné l'angle de la rue, et disparaissait dans Waterloo Road.

« Trente shillings par semaine, se dit Gilbert, c'est assez maigrement payé, pour un beau monsieur comme le major Varney ; mais il sait sur mon compte de quoi me faire pendre, de sorte qu'il faut que j'accepte ce qu'il lui plaît de m'offrir. Que le diable !.... »

Sur cette concluante et très-favorite exclamation, M. Arnold se mit au lit, mais il ne dormit point. Il ne fit qu'entendre toute la nuit les bruits de Waterloo Road, ou tomber dans des assoupissements pendant lesquels il rêvait qu'il était dans un bois près de Sevenoaks écoutant chanter l'alouette au-dessus de sa tête, et regardant le visage pâle et couvert de sang d'un homme mort.

CHAPITRE XI.

CHANGEMENT DU CAPITAINE.

Quatorze ans se sont écoulés depuis la disparition du petit baronnet, et pendant toute cette pé-
riode, Claribel Walsingham et son mari étaient
restés tranquillement en possession de Lislewood
Park. L'agent de sir Launcelot, notaire résidant à
Lislewood, recevait les rentes du domaine, et les re-
mettait au banquier du baronnet, à Florence.
C'était, pour les simples habitants du petit village, comme si la maison de Lislewood était éteinte
réellement, maintenant que son chef n'habitait plus
le domaine. Quatorze ans s'étaient écoulés sans
apporter de changement dans la famille, si ce n'est
que la naissance d'un autre fils était venue consoler la malheureuse femme, et que le vif éclat
des yeux de l'enfant avait brillé dans la triste
chambre où la mère avait pleuré son premier né.
Quatre mois après la mort de sir Rupert, les médecins de Lislewood étaient venus trouver le capitaine, assis pâle et soucieux auprès de la cheminée de la bibliothèque, pour lui annoncer qu'il
avait un fils, un noble enfant aux yeux bruns

comme lui, un garçon qui grandirait pour être la
joie de la noble famille qui avait souffert une si
rude épreuve. Il y avait donc maintenant dans cette
maison un enfant, dont les éclats de rire se répan-
daient dans les longs corridors, dont la voix vibrait
fraîche et claire sous les branches des vieux chênes ;
un garçon bruyant, brave, mauvais sujet, franc, et
insouciant, tel qu'avait été le capitaine dans le temps
où il était tombé amoureux de miss Claribel Merton.
L'officier indien aimait son fils avec amour ; il
s'occupait de ses jeux, de son poney, de son fusil,
du bateau dans lequel il ramait sur le lac du parc ;
il ne se lassait jamais de l'entendre causer, jamais
il n'était fatigué de galoper avec lui dans les plaines
arides du Sussex. Quand l'enfant fut envoyé à Eton,
le père eut plus de chagrin que Claribel elle-même.

« S'il allait lui arriver quelque chose, Claribel ! »
disait-il.

Et ces sinistres paroles remplissaient le cœur de
la mère d'une terreur telle qu'elle eût envoyé un
exprès chercher l'enfant pour le ramener à Lislewood si le capitaine ne s'y fût opposé.

« Il est dans les mains de la Providence, Claribel, disait-il. Hélas ! je n'ai pu retrouver votre autre
fils, bien que, Dieu le sait, j'eusse une véritable
affection pour lui. »

Ainsi donc l'enfant était à Eton, où ses brillantes
qualités, sa nature franche, généreuse, et hardie le
firent généralement aimer, et le capitaine et sa
femme étaient encore une fois seuls dans le grand
château de Lislewood. L'enfant était absent depuis

deux ans, ne revenant que pour ses vacances, époque
que le capitaine attendait toujours avec une impatience enfantine. Les domestiques du château commencèrent à s'apercevoir d'un changement dans l'aspect du bel officier, il avait pris de l'embonpoint, et
ses cheveux noirs et épais étaient mêlés de gris. I
se tenait courbé en marchant, et chaque jour il s'appuyait plus lourdement sur sa canne à pomme d'or.
A l'âge de quarante-cinq ans, il avait presque l'air
d'un vieillard, tandis que sa blonde femme semblait
à peine plus âgée d'une année que le jour de son
second mariage. Le major Varney et sa femme
étaient retournés dans l'Inde à l'expiration du congé
de l'officier, et Arthur Walsingham n'avait entendu
parler que rarement de son ami aux favoris dorés.
La loge de la grille était plus agréable à voir,
maintenant que l'ombre du rude braconnier ne
traçait plus une ligne noire sur l'allée du petit
jardin. Un petit homme à la face rubiconde qui n'avait
pas réussi comme boucher au village de Lislewood,
occupait la loge, et une demi-douzaine d'enfants
roses regardaient par la porte où, quelques années
auparavant, on avait vu la figure pâle du petit James
Arnold.

Par une journée de juin le capitaine et sa femme
étaient assis dans le grand salon. Il fumait comme
de coutume et il promenait ses yeux sur la vaste
étendue du jardin et du parc qui se déroulait devant
lui. Mistress Walsingham était assise à quelque
distance de lui, et travaillait à sa broderie. Il
finit son cigare; puis, soupirant tristement, il

tourna la tête vers le canapé où sa femme était assise.

« Claribel, dit-il, laissez là cette stupide broderie, et dites-moi combien il y a de temps que nous sommes mariés?

— Quatorze ans au mois de février dernier.

— Quatorze ans! et si votre fils sir Rupert eût vécu, il serait maintenant majeur.

— Le mois prochain; il était né le 3 juillet.

— Le 3 juillet, et nous sommes le 4 juin; dans vingt-neuf jours, s'il eût vécu, le pauvre enfant aurait atteint sa majorité. »

Mistress Walsingham laissa sa broderie en soupirant.

« J'ai tort de vous parler de cela, Claribel, cela vous fait de la peine.... n'est-ce pas? Mais je me sens ce soir porté à parler de ces choses, et à récapituler ma vie passée.... à regarder en arrière, à voir quelle longue erreur elle a été depuis le commencement jusqu'à la fin.... je m'étonne de tant d'énergie perdue, de qualités mal appliquées, de chagrin, de honte....

— Arthur!... Arthur!...

— Claribel, nous avons vécu ensemble pendant près de quinze ans, et jamais pendant ces quinze ans vous ne m'avez demandé quel était ce nuage qui obscurcissait ma vie. Jamais vous ne m'avez questionné sur ce terrible secret dont l'influence a fait de moi un mari triste et négligent, un homme mécontent et malheureux!

— Je n'ai jamais osé vous le demander, Arthur!

« — Pauvre enfant ! Il vaut mieux qu'il en soit ainsi, Claribel. Il vaut mieux que je meure avec mon secret, vous me ferez enterrer dans le caveau de Lislewood, — n'est-ce pas, Claribel ? et vous ferez placer une tablette de marbre sur l'autel, pour attester que j'ai été le meilleur des maris et le plus vertueux des hommes. Ferez-vous tout cela pour moi, ma blonde amie ?

— Arthur, comment pouvez-vous parler ainsi ?

— Parce que, Claribel, j'ai longtemps eu la conviction que je n'atteindrais pas l'âge de cinquante ans, et que cette conviction est plus forte chez moi ce soir qu'elle ne l'a encore été.

— Arthur ! »

Mistress Walsingham se leva ; l'alarme était peinte sur son visage ; elle traversa le salon pour s'approcher de la fenêtre où le capitaine était assis.

« Retournez à votre place et asseyez-vous, Claribel. Si je dois vous quitter bientôt, si les bruits qui bourdonnent si souvent à mes oreilles, les lueurs sinistres qui passent devant mes yeux, les étouffements étranges que je ressens dans la gorge ; si tous ces symptômes, qui sont plus marqués ce soir que de coutume ont la signification que je crois, il est très-probable que je mourrai bientôt. Soyez une bonne mère pour mon fils, Claribel, et souvenez-vous de moi quand je ne serai plus.

— Comme vous êtes cruel, Arthur ! Vous avez souffert tous ces maux, vous avez remarqué tous ces symptômes alarmants, et vous n'avez jamais con-

sulté de médecin, vous qui savez combien votre vie
m'est précieuse !

— Est-ce bien vrai ! Claribel ? Ai-je jamais été
pour vous autre chose qu'un lourd fardeau, un misérable mari, triste et maussade, un gouffre pour
votre fortune, et un importun dans votre maison ?
Claribel, vous dirai-je l'histoire d'un jeune officier
de mon régiment qui, en certaines choses, me ressemblait. C'est une histoire bien triste, mais d'une
vérité saisissante, voulez-vous l'entendre ?

— Oui. »

La chambre se trouvait en ce moment dans une
demi-obscurité, mais le soleil couchant éclairait en
plein le visage du capitaine quand il commença son
récit. Il ne porta pas les yeux sur sa femme, mais il les
tint fixés sur l'horizon empourpré du bois qui était
en face de lui.

« Comme moi, Claribel, cet homme était orphelin, fils cadet d'une bonne vieille famille du comté
de Somerset, sans autre proche parent qu'un frère
consanguin de son défunt père, qui, après l'avoir
envoyé à Addiscombe et fait entrer comme cadet
dans l'armée, pensa avoir fait tout ce qu'il était nécessaire de faire pour assurer son succès dans la
vie. Très-jeune, très-insouciant, et aussi brave que
pauvre, il partit pour l'Inde. Quand il s'embarqua,
il passait pour un des plus beaux garçons qui fût jamais sorti d'Addiscombe. Il se battit, dit-on, comme
un démon ; il gagna de très-bonne heure son premier
grade, et revint en Angleterre. Il devint amoureux,
comme moi, d'une femme qui, après lui avoir

donné assez d'encouragements tacites pour le rendre
plus fou d'amour, lui manqua de parole avec aussi
peu de cœur (pardonnez-moi, Claribel,) que vous
l'avez fait. Il la quitta comme je vous quittai, fou,
découragé, furieux, désespéré ; s'il ne se brûla pas
la cervelle, c'est qu'il nourrissait une idée vague de
cruelle vengeance pour l'avenir. En route pour regagner son régiment, il s'arrêta un jour ou deux à
Southampton en attendant que le vaisseau sur lequel il devait s'embarquer mît à la voile. D'autres
aussi insouciants que lui-même se trouvaient avec
lui. Il eut recours à la consolation ordinaire des
lâches : il but avec fureur, et, le soir de son arrivée, après son dîner, où il avait bu deux ou trois
bouteilles de champagne, il se rendit au théâtre
avec ses camarades. Il m'a souvent raconté, Claribel, les émotions de ce soir-là. Il était plus de dix
heures quand il fit son entrée dans ce théâtre de
province poussiéreux et à demi vide. Le rideau était
baissé, et les figures qui y étaient représentées semblaient vaciller, et, quand il les regardait, la musique vibrait à son oreille avec un son métallique
qui manqua de le rendre fou. En entendant les
rires de ses camarades, il voyait les visages fardés
des femmes placées dans les loges au-dessus de lui
sourire aux officiers en gaieté, et, au milieu de tout
cela, il laissa retomber sa tête sur l'appui en velours, èt s'endormit. Quand il s'éveilla, le rideau
était levé et l'assemblée applaudissait à outrance
pendant que l'orchestre exécutait les dernières mesures de l'accompagnement d'une chanson. Il re-

8

garda devant lui sur la petite scène avec sa maigre
rangée de quinquets fumants, ses décors sales et
mal peints, et là il vit la plus charmante créature
qu'il eût encore contemplée. Je ne vous fatiguerai
point, Claribel, en vous faisant un long portrait de
cette femme; il suffira de vous dire que sa beauté
était de cette nature éblouissante qui attire tous les
yeux et dont la glorieuse splendeur va presque jusqu'à troubler les sens. Elle portait un costume
d'homme, avec une tunique de velours et satin, de
délicates bottines de maroquin jaune, une épée, une
toque ornée de plumes ondoyantes, et une quantité
de franges d'or qui brillaient à la lueur de la rampe.
Chacune de ses attitudes formait un tableau qu'un
peintre eût envié, mais qu'il eût à peine pu rendre.
Elle venait de chanter, et, dans le cours de la pièce,
qui était un vaudeville, elle chanta de nouveau. Sa
voix était magnifique, riche et puissante, souple et
très-cultivée. Quand mon ami quitta le théâtre, il
se crut fou ou ensorcelé. Il se rendit à son hôtel, et
lui écrivit une lettre d'amour des plus brûlantes.
Le lendemain, il s'introduisit dans les coulisses, et
il la vit à la brillante lumière du soleil du matin. Elle
était plus belle alors, s'il est possible, qu'elle n'avait
été le soir, car il y avait plus de modestie dans sa
beauté. Oh! Claribel, cette histoire est tellement
honteuse que je sais à peine comment la raconter.
Qu'il me suffise de vous dire que cette femme était
une Circé, une magicienne qui ensorcelait ses vic-
times à l'aide de charmes merveilleux, et les laissait
se lamenter sur sa fatale beauté et son âme cruelle.

Le jeune officier ne voyait plus que sa figure charmante; le vaisseau devait quitter Southampton dans
trois jours. Le second jour, il se jeta à ses pieds et
la supplia de l'épouser le lendemain matin même,
afin qu'elle pût l'accompagner dans l'Inde. Souvenez-vous, Claribel, que le véritable amour n'était
pour rien dans cette nouvelle folie. Peut-être, dans
toute son admiration pour la beauté sans pareille
de l'actrice, la pensée qui dominait dans son esprit
était-elle un désir de se venger de la femme qui
l'avait trompé. Il repartit précipitamment pour
Londres, se procura une permission de mariage,
revint à Southampton pendant la nuit, et épousa
l'actrice de province le matin même du jour où il
devait partir. En quittant l'église avec sa fiancée à
son bras, il rencontra un vieux colonel de l'armée des
Indes qu'il avait connu, quelques années auparavant,
à Calcutta. Cet homme était retiré à Southampton. Il
questionna le jeune officier en voyant cette femme
à son bras, lui fit raconter toute son histoire; puis,
l'emmenant chez lui, il le mit au fait de toute la
hideuse vérité. Le vieillard lui dit, Claribel, quelle
était cette femme qu'il avait juré au pied de l'autel
d'aimer et d'honorer toujours. Il lui dit la honte, le
remords, et la misère dans lesquels ce mariage devait inévitablement le plonger. Ce jeune homme
jura, en prenant le ciel à témoin, qu'il ne reverrait
jamais sa femme. Il rassembla les quelques billets
de banque qu'il possédait, il y joignit sa montre
et sa chaîne, ses bagues et quelques autres objets
de valeur, il fit un paquet du tout en y joignant

quelques lignes d'un adieu plein de mépris; puis,
ayant mis ce paquet entre les mains du vieux colonel, il se rendit à bord du navire, et partit pour
Calcutta. Pendant toute la traversée, la fièvre ne le
quitta point. Il revit sa femme plusieurs années
après, mais elle était devenue la compagne d'un
autre. Il ne la reconnut jamais, et n'avoua jamais
qu'elle fût autre chose qu'une étrangère pour lui.
Mais, plus tard, il commit un crime qui le mit au
pouvoir d'un scélérat.

— Un crime! dit Claribel.

— Oui; le ciel sait combien il avait été cruellement tenté. La femme qui avait manqué à sa promesse devint veuve. Jamais, même dans la honte et
la folie de son fatal mariage, il n'avait cessé de
l'aimer. Il revint en Angleterre et l'épousa, sachant
qu'il était devant la loi l'époux d'une autre, et qu'à
toute heure la honte et la ruine pouvaient fondre
sur lui. Au pouvoir d'un misérable, qui aurait voulu
faire couler goutte à goutte le sang de son cœur,
tous les instants de sa vie furent assombris par la
crainte et le remords; chacun des sourires de la
femme qu'il avait trompée fut un reproche pour son
cœur coupable. Claribel! Claribel! dites-moi, par
pitié, auriez-vous pu pardonner à cet homme? Auriez-vous pu le plaindre? Auriez-vous pu lui
dire : meurs en paix, repose en paix; je me souviendrai combien tu m'as aimé, et je te pardonne
pour cet amour? Pourriez-vous dire ces mots,
Claribel? »

Mistress Walsingham se leva pâle et tremblante; elle s'approcha du capitaine, prit sa tête dans ses bras, et l'attira doucement sur sa poitrine.

« Arthur, dit-elle à voix basse et avec un accent d'un calme surnaturel, Arthur, je vous pardonne, car c'est votre propre histoire que vous venez de me raconter. Je vous pardonne, mon époux, je vous plains, et je vous aime! »

Il releva la tête, et, dans le demi-jour du soir d'été, elle remarqua sur son visage une altération terrible et mortelle.

« Claribel.... Rupert.... s'écria-t-il avec un effort pénible. L'enfant vit.... le major Varney.... Demandez.... demandez.... »

Il s'efforça de parler davantage, mais il ne put qu'articuler des sons inintelligibles, et, comme sa femme appelait du secours, il tomba lourdement sur le plancher.

Les domestiques qui accoururent au salon, attirés par les cris de mistress Walsingham, trouvèrent le capitaine étendu sur le tapis, une écume blanche s'échappait de ses lèvres contractées; ils le soulevèrent dans leurs bras, et le transportèrent dans sa chambre, pendant qu'un groom galopait vers Lislewood pour chercher un médecin. Le capitaine ne parla plus; il resta plus de vingt-quatre heures sans connaissance, et, au bout de ce temps, il expira sans proférer une plainte. On avait demandé à Londres les meilleurs médecins; mais les deux éminents docteurs ne purent rien faire que le médecin de Lislewood n'eût tenté avant eux. Le capitaine était mort, comme il l'avait souvent prédit lui-même, d'une attaque d'apoplexie.

CHAPITRE XII.

LE MAJOR COMMENCE A DÉROULER LE FIL DE L'INTRIGUE.

Pendant ce même été où le capitaine Arthur Walsingham, au service de l'Honorable Compagnie des Indes Orientales, tomba subitement aux pieds de sa femme épouvantée dans le salon de Lislewood Park, un certain M. Joseph Slogood prenait plaisir à instruire le petit troupeau assemblé, trois fois chaque dimanche, dans une petite chapelle étouffante et mal bâtie reléguée dans un coin d'une écurie étroite de Old Kent Road. Cette chapelle avait jadis servi d'atelier à un constructeur de bâtiments ; cet atelier avait été converti par un spéculateur aventureux en un petit théâtre à deux sous où de terribles personnages en maillot rouge et en brelettes violettes ornées d'étoiles en papier d'argent, avaient jonglé avec des assiettes, des sabres, et fait tenir en équilibre des perches et quelquefois des hommes au grand amusement des habitants d'Old Kent Road ; mais, n'ayant pas réussi comme théâtre, il avait servi ensuite de tir, puis de bazar, jusqu'à ce qu'en-

fin l'entrepreneur de bâtiments perdît patience; et,
ayant une semaine de libre, il se mit à l'ouvrage
avec fureur, et frappa, cloua, et scia si bien, qu'il
en fit une chapelle qu'il peignit au blanc de chaux,
et à laquelle il donna le nom de : « Little Beulah! »

Mais après avoir construit la chapelle, et l'avoir
meublée d'une chaire en imitation d'acajou qui
avait assez la forme d'un verre à pied; après l'avoir
divisée ensuite en petits compartiments carrés avec
des bancs taillés dans le bois le plus dur qu'il avait
pu trouver dans son chantier; après avoir fait tout
cela, le constructeur s'occupa de trouver une congrégation, de la poche des membres de laquelle il
pût tirer, en considération du privilége qu'ils auraient de s'asseoir dans ces compartiments et sur
ces bancs peu rembourrés, un produit qui rému-
nèrerait le spéculateur. Après mûre délibération,
le constructeur décida que le meilleur moyen de se
procurer une congrégation était de commencer par
se procurer un prédicateur. Il se mit donc en quête
dudit prédicateur, et il ne tarda pas à trouver ce
qu'il cherchait, car trois semaines après l'achève-
ment de la chapelle, les bourgeois de son voisinage
immédiat furent réveillés par le bruit de tonnerre
d'une voix de basse qui s'échappait du verre à pied
recouvert d'une couche de vernis. Ce fut d'abord la
curiosité qui poussa les gens à venir entendre le
nouveau prédicateur. Beaucoup s'en allèrent dégoû-
tés avant qu'il n'eût terminé le discours sans suite
qu'il appelait un sermon. Quelques-uns furent assez
osés pour parler de blasphème, de profanation, et

de vulgarité, et pour dire que l'on devrait empêcher cet homme de profaner la parole de Dieu qu'il prétendait enseigner. Mais, d'un autre côté, quelques cuisinières, un gros marchand de suif assez bien posé dans le quartier, et deux ou trois vieilles rentières proclamèrent le prédicateur un grand homme, une lumière nouvelle. Les cuisinières allèrent même jusqu'à lui donner le nom de « cher saint homme. »

Il courut, cela va sans dire, de nombreux bruits dans les environs de Little Beulah, quant à l'endroit où l'entrepreneur avait été chercher le ministre de son tabernacle de sapin et de plâtras. Quelques-uns disaient qu'il l'avait ramassé dans un cabaret, d'autres qu'il l'avait trouvé remplissant les onéreux devoirs d'un surnuméraire au théâtre Victoria ; d'autres, qu'il l'avait découvert remplissant le rôle de paillasse et qu'il avait été frappé de la puissance de ses poumons ; mais ils eurent beau dire, ses ennemis furent bientôt forcés de reconnaître que M. Joseph Slogood, ministre indépendant, était un fait établi, et que les termes échus des bancs aussi durs que la pierre commençaient à tomber assez régulièrement dans les coffres de l'entreprenant constructeur.

Quinze jours après la mort du capitaine Walsingham, M. Joseph Slogood occupait une après-midi excessivement chaude d'un dimanche par un long sermon. Le marchand de suif, les cuisinières, et les vieilles rentières suaient à grosses gouttes sous le soleil qui tapait dur sur la charpente au-dessus de leurs têtes. M. Slogood, s'échauffant à chaque mot,

hurlait et faisait tomber dénonciation sur dénonciation sur l'innocente tête chauve du marchand de
suif et sur les coquets chapeaux des dimanches des
cuisinières; il soulevait la poussière des coussins
de velours rouge en tapant sur le devant de la chaire,
et l'envoyait voler en atomes lumineux dans la petite
chapelle. Il divisait son sermon en je ne sais combien
de points, il battait la campagne, il se répétait, et se
contredisait lui-même avec une énergie inépuisable.
Il était grand, avait des épaules larges et un peu
voûtées, le teint pâle et basané, des sourcils noirs
et des cheveux d'une couleur singulièrement claire
et des yeux d'un vert jaune qui changeaient au soleil comme des yeux de chat. Le lecteur le recon-
naîtra à ces vilains yeux de chat. Il est bien changé,
cependant, ce M. Joseph Slogood. Il porte un habit
noir, beaucoup de devant de chemise et un col droit
qui laisse apercevoir pas mal d'un cou et d'un menton bleu non rasé; mais ses mains ne sont pas plus
propres qu'elles ne l'étaient quand il fumait sa pipe
de terre, abrité sous la porte de la loge de Lislewood
Park; et, bien qu'il ait des manières plus confiantes
et plus ouvertes qu'il n'avait alors, il a cependant
conservé quelque chose de son air d'autrefois. Il le
reprend aujourd'hui à la fin de son sermon lorsqu'il
entend s'ouvrir la porte de la petite chapelle, et
qu'en tournant de ce côté il voit un personnage debout sur le seuil. La congrégation aussi entend la
porte s'ouvrir et toutes les têtes se tournent vers
l'importun qui a l'audace d'entrer dans un pareil
moment. Il n'ose pas s'avancer, mais il se tient en

travers de la porte, comme s'il attendait la fin du
sermon de M. Slogood. Les rayons du soleil d'été
tombent en plein sur lui, sur ses moustaches blondes, sur ses chaînes d'or, sur ses breloques luisantes, sur son habit de couleur claire, et sur ses bottes
vernies. Il a l'air un peu plus âgé que la dernière
fois que nous l'avons vu, et il est beaucoup plus
gros; mais, aujourd'hui comme alors, des pieds à
la tête, il est tout brillant et éblouissant d'or.

M. Slogood résume son serment assez brusquement. Il termine les seize derniers points en moins
de seize phrases, et descend quatre à quatre l'escalier de la chaire, pendant que le chantre, apprenti
d'un cordonnier des environs, dépense des doses
homœopathiques d'un hymne qui n'en [finit pas.
M. Slogood rejoint l'importun aux blondes moustaches sur le seuil de la porte, et le suit respectueu-
sement hors de la chapelle.

« Voilà donc comme vous vous amusez, monsieur.... dit l'étranger.

— Slogood, monsieur, dit le ministre.

— Slogood, bien. Un nouveau nom, une nouvelle occupation. Vous mettez à profit les lectures
de livres religieux que vous faisiez jadis à Lislewood, à ce que je vois. Le sermon était des plus
intéressants. Vous donne-t-on beaucoup pour cela?

— Assez peu, monsieur; mais cela ajoute au faible revenu que....

— Que votre frère vous fait, n'est-ce pas, Slogood? Soyez assez bon pour vous rappeler que je
ne sais rien de votre revenu, qu'il soit de trente

mille livres par an ou de trente shillings par semaine. Souvenez-vous que je n'en sais absolument
rien.

— Vous êtes un peu dur pour les gens, major,
grommela Slogood en regardant les moustaches
blondes et les yeux bleus clignotants fixés sur lui,
pendant qu'ils sortaient ensemble de la chapelle.

— Je suis un peu dur pour les gens, mon bon
Slogood, je n'ai absolument rien à démêler avec
vous.... je nie vous connaître. Que demain on vous
place sur le banc des témoins, que pourrez-vous
dire de moi ? Rien ! M. Josiah.... non.... M. Joseph
Slogood, c'est là mon grand principe. Dans tous
mes rapports avec mon prochain, la question que
je m'adresse mentalement à moi-même est celle-ci :
« Que pourrait dire cet homme placé sur le banc
des témoins ? Rien ! Donc, je suis en sûreté avec
lui. » Maintenant, mon digne ami, je voudrais
bien voir votre fils. Mon domestique Salamons
me dit que c'est un garçon superbe. Allons donc
le voir.

— Vous voulez.... hésita M. Slogood regardant
cette fois le major d'un air inquiet.

— Je veux voir ce garçon. Pour l'amour de Dieu,
M. Slogood, ne cherchez pas de détours dans la
plus simple des phrases. Je vous le répète, faites-
moi voir votre fils. »

M. Slogood s'inclina, et, tournant dans une rue
étroite, au bout de laquelle la chapelle était située,
ouvrit la porte d'une petite maison, et entra dans
un petit salon. Une femme, blonde, aux traits fati-

gués et tirés, préparait le thé sur une table placée
près de la fenêtre.

« Il est là-haut, major Varney. Je l'ai toujours
tenu isolé, selon les ordres que vous m'aviez donnés.

— Non pas mes ordres ; souvenez-vous, répliqua
le major, que je ne suis pour rien dans cette sé-
questration. »

M. Slogood ne répondit rien, mais dans la demi-
obscurité du petit couloir, ses yeux de chat se portèrent avec férocité sur le major, qui suivait son
hôte qui montait à la chambre, sur le derrière, du
premier étage.

Devant une petite table, près de la fenêtre, était
assis un jeune homme d'environ vingt-huit ans. Il
tenait un journal à la main, et il regardait machinalement dans la cour où jouaient des enfants ; devant
lui, sur la table, il y avait deux ou trois cigares à
moitié fumés et un tas de publications périodiques
à bon marché, toutes chiffonnées et salies ; il y avait
un paquet de cartes sur la cheminée, une boîte de
dominos, deux ou trois vieilles affiches de théâtre,
une paire de gants salis qui avaient jadis été blancs.
Le jeune homme ne leva pas les yeux sur M. Slogood quand celui-ci entra ; mais, sans cesser de
regarder dans la cour, il dit d'un ton sec et mécontent : —

« Oh ! c'est vous, n'est-ce pas ? vous voilà revenu,
enfin, vous allez me laisser sortir de ce trou, par
cette brûlante après-midi. »

M. Slogood allait parler, mais le major l'en empêcha d'un geste.

« Mon cher et jeune ami, on ne vous traite pas bien, on ne vous traite pas bien. »

Le cher et jeune ami se leva d'un bond et regarda le major en face ; son visage, pâle et maladif, s'anima à la vue de ces joues roses et grasses et de ces moustaches blondes et brillantes.

« Enfin, s'écria-t-il, vous êtes venu, enfin ! Je suis dégoûté de ce trou.... je suis dégoûté de tous ces détours et de toutes ces réserves. Qui suis-je et que suis-je ? et quelle différence y a-t-il entre moi et les autres ? »

Les joues du jeune homme s'animaient d'un éclat malsain pendant qu'il parlait ainsi ; ses yeux, d'un bleu pâle, se dilataient et ses lèvres minces et blanches étaient agitées d'un tremblement nerveux. Le major l'examinait en souriant et agitait doucement la tête en se disant à lui-même :

« Salamons est un homme intelligent.... Alfred Salamons est un grand homme.

— Dites-moi, répéta le jeune homme, dites-moi.... ne le pouvez-vous pas ?... qui je suis et ce que tout cela signifie ?

— Asseyez-vous, cher enfant, » dit le major d'un ton doux.

Le jeune homme obéit, et le major s'assit à côté de lui devant la petite table. M. Slogood, toujours debout, les regardait d'un air de stupéfaction.

« Vous me demandez, dit le major en posant affectueusement ses mains sur celles du jeune homme, vous me demandez qui vous êtes, ce que vous êtes et ce que tout cela signifie. Mon cher enfant, ces trois mots renferment bien des choses, et je ne suis pas encore en position d'y répondre, mais je marche vers ce but ; je travaille pour y arriver. La lumière est longue à se faire, mais je crois voir poindre une lueur à l'horizon.... je le crois réellement, jeune homme.

— Au diable l'horizon, dit le jeune homme d'un ton sec, pourquoi ne me faites-vous pas une réponse claire? Pourquoi personne ne peut-il me répondre clairement à une question naturelle? Si je lui demande quoi que ce soit, ajouta-t-il en montrant du doigt M. Slogood, qu'est-ce que j'obtiens? Pourquoi jouer avec les mots, pourquoi cette entente entre vous, pourquoi cette mystification ? Si je demande à ce juif qu'on voit toujours ici (je l'aime, c'est un bon enfant), si je lui fais une question, c'est la même chose, vous vous entendez tous pour me tenir à l'ombre.... tous, » répéta-t-il avec colère.

La major caressait doucement la main du jeune homme avec la sienne.

« Excepté moi.... toujours, excepté moi, je ne suis d'aucun complot, cher enfant. Comment le pourrais-je ? Mais je crois que nous en avons découvert un, et je ferai de mon mieux pour le faire échouer. »

M. Slogood fit un mouvement: on eût dit qu'il allait parler. Les yeux bleus du major se fixèrent sur lui et semblèrent clouer les paroles sur ses lèvres.

« Regardez cet homme, dit le major, en montrant M. Slogood, supposez que cet homme ait été

coupable d'un grand crime, qui non-seulement
aurait cruellement affecté votre jeunesse, mais qui
aurait terni les plus beaux jours de celle à laquelle
vous étiez cher, et que moi, dans l'intérêt de cette
personne à laquelle vous fûtes si cher, je sois déterminé à faire échouer ce mystérieux complot dont
vous, innocent enfant, vous avez été la victime. »

Pendant ce discours, le major n'avait pas cessé de
caresser affectueusement les mains du jeune homme,
et il n'avait pas détourné les yeux du visage de
M. Slogood. Les traits de ce digne individu eussent
été en effet une excellente étude pour un physionomiste ; la surprise, la terreur et la colère s'étaient
succédé à chaque mot qui était tombé des lèvres
de l'officier indien ; et quand le major Varney cessa
de parler, M. Slogood s'écria avec véhémence :

« Dites donc, attendez un peu là…. Ah ! il y a
une légère erreur. »

Avant qu'il pût dire un mot de plus, le major
l'arrêta d'un geste significatif, et ses lèvres souples
et féminines, ombragées par sa fine moustache
blonde, articulèrent lentement le nom de Josiah
Bird ! M. Slogood s'enfuit à l'autre bout de la chambre,
et, s'asseyant sur le lit, il tira une Bible de sa poche
et commença à lire. Le jeune homme avait vu tout
cela avec une impatience fiévreuse ; il saisit le poi-
gnet du major Varney et s'écria avec force :

« Quel complot !… Qu'est-ce ?… Dites-le-moi….
ah !… dites-le-moi !

— Pas encore, cher enfant, il faut de la patience ; fiez-vous à moi, votre ami, votre sauveur.

C'est à moi qu'il appartiendra de vous rendre votre nom et votre fortune, mieux encore, mon enfant, de vous rendre les caresses d'une mère ; nous devons vous découvrir le plus que nous pourrons ce mystère impénétrable; s'il faut acheter cet homme, eh bien! nous l'achèterons ; nous ne voulons pas nous montrer durs avec lui. Loin de nous la pensée de punir : tout ce que nous voulons, c'est arriver à connaître la vérité. Pour cela, il faut de la patience : avez-vous confiance en moi, cher enfant?

— Oui! s'écria vivement le jeune homme.

— Vous me croyez votre ami, votre bienfaiteur, votre sauveur, sans lequel vous auriez pourri dans cette horrible chambre.... par qui vous pouvez être rendu à votre famille, à vos droits et à votre fortune ?...

— Quels droits ?... quelle fortune ?...

— Qu'importe !... Croyez-vous à tout ceci, oui ou non ?

— Oui !... oui !...

— Bien ; alors, pour l'instant, adieu ; attendez-vous à me voir dans un jour ou deux. Maintenant, monsieur Slogood, accompagnez-moi jusqu'en bas. »

Le jeune homme s'empara de la main du major et la porta à ses lèvres. M. Slogood suivit son visiteur, et dans l'escalier il lui dit brusquement :

« Qu'est-ce que tout cela signifie? Je ne veux pas que l'on se serve de moi comme ça. Qu'est-ce que ça veut dire ?

— Rien de bon si vous cherchez à vous mêler des affaires des autres ; tout à votre avantage si vous

suivez les conseils et les leçons que vous donnera
M. Salamons. On ne va pas se servir de vous, dit le
major avec dédain; mais qu'êtes-vous donc, sinon
un instrument? Qu'avez-vous été depuis le commencement, sinon un instrument, un pauvre instrument,
aveugle, ignorant, stupide, sans esprit pour vous
aider vous-même ou aider les autres; faites attention
à ce que vous faites, et l'on vous payera bien; mêlez-
vous des affaires de ceux qui vous emploient, et vous
entendrez parler de Josiah Bird: bonjour, mon
digne Slogood. »

Le major disparut dans la petite rue. Les voisins
se mirent aux fenêtres pour le voir passer; les enfants le suivirent jusque dans Old Kent Road et le
regardèrent avec satisfaction monter dans un beau
cabriolet.

CHAPITRE XIII.

L'AVERTISSEMENT.

Deux ou trois jours après le dimanche où le major Varney avait visité Old Kent Road, cet officier
accompli déjeunait avec sa femme dans la salle à
manger d'une petite maison située dans Kensington
Gore. Les joues de mistress Varney se sont légère-

ment creusées pendant les quatorze années qui se sont écoulées depuis la dernière fois que nous l'avons vue; mais les boucles luxuriantes de sa chevelure tombaient toujours comme autrefois en masses onduleuses autour de son visage ovale. Elle ne paraît cependant pas très-aimable ce matin. Elle n'a rien mangé, mais elle s'amuse à détruire la muraille extérieure d'un pâté de foie gras. Il semble presque qu'elle puise une joie sauvage dans cette occupation, et le couteau brillant qu'elle agite dans sa petite main nerveuse a quelque chose de l'aspect d'un poignard. Peut-être mistress Varney le pense-t-elle elle-même, car bientôt elle dit en suivant des yeux chaque mouvement de l'acier étincelant :

« Combien il est dur de ne pouvoir pas poignarder quelqu'un chaque matin avant le déjeuner. Si j'étais princesse russe et si je possédais trois mille esclaves, j'en tuerais un chaque matin pour me mettre de bonne humeur, cela vaudrait mieux que le vin du Rhin et l'eau de Seltz. Granville Varney, je suis horriblement fatiguée de cette vie, je voudrais être actrice au théâtre de Southampton ! Je voudrais rapiécer mes bottines jaunes devant des cadets stupides et à moitié ivres ! Je voudrais redevenir jeune et....

— Innocente! dit le major en frisant sa moustache et en mettant une demi-douzaine de morceaux de sucre dans son thé.

— Je vous dis que je suis dégoûtée de cette existence équivoque ; je suis fatiguée de cette lutte continuelle pour conserver de grandes apparences de fortune avec des moyens incertains ; nous nous faisons vieux, Granville.... il est temps de nous retirer pour vivre de notre bien.

— Parfaitement, mon Adeline, chacune de vos paroles est digne d'un philosophe: nous nous retirerons avec notre fortune.

— Que voulez-vous dire, Granville, nous n'avons rien que votre paye?

— Aujourd'hui, oui; dans un mois, non. Je suis fatigué du service, mon Adeline, je ne retournerai plus dans l'Inde ; mais je m'établirai dans une agréable retraite à la campagne, où je passerai, avec vous, bien entendu, mon ange, le reste de mes paisibles jours. Quelle bénédiction de n'avoir à se repentir de rien ! combien est pure la conscience d'un homme qui n'a jamais commis de délit qui puisse être condamné; nous nous rabattrons sur l'hospitalité généreuse de notre ami sir Rupert Lisle. »

Les yeux noirs de mistress Varney s'ouvrirent aussi grands qu'ils le purent.

« Sir.... Rupert?...

— Lisle, dit le major; ce jeune homme qui a tant souffert aura à me remercier de lui avoir rendu son nom et sa fortune. Pauvre et cher enfant, il a failli être victime d'un complot infâme.

— Mais, s'écria mistress Varney, jamais vous ne voudrez....

— Souffrir que le pauvre enfant reste séparé de son affectueuse mère, qu'il soit privé de sa place dans le monde, qu'il soit frustré de son nom parmi les hommes, non, Adeline, jamais! dit le major en frisant sa moustache dans le transport d'une vertueuse indignation.

— Je voudrais.... Varney, que vous cessiez de jouer la comédie avec moi, dit la dame avec impatience.

— Jouer la comédie, mon Adeline, qu'ai-je fait pour cela, que fais-je? Je n'ai point de crimes à cacher, mon cher amour. Je découvre qu'un certain jeune homme a été depuis son enfance victime d'un lâche complot; et que fais-je?... Je me mets immédiatement à l'œuvre pour découvrir les détails de ce complot; quand j'aurai achevé cette tâche, je mettrai au jour ma découverte. Je n'ai pas besoin de vous dire que ce jeune homme m'aura une reconnaissance éternelle, et je n'ai pas besoin d'ajouter que je saurai tirer bon parti de cette reconnaissance.

— Mais on n'est pas toujours reconnaissant envers ses bienfaiteurs, dit mistress Varney.

— Tout le monde ne l'est pas, et même la majorité des individus penche peut-être plus du côté de l'ingratitude; mais je ne crains rien de sir Rupert Lisle.

— Vous pensez qu'il sera meilleur que la majorité? demanda mistress Varney avec un sourire dédaigneux.

— Je dis que je ne crains rien de lui, mon Adeline, je ne dis rien de plus; il peut être le meilleur ou le pire des hommes; mais je n'ai pas peur de lui: s'il arrivait qu'il fût le pire, peut-être en aurais-je encore moins peur.

— Je me soucie peu de deviner des énigmes, major Varney.

— Très-chère, vous êtes à peine assez intelligente pour cela ; cette jolie bouche n'a jamais été faite pour répondre à de vilaines énigmes, n'est-ce pas ? Mon Adeline, vous n'avez jamais été faite pour autre chose que pour paraître belle, chanter et dépenser de l'argent ; vous avez été belle, vous avez dépensé des chansons et chanté de l'argent, je vous demande pardon, chanté des chansons et dépensé de l'argent toute votre vie : vous avez donc rempli votre destinée, ne cherchez pas à faire davantage. Le cerveau créateur est ici ! » s'écria le major en se frappant le front avec une cuiller à thé.

Sa jolie compagne haussa les épaules avec impatience et prit le *Times* que je major venait de lire.

« Regardez donc à droite des naissances et des décès et des mariages, et dites-moi ce que vous voyez.

— Ah ! s'écria mistress Varney, quand ses yeux s'arrêtèrent sur un avis placé en haut de la colonne, qu'est-ce que cela signifie ?

— Lisez tout haut, Adeline, et je vous le dirai.

—« *Si ces lignes parvenaient à la connaissance du major Granville Varney*, H. E. I. C. S., ou de toute autre personne connaissant l'adresse actuelle de ce gentleman, on est instamment prié de passer chez MM. Selbourne et Selbourne, avoués, Gray's Inn Place. » — Qu'est-ce que cela signifie, Granville ?

— Vous montrerai-je comment je veux y répondre? demanda le major.

— Oui. »

Le major Varney se leva de table, et prenant place devant un pupitre en chêne sculpté, il écrivit rapidement quelques lignes; puis, les passant à sa femme, il mit l'adresse sur une enveloppe pendant qu'elle lisait.

Voici les quelques lignes qu'avait écrites le major:

14, Kensington Gore, 30 juin 18....

« Ma chère madame,

« Me souvenant que MM. Selbourne et Selbourne, de Gray's Inn étaient, il y a quelques années, les hommes d'affaires employés par votre famille, il m'est venu à l'idée que l'avis inséré dans le *Times* d'aujourd'hui pouvait émaner de vous. S'il en était ainsi, s'il arrivait que, d'une manière ou d'une autre, je pusse vous être utile, ordonnez, je vous en prie; s'il en était autrement, veuillez excuser la peine que je vous ai donnée. J'ai une telle antipathie pour les gens de loi, que je préfère risquer de vous importuner par cette lettre que de me mettre en communication avec des personnes de cette profession.

« J'ai l'honneur d'être, ma chère madame, votre très-obéissant serviteur,

« GRANVILLE VARNEY. »

« Pourquoi supposez-vous que cet avis a été inséré par mistress Walsingham? demanda mistress Varney en rendant la lettre au major.

— Parce que j'attends cette insertion chaque jour depuis la mort d'Arthur Walsingham. Je pensais qu'il était plus que probable que le jour de sa mort il révélerait certain secret. S'il l'a fait, tant mieux. Mistress Walsingham devait se mettre dans ce cas à ma recherche, et j'étais préparé à la recevoir. Si, au contraire, il est mort sans parler, il serait nécessaire que je prisse l'initiative et que j'allasse trouver mistress Walsingham. Cet avis que j'ai cherché chaque jour avec attention me donne la conviction que mon pauvre fou d'Arthur a parlé avant de mourir. Le cher garçon, cela lui ressemble bien d'avoir parlé. Il a toujours été très-conséquent avec lui-même, et m'a toujours été très-utile. Oh! Adeline, on ne commettrait jamais un seul délit punissable si l'on savait quel joli petit revenu l'on peut tirer des peccadilles des autres. »

Le major n'attendit pas longtemps une réponse à sa lettre. De bonne heure, le lendemain matin, une voiture s'arrêtait à la porte, et M. Salamons, qui servait de valet, de sommelier et de factotum, apporta à son maître la carte de mistress Walsingham.

Le major dit à son domestique d'introduire cette dame dans la bibliothèque, petite pièce donnant sur un jardin où il y avait une fontaine et des poissons rouges. Avant d'aller rejoindre la visiteuse, le major tira de sa poche une petite glace, et se mit machinalement à peigner ses moustaches.

« Les moustaches ne donnent pas un air bienveillant, se dit-il en lui-même; il eût été plus sage de me faire raser et de laisser pousser mes cheveux

.très-longs avant que les choses arrivassent au point où elles en sont. Et cependant les moustaches blondes donnent l'air doux et débonnaire. Je crois que je lui inspirerai de la confiance. »

Il trouva mistress Walsingham debout près de la fenêtre ouverte, les yeux fixés sur la porte par laquelle il était entré. Elle était très-pâle, mais elle n'avait pas l'air beaucoup plus âgée que la dernière fois qu'il l'avait vue.

« Mistress Walsingham, dit-il en avançant les deux mains, c'est donc véritablement vous qui avez fait insérer cet avis dans le *Times*, et vous venez réclamer mes services, c'est très-bien de votre part. Je suis de retour de l'Inde depuis peu, et je n'ai appris qu'il y a un jour ou deux que mon pauvre vieil ami était.... »

Ici elle l'interrompit, et dans une agitation qu'il lui était impossible de cacher, elle prit la parole :

« Major Varney! major Varney!... je ne viens pas vous trouver pour une affaire ordinaire; je vous aurais cherché déjà, mais la douleur.... la secousse de.... »

Elle hésita, et une vive rougeur couvrit ses joues pâles pendant quelques minutes.

« .... de la mort du capitaine Walsingham m'avaient ôté jusqu'au loisir de penser. Mes conseils se sont fortement opposés à ce que j'aie la moindre communication directe avec vous; ils ignorent cette visite, mais je risque tout pour vous faire une seule question. Vous avez pu être mon plus grand ennemi; vous pouvez être déterminé à l'être encore.

Ma tête ne peut supporter les doutes de toutes sortes qui l'ont torturée pendant les trois dernières semaines. Major Varney, je vous demande, par l'amour que·vous avez autrefois éprouvé pour votre mère, de répondre à ma question. »

Elle tomba à ses pieds et tendit vers lui ses mains suppliantes.

« Dites-moi.... par pitié.... mon fils.... sir Rupert Lisle est-il encore vivant ? »

Le major ouvrit des yeux si grands qu'il sembla douteux qu'il pût jamais les refermer, quand mistress Walsingham lui fit cette question. Il la releva doucement et la conduisit à son fauteuil.

« Pour l'amour du ciel, dit-il, calmez-vous, chère madame, je vous en supplie. Vous me mettez dans un grand embarras. Quelle est la cause de cette hallucination ?

— Il n'y a pas d'hallucination, dit-elle. Le capitaine Walsingham, quelques moments seulement avant l'apoplexie qui mit fin à ses jours, a fait de grands efforts pour révéler un secret.

— Des efforts?... dit le major avec inquiétude.

— Il n'a pu prononcer que quelques mots entrecoupés, mais ces mots ont suffi pour m'apprendre que mon fils n'était pas mort et que vous connaissiez quelque chose de ce secret.

— Ma chère dame, soyez assez bonne pour vous rappeler combien cela est invraisemblable. J'ai vécu dans l'Inde depuis la disparition de votre fils; je ne suis de retour que depuis un mois. Le cerveau de mon pauvre ami était peut-être attaqué, car il est

peu probable que votre fils soit en vie ! Quelle raison pouvait avoir eue le capitaine Walsingham pour
vous cacher ce fait? Qu'avait-il à gagner à l'accomplissement d'un tel crime ?

— Rien, rien; la fortune de mon pauvre enfant
mourait avec lui.

— Alors, quelle raison aurait-on eue pour cacher
son existence, s'il existe réellement encore? Ma
chère madame, ceci est très-étrange, très-embar-
rassant. J'ose à peine vous dire combien cela me
semble étrange. »

Il y avait un peu de confusion dans le ton du
major, lorsqu'il dit ces derniers mots, et il regarda
mistress Walsingham avec une émotion singulière.

« Vous osez à peine me dire.... s'écria-t-elle. Oh !
par pitié, dites-moi ce que cela signifie. Vous me
cachez quelque chose. Vous savez quelque chose
que vous ne voulez pas me dire, j'en suis convaincue.

— Non, non, dit le major en marchant de long
en large dans le salon, comme perdu dans ses pensées. C'est si peu probable, si incroyable, si.... si
impossible.

— Major Varney, par pitié, parlez.... Rappelez-
vous que, si vous savez quelque chose de mon pauvre enfant, si vous voulez m'aider à lui rendre son
nom et sa fortune, la moitié de cette fortune sera
la vôtre. »

Le major fit un mouvement comme si quelqu'un
l'avait frappé. Il se releva de toute sa hauteur en
regardant en face mistress Walsingham, et il dit
avec hauteur :

« Mistress Walsingham, je vous recommanderais de ne jamais tenter de corrompre un officier de l'armée des Indes, et je vous conseillerais aussi de ne pas disposer de la fortune de votre fils. S'il était vivant, il serait bientôt majeur, et il aimerait à s'acquitter lui-même de ce soin.

— Pardonnez-moi, dit-elle, je suis à moitié folle. Pardonnez-moi et dites-moi ce que vous pensez au sujet de mon fils. »

Le major ne répondit pas, mais il continua à marcher de long en large dans le salon, toujours plongé dans ses pensées. Bientôt il s'arrêta brusquement.

« Mistress Walsingham, dit-il, avez-vous un portrait de sir Rupert Lisle ? »

Elle défit son châle, et ôtant de son cou une chaîne d'or, elle mit dans la main du major le médaillon qui y était attaché. Ce médaillon contenait une miniature de sir Rupert, peinte sur ivoire et faite un an avant la disparition de l'enfant.

Le major le considéra avec soin, puis il s'approcha de la fenêtre et examina la miniature pendant quelques instants.

« Mistress Walsingham, dit-il avec émotion, le ciel sait combien je crains de dire une seule parole qui pourrait vous induire en erreur dans une affaire comme celle-ci. Mais, ajouta-t-il avec une brusque énergie, aussi vrai qu'il y a un Dieu au ciel, je crois que votre fils est vivant. »

Les joues de mistress Walsingham, si pâles jusqu'ici, devinrent blanches comme un linceul. Elle glissa doucement de son fauteuil et tomba inanimée sur le tapis.

CHAPITRE XIV.

OÙ LE MAJOR PASSE POUR UN PHILANTHROPE.

« Ceci est maladroit, dit le major quand sa visiteuse tomba insensible à ses pieds. Pauvre créature ! Et tout cela à propos d'un enfant pâle et chétif. Qui penserait jamais qu'il y a tant de sentiment dans le monde ? En parlerai-je à Ada ? Non ; cela pourrait être dangereux. Qui sait ce que ce niais d'Arthur n'a pas avoué ? »

Le major sonna. M. Salamons répondit à cet appel avec une promptitude exemplaire.

« Envoyez-moi la femme de chambre de mistress Varney, avec de la corne de cerf, de l'eau froide et toute la pharmacie réconfortante, dit le major. Mistress Walsingham vient de se trouver mal. »

Un peu de vinaigre aromatique tenu sous les narines de la pauvre femme lui fit promptement reprendre connaissance. On la souleva sur son fauteuil qu'on roula jusqu'à la fenêtre. Elle regarda autour d'elle d'un air embarrassé, mais en voyant le major elle se rappela tout ce qui s'était passé. Comme tous les gens calmes, elle montra un grand pouvoir sur elle-même.

« Je suis mieux, merci, dit-elle. C'est bien absurde à moi de me trouver mal. Vous n'avez plus à vous occuper de moi, dit-elle à M. Salamons et à la femme de chambre, je serai bien aise de continuer notre conversation, major Varney, et je tâcherai de ne plus vous interrompre aussi ridiculement. »

Les domestiques se retirèrent, et mistress Walsingham et le major se retrouvèrent seuls. Il était debout près de son fauteuil. Elle saisit ses deux mains dans les siennes et fixa avec anxiété ses yeux sur son visage.

« Maintenant, dit-elle, par pitié, dites-moi ce que signifient vos paroles ; vous n'auriez pas dû les prononcer, si vous n'étiez pas disposé à les expliquer. »

Le major approcha une chaise de la sienne et s'assit à côté d'elle.

« C'est vrai, mistress Walsingham, dit-il, mais je n'ai jamais de ma vie prononcé une parole que je ne fusse prêt à expliquer ; et si vous voulez me promettre de m'écouter tranquillement, vous verrez que je n'ai pas fait autrement aujourd'hui que de coutume ; me le promettez-vous ?

— Oui. »

Elle ne quittait pas son visage des yeux. Ses yeux à lui étaient clairs, radieux et sereins ; c'étaient les yeux d'un homme bon, qui a une conscience nette, et qui ne craint pas le jugement du monde ; c'est du moins ce que les yeux du major Gran ville Varney eussent paru aux yeux du plus habile physionomiste.

« Je vous ai dit tout à l'heure (rappelez-vous votre promesse) que je crois votre fils vivant; mais nous sommes, tous tant que nous sommes, si sujets à l'erreur, il peut si bien se faire que nous nous trompions au moment où nous croyons avoir une certitude, que je dois vous supplier de n'accepter tout ce que je dis qu'avec une certaine réserve.

— Si vous vouliez seulement parler clairement, dit mistress Walsingham avec impatience.

— Ma chère dame, c'est ce que je vais faire. Je vous ai dit que je croyais votre fils vivant. Je le crois en effet, mais je dois vous dire sur quel léger fondement repose cette croyance.

— Léger fondement?... répéta-t-elle avec inquiétude.

— Très-léger, comme vous pouvez penser, mistress Walsingham. J'ai une merveilleuse mémoire des visages.... Que le ciel vienne en aide au déserteur que sa mauvaise chance amènerait devant le major Granville Varney, n'eût-il été que dix jours dans mon régiment, fût-il resté absent pendant dix années, je pourrais me rappeler chaque ligne de son visage, chaque regard de ses méchants yeux noirs. Il y a quatorze ans que je n'ai vu le visage de votre pauvre enfant; s'il est vivant, d'enfant il est devenu homme; mais, malgré ce changement, je crois fermement l'avoir vu et reconnu il y a trois semaines.

— Major Varney !...

— Rappelez-vous votre promesse. Il y a trois semaines, ma femme et moi, nous fûmes obligés d'accepter une loge au Théâtre Olympique. Notre loge
était une avant-scène; nous étions donc très-rappro-
chés du parterre. Les stalles étaient presque entièrement vides, et immédiatement derrière celles-ci, au
premier rang du parterre, se trouvait un jeune
homme; l'extrême intérêt qu'il semblait prendre à
la pièce attira l'attention de ma femme. Je le regardai. Je ne crois pas aux revenants, mistress Walsingham, ou ce soir-là j'aurais certainement cru voir
l'ombre de votre fils sir Rupert Lisle. »

Le major s'arrêta.

« Est-ce vrai?... Est-ce possible? s'écria mistress
Walsingham.

— Écoutez la suite, chère madame, et jugez vous-
même. Comme je ne crois pas aux revenants, je me
suis dit : Voilà une ressemblance extraordinaire, si
extraordinaire, que je sens un désir étrange de savoir le nom de celui qui possède ce beau et pâle
visage; ce n'est pas une figure belle et pâle comme
tant d'autres, et quoi qu'il puisse arriver, je veux
savoir quelque chose sur son compte. J'ai un domestique très-intelligent, Alfred Salamons, l'homme
que vous avez vu tout à l'heure. Salamons était au
parterre prêt à nous suivre à la maison; un signe
de moi le fit venir à notre loge; je lui montrai le
jeune homme. « Très-bien, monsieur, je le recon-
« naîtrai à sa ressemblance. — Quelle ressemblance,
« Salamons? — Mais la ressemblance avec le jeune
« enfant de Lislewood Park, monsieur, dit-il. —

« Bien, Salamons, répondis-je, car je traite tou-
« jours un bon domestique avec une bonté par-
« faite. Cette ressemblance est la raison pour la-
« quelle je désire que vous sachiez qui est ce jeune
« homme. Suivez-le chez lui, mon digne Salamons,
« et tâchez d'apprendre le plus de choses que vous
« pourrez sur son compte. »

— Et.... a-t-il découvert ?...

— Ma chère dame, vous ne vous faites pas idée de
ce qu'est cet homme ; il est parvenu à suivre le jeune
homme jusque dans une rue boueuse de Old Kent
Road. Il a réussi à savoir son nom. Il s'appelle
Slogood. Son père est un prédicateur méthodiste, et
il habite le quartier depuis quelques années. Cela ne
semble pas promettre beaucoup ; mais, dans tous
les cas, pensai-je, j'irai voir le jeune homme.

— Et vous y êtes allé ?

— Oui, j'y suis allé le lendemain. J'ai vu le père
du jeune homme.... le prédicateur méthodiste.... le
révérend Joseph Slogood, et qui croyez-vous que
j'ai reconnu en lui ?

— Je ne puis dire.

— Un vieux serviteur de Lislewood Park, le garde,
le braconnier réformé, qu'on appelait Gilbert....
Gilbert....

— Arnold ?

— Oui, Gilbert Arnold. Il y avait donc déjà un
rapport entre l'enfant que j'avais vu à Lislewood
Park et celui que j'avais vu au théâtre. Mais quel
rapport ? là est toute la question. Maintenant, vous
vous souvenez peut-être, ma chère mistress Wal-

singham, qu'il y avait entre votre fils et le fils du garde une sorte de ressemblance. Vous en souvenez-vous ? »

Le major Varney examinait le visage de la visiteuse avec une singulière attention en faisant cette question.

« Je ne puis dire que je m'en sois jamais aperçue, dit-elle avec fierté ; je sais que plusieurs personnes en ont fait la remarque, mais je n'ai jamais moi-même trouvé la moindre ressemblance entre l'enfant d'Arnold et mon fils bien-aimé.

— Vous ne le pensez pas, et vous devez être le meilleur juge. M. Slogood ou Gilbert Arnold, ou quel que soit le nom que je lui donne, n'a pas paru le moins du monde enchanté de me voir. Il portait un faux nom, mauvais signe ! il était fâché et effrayé de se voir reconnu : il est même allé jusqu'à essayer de nier son identité. Quand je lui ai dit que je voulais voir son fils, il a trouvé des détours, a menti et a fini par refuser. Alors je commençai à le soupçonner ; je lui tendis un piége. Je l'éloignai, et j'eus une entrevue avec le jeune homme. Pauvre enfant, pauvre innocent enfant ! n'importe ce qu'il puisse être et ce qu'il paraisse être, il n'est pas le fils de Gilbert Arnold !

— Oh ! par pitié, parlez clairement !

— Je ne puis dire rien de plus clair que ceci, mistress Walsingham. Je crois que le jeune homme qui vit en ce moment avec Gilbert Arnold, l'ex-braconnier, le faux prêtre méthodiste, n'est pas son fils : je le crois fils de parents ayant occupé un rang élevé dans le monde, et je le crois victime de quelque honteux complot au fond duquel se trouve M. Gilbert Arnold. Voilà, mistress Walsingham, ce que je crois, et jusqu'à ce que vous ayez vu vous-même l'enfant, je n'en dirai pas davantage.

— Oh! conduisez-moi près de lui en ce moment même, ou le doute me tuera.

— Ma chère madame, je compte sur votre indulgence chrétienne.... sur votre calme. Dans une circonstance comme celle-ci, il ne faut pas se presser; une seule fausse démarche peut tout perdre : la patience et la prudence nous sont de toute nécessité. Souvenez-vous que nous devons combattre par la ruse, la ruse des autres. Il est impossible de rien faire avant que vous n'ayez vu le jeune homme. Je me fie entièrement à votre instinct de mère. Voyez-le, parlez-lui; examinez chacun de ses traits, chacun de ses regards, et si, après cela, vous me dites : Granville Varney, ce jeune homme est mon fils! ce jeune homme est sir Rupert Lisle, je remuerai ciel et terre pour le prouver au monde et pour le réintégrer dans ses droits. Jusque-là, il n'y a rien à faire, car ceci est notre point de départ. Maintenant, pour que vous puissiez voir le jeune homme, il faut éloigner Gilbert Arnold pendant une heure ou deux. Salamons, mon trésor, arrangera cela ce soir même, si vous voulez. Si je me suis trompé, si je vous ai causé cette douleur et cette émotion inutilement, il faudra me pardonner. Si, d'un autre côté, les dernières paroles prononcées par mon pauvre ami ca-

chaient quelque mystère étrange et que, par moi,
vous arriviez à le dévoiler....

— Si vous faites cela... je vous en aurai une reconnaissance éternelle. Mon fils sera votre fils ;
notre fortune, votre fortune ; notre maison, votre
maison.

—Assez ! assez ! dit le major d'un ton enjoué.
Je vais vous laisser, chère madame, prendre quelques heures de repos. Je vous enverrai quelques
rafraîchissements et un madère spécial, qui a fait
la traversée aussi souvent que votre humble serviteur ; je vous supplie de vous reposer et de prendre quelque nourriture ; vous aurez besoin de
toute votre force ce soir, car souvenez-vous que ce
soir vous aurez à prendre une décision dont dépen-
dra votre conduite future. Au revoir ! »

Le major prit les deux mains de mistress Walsingham dans les siennes et les pressa avec affection. Il avait l'air si bienveillant, si dévoué à la cause
de l'innocence opprimée, que, comme il tournait le
dos à la fenêtre, le soleil brillant à travers ses cheveux blonds semblait entourer sa belle tête d'une
auréole dorée.

CHAPITRE XV.

OU L'ON FAIT PARLER GILBERT ARNOLD.

Le trésor, M. Alfred Salamons, arrangea si bien les choses, qu'il parvint à éloigner le faux prédicateur méthodiste pendant une heure ou deux. A la nuit tombante, le coupé brun foncé de mistress Walsingham contenant cette dame et le major partit de Kensington Gore pour gagner Old Kent Road. Claribel était fort pâle, elle parlait à peine, mais ses yeux regardaient fixement dans les rues obscures qu'on traversait. Le major Varney donna ordre au cocher d'arrêter au coin de la rue où était situé le temple de Slogood. Quand mistress Walsingham et lui furent descendus, il dit à l'homme d'aller se placer devant *les Armes de Bricklayers* et d'attendre qu'on l'envoyât chercher.

« Maintenant, dit le major, soyez assez bonne, mistress Walsingham, pour prendre mon bras, et je vais vous conduire chez ce bon Slogood. J'ai pensé qu'il était prudent d'éloigner la voiture, car si par hasard votre ancien garde revenait pendant que nous sommes ici, il pourrait reconnaître la livrée de Lislewood. »

Claribel Walsingham parut ne pas entendre l'observation du major. Elle marcha en silence pendant quelques instants; mais, au moment où ils tournaient l'angle de la rue, elle s'arrêta tout à coup, et posant la main sur le bras du major, elle lui dit avec une énergie fiévreuse :

« Major Varney, le jeune homme que je vais voir est-il bien mon fils, oui ou non ? »

La lune d'été s'était levée, et sa pâle lumière éclairait la belle figure de l'officier indien. Adoucis par cette lueur, ses favoris blonds et ses moustaches prenaient une teinte plus vague qu'à la lueur du soleil. Il jeta sur son interlocutrice un regard pénétrant qui ne manquait pas d'une certaine dignité, puis il répondit :

« Mistress Walsingham, vous êtes une femme isolée et sans appui, la veuve de mon cher ami, et je ne voudrais pas vous tromper de plein gré. Je crois que c'est votre fils. »

Elle eut un soupir de soulagement et continua d'avancer.

« Ne vous pressez pas, chère madame, dit-il, nous y voici arrivés. »

Il s'arrêta à la porte du jardin et sonna. Ce fut M. Alfred Salamons qui vint ouvrir.

« Tout va bien ? demanda le major.

— Oui, monsieur. Il est allé à un thé à Hampstead. Je lui ai apporté un mot du révérend président qui l'invitait à prendre la parole à la réunion. Il ne sera guère ici avant deux heures, car il aura quelque peine à trouver l'endroit où la réunion a lieu.

— Bien, mon Salamons.... N'est-ce pas un trésor, madame? »

Elle ne répondit pas. Ses yeux étaient rivés sur la porte entr'ouverte de la maison dans laquelle elle espérait trouver son fils.

« Maintenant, mistress Walsingham, dit le major, suivez-moi. »

Il entra dans le corridor et marcha jusqu'au pied de l'escalier. Avant de monter, il s'arrêta et, tournant vers Salamons un regard significatif, il dit :

« Et elle.... la femme?

— Oh! elle est allée à la campagne voir des amis, répondit le valet. On l'aime beaucoup, sans doute, et on la garde longtemps.

— Encore une fois, très-bien, mon cher Salamons. »

Le major et mistress Walsingham montèrent, suivis de près par M. Salamons, qui se tint dans l'ombre de la porte pendant que son maître et la dame entraient dans la chambre. Le jeune homme au pâle visage, à la blonde chevelure s'était jeté sur le lit et, la tête appuyée sur son bras, il dormait d'un profond sommeil. Ses cheveux blonds assez longs tombaient de chaque côté de son front bas et étroit. Ses vêtements, quoique un peu usés, étaient à la dernière mode, et tels qu'en devait porter le fils d'un gentilhomme. Ses mains étaient blanches et délicates; la chambre n'était éclairée que par une misérable chandelle avec une longue mèche qui fumait sur la table auprès de la fenêtre. Le major montra du doigt le dormeur. Mistress Walsingham laissa échapper un faible cri, et se précipitant vers le lit, tomba à genoux, et soulevant la belle tête dans ses bras, elle baisa le jeune homme au front. Il s'éveilla, ouvrit de grands yeux qu'il promena vaguement autour de lui. C'était un visage assez délicat et assez régulier, mais qui n'annonçait pas une grande intelligence.

« Mon pauvre enfant! mon malheureux enfant! dit le major, souvenez-vous de ce que je vous ai dit l'autre soir, et préparez-vous.

— Oui.... oui!... s'écria le jeune homme, oui, je le sais.... vous, vous êtes ma mère, ajouta-t-il en se tournant vers Claribel, et vous êtes venue pour m'arracher à cet horrible lieu.... à cet homme odieux.... vous êtes venue pour cela, n'est-ce pas? »

Il parlait avec une impatience fiévreuse, et, sautant à bas du lit, il sembla qu'il voulût quitter immédiatement la maison.

M. Salamons, debout à la porte entr'ouverte, le prit par le bras et l'arrêta.

« Mon cher monsieur, dit-il, ne vous pressez pas... ne vous pressez pas... calmez-vous.

— Eh bien! mistress Walsingham, dit le major, dites-moi, ai-je raison ?

— Oui, dit-elle avec un soupir, le ciel le sait. Je crois que vous avez raison; mais il est tristement changé, mon pauvre enfant, bien tristement changé!

— Privé des soins d'une mère pendant quatorze ans, enfermé dans cette misérable chambre, comment pourrait-il en être autrement ? demanda le major, d'un ton grave.

— Mon enfant.... mon pauvre Rupert.... venez à moi ! » dit Claribel en tendant les bras.

Le jeune homme jeta les bras autour du cou de sa mère, et laissant retomber sa tête sur son épaule,. il fondit en larmes.

« Je veux sortir d'ici... je veux quitter cette maison, dit-il.

— Vous la quitterez, Rupert, vous la quitterez. »

Elle l'attira vers la porte, et ils allaient tous deux quitter la chambre, quand le major s'interposa.

« Ma chère mistress Walsingham.... ma chère madame !... grands dieux !... savez-vous ce que vous faites ? vous allez emmener ce jeune homme, qui est ou est supposé être le fils d'un de vos anciens serviteurs, et vous allez vous rendre sans doute devant un tribunal où vous déclarerez que ce jeune homme est votre fils, sir Rupert Lisle, qui depuis quatorze ans passe pour mort. Pour Dieu, mettez-vous au courant de ce que vous allez faire ! En souvenir de mon pauvre ami qui n'est plus, adoptons un système de conduite, mistress Walsingham. Voici une chaise. »

Il la conduisit à un siége ; elle obéit machinalement et s'assit.

« D'abord, mistress Walsingham, et avant de faire un pas de plus dans cette affaire, il est de toute nécessité que nous ayons votre déclaration par laquelle vous reconnaitrez solennellement que ce jeune homme est votre fils, sir Rupert Lisle.

— Je le crois, dit Claribel.

— Bon! en présence de moi, d'Alfred Salamons, et
du jeune homme dont il s'agit, vous déclarez que
d'après votre ferme conviction il est votre fils, et
que vous n'êtes pas induite en erreur par une ressemblance qui peut avoir existé entre le fils de Gilbert Arnold et sir Rupert Lisle, votre fils.

— Je n'ai jamais remarqué cette ressemblance et
je n'ai jamais vu qu'elle existât entre les deux enfants.

— Bien! alors nous pouvons sûrement conclure
que nous avons mis la main sur un complot qui
avait pour but de cacher à vous-même ainsi qu'au
monde l'existence de votre fils. Dans quel but et par
qui ce complot a-t-il été entamé?... C'est ce que
nous découvrirons plus tard. Deux choses sont parfaitement claires : la première, c'est que Gilbert
Arnold est du complot; la seconde, c'est qu'il faut
le faire parler. Salamons, vous nous avez aidé dans
tout ceci, et vous savez quelque chose de cet homme.
Parlera-t-il ce soir? »

Pendant qu'il faisait cette question, les yeux du
major se mettaient en communication avec les pru-
nelles orientales de M. Alfred Salamons. C'était
comme un télégraphe mis en jeu.

« Je le crains, répondit le valet; ce soir comme
n'importe dans quel moment.

— Bien! dit le major en consultant sa montre, il
est maintenant dix heures un quart; dans une demi-
heure cet homme sera probablement de retour.
Vous, Salamons, allez au bureau de police le plus

proche, et amenez deux agents. Si nous mettons ces deux messieurs dans la pièce à côté, il nous sera peut-être plus facile d'amener notre ami à ouvrir la bouche. »

M. Salamons s'inclina et partit pour faire sa course. Claribel et le major attendaient le retour de l'ex-braconnier; le jeune homme se promenait de long en large dans la chambre, s'arrêtant de temps à autre pour faire quelque question.

Une demi-heure après, M. Salamons revint, ramenant avec lui deux hommes en habit bourgeois et à l'air grave, qu'il conduisit dans le salon. Environ dix minutes après, Gilbert Arnold arriva à son tour, il ouvrit la porte à l'aide d'un passe-partout, et marcha droit à la chambre où l'attendaient le major et mistress Walsingham. Claribel, cédant à la demande du major, avait laissé tomber son voile sur son visage, qu'il cachait complétement. A la vue du major, Gilbert Arnold recula d'étonnement.

« Ah! mon digne ami, dit l'officier indien, je crois que vous êtes surpris de me voir, mais attendez un peu, je vous prie, et vous le serez bien davantage tout à l'heure. Ma chère madame, veuillez être assez bonne pour lever votre voile pendant que je vais moucher cette abominable chandelle, et maintenant Joseph Slogood, autrement dit Gilbert Arnold, autrement n'importe quoi, dites-moi si vous connaissez cette dame?

— On ne m'appelle pas Gilbert Arnold, et je ne vous connais ni l'un ni l'autre! répondit le braconnier.

— Oh! que si; vous nous connaissez tous très-bien, et pour commencer, vous connaissez votre fils, ou du moins le pauvre garçon que vous avez l'audace d'appeler votre fils depuis quatorze ans. Vous le connaissez parfaitement bien, Gilbert Arnold, vous connaissez cet infortuné jeune homme. Regardez-le, tombez à ses pieds, roulez-vous dans la poussière, et demandez-lui s'il pourra jamais vous pardonner; mais ne nous dites pas que vous ne le connaissez point, vous connaissez sir Rupert Lisle !»

L'homme se laissa tomber sur une chaise qui se trouvait près de lui, et appuyant ses coudes sur ses genoux, il cacha sa tête dans ses mains.

« Ah! il vous reste encore un peu de pudeur. Vraiment, dit le major, avec dédain. Vous avez pu garder votre odieux secret pendant quatorze ans, mais la lumière s'est fait jour à la fin, votre complot est découvert, et si vous aspirez à obtenir le pardon de cette dame et de son fils, qui dans un mois sera majeur, vous ferez bien de parler de suite, et de dire la vérité. Quel était le but de cette abominable intrigue?... Qui en a été l'instigateur?... Êtes-vous seul à la mener ou y a-t-il quelque autre personne qui vous ait aidé? Parlez!

— Je ne parlerai pas! hurla le braconnier en se levant, et en saisissant la chaise dans sa main vigoureuse, comme s'il allait la jeter à la tête du major, je ne parlerai pas! Je ne suis pas de la boue pour que vous me fouliez aux pieds; je ne suis pas votre esclave pour obéir à vos ordres, pour que vous m'appreniez ma leçon comme à un enfant, et pour

vous suivre et ramper comme un chien devant
vous ! »

Il heurta violemment la chaise sur le plancher ;
puis se rasseyant, il se mit à pleurer comme un
enfant.

« Cet homme est fou, ou il a bu, » dit le major à
Claribel.

Puis, se rapprochant de Gilbert Arnold, il pencha
ses lèvres près de l'oreille du braconnier et dit :

«Lâche ! poltron! parle ou tu seras pendu! Choisis
maintenant, et vivement, car il y a en bas deux
agents de police, et je n'ai qu'à descendre auprès
d'eux pour te dénoncer. »

Gilbert Arnold continuait à pleurer piteusement,
il leva la tête, et se frotta les yeux avec ses mains
sales.

« J'ai bu un peu, dit-il en manière d'excuse, et
vous êtes trop dur pour un pauvre homme, et il ne
peut le souffrir. Il n'est pas de la boue, ajouta-t-il,
et bien qu'il puisse être habitué à se voir foulé aux
pieds, quelquefois cela le met hors de lui et le pousse
à bout ; s'il faut que je parle, eh bien! je parlerai,
et bien après!... »

Il s'assit les jambes écartées sur la chaise, croisa
les bras sur le dossier, et appuyant son menton
sur ses bras il regarda le major en face.

« Êtes-vous seul dans ce complot ou y a-t-il quelque autre personne ?

— Non, personne. »

Il parlait d'un ton bourru comme un enfant qui
répète une leçon qui lui déplaît.

« Avez-vous été seul depuis le commencement ?

— Oui, depuis le commencement jusqu'à la fin.

— Le capitaine Walsingham n'en savait absolument rien !

— Rien.

— Et quel était votre but ?

— Mettre mon fils à la place de sir Rupert.

— Et qu'est devenu votre fils ? »

Gilbert Arnold hésita un moment avant de répondre à cette question ; puis, baissant les yeux, il dit tristement :

« Il est mort.

— Mort !... et le complot a manqué grâce à la mort de votre fils ?

— Oui.... oui....

— Qui vous a donné une idée semblable dès le début ?

— Hein ?...

— Qu'est-ce qui vous a d'abord donné l'idée de mettre votre fils à la place de sir Rupert Lisle ?

— On parlait toujours de la ressemblance des deux enfants, on répétait toujours que le mien avait tout aussi bon air que l'autre, et il me paraissait dur que l'un goûtât tous les plaisirs de la terre, et que l'autre n'en eût aucun. Donc j'ai pensé que si l'occasion se présentait jamais, je mettrais mon fils dans les souliers de l'autre pour voir s'il ne ferait pas un baronnet tout aussi bien que sir Rupert.

— Et l'occasion s'est présentée ?

— Oui, le jour où le poney de sir Rupert s'est emporté et l'a jeté dans la plaine de Lislewood ; je

passais dans une voiture à foin en revenant du marché par la montagne au lieu de prendre la route, et
je trouvai l'enfant inanimé sur le sol, je le pris et
l'emmenai chez moi, où je le tins caché pendant un
jour ou deux, il eut le délire pendant tout ce temps
et ne reconnaissait rien ni personne. Alors je réus-
sis à l'emmener à Londres, un soir, par le chemin
de fer, je le mis dans un hôpital, il se rétablit en
quelques mois, et alors je vins à Londres moi-même
avec ma femme et mon enfant.

—Et que vouliez-vous faire avec les deux enfants?
demanda le major.

—Je voulais laisser passer le temps jusqu'à ce
qu'ils devinssent plus grands, et lorsque j'aurais
pensé que mylady avait eu le temps d'oublier le sien,
je voulais aller la trouver pour lui dire que je l'avais
trouvé dans les rues de Londres, et que je pensais
qu'il avait été volé par des Gypsies; puis j'aurais
appris sa leçon à mon fils, et il eût confirmé ce que
j'avais dit, et alors mon garçon eût été maître d'une
belle maison et d'une belle fortune.

— Mais votre enfant est mort?...

— Oui, douze mois après l'accident de sir Rupert,
il prit la fièvre et mourut. Est-ce tout?

—Oui, c'est tout, monsieur Gilbert Arnold. Voilà
une fort jolie confession que vous serez prêt à répéter j'espère aux notaires de sir Rupert Lisle et
du gentleman qui porte aujourd'hui le nom de sir
Launcelot Lisle. Je pense en même temps, mon digne Arnold, que vous aurez à vous considérer vous-
même comme gardé à vue, jusqu'à ce que votre

confession ait été dûment inscrite et certifiée devant témoins. Quant à mistress Walsingham et à
sir Rupert Lisle, je ne doute pas qu'en demandant
leur pardon, au lieu d'être puni de votre crime,
vous ne soyez récompensé pour votre aimable can-
deur. Maintenant, mistress Walsingham, Salamons
va aller *aux Armes de Bricklayers* chercher la voiture, alors nous pourrons, je pense, dire en toute
sécurité adieu à M. Gilbert Arnold et emmener sir
Rupert Lisle avec nous. »

CHAPITRE XVI.

LE MAÎTRE DE LISLEWOOD EST RÉINTÉGRÉ DANS SES DROITS.

Le complot dont le candide Gilbert Arnold avait
fait confession ne fut jamais porté devant la justice.
Sir Launcelot Lisle ne fit aucune tentative pour dis-
puter les prétentions du jeune homme blond et pâle
qui était ressuscité comme d'entre les morts pour
venir réclamer l'héritage de son père. Les avoués
de sir Launcelot secouèrent la tête d'un air incré-
dule en entendant la confession de Gilbert Arnold,
jusqu'au moment où ils s'aperçurent que cette confession était confirmée par le témoignage de la
mère du jeune homme, que son instinct maternel

ne pouvait tromper et que son caractère mettait au-
dessus de tout soupçon, et plus tard par des faits
qui aidèrent considérablement à prouver les asser-
tions de l'ancien garde de Lislewood Park. Les docteurs de l'hôpital Saint-Georges se souvenaient
parfaitement d'avoir, quatorze ans auparavant,
donné des soins à un jeune garçon âgé d'environ
cinq ans, dont la vie avait été en danger pendant
trois longs mois, par suite d'une congestion céré-
brale, causée, ainsi que l'avait déclaré l'homme qui
l'avait amené à l'hôpital, par une chute de cheval.
Il n'y avait personne dans l'établissement qui pût
se souvenir quel était l'homme qui avait amené
l'enfant à l'hôpital et donner son signalement ; mais
une des gardes, confrontée avec Gilbert Arnold, le
reconnut aussitôt pour être celui qui avait emmené
l'enfant après sa guérison. Elle se rappelait son
visage, dit-elle, et elle se rappelait aussi sa voix
rude et ses manières étranges ; et elle l'avait appelé
brute, parce qu'il maltraitait l'enfant. Cette garde se
souvenait aussi que l'enfant avait l'habitude de parler de sa belle maman et du Park, — mais qu'elle
ne pouvait se souvenir de quel nom il appelait le
Park, mais c'était quelque chose Park — et qu'il
s'appelait lui-même sir je ne sais quoi, et disait
qu'il était baronnet — le petit baronnet comme disait son papa. Mais elle ajouta que tous les gens riches
avaient de ces fantaisies, et comme l'homme qui
avait amené l'enfant avait averti les gardes de ne pas
faire attention à ce qu'il disait, car il avait toujours
été un peu singulier, elle avait accordé fort peu d'at-

tention à toutes ces paroles étranges et fiévreuses.
Claribel pleura amèrement en entendant cette femme
raconter ces détails au comité d'enquête assemblé
dans l'étude du notaire; elle se souvint des longs
jours et des longues nuits d'angoisse pendant lesquels elle avait pleuré la mort de son fils, et que,
pendant cette terrible agonie, il était resté couché
dans un hideux lit d'hospice, soigné par des gardes
restées sourdes à ses plaintes et incrédules à ses récits.

Pour plus d'évidence encore, Gilbert Arnold pro-
duisit les vêtements portés par sir Rupert le jour
de son accident. La mère reconnut la petite tunique
de velours tachée de sang et de chaux : le chapeau
déchiré avec sa plume brisée, et jusqu'aux cheveux
de l'enfant coupés par la main inhabile du garde
avaient été conservés pendant quatorze ans entre
deux feuilles de papier épais. Les preuves soumises
à sir Launcelot Lisle le satisfirent pleinement sur
l'identité de son jeune parent. Quant à lui, dit-il,
il était un vieillard, il n'avait pas d'enfant à qui il
pût laisser les vastes terres de Lislewood, et il ne
demandait pas mieux que leur revenu retournât
entre les mains de la branche aînée. Si l'on n'avait
retrouvé l'enfant que quelques années plus tard,
ajoutait-il, le nom de Lisle aurait pu s'éteindre. Il
offrit, en outre, de rendre tout ce qui, pendant
quatorze ans avait été payé à ses banquiers; mais
sir Rupert écrivit à son généreux cousin une très-
jolie lettre sous la dictée du major Varney, par laquelle il refusait positivement une semblable restitution.

11

Les voies étaient donc préparées pour le retour du jeune homme qui avait si longtemps été injustement privé de ses droits; les simples villageois de Lislevood se réjouirent de la restauration de leur seigneur légitime ; la tendre mère pleurait de joie en rentrant dans Lislewood Park, ayant à ses côtés son fils bien-aimé; l'on sonna les cloches; les enfants de charité sortirent encore une fois, comme ils avaient fait bien des années auparavant en l'honneur des premières noces de Claribel Merton ; et à travers tous ces bruits, et sous le brûlant soleil de juillet, le général Monk, sur un cheval de bataille blanc, caracolait à la droite du prince dont il venait d'accomplir la restauration. Il va sans dire que le général Monk n'était autre que le major Varney, à l'air vigoureux et débonnaire, aux favoris et aux moustaches blondes, beau et imposant, affable et ravi. Il sauta à bas de son cheval, quand le cortége arriva au château, et qu'il fut question d'aider le prince Rupert à descendre de voiture. Les domestiques étaient en rang, prêts à recevoir leur maître. Comme ils s'exclamèrent tous quand ils virent le jeune gentilhomme introduit dans la maison par sa mère et le major !

« Comme il est peu changé, disaient-ils. Il a seulement un peu grandi, et il est peut-être embelli. »

Le jeune baronnet fut un peu embarrassé de leur chaleureux accueil, et il semblait demander à son champion, le major, un peu d'aide pour se conduire dans toute cette cérémonie.

Un observateur habile n'aurait pas été longtemps

dans la société du jeune homme sans s'apercevoir qu'il en appelait au major en toute occasion. Il s'appuyait sur le bras du major en montrant à sa mère les peintures des corridors, le portrait de son père dans la salle à manger, la fenêtre en ogive du salon où il était si heureux de s'asseoir lorsqu'il était enfant. Il était tout naturel qu'après quatorze années passées dans la société de Gilbert Arnold, sir Rupert Lisle se trouvât un peu embarrassé à table, qu'il se servît d'un couteau pour couper le poisson; qu'il fût un peu gêné en présence du domestique qui lui apportait de la sauce; qu'il s'étonnât des coupes à champagne; qu'il voulût boire plus de vin du Rhin qu'il n'était convenable, et qu'il devînt un peu animé à force de calmer sa soif. Tout ceci, bien que très-pénible pour sa mère, n'était que naturel, et il était naturel aussi que le major lui murmurât de temps à autre un conseil ou lui marchât sur le pied, en le poussant légèrement du coude, ou en fronçant les sourcils à propos de ceci ou à propos de cela.

Le major et sa femme avaient été invités par sir Rupert Lisle et mistress Walsingham à passer l'automne à Lislewood Park, et à assister à la célébration de la majorité du baronnet, qui devait avoir lieu quelques jours après son retour. Claribel avait espéré qu'après le dîner elle serait seule avec le jeune homme, et qu'il s'assoierait auprès d'elle sur le sofa; elle s'arrêta derrière sa chaise, et lui parla à voix basse, lorsqu'elle sortit de la salle à manger avec mistress Varney; elle le pria de ne pas rester

longtemps en compagnie des verres et des bouteilles, mais de venir la rejoindre bientôt au salon.
Mais, malgré sa prière, il faisait nuit avant que le
major et lui eussent quitté la salle à manger; et
elle vit avec horreur que le jeune homme avait
beaucoup trop bu : elle en fit la remarque au major, mais celui-ci secoua la tête en souriant, et dit :

« Ma chère mistress Walsingham, notre jeune
prince est un peu obstiné, assez, vous savez, pour
donner idée d'une fermeté de volonté fort convenable. Il aime le porto, et le bordeaux ne lui convient pas; il appelle ce vin délicieux, vinaigre et
encre rouge. Pauvre cher enfant ! c'est bien digne
de l'élève de cet horrible braconnier de préférer le
porto; sans doute, il l'aimerait épais et sucré.
Malheureux enfant, il nous faudra quelque temps
pour le former. »

Claribel soupira.

« Il est bien changé, dit-elle d'un ton pensif. Que
le ciel me pardonne, il me semble que parfois je ne
lui suis pas assez reconnaissante de la bienheu-
reuse restitution qu'il m'a faite. Je sens quelquefois
comme s'il manquait encore quelque chose pour
que je sois tout à fait heureuse de mon fils.

— Ma chère mistress Walsingham, s'empressa de
dire le major, il ne faut pas trop exiger de ce pauvre jeune homme; donnez-lui le temps et pardessus
tout souvenez-vous de la société dans laquelle il a
vécu pendant quatorze ans. »

Le matin qui suivit l'arrivée de sir Rupert, son
frère consanguin vint d'Éton rendre hommage au

seigneur de Lislewood. Il y avait un étonnant contraste entre les deux frères ; le jeune Arthur Walsingham était grand, fort et élancé, il avait le teint
coloré, il était presque aussi grand à quatorze ans
que son frère le baronnet à vingt et un. Le major
Varney était avec sir Rupert quant le jeune Walsingham arriva. Peut-être fut-ce le major qui dicta
ou suggéra ce speech affectueux avec lequel le jeune
homme accueillit son frère. Arthur Walsingham
traita le baronnet avec fort peu de cérémonie. La
mort du capitaine avait été un coup terrible pour le
jeune Arthur. La vue de la maison où lui et son
père avaient été si bons amis ; les plaines où ils
avaient si souvent chevauché ; tout aidait à renou-
veler l'amertume du chagrin du jeune homme, et
il fit fort peu attention à son frère le baronnet, récemment retrouvé.

« A vous dire la vérité, Martin, dit-il au vieux serviteur de son père, je n'aime pas beaucoup mon nouveau frère. Il est trop sous la coupe de cet homme
à moustaches blondes pour me plaire. J'aime qu'un
individu soit son propre maître, et qu'il sache lui-
même ce qu'il veut, et qu'il ne regarde pas les gens,
comme pour leur demander conseil avant d'ouvrir
la bouche. »

Il était singulier de voir le sentiment de dégoût et
d'antipathie que le jeune Arthur Walsingham semblait avoir contre le major Varney ; et, quoi qu'il fît,
l'officier indien ne put parvenir à se faire un ami
du jeune homme ; il lui racontait des histoires de
sa vie dans l'Inde, des histoires où il était question

de ce père qu'il avait tant aimé; il s'étendait sur cette amitié qui avait toujours existé entre son père et lui, comme si par-là il voulait s'attirer l'affection du jeune homme. Arthur l'écoutait avec une indifférence qui différait essentiellement de ses manières habituelles.

« Je ne l'aime pas, dit-il avec colère, un jour que sa mère lui adressait des reproches à ce sujet. Je ne l'aime pas, ma mère! Je n'aime ni sa voix douce et mielleuse, ni ses manières insinuantes, ni ses cheveux blonds. Un homme avec de telles moustaches et de tels favoris n'a jamais été qu'un hypocrite. Je ne l'aime pas, je n'aime pas l'influence qu'il exerce sur ce pauvre frère sans cervelle.

— Arthur!... Arthur!... s'écriait Claribel d'un ton de reproche.

— Très-chère mère! chère et bonne mère! je ne voudrais pas dire un seul mot contre votre fils aîné, mais suivez mon conseil, débarrassez-vous du major Varney.

— Me débarrasser de lui, mon cher Arthur! Oublies-tu la part qu'il a prise à la découverte de mon fils! Oublies-tu que c'est par lui que nous avons appris le lâche complot tramé contre mon pauvre enfant? Hélas! comment pourrons-nous jamais prouver suffisamment notre reconnaissance au major Varney. »

Le jeune homme haussa les épaules.

« Eh bien! je crois que vous avez raison, ma mère; mais si j'étais à votre place, je donnerais au

major quelques milliers de livres en récompense
de ses services, et je le mettrais à la porte.

— Arthur ! comment peux-tu croire qu'il consen-
tirait à accepter de l'argent.

— Pas de vous, probablement, non, ma mère, et
je vous dirai pourquoi. Il sait qu'il en aura le double, le triple même de sir Rupert. Mon frère n'est
qu'une marionnette entre ses mains, il saura bientôt faire jouer les ficelles. »

A la grande satisfaction d'Arthur Walsingham, le
major Granville Varney fut obligé de quitter Lislewood Park pendant quelques jours pour une affaire
très-importante. Il s'était offert pour entrer en né-
gociation avec Gilbert Arnold, pour arriver à donner à cet homme une somme d'argent pour le
compte de sir Rupert Lisle et de l'embarquer pour
l'Amérique.

« Il est dur, dit le major à sir Rupert et à mistress Walsingham, de récompenser cet homme de
sa trahison; mais s'il n'avait pas avoué son crime,
sir Rupert serait peut-être encore séquestré dans
une chambre de Old Kent Road. Nous devons, je
suppose, faire quelque chose pour lui. »

Mistress Walsingham ne s'opposa pas à ce que
l'homme reçut quelques centaines de livres; mais
sir Rupert protesta.

« Je hais cet homme, dit-il, il n'a jamais été bon
pour moi, jamais il ne m'a donné aucun argent à
dépenser. Je ne lui donnerai pas un liard.

— Mon cher sir Rupert, dit le major, souvenez-
vous que nous portons un grand nom aujourd'hui,

que nous ne sommes plus un jeune garçon obscur
et sans position, sans un seul ami dans le monde;
nous devons prendre conseil de ceux qui sont plus
âgés et plus sages que nous-mêmes. Il faut payer
cet homme. »

Quand le major Varney disait au jeune baronnet
qu'il fallait faire telle chose, il était assuré de l'obéissance immédiate de sir Rupert; c'était bien différent avec sa mère... Quand elle essayait de persua-
der à son fils de faire quoi que ce fût, il s'y refusait
obstinément, disant qu'il était majeur, qu'il n'a-
vait pas besoin qu'on lui dictât ce qu'il avait à faire,
et qu'il n'allait pas rester attaché au tablier d'une
femme. Il avait eu assez de mistress Arnold avec
sa misérable pâleur et ses renifflements perpétuels.
En conséquence, le major, nanti d'un bon de six
cents livres, quitta Lislewood Park pour accomplir
sa mission diplomatique. En arrivant à Londres, il
se rendit directement chez le banquier du jeune baronnet, où il changea le reçu contre une demi-douzaine de bank-notes. En sortant de chez le banquier, il prit un cab et se fit conduire chez M. Joseph
Slogood, qu'il trouva assis à sa fenêtre en train de
fumer sa pipe de terre. Le braconnier leva la tête
et fronça les sourcils en voyant le major entrer
dans le petit jardin; il mit de suite sa pipe de côté
et ouvrit la porte à son visiteur.

« Eh bien! dit-il d'un ton railleur, je suis certes
bien fier que vous soyez revenu me voir, car je
croyais vos rentes finies, puisque vous n'aviez plus
besoin de moi.

— Mon pénétrant Arnold, vous n'avez pas tout à fait tort dans votre conclusion, dit le major en s'asseyant sur l'appui de la fenêtre et en s'amusant à effeuiller un géranium desséché.

— Oh! je n'avais pas tort, n'est-ce pas? reprit Arnold avec un éclat sauvage dans ses yeux jaunes, vous n'avez plus besoin de moi, sans doute!

— Non, dit le major en s'arrêtant; non, je n'ai plus besoin de vous, Dieu merci. »

Gilbert Arnold serra le poing, et parut vouloir tomber sur son élégant visiteur. Le major le regarda et se mit à rire, d'un rire qui fit monter le sang au visage du braconnier jusqu'à ce que ses joues devinssent violettes. Cela paraissait amuser le major de voir la colère contenue de cet homme, de même que cela l'eût amusé de taquiner les lions du jardin zoologique avec le bout de sa canne.

« Mon bon Arnold, dit-il, vous avez parfaitement raison, vous avez été un instrument excellent, vous m'avez très-bien servi, et je n'ai plus besoin de vous. Si j'étais moins généreux, nos relations cesseraient dès ce moment. Le petit secret que j'ai le bonheur de connaître sur votre vie passée suffirait parfaitement pour vous faire garder tout autre secret qui pourrait, d'une manière ou d'une autre, me concerner, et ici se terminerait tout rapport entre nous. Mais telle n'est pas mon intention; quand un bon ouvrier n'a plus besoin de ses outils, généralement il les met de côté; je vous demanderai donc, mon digne Arnold, de vous embarquer après-demain pour l'Amérique avec votre femme, je vous remettrai une somme de trois cents livres une heure avant de mettre à la voile.

— Trois cents livres, ce n'est pas beaucoup sur tout ce qu'il doit avoir.... dit Gilbert d'un air boudeur.

— Sur tout ce qu'il doit avoir? demanda le major.

— Mais.... c'est.... vous savez....

— Mon estimable Arnold.... je vous en prie, ôtez-vous de la tête toute idée stupide. Rappelez-vous votre confession, signée, scellée, attestée, et maintenant sous la garde du notaire de sir Rupert. Souvenez-vous, je vous prie, de cela, et soyez reconnaissant du don, quel qu'il soit, que la générosité de sir Rupert obtiendra pour vous.

— J'ai été dupe depuis le commencement jusqu'à la fin, et cela est dur, grommela le braconnier.

— Dur! s'écria Varney, mais que diable espériez-vous donc?

— Je vais vous le dire, répondit Arnold. Je ne comptais pas qu'on se débarrasserait de moi avec trois cents livres; je ne m'attendais pas à ce qu'on me fît quitter le pays comme à un gueux; je ne m'attendais pas à ce qu'on m'empêcherait d'aller droit à lui et de lui demander ce dont j'avais besoin. »

Le major haussa les épaules et éclata de rire.

« Allez donc droit à lui, dit-il en montrant la porte; allez droit à lui; maintenant, je ne vous en empêche pas. La route est libre pour vous comme pour moi. Allez à lui voir ce qu'il vous donnera; mais, mon pauvre ami, vous ne calculez donc pas? Savez-vous bien que ce n'est que ma persuasion et

mon influence qui l'ont amené à vous envoyer cette
misérable somme? Il a été bien stylé, mon digne
Arnold, et vous trouverez que le jeune homme sait
parfaitement sa leçon. »

Deux jours après cette entrevue amicale, le major Varney se rendit à Liverpool par le train express,
après avoir fait partir Gilbert Arnold et sa femme,
de grand matin, par le train omnibus. Arrivé à
Liverpool, le major se rendit directement à une
petite auberge où il avait recommandé à Gilbert de
l'attendre. Il trouva le braconnier en train de boire
de la bière dans une petite salle noire qui n'avait
vue que sur un mur.

« Eh bien! dit l'officier indien, le vaisseau met à
la voile dans une demi-heure, et je veux vous voir
à bord. Sonnez et demandez une plume et de l'encre. »

Arnold obéit, et le garçon apporta une feuille de
papier et un encrier tout désemparé contenant un
mélange noir composé principalement de poussière
et de mouches. Le major plongea une plume dans
le mélange en question et la tendit à Gilbert.

« Faites-moi un reçu de six cents livres, dit-il.
« Reçu du major Varney, pour sir Rupert Lisle, ba-
« ronnet, la somme de six cents livres. » Écrivez
cela. »

Le visage de Gilbert s'épanouit à ces mots du major.

« Vous avez fait vos réflexions, dit-il; alors, vous
allez me donner six cents livres?

— Peu importe si j'ai réfléchi ou non; écrivez le
reçu, nous n'avons pas de temps à perdre. »

Gilbert arrondit les coudes, approcha son nez à environ deux pouces du papier, et écrivit avec quelque difficulté sous la dictée du major. Le major sonna une seconde fois, et, en présence du garçon, Gilbert Arnold signa son nom au bas du papier, puis le garçon apposa sa signature comme témoin.

« Maintenant, appelez un cab, dit le major au garçon; et vous, Arnold, dites à votre femme que nous l'attendons.

— Elle est allée se coucher, dit Gilbert, elle est fatiguée du voyage. C'est une pauvre créature pour accompagner un homme, » ajouta-t-il en quittant la salle.

Une demi-heure après, le major se trouvait avec Arnold et sa femme sur le pont du navire qui devait transporter ce dernier à New-York.

« Vous ne m'avez pas donné les six cents livres, dit Gilbert en prenant le major à part.

— Six cents livres, mon digne ami ! s'écria l'officier en levant les yeux.

— Oui, six cents, six cents, dit Gilbert; je vous ai donné un reçu de six cents livres, et vous savez bien qu'il vous les a données et que vous les avez dans votre poche. Vous le savez bien.

— Mon bon Arnold, je ne sais rien, si ce n'est que dans dix minutes vous serez en route pour l'Amérique, ce pays charmant dont je vous conseille fortement de ne pas revenir. Je sais aussi que j'ai dans cette poche un paquet de billets de banque d'Angleterre de cent livres chacun, un de cinquante, deux de vingt et un de dix. Prenez-les ou

laissez-les, ce sont les derniers que vous aurez,
mon ami, soit du propriétaire de Lislewood, soit du
major Granville Varney. »

Au moment où le major tendait gracieusement un
portefeuille à M. Arnold, on ordonna aux personnes
qui ne partaient pas de quitter le navire. Le major
regagna presque aussitôt l'échelle par laquelle les
amis des passagers descendaient au steamer qui
devait les ramener à Liverpool.

« Et quand cela sera parti, que ferai-je? cria Gilbert en saisissant le major par la manche de son
vêtement, comme s'il voulait le retenir de force.

— Ce que vous ferez, dit-il en se retournant sur
l'échelle, vous pourrez pourrir, voler, mourir dans
un hôpital, ou vivre dans une prison, j'en ai fini avec
vous ! »

En entendant ces mots, une colère d'une violence
telle qu'il n'en avait jamais éprouvé de pareille remplit la poitrine d'Arnold. Il s'élança après le major;
il semblait qu'il voulait précipiter celui-ci de
l'échelle où il se trouvait; quelqu'un saisit son poing
crispé et l'empêcha de tomber sur l'officier indien.

« Écoutez-moi ! s'écria-t-il la tête penchée en dehors du navire et ses yeux verts fixés sur le major
Varney; vous m'avez trompé, vous m'avez foulé
aux pieds, et vous vous êtes moqué de moi depuis le
commencement jusqu'à la fin. Faites attention à
vous, voilà tout! Si jamais je reviens d'Amérique,
tant pis pour vous. Si jamais je suis pendu, je le
serai pour vous avoir tué. Ainsi donc, faites attention, voilà tout! »

CHAPITRE XVII.

Vers la fin de l'automne, M. Salamons quitta Lislewood Park, où il occupait une, chambre fort agréable au second étage, où il buvait sa bouteille de Porto chaque jour après dîner; — M. Salamons, dis-je, quitta une maison où il jouissait de tels priviléges, et partit pour un petit voyage qui, ainsi qu'il le dit aux jolies servantes du château, durerait probablement l'espace d'une semaine. Il allait voir un de ses neveux dont il était en quelque sorte le tuteur, l'enfant étant orphelin et ayant quelque petit bien.

« Pas beaucoup, vous savez, ma chère, disait M. Salamons à la plus jolie des soubrettes, mais juste assez pour se trouver à l'aise sans être trop à charge à ses parents, le pauvre garçon, car il est très-délicat. »

En conséquence, cet oncle affectueux, après être resté enfermé une couple d'heures avec son maître, le major Granville Varney, se mit en route.

Le neveu de M. Salamons était en pension chez un gentleman d'une petite ville du Yorkshire, une

ville triste à l'ombre du grand clocher de l'église.
Les enfants jouaient au milieu des tombes, et leurs
voix seules rompaient le silence du lieu où s'élevait
le saint édifice. Une ville sinistre qui envoyait deux
membres pour la représenter à Westminster, et
qui discutait, louait, raillait et calomniait ces
membres avec une énergie infatigable. En sortant
de la grande rue de cette triste ville du Yorkshire,
on arrivait dans de jolies petites allées vertes,
ornées çà et là de massifs d'arbres où les enfants
allaient jouer vers le soir. Dans quelques-unes de
ces ruelles tranquilles on se trouvait tout d'un coup
en face de belles maisons cachées pour ainsi dire
derrière de hautes murailles et de grands arbres.
Ce fut vers une de ces maisons retirées que M. Salamons dirigea ses pas en quittant la station du
chemin de fer. La maison devant laquelle il s'arrêta était une construction carrée, en briques rouges, avec deux rangées de fenêtres hautes et étroi-
tes, séparée de la rue sur le devant par un mur
élevé et deux portes imposantes : le tout couvert de
lierre. M. Salamons fut admis immédiatement, en
donnant son nom, par la servante qui vint ouvrir;
mais il faut remarquer que le nom qu'il donna
n'était pas Salamons, mais Saunders. Il faut aussi
remarquer que M. Salamons était entièrement vêtu
de noir, qu'il portait une cravate blanche, et qu'il
avait un certain air clérical. La servante le conduisit
dans un joli petit salon situé sur le derrière de la
maison et ouvrant sur un grand jardin. M. Salamons marcha droit à la fenêtre, et promena ses yeux

sur la pelouse et les plates-bandes. A quelque distance, étendu sur une chaise longue, il y avait un
jeune homme qui sembla attirer l'attention de
M. Salamons.

Le jeune homme lisait, et il était beaucoup trop
absorbé par son livre pour remarquer qu'il était
l'objet de l'observation de M. Salamons ; il paraissait
singulièrement délicat, et les cheveux qui s'échappaient de dessous son chapeau de paille étaient d'un
brun très-clair. Le maître de la pension entra
pendant que M. Salamons était à la fenêtre. Les
deux hommes échangèrent une poignée de mains.
Le maître de la pension était un homme gras et
bien portant dont les cheveux blonds commençaient
à se mélanger de gris. Il paraissait avoir une bonne
nature et un bon caractère, mais être emphatique
et pédant.

« Je n'ai pas besoin de vous demander comment
il va, dit M. Salamons en montrant la fenêtre, car
le voici, il me paraît toujours le même.

— Mon cher monsieur, dit le maître de pension,
c'est précisément la même chose. L'art médical représenté dans cette ville, — et nous ne sommes
réellement pas dépourvus de talents médicaux dans
cette ville — me pardonnerez-vous mon orgueil de
citoyen de cette ville, si je dis que nous sommes
riches en talents — l'art médical est d'accord avec
vous sur ce point. Il n'a guère changé, nous avions
compté sur le temps, mais le temps a fait fort peu
de chose pour lui. Un verre de madère, monsieur
Saunders ? »

M. Salamons ne fit aucune attention à l'offre hospitalière du maître de pension.

« Comment est-il au moral? demanda-t-il en
continuant de parler du pensionnaire occupé à lire
dans le jardin.

— Pas trop mauvais, pas trop mauvais, répliqua
le maître de pension, sous ce rapport nous n'avons
pas à nous plaindre. Il a ses livres, ses études bota-
niques et son chien. On lui passe toutes ces innocentes fantaisies, et il n'a pas de fantaisies qui ne
soient innocentes. C'est un jeune homme extrêmement aimable et généralement aimé.

— C'est une grande satisfaction pour un oncle, dit
M. Salamons.

— C'est surtout une satisfaction pour un oncle
comme vous, monsieur Salamons, » dit le maître de
pension.

M. Salamons tira une bourse de sa poche et
compta quarante livres en billets et quelque monnaie qu'il tendit au maître de pension.

« Voilà, dit-il, notre payement annuel ; maintenant, selon mon habitude, j'aimerais à causer cinq
minutes avec mon pauvre neveu, ensuite je ren-
trerai dîner à mon hôtel, et demain matin je
retournerai à Londres.

— Vos visites ne sont pas longues, monsieur Saunders, » dit le maître de pension en réfléchissant.

Il songeait peut-être s'il y aurait quelque sécurité
à inviter M. Saunders à dîner avec la certitude d'un
refus.

« Mes devoirs, dit M. Salamons en essayant de

regarder sa cravate blanche, m'obligent à retourner chez moi. Eh bien donc, ce sera maintenant, s'il vous plaît. »

Le maître de pension le conduisit au jardin. Le jeune homme continuait à lire, mais au bruit de leurs pas il leva les yeux.

« Mon oncle Alfred, dit-il en reconnaissant M. Salamons.

— Mon cher George, je suis venu vous voir; oui, dit M. Salamons en prenant la main maigre de son neveu dans la sienne, toujours le même. Êtes-vous heureux, George ?

— Bien heureux, mon oncle; tout le monde est bon pour moi : on nous traite fort bien, et nous sommes bien heureux.

— Et vous ne désirez pas quitter cette maison ?

— Non, pas le moins du monde, mon cher oncle. »

M. Salamons ne répliqua rien, mais il considéra son neveu pendant quelques minutes.

« A-t-on jamais vu une aussi grande différence que celle qui existe entre lui et le jeune homme de là-bas; » pensait-il en contemplant le visage tranquille de son neveu.

CHAPITRE XVIII.

LE MAITRE DE LISLEWOOD DEVIENT AMOUREUX.

On devait s'attendre que lorsqu'un homme aussi noble, et pardessus tout aussi riche que sir Rupert Lisle rentrerait en possession de ses domaines, des gens plus humbles et plus pauvres attacheraient quelque importance à cet événement, et se casseraient la tête à trouver le moyen d'en tirer parti. « Un jeune homme de vingt et un ans, de bon air, énormément riche, et baronnet! » Telle était l'exclamation que jeunes femmes et jeunes filles répétaient en chœur à vingt milles à la ronde de Lislewood, quand ce blond jeune homme passait à cheval sur sa jument alezane. Se marierait-il, et, s'il se mariait, qui épouserait-il? Telles étaient les questions qu'on s'adressait pendant l'été rempli d'événements qui suivit le retour de sir Rupert; et, vers la fin d'octobre suivant, l'agitation augmenta considérablement par le bruit qui se répandit que le baronnet venait de tomber amoureux de la plus jeune des filles du colonel Marmaduke, du Bocage, Lislewood.

Le colonel Marmaduke était un homme d'environ

cinquante ans, très-pauvre, mais très-fier, à l'air
rigide et ayant des cheveux et des favoris d'un gris
terne, et qui portait sa redingote toujours bouton-
née jusqu'au cou. Un homme terrible, disaient les
fournisseurs, un homme qui donnait plus d'embarras pour une livre et demie de côtelettes de mouton
que l'intendant de Lislewood Park pour toute la
viande consommée dans cette maison considérable ;
un homme sévère et terrible, qui tenait cour mar-
tiale pour les moindres délits de ses cinq filles, et
qui, disait-on, avait frappé l'aînée de sa canne
après sa majorité. Le Bocage était un terrible lieu.
La maison grande et carrée, rouge et de peu d'ap-
parence, était flanquée d'une lugubre rangée de
peupliers qui ressemblaient assez au colonel lui-
même.

Les cinq filles, privées de leur mère, n'avaient
jamais beaucoup connu aucune des joies de ce
monde ; elles n'avaient vu que la pauvreté depuis
leur berceau, et l'orgueil intraitable de leur père les
empêchait de prendre part aux quelques plaisirs
qu'offrait Lislewood. Il ne voulait pas que ses filles
parussent au bal du comté où elles n'auraient pu
se rendre dans une voiture à elles. De bonnes duè-
gnes offraient de chaperonner les jeunes filles, mais
le colonel Marmaduke frémissait à la seule pensée
d'avoir une obligation à qui que ce fût.

« Non ; elles n'ont à mettre que des mousselines
fripées ; donc elles restent à la maison, disait-il ;
les jeunes filles sont bien mieux à la maison que
partout ailleurs. »

De cette façon, les jeunes filles restaient à faire du crochet, à lire des romans de voyages, des biographies et des autobiographies qu'elles trouvaient au cabinet de lecture de Lislewood ; et Laura, l'aînée des cinq, approchait de la trentaine, et répétait la ballade de « Mariana » de Tennyson, en déclarant que les temps étaient durs.

Bien que les quatres sœurs aînées se ressemblassent d'une manière frappante, au moral comme au physique, la cinquième, Olivia, était aussi différente des autres qu'il était possible de l'être. Les quatre aînées, qui ressemblaient à leur mère, avaient des cheveux blonds et l'air insignifiant ; les yeux d'Olivia étaient d'un noir sombre et profond, grands et beaux de forme, mais brillants dans la colère. Alors seulement ils lançaient des éclairs d'un tel éclat, qu'ils étaient merveilleux à contempler, mais difficiles à supporter. Elle était grande et droite comme son père, et l'on disait qu'elle avait hérité de tout son orgueil ; sa volonté était plus indomptable que celle du colonel lui-même, et quand les quatre blondes sœurs tremblaient devant lui, en versant des larmes au seul bruit de sa voix courroucée, miss Olivia allait droit à lui, et, les yeux brillants d'un éclat terrible, elle lui demandait ce qu'il entendait par une conduite semblable, s'il prenait la salle à manger pour une caserne, ou s'il se croyait à la tête de son régiment !

« Vous pouviez dire tout ce que vous vouliez à une bande de recrues misérables et grossières ; vos soldats étaient obligés de souffrir votre insolence ;

mais vous ne vous conduirez pas avec nous de cette manière tant que je serai dans cette maison. »

Et le colonel rougissait très-fort, tirait vigoureusement son faux col, et parlait en marmottant en lui-même, mais sans répliquer un seul mot à sa fille cadette, car miss Olivia était l'enfant gâtée de son père.

« Je n'ai jamais eu de fils, disait-il à un ancien militaire, je n'ai jamais eu de fils, bien que j'eusse désiré en avoir un, car Marmaduke est un vieux nom digne d'être conservé; mais j'ai ma fille, Olivia, et elle vaut n'importe quel fils. Diable! Monsieur, il faut l'entendre me parler; c'est la seule créature dont j'aie jamais eu peur et, sur ma parole, elle me fait quelquefois trembler. »

Miss Olivia Marmaduke était une excellente écuyère; personne ne savait comment elle avait acquis cette science, car il n'y avait pas de chevaux au Bocage; mais la rumeur disait que dans sa plus tendre jeunesse elle avait eu l'habitude de monter sur les jeunes poulains pâturant dans les plaines environnantes, ce qui n'était pas chose facile.

Lorsqu'elle avait eu dix-neuf ans, et que les convenances l'empêchèrent de monter des poulains non dressés, miss Olivia avait porté chez le tailleur de Lislewood un vieil habit de cheval de sa mère, afin qu'il pût y faire les changements qu'exigeait la mode du moment, et, revêtue de cette amazone verte toute rapée, montée sur un cheval gris osseux, elle galopait chaque jour à travers les vastes plaines et les routes charmantes du pays. Dans une de ces promenades, la jeune amazone rencontra ce sir Rupert Lisle dont on parlait tant. Son père était allé faire une visite au jeune baronnet, et une invitation à dîner avait été adressée à la famille ; mais, comme toutes les autres invitations, elle avait été refusée par le colonel, de sorte qu'Olivia n'avait jamais vu sir Rupert. Elle rentra à la maison et fit un récit circonstancié de sa rencontre.

« Il montait la côte, papa, dit-elle, à cheval sur son alezan au pied blanc, allant pas à pas comme s'il marchait sur des œufs ou sur une corde roide ; et quand il me vit, il fit un mouvement et parut aussi effrayé que s'il avait vu un fantôme, et mon chien, Box, s'élança vers son cheval. Box se précipite toujours vers les chevaux qui ont un pied blanc, et le baronnet devint pâle comme la mort. « Ma ju- « ment est un peu ombrageuse, miss, » dit-il ; — je hais les gens qui vous appellent miss ; — « veuillez « retenir votre chien. » Il avait l'air si effrayé et si stupide que je commençai à rire quand il s'écria : « Par tous les diables, voulez-vous rappeler votre chien ? » Il était peu probable qu'une des filles du colonel Marmaduke laissât jamais jurer après elle, si ce n'est par le colonel lui-même. Donc je me redressai aussi roide qu'une recrue. Je regardai le baronnet en face ; j'appelai Box d'une voix que le gentil-homme n'oubliera pas de sitôt, et je descendis la côte au galop. En arrivant au bas de la côte, je me retournai ; sir Rupert était là. Son chapeau blanc placé en arrière, il me regardait comme un homme frappé d'aliénation mentale.

— Peut-être frappé par vous, par votre beauté, Olivia, dit l'aînée des filles, il y aurait une double chance pour vous! Sir Rupert Lisle, le meilleur parti du comté de Sussez, pourquoi ne tenteriez-vous pas de l'épouser, Olivia? »

Miss Marmaduke sentait que ses chances de mariage devenaient moindres de jour en jour, et elle était portée à se montrer un peu aigre et moqueuse envers sa jolie sœur.

« Essayer de l'épouser! s'écria la jeune fille, mais si je le voulais, en moins d'une semaine je le tiendrais dans ma main comme Lucy tient ce stupide ouvrage au crochet. Je lui ferais danser tout ce que je voudrais, comme cet homme à la lanterne magique de la foire de Lislewood faisait danser les marionnettes qu'il montrait aux enfants; — et la jeune fille qui avait de jolies mains blanches faisait mine de tirer les ficelles d'un pantin de carton. — L'épouser, lui! ce pauvre petit jocrisse! Mais Laura peut l'épouser si elle en a le courage, quoique ses cheveux ne soient guère épais à l'endroit de la raie, et qu'elle marche sur la.... »

Miss Olivia termina sa phrase en toussant malicieusement.

« Oh! non, merci, répliqua miss Marmaduke, je vous l'abandonne, Olivia; je n'ai pas assez d'esprit et ne suis point assez belle; et, Dieu merci! je n'ai pas assez de vanité pour tenter de séduire.... » La jeune femme appuya sur le mot : séduire.

« ....un baronnet qui a je ne sais combien de mille livres de rentes. C'est à vous que j'abandonne cette tâche, Olivia, et je serais heureuse d'aller vous voir à Lislewood Park, si vous avez la bonté de m'inviter, bien que sans doute, n'étant qu'une parente pauvre, vous ne me donneriez qu'une des petites chambres du second étage. »

Le colonel regardait par-dessus son journal, riant de cette escarmouche entre l'aînée et la plus jeune de ses filles.

« Voilà qui est bien, Olivia, dit-il, ma fille ! vous auriez pu épouser le prince régent si vous eussiez vécu au siècle dernier. Il n'y a pas un homme au monde qui pourrait lutter contre vous, si vous vous mettiez dans la tête de l'avoir, n'est-ce pas, Olivia? »

Olivia mit ses mains sur les cheveux gris et luisants du vieillard, et elle les caressa doucement.

« Si jamais j'épouse un homme riche, papa, ce sera pour vous, dit-elle, et non pour d'autres. »

Et elle regarda ses quatre sœurs comme pour leur dire : « Pas pour vous, jeunes demoiselles, pas pour vous! »

Il ne sembla certainement pas que sir Rupert eût la moindre intention, pour me servir de la phrase du colonel, d'essayer de lutter contre les attraits de miss Olivia Marmaduke; car le lendemain matin il se présenta au Bocage, et s'excusa de sa conduite un peu brusque de la veille. Il était de si bonne heure quand il vint, que l'on avait à peine desservi le déjeuner dans la salle où les jeunes personnes et leur père le reçurent.

« Je sais bien que je suis venu trop matin, dit-il, et je vous ai toutes surprises dans vos robes de

12

chambre, comme il me l'avait prédit ; il m'avait dit
aussi que je ne devais pas me présenter avant une
heure, mais je n'ai pu attendre plus longtemps, et
je serais même venu hier soir, s'il ne m'en avait
empêché. »

En débitant cet étrange discours, le jeune baronnet devenait à chaque instant plus rouge, se déme-
nait sur sa chaise, et passait sa cravache à pomme
d'or d'une main dans l'autre avec un mouvement
nerveux ; il était vêtu d'un costume du matin des
plus fashionnables ; il portait beaucoup plus de bijoux que de coutume, et il agitait un mouchoir de
batiste qui sentait le parfum du Jockey Club.

Miss Olivia se mit à rire au nez de son admira-
teur.

« Il nous est égal d'être surprises dans nos robes
de chambre, sir Rupert, dit-elle, mais c'est très-
convenable à *lui* de l'avoir prévu. »

Le baronnet rougit encore davantage, si cela est
possible.

« Je voulais parler du major Granville Varney :
le connaissez-vous ?

— Je n'ai pas ce plaisir, dit Olivia, mais je ne
doute pas que ce soit un personnage fort agréable. »

Puis la jeune femme alla à la fenêtre, et regarda
dans le jardin, laissant son père et ses sœurs recevoir le visiteur.

« Granville Varney ? Oh ! je l'ai vu le jour où je
suis allé au château. Sir Rupert, je crois qu'il m'a
dit être au service de la Compagnie. »

Le baronnet, dont les yeux étaient fixés sur miss

Olivia penchée sur les géraniums, ne sembla pas entendre un seul mot de ce que lui disait le colonel Marmaduke.

« Croyez-vous qu'elle m'en veuille beaucoup ? demanda-t-il.

— Elle ?... fit le colonel.

— Miss.... voulais-je dire.... je sais que je n'ai pas été poli hier ; mais cette jument est si ombrageuse que, le diable l'emporte ! il n'a tenu à rien qu'elle ne me jetât à terre. J'ai tout raconté au major. Il m'a dit que ma conduite était grossière, et je suis venu pour faire mes excuses ; donc j'espère que miss n'y pense plus. Je n'oublierai jamais le regard qu'elle m'a lancé ; il m'a traversé comme une balle. Voulez-vous me pardonner, miss ? ajouta-t-il d'un ton suppliant en s'adressant à Olivia.

— Oh ! bien certainement, dit-elle, c'est très-peu de chose à pardonner ; sans doute, c'est votre habitude de jurer, et cela vous semble tout naturel ; mais, voyez-vous, je n'y suis pas accoutumée, et quand papa jure, je le fais sortir.

— Je crois qu'elle pourrait commander n'importe quoi à n'importe qui, colonel Marmaduke, dit le jeune homme en continuant à jouer avec sa canne et son chapeau, et je suis certain que personne ne refuserait de lui obéir. »

Olivia continuait à effeuiller les géraniums, comme s'il n'y eût pas eu de sir Rupert Lisle au monde.

Le jeune homme la regarda en silence pendant quelques instants, et il put à peine répondre à une ou deux remarques polies que lui fit le colonel. Enfin il sentit qu'il était temps de partir. Il serra la main du colonel et celles des quatre sœurs aînées ; ensuite il s'approcha de miss Olivia. Il lui tendit la main ; elle y posa le bout de ses doigts. Il les pressa un moment, puis il les laissa tomber comme s'ils l'eussent brûlé.

« Me pardonnez-vous, miss Olivia ? » demanda-t-il.

Il avait appris son nom en l'entendant nommer par ses sœurs.

« Oh ! mon Dieu, oui ! Ne vous ai-je pas déjà dit que je vous pardonnais ? » fit-elle avec un mouvement d'impatience.

Ces deux ou trois syllabes parurent anéantir entièrement le jeune baronnet. Il sortit à reculons, heurtant une petite chaise en canne, et quelques minutes après, on entendit le pas de son cheval sur la grande route devant la maison.

. « Ah ! Olivia, dit le colonel, comme vous avez été dure pour sir Rupert. Il manque terriblement d'usage, mais cela n'est pas très-étonnant dans ces circonstances. »

Olivia Marmaduke ne fit pas la moindre attention à l'observation de son père.

« Quelles chambres occuperez-vous quand vous viendrez habiter avec moi à Lislewood Park, cher père ? dit-elle. Je me souviens d'avoir remarqué un joli appartement en chêne situé au midi lorsque nous sommes allés au château il y a des années, et que l'intendant nous a montré les chambres occupées par le père de sir Rupert. Il y a un escalier secret

qui donne dans une des chambres avec un panneau
à coulisse et qui conduit par un passage souterrain
dans le parc. C'est un bon vieux château romanes-
que.

— Et il paraît que vous en deviendrez la châte-
laine, Olivia? dit l'aînée des sœurs d'un ton
railleur.

— Je le pense, Laura, ma chère, répondit la jeune
fille; n'importe, je vous trouverai un mari quand je
serai lady Lisle. »

CHAPITRE XIX.

AGRÉÉ.

Sir Rupert Lisle, après sa première visite au Bocage, envoya des présents de gibier, de fruits, et de
fleurs; ces dernières étaient particulièrement adres-
sées à miss Olivia Marmaduke, et accompagnées
d'une lettre beaucoup plus élégante qu'on ne devait s'y attendre de la part du jeune baronnet. L'é-
criture était roide et tourmentée certainement,
mais sir Rupert s'exprimait beaucoup mieux sur le
papier qu'il ne l'aurait fait de vive voix.

« Je crois que cela lui aura été dicté par le gentleman, qui lui a dit de ne pas venir nous voir assez

matin pour nous surprendre en robes de chambre,
dit Olivia en examinant les armoiries gravées sur le
papier archiglacé.

— Voyez la main sanglante, Laura, dit-elle, et la
devise en vieux français qui veut dire : *Lisle garde
ce que Lisle gagne.* Qui croirait jamais que ce stupide blondin descend d'une si noble maison? Je
m'étais imaginé qu'un Lisle de Lislewood devait
être grand et élancé, sombre et sévère. Vous avez
mille fois plus l'air d'un baronnet, papa, que sir
Rupert Lisle.

— Les Marmaduke sont d'une aussi ancienne famille que les Lisle, Olivia, et ils ont refusé la pairie
sous Charles Ier.

— Alors ils ont été très-stupides. J'aurais aimé
à être comtesse. Lady Olivia, cela sonne admirablement bien à l'oreille. »

Trois jours après, le baronnet vint au Bocage
avec sa mère et le major dans une voiture. Le jeune
homme n'avait accordé aucun repos à Claribel
qu'elle n'eût promis d'aller chez le colonel Marmaduke, pour l'inviter à venir au château avec ses
filles.

« Je vous assure, mon cher Rupert, qu'elles ne
voient personne.

— Mais elles me verront. Il faut qu'elles me
voient, s'écria le jeune homme. Je suis l'homme le
plus riche du comté de Sussex, et il serait bien dur
que je n'eusse pas les visiteurs qu'il me plaît d'a-
voir. Elles viendront.

— Rupert, ne soyez pas si extravagant, fit Claribel.

— Je ne le suis pas.... d'ailleurs, le colonel me
plaît.

— Oh! le colonel, dit le major Varney en riant,
et pas une de ses filles?

— Non, pas une, affirma sir Rupert en rougissant
fortement. Je puis bien m'intéresser, je suppose, à
un vieux militaire sans que personne s'en mêle.
J'aime le colonel, et je veux qu'il vienne chez moi,
et je veux que ses filles viennent chez moi. Et ils
resteront si cela me plaît.

— Dites plutôt si cela leur plaît, remarqua tranquillement le major.

— Il me semble que je puis choisir mes paroles,
murmura le jeune homme.

— Sans doute, sir Rupert, répondit le major
Varney; mais vous feriez bien de vous souvenir
qu'un gentilhomme ne doit pas trop élever la voix
dans son propre salon, et quand il s'adresse à ses
hôtes.

— A ses hôtes! répéta sir Rupert avec un sourire
railleur; vous êtes resté ici un peu longtemps pour
un hôte : je puis croire que vous êtes de la maison.

— Rupert, s'écria sa mère, pouvez-vous oublier?...

— Oh! je n'oublie rien, dit le baronnet. On prend
tous les soins possibles pour que je n'oublie rien.
Mon banquier pourrait vous dire qu'on sait bien
me faire souvenir de toutes choses; mais quant à
cela, ajouta-t-il en s'adressant au major, vous pouvez rester ici aussi longtemps qu'il vous plaira, et
manger et boire ce qu'il vous conviendra, et tâcher

de tirer de moi tout ce que vous pourrez, mais je ne veux pas qu'on m'empêche de faire ce que je me suis mis en tête de faire. Entendez-vous cela ? Je ne veux pas qu'on se mêle de mes affaires. »

Le baronnet quitta le salon en fermant avec fracas la porte derrière lui. C'était la première fois qu'il opposait un seul mot de résistance à l'autorité du major.

Un coup d'œil jeté dans le petit salon du Bocage suffit au major pour savoir quelle était celle des jeunes filles qui avait séduit sir Rupert Lisle. Les quatre sœurs aînées étaient occupées à leur éternel crochet quand les visiteurs entrèrent ; mais Olivia était assise auprès du feu, tournant avec indifférence le feuillet d'un livre. Le major réussit à s'asseoir auprès d'elle et à engager la conversation. Le baronnet, assis derrière sa mère, avait l'air terriblement vexé de cet arrangement. Mais, si poli que fût le major, il ne s'entendit pas très-bien avec miss Olivia Marmaduke. La jeune fille fit des réponses si brèves à ses phrases élégantes, et fixa avec tant d'insistance ses yeux noirs sur lui lorsqu'il lui parlait, qu'il finit par s'éloigner d'elle en frissonnant.

« Quelle terrible fille que la plus jeune, dit-il à sir Rupert, on dirait Sémiramide dans une robe de soie frippée.

— Je ne connais pas Sémiramide, répondit le baronnet avec impatience, et je puis vous dire que miss Olivia ne manquera pas de belles soieries un de ces jours.

— Stupide Rupert! Assurément, ce n'est pas de

miss Olivia que vous êtes amoureux! Assurément,
ce n'est pas de cette fille au teint jaune, avec ses
yeux noirs et hardis, que vous pouvez être amoureux! Je pense réellement que miss Marmaduke
l'aînée est beaucoup plus jolie: elle est belle et
pleine d'élégance.

— La fille aînée est un véritable morceau de bois,
répondit sir Rupert, et miss Olivia est la plus belle
femme que j'aie jamais vue. »

Bien qu'il plût à Olivia Marmaduke de repousser
les attentions du major, et de faire tout ce qui était
en son pouvoir pour se rendre désagréable à cet individu, le colonel, son père, aimait assez l'officier
indien. Les deux hommes parlèrent de la guerre,
de l'État de Punjaub, et des ressources qu'offraient
les troupes indigènes, et, avant qu'il ne partît, le
colonel avait invité le major Varney à dîner au Bocage pour le lendemain. Le baronnet entendit l'invitation que le colonel fit au major.

« Oh! alors je viendrai aussi, colonel, si vous le
permettez. Vous ne m'avez pas invité, mais je suppose qu'où le major Varney est le bien-venu, je le
suis également. Vous n'avez pas besoin de vous
mettre en quatre parce que je viens, ajouta-t-il bé-
névolement, traitez-moi comme si j'étais des vôtres,
sans façon, sans cérémonie. »

Le colonel rougit.

« Comme un vieux soldat doit toujours vivre en
véritable gentilhomme, il doit toujours être prêt à
recevoir un gentilhomme, » dit-il avec gravité.

Miss Olivia l'interrompit.

« Oui, papa, mais peut-être, puisque sir Rupert viendra, ferions-nous bien d'envoyer demander à l'*Hôtel du Vaisseau*, à Brighton, un ou deux cuisiniers français et un état-major de marmitons. Mary ne fera jamais l'affaire. »

Le baronnet sentit qu'elle se moquait de lui.

« Peut-être préféreriez-vous que je ne vinsse pas? dit-il avec embarras.

— Oh! mais pensez à l'honneur que nous perdrions si vous ne veniez pas; tout Lislewood parlera du prince de Sussex, et de la gracieuse visite de Son Altesse Royale.

— Eh bien! que pensez-vous maintenant de cette fille impertinente et mal élevée? demanda le major au baronnet en rentrant au château.

— Je ne la crois pas mal élevée du tout, balbutia sir Rupert.

— Ah! vraiment?... Diable! il n'y a qu'une excuse pour sa conduite, et cette excuse c'est qu'elle vous trouve mal élevé vous-même, » dit son ami.

Vers quatre heures environ, le lendemain, le major et sir Rupert se faisaient annoncer dans le salon du Bocage : c'était une petite pièce froide, mal meublée, avec trois fenêtres donnant sur la grand'-route; tous ces anciens meubles avaient vu de meilleurs jours. Le tapis était passé, ses couleurs s'étaient éteintes graduellement; le placage de la table était rayé et s'en allait en éclats; la dorure de la vieille glace ovale était toute ternie; l'espèce de perse qui recouvrait les sofas était usée et passée. Au milieu de ce triste appartement, Olivia Marma-

duke paraissait plus éblouissante que dans la plus
brillante salle de bal ; elle portait une simple robe
de mousseline lilas, ornée de quelques aunes de
ruban. Elle paraissait mieux disposée envers le
major Varney qu'elle ne l'avait été la veille ; elle
lui parla et joua aux échecs avec lui, au grand mécontentement de sir Rupert, qui ne pouvait que se
tenir à côté d'elle et la regarder. A la grande surprise du major, il fut battu par son adversaire. Elle
joua quelques brillantes valses et polkas sur un
petit piano de campagne et chanta deux ou trois
tyroliennes. Sir Rupert l'écoutait comme s'il eût
entendu les chants du paradis ; mais quand les
autres demoiselles vinrent jouer de longues fantaisies et chanter des duos italiens, le baronnet tourna
le dos au piano afin de causer avec son enchanteresse. Ce soir-là, il semblait que la capricieuse
jeune fille eût résolu de séduire le major aussi bien
que son jeune ami. Elle lui parlait, elle riait de ses
plaisanteries, et raillait sir Rupert pour son édification ; elle chanta et joua si bien pour lui, qu'il faut
que l'officier indien ait été un homme bien fort
pour résister au pouvoir de l'enchanteresse. Quant
à sir Rupert, il ne paraissait jamais si ravi que lorsque Olivia se moquait de lui. Il la suivait, il était
sans cesse à côté d'elle quand elle jouait et chantait.
Sir Rupert tenta vainement d'avoir quelques minutes de conversation avec Olivia ; d'une manière
ou d'une autre, le major s'arrangeait toujours de
façon à occuper l'attention de la jeune femme au
moment où le baronnet allait lui dire quelque chose.

de tendre et de flatteur. Vers la fin de la soirée, sir
Rupert parut abandonner l'espoir d'approcher celle
qui le charmait si ce n'est en compagnie de son
ami, et il se résigna à son sort. Il fut morose pendant tout le temps que dura leur retour au château,
mais comme ils ôtaient leurs pardessus dans le
vestibule, il dit brusquement :

« Eh bien ! comment la trouvez-vous, maintenant ?

— Comme je la trouvais hier. Elle a du brillant,
certainement ; elle n'est pas mal aux lumières ;
mais c'est une coquette consommée, rusée, ambitieuse, sans cœur et intrigante. Que le ciel ait pitié
de l'homme qui l'épousera ! Non, je ne l'aime pas !

— Alors vous êtes un infernal hypocrite ! dit sir
Rupert avec fureur, car je veux être pendu si vous
ne lui avez pas fait la cour pendant toute la soirée.

— Je fais toujours la cour aux coquettes, mon
cher Rupert, » répondit le major.

Sir Rupert Lisle fut plus heureux le lendemain,
car, dans sa promenade du matin, il rencontra miss
Olivia Marmaduke suivie de son chien Box ; il lui
dit bonjour, après avoir marché près d'elle pendant
quelque temps sans dire autre chose que ce seul
mot de politesse.

« Eh bien ! dit à la fin la jeune fille, comme vous
ne paraissez pas avoir beaucoup de choses à me
dire, je ne vois pas ce qui peut vous retenir ici, surtout, ajouta-t-elle avec malice, surtout puisque votre jument meurt d'envie de galoper.

— Je me soucie bien de ma jument, je me soucie

bien de quoi que ce soit, dit-il, il n'y a qu'une chose, qu'une personne dont je me soucie au monde ; je suis l'homme le plus riche du comté, mais je suis très-malheureux, et personne ne peut me rendre heureux que.... »

Il s'arrêta court et devint écarlate.

« Que qui.... s'il vous plaît?... demanda Olivia.

— Que vous. Vous vous marierez avec moi, n'est-ce pas? Vous serez la femme la plus riche du comté de Sussex.... si vous êtes ma femme. Pensez-y!... vous aurez tout l'argent que vous voudrez ou que votre père voudra. Vous serez lady Lisle, vous serez maîtresse de mon beau domaine et de l'un des plus beaux châteaux de Sussex. Voulez-vous dire oui ? »

Pendant un instant, le visage d'Olivia Marmaduke parut plus sérieux qu'il ne l'avait jamais été aux yeux de sir Rupert.

« Vous n'êtes pas trop sentimental, sir Rupert, dit-elle ; vous ne me demandez ni amour, ni constance, ni dévouement, vous me demandez seulement d'être votre femme. Eh bien ! en considération de cela, je crois que je puis dire....

— Oui !... oui !... oui !... vous direz oui !... s'écria le jeune homme en saisissant sa blanche main.

— Eh bien ! alors.... oui. »

CHAPITRE XX.

LE MAJOR TROUVE SON ÉLÈVE BEAUCOUP TROP FIN.

Sir Rupert Lisle rentra au château de si belle
humeur, que les enfants s'arrêtaient sur la route
pour regarder le jeune homme, qui passait au grand
galop. Généralement, c'était un cavalier assez ti-
mide, allant rarement plus vite qu'au pas, et
l'homme de la loge se demanda ce qu'il pouvait y
avoir quand il vit sir Rupert s'élancer dans l'avenue. Quand il sauta à terre devant le perron, son
visage était baigné de sueur. Il ôta son chapeau
gris et s'en servit comme d'un éventail en gravissant les marches. Il y avait quelques chaises en
osier dans la serre par où l'on entrait ; sur l'une de
celles-ci le major était assis. Il retira de sa bouche
le bout d'ambre de sa pipe d'écume quand le jeune
baronnet entra.

« La cathédrale de Chichester est-elle en feu, mon
cher Rupert, dit-il, et êtes-vous venu chercher la
pompe de Lislewood Park ? Elle est remisée dans la
grange, je crois, et c'est Jacob le jardinier qui
en a les clefs. Vous feriez bien de les lui demander. »

Le major se mit à rire de son rire mélodieux, et il contempla sans bouger le baronnet.

« Gardez votre esprit pour ceux qui l'apprécient, répondit le jeune homme d'un ton boudeur. La cathédrale de Chichester pourrait brûler jusqu'à ras de terre et vous avec elle, que je ne m'en inquiéterais guère.

— Vous êtes plein de reconnaissance, mon cher Rupert, murmura le major.

— Et toute la ville de Chichester par-dessus le marché, continua le jeune homme. Qu'est-ce que tout cela me fait! Je suis l'homme le plus heureux du comté de Sussex, et j'aurai la plus belle femme du Sussex.

— La.... plus.... belle femme!... »

Le major s'arrêtait entre chaque mot, ouvrant de grands yeux, jusqu'à ce qu'enfin il contempla en silence le baronnet comme s'il ne revenait pas de la surprise qu'il avait éprouvée. Sir Rupert ne se sentait pas à l'aise sous le regard immobile des yeux bleus du major.

« Ne me dévisagez pas comme cela, dit-il d'un ton furieux, je ne suis ni une curiosité, ni un frère Siamois, ni un cochon à tête de femme; vous n'avez pas payé un shilling pour me voir, n'est-ce pas? Sur ma parole, continua-t-il avec fureur, je n'aime pas la manière dont on me traite ici, et je ne la supporterai pas plus longtemps. Parce que mon éducation n'a pas été aussi soignée qu'elle devrait l'être chez un homme de mon rang, je ne veux pas être tyrannisé, ni recevoir d'ordres, ni être regardé comme une curiosité par un officier sans le sou à qui il a plu de s'installer chez moi, vous entendez? Je ne le souffrirai pas! »

La voix tremblante du baronnet devint un cri de rage et de fureur en prononçant ces mots. Le major aspira trois ou quatre bouffées de sa pipe avant de paraître avoir entendu cet éclat de colère.

« Attendez, dit-il tranquillement; sir Rupert Lisle, voilà la seconde fois que vous m'insultez dans cette maison. Maintenant, comme vous êtes la dernière personne à laquelle je consentirais à pardonner une insulte, je saisirai la prochaine occasion de vous faire quelques remontrances d'une façon qui ne manquera pas de vous produire un certain effet. En même temps, je dois vous prier d'être assez bon pour revenir au sujet dont vous parliez tout à l'heure; vous avez parlé d'une femme, la plus belle femme du Sussex; dites-moi, je vous prie, ce que vous entendiez par là?

— Voilà ce que je voulais dire, tonna le baronnet, je voulais dire que j'ai offert ma main à miss Olivia Marmaduke, et qu'elle l'a acceptée, et que, dans moins d'un mois, elle sera lady Lisle. Entendez-vous cela?... lady Lisle.

— Vous vous êtes un peu trop pressé, mon cher Rupert, dit-il en souriant; il eût beaucoup mieux valu pour vous de retarder un peu, et vous eussiez surtout épargné à la jeune femme beaucoup d'embarras inutiles, si vous aviez d'abord consulté vos amis. Mais n'importe, les enfants sont les enfants;

vous avez été un peu impétueux, et nous en reparlerons ce soir. »

Sir Rupert Lisle ne voulut pas en entendre davantage; il sortit de la serre en fermant avec fracas la porte vitrée derrière lui. Un petit épagneul qui était dans le vestibule courut à lui, et le jeune homme, dans sa colère, écarta violemment l'animal. Claribel entendit les cris du chien et entr'ouvrit la porte du salon pour savoir ce qui était arrivé.

« Vous aurez, ma mère, à enlever vos chiens d'ici dans un mois, dit sir Rupert, je vais donner une nouvelle maîtresse au château.

— Que voulez-vous dire, Rupert? demanda sa mère.

— Je veux dire que je vais me marier avant un mois; mais vous paraissez tous si surpris, qu'on dirait en vérité que je n'ai plus le droit de choisir ma femme moi-même.

— Vous auriez pu certainement vous montrer un peu moins impatient, Rupert, répondit mistress Walsingham.

— Ah! oui, sans doute, c'est-à-dire que j'aurais pu demander votre consentement, et le consentement du major Varney, et celui de master Arthur Walsingham, votre fils favori. Je vais vous dire une chose : vous vous entendez tous pour avoir la haute main sur moi, mais je suis un peu trop fin pour vous, et je veux être mon maître. »

Mistress Walsingham tourna le dos au baronnet, et rentra au salon sans rien répliquer; depuis quelque temps, il y avait eu entre elle et son fils aîné une froideur qui avait augmenté chaque jour. Si amèrement qu'elle eût pleuré sa perte, elle était peut-être plus chagrine depuis qu'elle l'avait retrouvé, car elle avait découvert avec douleur que son enfant n'était plus digne de son amour; près de quinze ans passés dans la société d'un misérable avaient tellement changé l'esprit jadis innocent de l'enfant, que la mère tremblait de plus en plus à mesure qu'elle connaissait mieux son fils. Elle fit tout ce qui était en son pouvoir pour cacher ce sentiment; mais, malgré ses efforts, sir Rupert le vit, s'en aperçut, et il s'aperçut aussi qu'Arthur Walsingham était l'enfant préféré. Ni son entrevue avec le major, ni celle avec sa mère n'avaient calmé la colère du baronnet, et malgré l'orgueil triomphant qu'il ressentait d'avoir été accepté par Olivia Marmaduke, il conserva tout le jour une humeur farouche. Pour son esprit étroit, le calme du major était une preuve que Varney le craignait, et qu'il pouvait en conséquence se conduire à l'égard de ce dernier comme il l'entendait. Pendant toute la journée, il saisit toutes les occasions de l'insulter et de le défier; il se vanta de sa richesse et railla la pauvreté des autres; après dîner, il parla de ses vins et demanda au major s'il avait jamais bu du bordeaux pareil à sa mess au Bengale. Encouragé par la placidité de l'officier, il devenait à chaque moment plus insupportable. Quand mistress Walsingham lui adressa des reproches de sa conduite peu hospitalière, il éclata de rire et dit que le major n'y faisait pas attention quand cela venait de lui; que le major, lorsqu'il avait mis la main sur quelque chose de bon, savait le garder, et qu'il aimait trop le comfortable pour s'offenser.

« Dites à votre femme de chanter, major, dit le baronnet plus tard dans la soirée, elle peut bien faire quelque chose pour nous amuser, si vous ne le pouvez pas, vous.

— Le prince désire que vous chantiez, Adeline, murmura le major à l'oreille de sa femme, mettez-vous au piano et prenez votre musique. »

Mistress Varney obéit en silence, et, s'étant assise au piano, elle choisit une quantité de musique au casier placé à côté d'elle.

« Demandez à Son Altesse Royale ce qu'il lui plaira d'entendre, dit le major.

— Oh! quelque chose de Suisse, répondit sir Rupert, quelque chose de gai avec tra la la la! au bout des vers. Olivia, je veux dire celle qui sera lady Lisle, chante des chansons suisses, et je ne pense pas que personne puisse les chanter comme elle.

— Mistress Varney ne peut pas chanter aussi bien que la future lady Lisle, dit tranquillement le major, mais elle passe pour avoir une voix assez agréable, et elle fera de son mieux pour plaire à Votre Altesse. »

Mistress Varney resta au piano, faisant entendre ballade sur ballade avec sa puissante voix de contralto. Quand le jeune baronnet en eut assez, il lui dit poliment qu'elle pourrait cesser quand elle voudrait, et cette dame quitta le piano sans être acca-

8

24

LADY LISLE.

blée des témoignages de sa gratitude pour les efforts qu'elle avait faits pour lui plaire.

Arthur Walsingham, qui était venu faire une courte apparition au salon, quitta des yeux le livre qu'il lisait à côté de sa mère et dit d'une voix grave :

« Je vous remercie infiniment pour votre chant délicieux, mistress Varney. Mon frère vous remercierait s'il était vraiment gentilhomme. Malheureusement, comme il n'est rien de semblable, permettez-moi de le faire à sa place. »

L'enfant avait rougi toute la soirée de la conduite de sir Rupert envers ses hôtes, et il eût parlé plus tôt s'il n'avait pas méprisé le major de ce qu'il ne ressentait pas l'insolence du baronnet. Sir Rupert leva les yeux sur son frère comme s'il allait répliquer quelque chose. Arthur et lui avaient eu une fois une rencontre à coups de poings après laquelle le baronnet s'était montré fort réservé dans sa conduite envers le jeune Walsingham. Mistress Varney jeta sur le jeune homme un regard de reconnaissance.

« Votre père était un gentilhomme, Arthur Walsingham, dit-elle, bien que j'eusse peu de raison pour l'aimer, et je pense que vous êtes comme lui. »

Jamais le brillant major n'avait été aussi calme que ce soir-là. Il se tenait dans un fauteuil près du feu, apparemment peu préoccupé de ce qui se passait autour de lui ; mais quand à dix heures et demie le baronnet quitta le sopha où il avait sommeillé, et se dirigea vers la table sur laquelle était placé le plateau aux bougeoirs, le major quitta son fauteuil et se tint debout près de la table, attendant que sir Rupert eût allumé sa bougie.

« Vous êtes tous si ennuyeux, fit poliment observer le baronnet, que je vais me coucher. Eh bien ! ajouta-t-il en se tournant vers le major, qu'attendez-vous?... Pourquoi n'allumez-vous pas votre bougie ?

— Parce que je ne vais pas à ma chambre, répondit le major ; je vais à la vôtre, sir Rupert Lisle. »

Il y avait quelque chose dans la voix du major qui résonna étrangement à l'oreille de son hôte. Sir Rupert leva les yeux et rencontra ceux du major Varney ; il devint d'une pâleur mortelle.

« Je ne puis rester plus longtemps hors du lit pour entendre vos absurdités ce soir, dit-il vivement. Si vous avez quelque chose à me dire, vous attendrez bien jusqu'à demain matin.

— Il ne me plaît pas même d'attendre une heure. Je vous ai dit ce matin qu'il fallait que nous eussions une explication en temps convenable. Soyez assez bon pour vous rendre à votre chambre.

— Mais je vous dis.... commença le baronnet.

— Soyez assez bon pour passer le premier, » dit le major avec fermeté, en ouvrant la porte du salon.

Sir Rupert hésita un moment, mais le visage inflexible du major l'effrayait. Il prit le flambeau et se dirigea vers sa chambre. Le major le suivit de près, et, quand il fut entré après le baronnet, il ferma au verrou la porte derrière lui, mettant la clef dans sa poche. C'était un appartement magnifique. Les boiseries et le plafond étaient en chêne foncé, avec des corniches et des panneaux finement sculptés. Un de ces panneaux était sculpté différemment des autres et orné d'un médaillon représentant un abbé mitré ; c'était le panneau à coulisse qui ouvrait sur l'escalier secret. Les tentures du lit et des fenêtres étaient en velours violet doublé de satin blanc. L'immense chambre avait l'air sombre et triste, et n'était éclairée que par la bougie que portait le baronnet. Sir Rupert regardait le major mettre la clef dans sa poche.

« Pourquoi avez-vous fermé cette porte au verrou ? demanda-t-il.

— Parce que je ne veux pas être interrompu dans ce que j'ai à vous dire, sir Rupert Lisle. »

Les yeux bleus du major avaient une certaine solennité terrible. La bouche, toujours souriante, était immobile et sévère ; tout ce qu'il y avait de débonnaire, de bienveillant et de brillant en lui avait fait place à une expression concentrée de détermination terrible. Le baronnet regarda furtivement sur sa table de toilette, où, au milieu d'une foule de flacons de cristal rehaussés d'or, se trouvait un étui en maroquin contenant une paire de rasoirs.

« Posez cette bougie, sir Rupert, dit le major, et soyez assez bon pour vous asseoir, je ne vous retiendrai pas bien longtemps.

— Je l'espère bien, répondit le jeune homme, s'efforçant de paraître brave ; je vous avertis que si vous parlez longtemps, je m'endormirai. »

Et il affecta de bâiller.

« Je ne crains pas que vous vous endormiez au milieu de ce que j'ai à vous dire, sir Rupert Lisle.

— Dépêchez-vous alors.... Qu'est-ce que c'est?

— Sir Rupert Lisle, dit le major en le regardant en face, quand les gens sont assez aveugles pour ne pas discerner ce qui est leur intérêt, pour ne pas reconnaître ceux auxquels ils doivent tout ce qu'ils possèdent, et ne pas savoir qu'ils ont le pouvoir de détruire leur œuvre aussi bien que de l'achever, ils sont fous, et comme tels ils doivent être traités. Souvenez-vous de cela, sir Rupert! Des hommes plus sages que vous ont fini leur misérable existence dans les cellules d'une maison de fous. Il vous a plu de m'insulter à plusieurs reprises dans le cours de la journée, et il ne m'a pas plu de m'apercevoir de votre conduite une seule fois. Non pas, croyez-le bien, parce que je n'avais pas le pouvoir de vous en faire repentir, mais parce que je n'y étais pas porté. Je défie qui que ce soit de dire qu'il m'ait jamais vu en colère sous n'importe quelle provocation que ce soit. Je ne suis pas bon, mais j'ai un bon caractère. Cela me donne quelque influence sur le reste du monde. On prend toujours un homme qui possède un bon caractère pour un homme bon. Il a un sourire aimable et un rire joyeux. Il peut comploter la ruine de son prochain, mais il le regardera sans seulement froncer le sourcil. Si j'étais forcé de tuer un homme, je le ferais sans perdre mon sang-froid. Quand je ressens une insulte, ce n'est pas par des paroles de colère que je me venge, mais par des actes décisifs. Si un homme m'insulte, je puis sourire et lui pardonner ; s'il se met en opposition avec moi, je puis encore sourire et l'excuser ! Soyez assez bon pour vous bien mettre ceci dans la tête, sir Rupert Lisle, et éviter de m'offenser. »

Le jeune homme avait attiré sa chaise auprès du feu. Il voulait faire croire au major que le frisson qui l'agitait des pieds à la tête était occasionné par le vent glacé d'octobre.

« Personne n'a voulu vous offenser, major, dit-il. S'il a été dit quelque chose qui vous ait déplu, sans doute c'était pour rire. Vous êtes un homme trop intelligent pour n'avoir pas vu que ce n'était qu'une plaisanterie. Quant à mes sentiments pour vous, vous ne supposez pas que je sois assez fou pour ne pas savoir que vous êtes mon meilleur ami, et que vous m'avez rendu mes droits, et que tout ce que j'ai est à vous. Eh bien ! maintenant, est-ce cela ? »

Il tendit sa main au major avec un faible sourire conciliateur.

« Est-ce cela ? répéta-t-il.

— Non, répondit le major, pas encore. On a parlé ce matin de mariage. Pensiez-vous ce que vous disiez alors ?

— Oui, dit Rupert.

— Alors, si vous avez nourri cette idée, sir Rupert, il faudra que vous y renonciez....

— Y renoncer ?

— Entièrement. Il ne me convient pas que vous vous mariiez.

— Eh bien! sur ma parole, dit le baronnet, je crois que vous poussez la chose un peu trop loin, major Varney. Ainsi que je vous l'ai dit, tout ce que j'ai est à votre service. Vous pouvez user de ma maison et de mon banquier, mais vous n'avez pas le droit de vous occuper du choix que je fais d'une femme. C'est une trop bonne plaisanterie!

— Vous verrez que c'est loin d'être une plaisanterie, sir Rupert, si vous essayez de continuer. S'il y a le moindre engagement entre vous et miss Olivia, cet engagement doit être rompu.

— Il ne le sera jamais! s'écria sir Rupert; ni pour vous ni pour aucun être au monde, je ne renoncerai à Olivia Marmaduke. Dans un mois, à dater de ce jour, elle sera lady Lisle.

— Fou! s'écria le major, aucune lady Lisle n'entrera ici tant que je vivrai pour l'empêcher. Jamais aucun héritier ne naîtra de vous pour me frustrer de votre fortune, que sans moi vous n'auriez jamais eue. Aucune femme extravagante ne dissipera les millions qui, sans mon intelligence et mes combinaisons, seraient maintenant entre les mains d'un étranger. Vous voudriez vous marier! Vous voudriez amener ici une femme qui gouvernerait votre maison! Vous voudriez faire d'Olivia Marmaduke une lady Lisle! Vous qui sans moi auriez peut-être vécu dans un atelier, ou qui seriez mort en prison! Que le ciel vous vienne en aide si vous me forcez à tourner contre vous les moyens que pendant quatorze ans j'ai employés dans votre intérêt.

—Je ne sais pas ce que vous voulez dire, fit le jeune

homme avec la faible résolution qui lui tenait lieu
de courage, mais je sais que, quoi qu'il puisse arriver, je maintiendrai ce que j'ai dit, et Olivia Marmaduke sera ma femme.

— Elle ne sera jamais lady Lisle, répliqua le major en ouvrant la porte de la chambre. Bonsoir, seigneur de Lislewood. Vous avez choisi votre voie et
je dois choisir la mienne. Il y a deux ou trois petites
choses que vous ne comprenez pas. Je vais envoyer
M. Salamons vous les expliquer. »

Sir Rupert se déshabilla et se mit au lit. Il dormait depuis une demi-heure quand il fut réveillé
par M. Alfred Salamons, qui se tenait debout auprès
du lit avec une lumière à la main. Le jeune homme
aimait M. Salamons beaucoup plus qu'il n'aimait
son maître, et il ne s'alarma pas le moins du monde
de la présence du valet juif.

« Eh bien! qu'est-ce que c'est, Salamons? demanda-t-il.

— Oh! rien de très-particulier; quelques mots
seulement à vous dire de la part de mon maître.

— Dites-le vite, que je puisse me rendormir.

— Vous savez, sir Rupert, dit le valet en regardant prudemment autour de lui, que l'on dit que
les murs ont des oreilles; et comme ce que j'ai à
vous dire est un secret, peut-être ferai-je bien de
vous le dire tout bas. »

M. Salamons approcha ses lèvres de l'oreille du
baronnet, et lui dit à voix basse deux ou trois
phrases.

Sir Rupert Lisle éclata de rire. Il riait au point

que ses épaules se soulevaient sous les couver-
tures.

« Est-ce tout ? dit-il, quand il eut fini de rire, est-
ce tout ce qu'un homme aussi fin que le major
Granville Varney vous a envoyé me dire ? Dites-lui,
avec mes compliments, que je le sais depuis longtemps, et que j'épouserai Olivia Marmaduke avant
un mois. »

CHAPITRE XXI.

SIR RUPERT FAIT SA COUR.

Dans cette lutte entre l'intelligence et la ruse, la
dernière l'avait emporté sur l'autre. Après cette
révélation faite de nuit par M. Salamons, sir Rupert
Lisle prit les rênes du gouvernement de sa maison
et s'en rendit entièrement maître. Le jeune homme
ne s'adressait plus à son ami le major pour avoir
des conseils ; ce gentleman avait évidemment perdu
son pouvoir sur son élève. Dans l'esprit étroit de
sir Rupert Lisle, celui qui s'était une fois mis en
opposition avec lui, lui apparaissait, dans la suite,
toujours comme un ennemi. Il évita autant que
possible le major, et passa la moitié de son temps à
aller de Lislewood Park au Bocage et du Bocage à

Lislewood Park. Olivia Marmaduke n'avait rien
changé à ses manières avec lui. Elle le recevait avec
la même indifférence qu'elle avait montrée le jour
de sa première visite; elle riait de sa gaucherie, se
moquait de ses discours stupides, et tournait en
ridicule ses tentatives de compliments; mais elle le
séduisait chaque jour de plus en plus. Il semblait
qu'il y eût dans sa nature quelque chose de lâche qui
lui faisait plus aimer et plus admirer la jeune femme
à mesure qu'elle le méprisait davantage. Il la suivait
comme un chien. Il lui apportait presque chaque
jour quelque splendide bijou. Il voulait faire rendre
à mistress Walsingham les diamants de Lislewood
qui étaient déposés chez le banquier de la famille;
mais Claribel refusa de les rendre avant le mariage
de son fils.

« Il sera temps alors, Rupert, dit-elle; il peut
survenir quelque chose qui rompe le mariage.

— Rien ne rompra ce mariage, si ce n'est la
mort! » s'écria le baronnet avec impatience.

Une fois, une fois seulement, il essaya d'adresser
à Olivia Marmaduke des reproches sur sa conduite
avec lui.

« Vous me traitez comme un chien, lui dit-il. Vous
riez de moi, vous me tournez en ridicule. Sur ma
parole, Livia, je ne vous crois pas la plus petite
étincelle d'amour pour moi. »

Il avait dîné au Bocage, et il se tenait debout auprès d'Olivia assise au piano, tandis que ses sœurs
et le colonel faisaient cercle autour du feu.

« Vraiment, dit-elle avec indifférence, en faisant

tourner sur son bras un bracelet de diamants que lui avait donné sir Rupert, peut-être feriez-vous bien de le croire toujours. Vous souvenez-vous comme nous étions peu romanesques, il y a quinze jours, quand vous vous êtes proposé à moi ? « Vou-« lez-vous être lady Lisle, et…? — Oui, sir Rupert, « je veux bien. » Voilà tout. Je ne suis pas naturellement très-sentimentale, je vous assure.

— Le ciel sait que vous ne l'êtes pas ! répondit sir Rupert Lisle, et il me semble, sur ma foi, que si je n'étais pas sir Rupert Lisle et le maître des biens de Lislewood, j'aurais une bien pauvre chance de vous épouser, miss Livia.

— Je le pense aussi, sir Rupert. Je vous prie, n'abordons jamais ce sujet. Le ciel me garde de vous tromper ! Oui, vous avez parfaitement raison, je vous épouse pour votre titre, et je vous épouse pour votre fortune, et si vous n'aviez pas tout cela je ne vous épouserais pas. Je suis assez franche…. n'est-ce pas? Et maintenant, si la pure vérité vous déplaît, serrons-nous la main et disons-nous adieu. Je ne demande pas mieux, je vous assure. »

Elle tendit la main sur laquelle brillait les diamants qu'il lui avait donnés; le feu des pierres se réfléta dans ses yeux, sans doute, car elle dit en riant :

« Il va sans dire que, si nous nous séparons, je vous renverrai tous vos présents; ainsi ne soyez pas retenu par l'argent que vous avez dépensé pour moi.

— Je dépenserai pour vous jusqu'au dernier cen-

time de ce que je possède, dit-il avec amour. Il est
bien dur de voir que vous ne m'aimez pas, quand
je vous aime tant; mais que vous m'épousiez pour
moi-même ou que vous m'épousiez pour ma fortune, je vous veux, car je ne puis vivre sans
vous. »

Plus tard, dans la soirée, pendant qu'Olivia et
sir Rupert étaient assis à une petite table de trictrac, l'aînée des filles du colonel Marmaduke vint
au salon où ils se trouvaient. Le colonel était endormi dans un fauteuil, près de la cheminée; Lucy
et Jane, la seconde et la troisième sœurs, quittèrent
leur crochet des yeux.

« Vous êtes-vous bien amusée, Laura? demanda
Jane.

— Oh! pas énormément, nous avons eu une soirée assez triste; mais, à propos, il faut que je vous
apprenne une nouvelle que je tiens du recteur. »

Et en parlant elle regardait avec malice sa sœur
Olivia.

« Oh! Laura, si vous avez quelque nouvelle,
dites-nous vite ce que c'est, dit la jeune fille en ré-
primant un bâillement et finissant le jeu. — Sir
Rupert, je vous ai gagné cinq parties. — Maintenant, Laura, dit-elle en se levant, voyons ce que
vous avez à nous dire. »

Elle était admirablement belle à voir à la lueur
des bougies et des flammes du foyer; son cou et ses
bras resplendissaient des bijoux donnés par le baronnet. Sa beauté, sa fierté et sa splendeur remplissaient d'envie et de haine le cœur de sa sœur aînée,

et elle était déterminée à enfoncer le poignard jusqu'au fond de ce cœur altier. Au bruit des voix de ses filles, le colonel s'éveilla, et regarda autour de lui. Ses yeux s'arrêtèrent avec affection sur son enfant chérie.

« Papa, vous vous souvenez de Walter Remorden, le dernier vicaire de M. Milward? dit Laura.

— Si je me souviens de lui, oui, sans doute. Il a quitté ce pays il y a trois ans, et a obtenu une cure aux environs de Chichester. Walter Remorden était le meilleur ami que les pauvres de Lislewood eussent jamais eu. C'était un bien digne garçon et un de mes grands amis. Je serais bien aise de le revoir. »

Laura avait épié sa sœur cadette pendant que le colonel disait ces mots; une sombre expression s'était emparée du visage d'Olivia.

« Eh bien! papa, continua miss Marmaduke, ce pauvre Walter Remorden a été obligé d'abandonner sa charge à cause de sa santé trop délicate, à ce que dit mistress Milward. Il est né à Lislewood, vous savez, et il paraît qu'il a pensé que l'air natal lui ferait du bien, de sorte que mistress Milward a eu la bonté de l'inviter à descendre au presbytère.

— Quoi! s'écria le colonel, Walter Remorden est-il donc à la cure?

— Oui; il n'est arrivé qu'hier. Il est bien changé, à ce qu'on dit; mais j'ai peur d'ennuyer sir Rupert en parlant d'un vicaire invalide. Quelles félicitations, Olivia. Chacun parle de la future lady Lisle, et me félicite du brillant avenir de ma sœur. »

Olivia n'avait ni bougé ni parlé depuis que le nom de Walter Remorden avait été prononcé; mais après les dernières paroles de Laura, elle partit d'un rire nerveux et étrange et sortit du salon.

Le colonel se leva de son fauteuil.

« Livia! s'écria-t-il en la suivant dans le vestibule, qu'y a-t-il, ma fille chérie? qu'est-il arrivé?

— Je sais ce que c'est, dit sir Rupert, c'est le nom de cet homme qui l'a bouleversée. J'ai vu un changement subit sur son visage, quand vous l'avez prononcé, dit-il en se tournant du côté de miss Marmaduke; mais qu'il prenne garde; car, quel qu'il soit, je le tuerai s'il tente de se mettre entre elle et moi. »

Le colonel et Olivia rentrèrent quelques minutes après. Le vieillard conduisait sa fille, un de ses bras passés autour de sa taille; il n'y avait pas de larmes dans ses yeux, mais un éclat fiévreux. Son amant n'essaya pas de lui parler, mais il l'examina en silence pendant un quart-d'heure environ, puis il se leva pour partir.

« Bonsoir, Olivia, dit-il après avoir pris congé de toutes les autres personnes. Vous m'avez dit assez clairement ce soir que vous ne m'aimez pas, et vous m'avez dit encore autre chose aussi clairement. Je vous suis bien obligé. »

Elle le regarda avec une expression de suprême mépris.

« Rappelez-vous que je vous ai donné le choix ce soir, dit-elle. Je serai prête à vous le donner demain. Bonsoir. »

Le lendemain, de grand matin, sir Rupert se rendit au Bocage, et demanda une entrevue secrète à sa fiancée. Il était venu pour la supplier de fixer le jour de leur mariage à trois semaines de là. Il lui fut très-facile d'obtenir son consentement à ses désirs.

« Que ce soit quand vous voudrez, sir Rupert, avait-elle dit, si vous désirez encore que le mariage ait lieu.

— Olivia!... s'écria-t-il, si je le désire!...

— Vous pouvez en avoir assez vu et assez appris pour changer vos sentiments à mon égard; s'il en est ainsi, parlez-moi aussi franchement que je vous ai parlé; mais souvenez-vous que si le résultat de notre union est heureux ou malheureux, vous ne pourrez vous en prendre à moi. »

Quand le jeune baronnet eut répété sa déclaration, que rien ne pouvait le détourner de ses intentions, Olivia consentit immédiatement à fixer le jour qu'il désirait pour leur mariage. Une tante, riche et vieille fille, lui avait envoyé une couple de cent livres pour son trousseau, en apprenant que sa nièce allait faire un si brillant mariage. La maison devint bruyante par les allées et venues des modistes et des couturières. Olivia s'enfermait dans sa chambre, et ce n'était qu'après bien des difficultés qu'on parvenait à lui faire regarder et essayer ses robes.

« Comme vous me fatiguez avec ces soieries et ces satins, disait-elle avec impatience. Vous savez que je n'ai jamais tenu à toutes ces belles choses, et j'y

tiens encore moins aujourd'hui. Pour l'amour de
Dieu, Laura, qu'on me laisse tranquille, je ne veux
plus en entendre parler.

— Sur ma parole, Olivia, la future lady Lysle a
un charmant caractère! Je plains sir Rupert.

— Plaignez-le, Laura! dit Olivia en fixant ses
yeux noirs sur le visage de sa sœur. Plaignez-le
de tout votre cœur, le pauvre garçon, car il en a
besoin ! »

CHAPITRE XXII.

LE MIEUX EST DE SE DÉBARRASSER D'UN PREMIER AMOUR.

Sir Rupert avait présenté à sa future un cheval
bai pur sang, animal magnifique qui avait été dressé
pour miss Marmaduke par un écuyer en renom.
C'est étrange à dire, cependant, la jeune femme, qui
n'avait jamais paru fatiguée de galoper par monts
et par vaux sur le vieux cheval gris emprunté à l'é-
curie d'un fermier, ne montra pas le moindre empressement à profiter du présent de sir Rupert.
Elle n'avait pas monté le cheval plus de trois fois.
Elle semblait éprouver une antipathie invincible à
sortir. Elle prétextait tantôt un mal de tête, tantôt
l'horreur qu'elle avait du mauvais temps de novem-

bre, quand sir Rupert demandait à l'accompagner
dans sa promenade. Elle répondait avec impatience,
quand ses sœurs lui parlaient, et elle semblait faire
tout son possible pour les éviter. Avec son père,
elle était grave et silencieuse; avec sir Rupert,
froide, réservée et triste. C'était une cour des plus
monotones et des plus ennuyeuses. Le baronnet re-
marquait tous ces changements chez sa fiancée.

« Vous êtes pâle comme une morte, Livia, dit-il
un matin, et vous avez de grands cercles profonds
autour des yeux; je crains que vous ne soyez malade, et que quelque chose ne vienne nous séparer.
Oh! non, Livia, il faut que vous soyez, et vous serez
ma femme. (Il saisit ses deux petites mains et les
pressa passionnément dans les siennes, comme s'il
eût été saisi d'une crainte soudaine de la perdre).
Olivia, pourquoi ne prenez-vous pas plus d'exercice?
Laura dit que vous vous enfermez dans votre chambre pendant la moitié du jour. Que puis-je faire
pour vous plaire ou pour vous amuser? Je dépenserai en un jour la moitié de ma fortune, si vous le
voulez. Que puis-je faire?

— Rien, dit-elle, seulement laissez-moi seule;
je sens que je suis très-désagréable; peut-être même
suis-je très-méchante. Je soutiens une lutte avec
moi-même. Qu'on me laisse seule, et ce sera bientôt
passé, je redeviendrai ce que j'étais.

— Je ne vous comprends pas, Olivia, répondit son
amant; mais je ferai tout ce que vous me direz de
faire, si vous voulez seulement me promettre d'être
ma femme. »

Bientôt après, sir Rupert quitta le Bocage; Olivia s'accroupit près du feu, aux pieds de son père, pendant qu'il sommeillait sur son fauteuil. Les quatre sœurs aînées étaient réunies près d'une des fenêtres, profitant des derniers rayons d'un soleil d'hiver. Bientôt Olivia quitta le tabouret sur lequel elle s'était assise, et sortit. Elle revint quelques minutes après, ayant mis son châle et son chapeau.

« Au nom du ciel, où allez-vous, Olivia? demanda Laura en regardant par-dessus son ouvrage.

— Au presbytère de Lislewood, voir M. Milward, répondit tranquillement Olivia.

— Vous choisissez un singulier moment pour faire une visite, Olivia, dit Laura. Je ne savais pas que vous eussiez l'envie de sortir par un temps pareil, sans compter qu'il fera nuit avant que vous arriviez à la cure. Vous ferez bien mieux d'attendre jusqu'après votre mariage, vous irez alors comme lady Lisle. Walter Remorden doit rester chez les Milward jusqu'après Noël.

— Laura! s'écria sa sœur, vous êtes une vieille fille aigrie et méchante. Vous n'avez pas le cœur la moitié aussi bon que mon chien. Je vous dis que j'irais au presbytère aujourd'hui quand tout Lislewood serait sur mes talons pour épier ma conduite; ainsi donc, dites de moi ce que vous voudrez, et pensez de moi ce qui vous fera plaisir; bonsoir! »

Après avoir prononcé ces mots, Olivia bondit hors du salon, en fermant avec fracas la porte derrière elle.

Que dirai-je de mon héroïne? — car malheureusement toute imparfaite et toute pleine de défauts que soit cette jeune fille, elle est mon héroïne, — qu'en dirai-je? Elle n'a pas un très-bon caractère, elle est pleine de véhémence et de vivacité ; mais, d'un autre côté, elle est généreuse et franche , et quand elle a été dure avec ses sœurs, elle vient les trouver une demi-heure après l'escarmouche, d'où elle est sortie victorieuse, et les supplie de lui pardonner, en leur montrant une humilité et une contrition telles que ces demoiselles auraient eu en effet le cœur bien dur si elles ne fussent pas parvenues à les calmer. Elle a pour son père une affection jalouse et fière, qui ravit le colonel, mais qui lui fait en quelque sorte perdre l'affection de ses autres filles, car miss Olivia se fâche très-fort si toute autre qu'elle prétend aimer son père.

La pluie pénétrante et le brouillard de cette sombre après midi de novembre l'entouraient de tous côtés, quand elle prit la route de traverse qui conduisait de la maison du colonel au village de Lislewood. Olivia avait mis son chapeau le plus vieux et s'était enveloppée dans un immense châle de laine. Son chien l'avait suivie sans qu'elle s'en fût aperçue, et, quand elle eût marché quelque temps, il vint bondir autour d'elle et éclabousser sa robe avec ses pattes de devant pleines de la boue de la route. Elle tomba à genoux sur le sol trempé et passa ses bras autour du cou de l'animal.

« Mon Box!... mon fidèle et honnête Box!... je me rappelle le jour où il se baissa pour te caresser et t'embrasser sur ton front rude et velu. »

14

Et elle pressa affectueusement ses lèvres sur la tête du chien, comme si quelque souvenir lui eût rendu l'animal plus cher que de coutume.

» Combien je suis niaise, dit-elle en reprenant sa route, combien je suis folle et faible ! Que va-t-on penser de moi après cette visite ? Quel mal elle va me faire si elle n'en fait pas à d'autres ! Comme si les choses n'étaient pas assez malheureuses comme cela ! Mais il le faut !... il le faut !... »

Elle traversa Lislewood, et, passant par le cimetière, elle arriva devant la porte blanche qui conduisait au presbytère. Là elle s'arrêta et s'appuya quelques minutes contre le mur peu élevé qui séparait le cimetière du petit jardin potager de M. Milward.

« J'ai bien envie de m'en retourner, dit-elle bientôt. Je crois que la promenade m'a fait du bien, et au moins j'ai été près de lui... près de lui sans qu'il le sache. Il n'y a pas de lumière à l'étage supérieur. Il n'est donc pas forcé de garder sa chambre. Il n'est pas alors aussi malade qu'on le dit. Il est au salon, sans doute, dit-elle en regardant par la grande fenêtre d'où filtrait la lumière d'une lampe. Oui, je vais retourner à la maison. »

Elle s'éloignait quand une femme traversa le cimetière en se dirigeant vers la cure. Cette femme, qui était une des servantes du recteur, connaissait bien miss Marmaduke ; elle la reconnut à son chien, Box, qui était aussi familier aux habitants de Lislewood que sa maîtresse.

« Miss Marmaduke.... miss !... dit la femme, je

me demandais qui pouvait bien être à la porte de
notre maître quand j'ai vu votre chien Box, et alors
j'ai vu que c'était vous. Vous venez de voir madame,
miss?

— Non, balbutia Olivia, en rougissant sous son
voile.

—Vous y allez alors, miss, n'est-ce pas? Madame
parlait de vous pas plus tard qu'hier, et elle disait
qu'elle voudrait vous voir. Et M. Remorden, miss...
vous vous le rappelez bien, il était si intime avec
vous, et votre papa le recevait si bien ; il est venu
faire une visite à notre maître, et vous n'avez jamais vu pareil changement, miss... Mais vous allez
entrer voir madame, miss..., répéta la femme en
s'interrompant.

— Oui, dit brusquement Olivia. J'irai. »

La femme la conduisit par une petite porte du
potager et par son jardin bien tenu ; les rangées
d'arbres dépouillés de leurs feuilles passèrent
comme des ombres sous les yeux d'Olivia, et, avant
qu'elle eût eu le temps de se remettre, la femme
l'avait introduite dans le petit salon de mistress
Milward, et elle se trouva en pleine lumière en présence de trois personnes : le recteur, qui était assis
et en train d'écrire sur une table; sa femme, qui
travaillait près du feu, et un jeune homme étendu
sur un sofa de l'autre côté de la cheminée. Ce jeune
homme était Walter Remorden, l'ex-vicaire de Lislewood.

« Ma chère, c'est très-bien à vous, dit mistress
Milward, en pressant les mains d'Olivia. Je pensais

que vous nous aviez tout à fait oubliés, et voilà que
vous avez eu le courage de venir nous trouver ce
soir par un temps pareil. Oh! mais, votre châle est
tout trempé; je vais le donner à Suzanne pour
qu'elle vous le fasse sécher, ma chère, car vous allez
sans doute rester prendre le thé avec nous. »

Olivia se laissa enlever son châle en silence.
Elle n'avait ni parlé, ni soulevé son voile depuis
qu'elle était entrée. Elle ne répondit pas au salut
du recteur, ni à celui bien moins cordial du malade. Elle frottait ses gants l'un contre l'autre en
tordant et retournant leurs doigts souples. Son
chien l'avait suivie dans le salon et se tenait au
centre du tapis de foyer, regardant complaisamment
autour de lui.

Walter Remorden était un homme d'environ
trente ans; son teint était brun et hâlé par le soleil,
ses cheveux étaient du noir le plus foncé et retom-
baient sur son front large et bas, en boucles épaisses.
Ses yeux étaient gris, grands, clairs et expressifs;
tout malade qu'il était, il était dix fois plus beau
que le jeune baronnet. Il lisait un journal quand
Olivia était entrée, et, après son léger salut, il en reprit la lecture, le tenant de manière à cacher entièrement son visage.

Mistress Milward avait bien des choses à dire.
Elle fit ôter à Olivia son chapeau, et je crois bien
que le vicaire abaissa un instant son journal, le
Brighton Herald ou le *Sussex Mercury*, ou quel que fût
le journal qu'il lisait, pour regarder le pâle visage de
miss Marmaduke. Olivia répondit à toutes les ques-

tions de mistress Milward. Elle parla même de sir
Rupert Lisle et des préparatifs de son futur mariage;
mais elle ne pouvait surmonter l'impression qu'il
y avait quelque chose d'étrange dans sa propre
voix, et qu'elle devait paraître aussi peu naturelle
aux autres qu'à elle-même. Nombre d'années plus
tard, elle aurait pu se souvenir du tableau que présentait le petit salon éclairé, le corps couché sur le
sofa, les cheveux noirs du vicaire qu'on voyait au-
dessus du journal qu'il tenait devant son visage, les
rideaux d'un rouge vif, et le feu pétillant, les tableaux accrochés à la muraille, — le bruit même des
tasses et des soucoupes, et le frémissement de la
bouilloire quand on apporta le thé, — tous ces détails insignifiants qui formaient le fond de cette pénible scène de son existence, s'imprimaient en un
instant et pour toujours dans son souvenir.

Après le thé, M. Milward sortit pour assister à une
réunion à la sacristie, et mistress Milward, prenant son ouvrage, s'arrangea pour causer confortablement avec Olivia. Miss Marmaduke avait décidé
qu'elle ne prolongerait pas sa visite au delà d'une
demi-heure; mais elle resta plus longtemps, cédant
à plusieurs reprises aux prières de mistress Milward de prolonger sa visite quelques minutes de
plus, plutôt par l'impossibilité de faire un effort
pour s'en aller, que par le plaisir qu'elle éprouvait
à rester.

« Maintenant, ma chère, dit la femme du ministre
d'un air triomphant, quand son mari quitta le salon, vous ne pouvez réellement pas vous en aller

avant que M. Milward ne soit revenu, car il faut qu'il vous reconduise chez vous.

— Papa m'enverra sans doute chercher quand il verra que je reste, » dit Olivia machinalement.

Walter Remorden avait laissé tomber son journal, et peu à peu il s'était mêlé à la conversation. Une demi-heure après le départ de M. Milward, sa femme dut se rendre à la cuisine pour répondre à quelqu'un qui venait lui demander des secours. Restée seule avec le vicaire, Olivia caressa silencieusement son chien, qui avait posé sa tête sur ses genoux.

« Quand retournerez-vous à votre cure près de Chichester, monsieur Remorden? dit-elle enfin.

— Je ne sais pas si j'y retournerai jamais, miss Marmaduke, répondit-il tranquillement. On m'offre une cure à Belminster, dans le Yorkshire, qui promet d'être avantageuse sous tous les rapports. »

Elle semblait à peine entendre ce qu'il disait, mais elle continuait à tirer les oreilles de son chien en regardant le feu d'un air rêveur. Bientôt elle dit avec une brusquerie étrange :

« Walter Remorden, comme vous devez me mépriser ! »

Il avait été si entièrement calme et maître de lui-même jusqu'à ce moment que, quoiqu'il eût été difficile de ne pas remarquer son agitation, un étranger ne l'aurait jamais cru capable d'une violente émotion; mais, pendant qu'Olivia parlait, son visage changea, et il leva une main amaigrie d'un geste suppliant, en disant :

« Par pitié, par tout ce qu'il y a de miséricorde
et de douceur chez la femme, ne dites pas un mot
pour rappeler le passé. J'ai lutté courageusement,
j'ai prié longtemps afin de pouvoir supporter mes
souffrances, et ce n'est pas à vous de r'ouvrir d'anciennes blessures qui sont guéries.... oui, qui sont
guéries, répéta-t-il avec exaltation. Je ne vis pour
rien en ce monde, si ce n'est pour remplir mes devoirs comme ministre du Seigneur. Dans ce but, je
prie pour que la santé et la force me reviennent,
quoique, le ciel me pardonne, il fut un jour où j'aurais désiré ne jamais quitter cette maison que pour
être porté dans une des tombes qui sont là-bas. »

Elle n'avait pas quitté le feu des yeux pendant
tout ce discours.

« Je suis bien heureuse que vous soyez si bien
rétabli, dit-elle avec un rire étrange ; cela me donne
moins de motifs de me reprocher ce qui doit sem-
bler une lâche trahison et qui est réellement la
froide trahison d'une femme ambitieuse et cupide,
qui ne songe qu'à ses propres intérêts. Je suppose
que le titre de sir Rupert, et que la fortune de sir
Rupert, en contrastant si fortement avec la pauvreté de notre misérable foyer, m'ont éblouie et
rendue folle au point de me faire oublier la promesse que je vous avais faite il y a deux ans. J'ai
beaucoup souffert ; mais je suis contente d'être
venue ici ce soir, puisque cela me rassure. Voyez-
vous, à force de lire des romans, je m'étais mis
dans la tête qu'il était très-facile de briser le cœur
des hommes. »

Elle finissait de parler, quand la porte s'ouvrit tout à coup, et que sir Rupert Lisle pénétra dans le salon. Il se jeta sur un chaise, sans ôter son chapeau, et sans remarquer la présence du recteur.

« Je suis allé au Bocage, miss Marmaduke, dit-il d'un ton où la fureur était mal dissimulée, et Laura m'a appris où vous étiez; de sorte que j'ai pensé qu'il n'était pas trop convenable pour la future lady Lisle de rôder par les rues de Lislewood, seule, la nuit, et je suis venu ici vous chercher.

— Je n'aurais pas erré seule par les rues de Lislewood, la nuit, sir Rupert, répondit Olivia, lançant sur le baronnet furieux l'éclair de ses yeux noirs. Il y a dans cette maison des personnes qui savent aussi bien ce qui est convenable pour Olivia Marmaduke (qui vaut tout autant que la future lady Lisle) que vous le savez vous-même. Otez votre chapeau, sir Rupert, ajouta-t-elle d'un ton impérieux, et permettez que je vous présente à M. Remorden, l'ami de mon père. »

Quelque soupçon que le baronnet eût nourri, quelque fureur jalouse qu'il eût ressentie, il y avait quelque chose dans la bravoure d'Olivia Marmaduke qui calma aussitôt son amant. Il répondit au salut de M. Remorden par un signe de tête boudeur, et il alla jusqu'à murmurer quelque chose sur le plaisir de faire sa connaissance, condescendance à laquelle le recteur ne fit aucune attention.

« Je veux que vous rentriez, Livia, dit-il, je ne puis supporter la vie sans vous; j'ai dîné au château aujourd'hui, mais je me sentais si triste et si

malheureux après le dîner, que j'ai été obligé de
faire seller l'alezan pour aller au Bocage. Il pleut
bien fort, mais j'ai fait atteler pour vous la cariole
de l'hôtel de la *Couronne*. Venez, venez, Livia.

— Aussitôt que j'aurai souhaité le bonsoir à
mistress Milward, sir Rupert, » dit-elle.

Et le jeune homme sortit pour donner des ordres
au cocher.

Dès que sir Rupert fut parti, Walter Remorden
se leva avec effort du sofa sur lequel il était étendu,
et se tint devant le feu, à côté d'Olivia, en s'appuyant sur le marbre de la cheminée.

« Olivia, dit-il d'une voix tremblante d'émotion,
il n'y a pas de déshonneur à vous demander si ce
mariage est irrévocablement arrêté?

— Oui, irrévocablement.

— Et il n'est plus en votre pouvoir de retirer
votre promesse à cet homme?

— Cela n'est plus en mon pouvoir.

— Que le ciel vous vienne en aide, alors, pauvre
fille! Je n'ose pas vous pousser à faire ce que
vous trouveriez déshonnête, même pour assurer
votre bonheur. Mais, Olivia, pourquoi n'ai-je pas
vu cet homme avant que vous lui ayez donné votre
parole? Je vous eusse suppliée à genoux de repousser ses propositions. J'avais pu penser que peut-
être vous ne l'aimiez pas, que sa position avait pu
vous éblouir; mais je croyais qu'au moins c'était
un gentilhomme. »

Mistress Milward et sir Rupert revinrent au salon
avant qu'Olivia eût eu le temps de répliquer, et dix

minutes après elle était assise dans la voiture, et le baronnet galopait à ses côtés, monté sur sa jument alezane.... Elle frissonnait en voyant à travers les vitres battues par la pluie la sinistre figure du jeune homme.

« Il me semble que je vais en prison, dit-elle, et que voilà mon geôlier. »

CHAPITRE XXIII.

MARIAGE D'OLIVIA.

Le dernier jour de novembre, une longue file de voitures s'étendait depuis le mur du cimetière jusqu'au milieu de la petite rue du village, attendant l'aristocratique assemblée réunie dans l'église pour assister au mariage de sir Rupert Lisle avec Olivia Marmaduke. Le baronnet avait déclaré qu'il ne voulait pas faire les choses mesquinement. Il voulait que chacun, dans le comté de Sussex connût son mariage avec la plus jolie femme du pays, de sorte que des invitations furent envoyées au loin dans toutes les directions. L'état-major de I. Gunter, le Chevet anglais, apporta le déjeuner et le gâteau de noces au Park; car sir Rupert, en défiance de tout le monde, avait insisté pour que le déjeuner eût lieu chez lui et non pas au Bocage.

« Vous pouvez donner un déjeuner aussi si vous
voulez, avait-il dit au colonel, mais je ne crois pas
que vous ayez assez de place pour la moitié du
comté, et je veux que la moitié du comté assiste à
ma noce. »

Donc Olivia Marmaduke marcha à l'autel au milieu d'une multitude de femmes splendidement vê-
tues et d'hommes élégants ; des soieries magnifiques
remplissaient le temple ; des dentelles, des plumes
blanches, de merveilleuses fleurs artificielles qui
tremblaient sous la rosée de leurs pétales, des flacons d'odeur en or ciselé, et vingt autres objets d'un
luxe splendide et recherché étaient si communs
dans l'assemblée, que les enfants de charité et les
villageois qui encombraient tous les coins de l'église
n'avaient pas assez d'yeux pour regarder tout ce
qu'il y avait à voir, et finissaient par s'en aller mécontents.

Le bedeau de Lislewood, avec une immense co-
carde en satin attachée sur son gilet neuf, se montra
ce matin-là extrêmement roide à l'égard des humbles villageois. Il les repoussait des bancs ou les
refoulait dans les coins obscurs et derrière les
colonnes, en ayant l'air de ne pouvoir, au fond du
cœur, leur permettre d'exister un jour comme
celui-ci.

« Vraiment, disait-il d'un ton de reproche à
chaque nouveau paysan qui se présentait, si j'avais
su que vous viendriez tous fourrer votre nez par
ici, j'aurais pris des arrangements en conséquence. »

Un évêque, parent éloigné de la famille de Lisle, vint de l'extrémité orientale de l'Angleterre pour célébrer le mariage, et probablement ce dignitaire ecclésiastique fut trop surpris des manières et de la conduite de son riche parent, sir Rupert. Son émotion avait donné à ses joues une pâleur de mort, tandis que le bout de son nez pointu et mince était rougi par le froid vif et piquant de novembre. Peut-être le baronnet n'avait-il jamais paru plus à son désavantage que ce matin-là. Ses habits lui allaient mal, la fleur même qu'il avait mise à sa boutonnière perdit ses pétales et se fana comme si elle eût été outrée d'un contact aussi honteux. Il laissa tomber son chapeau au milieu de l'église, et celui-ci roula jusqu'à l'autre bout, causant une hilarité étouffée parmi l'élégante assistance, et un ou deux éclats de rire, promptement réprimés par le bedeau, parmi les spectateurs les plus humbles. Sa main, quand il la tendit à Olivia pour la conduire à l'autel, était froide et humide, et tremblait comme une feuille.

La fiancée, au contraire, était superbe dans sa fière beauté; tout le monde à Lislewood avait considéré Olivia Marmaduke comme une belle fille, mais on l'avait rarement vue autrement que dans son habit de cheval rapé avec un chapeau de paille grossière et son grand tartan de laine. Mais, dans ses habits de mariée, sa couronne de fleurs d'oranger et de lis, avec son voile du plus riche point d'Honiton tombant autour d'elle comme une vapeur blanche, elle avait l'air d'une impératrice, et un murmure d'admiration s'échappa de la foule quand elle traversa l'église conduite par son père.

Mistress Walsingham, encore belle à l'âge de quarante ans, était simplement vêtue d'une robe de soie grise; mais mistress Varney portait une robe de satin couleur d'ambre qui brillait au soleil comme si elle eût été en brocard d'or. Sa beauté était plus spendide même que celle de la mariée, et l'on se demandait qui était cette admirable femme à l'air juif, en robe jaune, et d'où elle venait.

Le major semblait parfaitement réconcilié avec ce mariage, auquel il s'était dès le début fortement opposé. Il y assistait et était de très-belle humeur. Son gilet blanc semblait plus large que jamais. Peut-être une entrevue qu'il avait eue la veille avec sir Rupert Lisle était-elle pour quelque chose dans cette radieuse humeur. L'entrevue avait été assez sérieuse en vérité, et on avait fini par appeler M. Salamons afin qu'il servît de témoin à un acte rédigé par le major et signé par le jeune homme. La paix était donc rétablie à Lislewood, et l'évêque lut le service solennel qui unissait Olivia Marmaduke et le jeune châtelain, dont la main froide et humide tremblait dans celle de sa femme, et la file de voitures revint à Lislewood Park, où il y eut fête, propos d'amour, causeries et scandales, et où peut-être il n'y avait pas six des personnes présentes qui pensassent au bonheur ou au malheur du nouveau couple, qui partit vers trois heures au bruit des cloches de Lislewood pour Folkestone, où ils devaient s'embarquer pour le continent.

15

Le colonel Marmaduke et ses quatre filles restèrent à dîner au château avec mistress Walsingham,
son second fils, M. le major et mistress Varney. Ils
formaient une petite réunion assez agréable. Claribel était bien plus gaie en l'absence de sir Rupert,
et le major fut encore plus aimable que de coutume. Les dames du Bocage promenaient des regards étonnés sur les salons splendides. Toute cette
richesse, ce luxe et cette magnificence étaient désormais à leur sœur.

« Comme lady Lisle était jolie ce matin ! » dit le
major.

Mistress Walsingham tressaillit en entendant prononcer le nom qu'elle avait porté autrefois. Les
quatre sœurs d'Olivia sentirent un frisson simultané
d'envie. Lady Lisle ! oui, c'était la vérité, — elle
était bien lady Lisle !

Le jour qui précéda celui où fut célébré le mariage de sir Rupert, Walter Remorden quitta le
tranquille petit village de Sussex où il était né et
qu'il aimait de cet amour profond qu'un homme a
si souvent pour un lieu obscur, qui, sans être très-
agréable par lui-même, lui est plus cher par la
force et la puissance des souvenirs que tout le reste
de l'univers. Un train express l'emmenait à Londres,
et il regardait encore une fois les vastes plaines
unies. Elles lui semblaient magnifiques, même
sous ce ciel gris et froid de novembre. Il pensait
que Sussex était le plus beau comté de l'Angleterre.

« Je regrette déjà mon pays, se disait-il en lui-
même, et je n'ai pas encore fait vingt milles de

mon voyage. Combien il me semble pénible de m'é-
loigner de tout ce que j'ai aimé. Mais je n'aurais
jamais pu rester à Lislewood et la voir la femme de
cet homme. »

Walter Remorden avait accepté cette cure dans le
Yorkshire dans le seul but de s'éloigner du pays ha-
bité par la femme qu'il avait aimée. On avait promis
à M. Milward une cure meilleure que celle de Lislewood, et le vicaire avait toutes les chances de suc-
céder au recteur, car l'évêque du diocèse connaissait parfaitement la probité du jeune homme ; mais
la Providence avait voulu que cet homme allât vivre
dans l'obscure ville de Belminster, et, le soir même
du mariage d'Olivia Marmaduke, Walter Remorden
arrivait à sa destination.

Or il advint que Belminster était précisément la
même ville calme et tranquille du Yorkshire où
M. Salamons avait fait un voyage au mois d'août de
la même année, et elle n'était pas le moins du monde
changée depuis la visite de ce gentleman. Il y avait
toujours le même porteur et le même chef à la station du chemin de fer, le même employé au bureau
des billets, les mêmes livres et les mêmes journaux
sur les rayons, — on eût dit les mêmes gâteaux et
les mêmes bouteilles de soda-water sur le buffet.
Une cariole moisie, traînée par un cheval qui avait
autrefois gagné le prix à une course autour de la
ville, transporta Walter et son bagage jusqu'à l'auberge où l'apparition d'un voyageur causait la joie
et la consternation. Quelques commerçants de la
ville venaient tous les soirs passer quelques heures

dans la salle, buvaient de la bière tout en causant avec fort peu d'égards pour les mérites et les défauts des deux députés de Belminster. Quelquefois un voyageur venait à Belminster pour offrir quelque nouvel article de consommation aux petits boutiquiers, et dînait à l'hôtel; mais un gentleman qui y passait la nuit et qui, d'après son dire, pourrait y rester un jour ou deux, était en vérité un personnage qu'il fallait traiter avec distinction. On conduisit donc Walter par un large escalier où un feu petillant avait été allumé exprès pour lui, et où il y avait une glace et un tableau représentant la cathédrale et le portrait du cheval qui avait gagné autrefois la coupe d'or de Belminster. La maîtresse de l'auberge, qui avait deviné, au porte-manteau de Walter, qu'il était le M. Remorden qui allait remplir les fonctions de recteur, leva le store et lui montra l'église qui se trouvait juste en face de la fenêtre.

« La cathédrale est à l'autre bout de la ville, monsieur, dit-elle, mais votre église, c'est-à-dire Saint-Clément, passe pour une belle construction et est, à ce qu'il paraît, la plus ancienne des deux. »

Le jeune homme regarda machinalement la forme brumeuse de l'ancien et bel édifice situé de l'autre côté de la grande place du marché. Il lui était difficile de s'intéresser à ses nouveaux devoirs. Il fit un grand nombre de questions au sujet des pauvres de la ville, pendant que la femme de l'hôtelier mettait son couvert et servait un repas qui eût été suffisant

pour une douzaine de personnes : il se composait de
pain, d'omelette au jambon, de volaille froide, de
petits pâtés chauds, de plumcakes, de fromage, de
conserves, et elle donnait à tout cela la modeste dé-
nomination d'une tasse de thé. Elle en dit assez au
recteur, en lui versant son thé, pour le convaincre
qu'il y avait beaucoup à faire pour lui à Belminster,
et que, quels que fussent ses chagrins, il lui reste-
rait fort peu de temps pour des regrets inutiles ou
pour de vaines plaintes.

« S'il est une chose plus belle que toute autre dans
cette foi, qu'en la réformant nous avons dépouillée
de beaucoup de choses estimables, pensa le recteur
plus tard dans la soirée, c'est cette abnégation de
soi-même que l'Église catholique romaine demande
à l'homme qui porte sa bannière. L'amour divin !
Qu'a-t-il à démêler avec l'amour terrestre ? Dans
les rues populeuses, comme dans le cloître, il vit
seul pour l'accomplissement du devoir qui lui est
tracé. »

Nous ne devons pas oublier cependant que Walter
Remorden avait été trompé dans son amour et que
peut-être une teinte d'ascétisme avait envahi son
esprit depuis le jour où il avait été trompé par
Olivia Marmaduke.

CHAPITRE XXIV.

SIR RUPERT REÇOIT UN ANCIEN AMI.

Sir Rupert et lady Lisle restèrent absents pendant plus de six mois. Ils visitèrent Florence, Rome et Naples. Ils virent Berlin et Dresde et ils revinrent à Paris après avoir parcouru les bords du Rhin. Ils quittèrent Paris au commencement de juin pour rentrer en Angleterre. Les marronniers étaient en fleurs quand sir Rupert traversa la grille de Lislewood Park, le soir de son retour avec sa femme. Le colonel Marmaduke et ses quatre filles attendaient dans le vestibule où mistress Walsingham s'était rendue pour recevoir les voyageurs. Le vieillard était impatient de presser son enfant chérie dans ses bras. Les quatre sœurs avaient hâte de voir comment Olivia soutiendrait sa nouvelle situation, et si la femme du jeune baronnet avait trouvé le bonheur dans son brillant mariage. Les lettres de lady Lisle avaient été brèves et peu satisfaisantes. Elle n'avait jamais aimé à écrire; mais depuis son mariage elle avait semblé éviter toute confidence entre elle et sa famille. Sir Rupert descendit du phaéton qu'il avait conduit lui-même, et, jetant les

rênes à un de ses grooms, il se dirigea vers les écuries, faisant seulement un signe de reconnaissance à
sa mère et aux autres personnes assemblées dans
le vestibule.

« Rupert, où allez-vous ? s'écria mistress Walsingham, pendant que le colonel s'avançait pour
aider sa fille à descendre de voiture.

— Aux écuries pour fumer une pipe, répondit le
jeune homme. Il y a assez longtemps que je suis
enfermé dans un wagon de chemin de fer. J'ai besoin de me dégourdir les jambes. »

Le voyage sur le continent avait peu profité à sir
Rupert Lisle. S'il y a un vernis particulier qu'on
peut acquérir par le contact des habitants plus po-
licés des villes étrangères, sir Rupert ne l'avait pas
acquis. Peut-être ce poli étranger, quelle qu'en soit
la nature, demande à être étendu sur une surface
déjà unie et jusqu'à un certain point préparée, et il
se peut qu'il n'adhère pas aux tissus plus grossiers
de certains bois rudes ; s'il y a la moindre influence
dans la contemplation des paysages sublimes, dans
les chefs-d'œuvre inimitables de l'art, dans le son
de la musique, dans la splendide couleur du ciel
italien et les purs visages des charmantes paysannes ;
si, dis-je, il y a dans tout cela une influence bien-
faisante qui adoucit et rend meilleur l'esprit le plus
ordinaire, cette influence n'eut aucun effet sur le
caractère triste et sournois de sir Rupert Lisle. Il
revint en Angleterre, s'il est possible, plus grossier
et plus désagréable qu'il l'était lorsqu'il l'avait
quittée. Ses vêtements, qui généralement avant son

mariage étaient choisis pour lui par le major, étaient maintenant d'un goût exécrable. Il avait acheté un habit ici, un chapeau là-bas, un gilet dans une ville, une paire d'éperons sonnants, une cravate de couleur, une culotte brodée dans une autre. Quantité de bijoux anciens pendaient à son gilet et brillaient sur les devants de sa chemise. La rue de la Paix et le Palais-Royal avaient été fouillés de fond en comble pour lui trouver des émeraudes et des rubis, des opales et des turquoises, des améthystes et des saphirs. Les gros doigts de ses mains épaisses étaient chargés d'anneaux. Sa chaîne de montre était absurde par les ornements inutiles qui y pendaient.

« Je veux leur montrer que je pourrais leur acheter tout ce qu'ils ont de mieux, » disait-il quelquefois, quand il s'imaginait ne pas être suffisamment admiré ou respecté par les habitants d'une des villes qu'il traversait.

Il criait et jurait en parlant aux hôteliers dans sa langue saxonne; puis il jurait encore plus fort parce qu'ils ne pouvaient pas le comprendre. Il criait et vociférait, déclarant qu'il se ferait comprendre ou qu'il saurait pourquoi. Il méprisait les vins allemands, et cependant il en but tant pendant son voyage, qu'il traversa l'Autriche, la Prusse et la Belgique dans un état continuel de demi-ivresse. Il bâillait devant les plus beaux tableaux et parlait tout haut dans les églises. Il montrait continuellement son mépris pour les tranquilles dévots agenouillés devant quelque vieille et précieuse relique, et il faisait résonner ses éperons d'or dans les sanc-

tuaires révérés des temples qu'il visitait. Le courrier lui-même haussait les épaules et abandonnait
son maître à son sort.

« Pour madame, je ferais tout ce qu'il est possible, disait-il; mais pour m'sieu.... — il terminait
sa phrase par une série d'imprécations en remontant sur la voiture de voyage., laissant le baronnet
discuter une note d'hôtel ou dire des sottises aux
garçons, selon le bon plaisir de ce gentleman....
— je m'en lave les mains, disait-il, il est trop
Anglais. »

Nous jouissons en effet à l'étranger de cet avantage, que toutes les fois qu'un individu par trop
désagréable fait son apparition dans un pays quelconque, il passe immédiatement pour un parfait
spécimen de notre type anglais; tandis qu'un Anglais plus policé s'entend dire qu'évidemment il a
beaucoup voyagé et qu'il a profité de l'exemple de
nos voisins.

Et que faisait Olivia, qui n'était pas trop habi-
tuée à cacher ses sentiments? Comment endura-
t-elle ces façons grossières de son compagnon de
voyage? Souffrit-elle lorsque l'homme auquel elle
avait juré amour et obéissance se rendait si insupportable, que les plus polis et les mieux rétribués
des hôteliers n'essayaient pas de dissimuler le dégoût occasionné par sa conduite? Rougit-elle de sa
grossièreté, ou essaya-t-elle de changer et d'adoucir
son caractère? Non, elle demeura à côté de lui avec
un visage qui aurait pu passer pour un marbre,
tant elle savait dissimuler ses émotions. Eût-il été

un chien fatigant et insupportable à tous les gens chez lesquels elle allait, qu'elle n'eût pas pu être plus indifférente, car alors elle aurait pu se croire obligée d'excuser sa conduite. Quoi qu'il fît, elle ne laissait jamais voir ni surprise ni mécontentement : si entier était son dédain, qu'il semblait qu'elle ne pût ni le voir ni l'entendre. S'il essayait de s'opposer à ses plus chers désirs, elle ne se plaignait pas, mais elle n'en faisait qu'à sa guise ; malgré toutes ses manières impératives avec les autres, il n'essayait jamais de la contredire. Elle le traînait après elle dans les galeries de tableaux, jusqu'à ce que ses yeux se fatiguassent et que ses genoux fléchissent sous lui ; car si la constitution d'Olivia était riche et superbe, la santé du baronnet était pauvre et son corps affaibli. Partout lady Lisle était admirée et choyée, et sir Rupert éprouvait beaucoup de satisfaction à voir l'effet produit par sa femme.

« Dépensez mon argent, disait-il, chère Livia, jetez-le par la fenêtre, si cela vous plaît ; il y en a encore beaucoup chez mon banquier. Faites voir à ces étrangers que la femme d'un riche baronnet anglais vaut six de leurs duchesses, qui ont un revenu de quatre ou cinq cents livres et ne mangent que de la choucroûte. »

Mais la tournée de fiançailles était terminée, et lady Lisle était rentrée dans le splendide château où elle devait désormais régner seule. Claribel, qui avait été si longtemps maîtresse de Lislewood Park, s'était arrangée pour quitter le château immédiatement après l'arrivée du jeune couple. Lady Lisle

rencontra sa belle-mère dans le vestibule le lendemain de son retour. Mistress Walsingham était revêtue de son costume de voyage et suivie de sa
femme de chambre.

« Pourquoi?... qu'est-ce que cela signifie?...
s'écria Olivia. A qui sont ces malles?... Mistress
Walsingham vous n'allez pas nous quitter?

— Je venais justement pour vous faire mes
adieux; lady Lisle, dit froidement Claribel; je ne
suis restée dans la maison de mon fils pendant
votre lune de miel que comme une personne en
visite. Je vais à Brighton où j'ai loué un appartement. Sir Rupert m'a dit très-clairement que nous
devions vivre désormais séparés, quoiqu'il eût pu
se dispenser de faire allusion à un arrangement que
je trouvais inévitable moi-même bien avant qu'il en
parlât. »

L'impétueuse jeune femme, dont les regards an-
nonçaient la plus grande surprise, saisit la main
de mistress Walsingham et la conduisit dans la bibliothèque.

« Maintenant, mistress Walsingham, dit-elle en
faisant asseoir cette dame sur un fauteuil près de la
fenêtre en ogive, dites-moi ce que tout cela signifie? Sir Rupert vous a insultée?... Oh! quant à cela,
dit-elle comme pour répondre à un geste de Claribel, je sais qu'il en est parfaitement capable, et
qu'il peut insulter sa mère. »

Mistress Walsingham appuya sa tête sur sa main
pour cacher son visage.

« Ma chère mistress Walsingham, dit lady Lisle,

je sais que de toutes les personnes vivantes, c'est
moi qui ai le moins le droit de vous parler ainsi.
Quel que puisse être votre fils aîné, ce n'est pas à
moi de dire un seul mot contre lui. Je ne l'ai jamais fait et je ne le ferai jamais; je ne me gêne pas
beaucoup pour lui parler, mais je ne parlerai jamais mal de lui aux autres. Mais, ma chère mistress
Walsingham, laissez-moi vous supplier de ne pas
quitter cette maison parce que j'y suis entrée. Je ne
suis pas une personne bien aimable et bien agréable, je le sais, mais je n'aurais jamais eu le cœur
de vous offenser. Si vous pouvez avoir pitié d'une
femme qui n'a jamais connu l'affection d'une mère,
ayez pitié de moi! Mes sœurs n'ont jamais eu une
parcelle d'affection pour moi. Elles m'envient ma
brillante fortune. Que Dieu me vienne en aide!
Ayez donc pitié de moi, vous, et aimez-moi, aimez-
moi, si vous le pouvez!... laissez-moi vous appeler
ma mère pour l'amour de cette mère que je n'ai
jamais connue!»

Et la belle et séduisante lady Lisle laissa tomber
sa tête sur l'épaule de Claribel et fondit en larmes.

Cette courte entrevue eut un effet durable sur les
rapports entre les deux femmes. Mistress Walsingham resta à Lislewood, refusant d'habiter sous le
toit du baronnet, mais allant seulement habiter au
village, où elle racheta la maison et les terrains
qui, des années auparavant, avaient appartenu à sa
vieille tante, miss Merton, et que Claribel avait
quittés lors de son mariage avec sir Réginald Lisle.

Lady Lisle convainquit bientôt toutes les familles

des environs qu'elle n'allait pas épargner la bourse de son mari. Elle remplit le château d'invités, au point qu'on n'aurait pas trouvé une mansarde ou un grenier inoccupé par les valets ou les femmes de chambre, qui se plaignaient du manque de place. Elle s'entoura de bruit et de gaieté. Ele donna des fêtes champêtres dans le parc, et illumina la grande avenue de milliers de lampions de couleur pendant les soirées d'été. Elle dirigea elle-même la construction de nouvelles écuries avec de merveilleux toits en chaume, et les remplit de chevaux de chasse tout prêts pour la saison prochaine. On fit construire un manége derrière la maison, où elle montait à cheval pendant la plus grande partie de la matinée, sautant des barrières simulées et exécutant toutes sortes de manœuvres équestres. Un jeu de paume, qui depuis longtemps ne servait plus, fut par ses ordres mis en état, et l'on vit pendant la moitié du jour voler les balles parmi un groupe de joueurs, en tête desquels milady se trouvait assez souvent. Dans tout ceci, sir Rupert n'était absolument pour rien. Il souscrivait des bons sous la dictée de sa femme; car un seul éclat de ses grands yeux noirs étouffait les objections qu'il aurait pu vouloir faire. Tout cet impatient et fol amour qui lui avait fait si activement pousser le mariage, s'était envolé pour toujours. Elle était à lui! Pour sa nature vile et grossière, tout était dit dans ces seuls mots. Quoiqu'il se laissât gouverner par elle, elle n'était après tout qu'une partie de sa richesse, dont il pouvait disposer aussi bien que de ses chevaux et de ses chiens. S'il la craignait, il craignait aussi ces derniers; mais ils lui appartenaient, ils avaient été achetés de son propre argent, — c'était à lui, voilà ce qu'il aimait le mieux, et il en était de même pour elle.

L'été se passa en perpétuels amusements auxquels le maître de la maison avait si peu de part, qu'on aurait pu le prendre pour un de ses garçons d'écurie. Le major, sa femme et son valet, qui s'étaient absentés pendant l'été, revinrent assez tard en automne reprendre leur vie à Lislewood Park. L'officier indien savait très-bien ce qu'il fallait faire pour se rendre agréable à la maîtresse de la maison; et Olivia, qui jamais ne consultait son mari sur quoi que ce fût, était souvent bien aise de profiter des conseils du major Varney. Ainsi ils passèrent l'automne et le commencement de l'hiver, et la première année de mariage de lady Lisle touchait à sa fin, quand survint un événement qui amena la première dispute entre la femme et le mari.

Olivia rentrait un soir de novembre d'une longue promenade dans la plaine, quand elle aperçut une femme assise sur un petit banc placé en dedans des grilles et immédiatement en face de la loge qu'avaient autrefois occupée Gilbert Arnold et sa femme. Cette femme était mince et pâle, elle était pauvrement vêtue, et un petit paquet était placé sur le banc à côté d'elle. Elle leva la tête au moment où le gardien ouvrit la grille pour laisser passer Olivia, et quelque chose de suppliant dans son visage qui ressemblait à une prière toucha le cœur de la dame

du lieu, car elle arrêta son cheval, pour parler à
à cette femme.

« Qu'est-ce que c'est, ma bonne femme? »

La femme du baronnet faisait beaucoup de bien,
et elle distribuait ses aumônes avec tact et discerne-
ment. Le mensonge et l'imposture étaient déconcertés par les questions droites et fermes d'Olivia
Lisle. Elle regarda l'étrange femme qui s'était levée pour lui répondre, et elle ne vit rien dans ce visage fatigué et soucieux qui pût éveiller ses soupçons.

« Que voulez-vous de moi, ma bonne femme ? »
répéta-t-elle.

Elle voulait toujours qu'on lui demandât franchement et sans détour ce que l'on désirait d'elle.

« Madame.... milady.... fit la femme toute hési-
tante en voyant les grands et beaux yeux noirs fixés
sur elle, car vous êtes lady Lisle, n'est-ce pas, mylady, vous êtes sa femme?

— La femme de sir Rupert Lisle, oui ; mais pourquoi cette question? demanda Olivia un peu sèche-
ment.

— Oh! milady, alors, comme on dit que vous êtes
bonne et que vous avez pitié des gens, ayez la bonté
de me le laisser voir mon..., pardon, sir Rupert,
voulais-je dire. C'est tout ce que je demande.

— Mais on vous a dit une fois pour toutes que sir
Rupert ne voulait pas vous voir, dit le gardien qui
avait entendu le dialogue; on le lui a déjà dit, milady. Elle attend là depuis deux heures en demandant si elle peut voir sir Rupert : ce à quoi je lui ai
répondu : Non, c'est impossible; puis, si elle pou-

vait attendre jusqu'à ce que sir Rupert sortît afin
de le voir : ce à quoi je lui ai répondu qu'il n'était
pas probable que sir Rupert sortirait, car le froid
n'était pas bon pour sa poitrine. Puis enfin elle a
demandé avec instance si elle pouvait lui envoyer
un bout de papier, un morceau de vieille enveloppe avec son nom écrit au crayon; et elle a attendu et crié et marché de côté et d'autre; si bien
que j'ai fini par céder à son caprice, et j'ai envoyé
mon fils au château avec le bout de papier sur lequel elle avait écrit son nom. Et qu'est-il arrivé?
Mon garçon est venu me raconter comment le valet
de chambre avait conseillé de ne plus avoir l'imprudence de se charger de pareils messages; car sir
Rupert, en jetant les yeux sur le papier, s'était mis
à jurer et à trembler, et avait dit que s'il voyait encore ce nom-là, si on l'ennuyait encore avec toutes
ces sottises, ceux qui l'auraient ennuyé feraient
connaissance avec la prison de Lewes.

— A-t-il dit cela? s'écria la femme en se laissant
retomber sur son banc, et en s'agitant sous l'influence d'une douleur intense. Il a dit ces mots
cruels et affreux.... Oh! »

Lady Lisle sauta à bas de son cheval et jeta les
rênes au groom.

« Conduisez-le à l'écurie, Lewis, dit-elle, je vais
à la maison avec cette femme.

— Il serait par trop fort que sir Rupert fût tourmenté par tous les vagabonds du pays, dit le garde,
et avec sa santé délicate encore, le pauvre gentilhomme.

— Vous, taisez-vous, s'écria Olivia. Maintenant, ma bonne femme, ajouta-t-elle, venez avec moi à la maison, et en marchant vous pourrez me dire tout ce que cela signifie. Qui êtes-vous?... Et que voulez-vous à sir Rupert Lisle?

— Vous avez pu entendre mon nom, milady, répondit-elle, j'ai connu sir Rupert enfant, et j'ai fait de mon mieux, Dieu le sait, et selon mes pauvres moyens, pour le bien élever et le traiter avec affection; mais il y a des gens qui sont venus se mettre entre lui et moi, et lui les a écoutés et est parti sans se soucier de moi et sans me prendre avec lui, comme il aurait dû le faire. — En disant ces mots, elle fondit en larmes. — Malgré tout ce que j'ai pu faire, je n'ai pu le préserver de tout mal. Mais, jamais, jamais, je n'aurais cru qu'il me traiterait ainsi!

— Mais, grands dieux! s'écria lady Lisle, dont le peu de patience était mis à bout par les larmes et les lamentations de cette femme, pour l'amour de Dieu, dites-moi qui vous êtes, et comment il se fait que vous ayez eu des démêlés avec mon mari?

— Je suis la femme de Gilbert Arnold, milady, de ce garde dont vous avez peut-être entendu parler.

— J'ai entendu toute cette histoire, dit Olivia froidement, et c'est une triste histoire. Un honteux et odieux complot, et je pense que votre mari a été bien heureux d'échapper comme il l'a fait sans être puni de son crime.

— Dieu sait que je ne fus pour rien dans ce complot, milady, dit la femme. Il sait combien j'ai été désolée qu'on l'ait jamais conçu. C'est un complot odieux qui ne peut qu'apporter la misère à ceux qui y ont trempé. Malheur sur le méchant qui l'a conçu, et malheur sur moi qui en suis aussi innocente que l'enfant dans le sein de sa mère.

— Est-ce vrai? demanda lady Lisle.

— Aussi vrai que la lumière est au ciel, milady. Si je n'étais pas innocente, et si votre mari ne savait pas que je suis innocente, viendrais-je ici lui demander son appui?

— Je crois que je puis ajouter foi à vos paroles, répondit Olivia, mais dites-moi ce qui vous amène ici? J'ai cru comprendre que votre mari et vous étiez partis pour l'Amérique, il y a plus d'un an?

— Oui, milady; et il y est encore maintenant, je crois. Jamais, dans des jours meilleurs, il ne m'a bien traitée, et une fois à New York, il m'a maltraitée plus cruellement qu'il ne l'avait fait encore. Il n'y avait pas longtemps que nous étions arrivés quand il me quitta, sous prétexte d'aller loin de là chercher un coin de terre pour y bâtir une maison, et il prit la plus grande partie de l'argent et presque tout ce que nous possédions, ne me laissant que quelques livres, pour vivre, disait-il, jusqu'à son retour. Il n'est pas revenu, milady, et depuis ce jour je n'ai jamais entendu parler de lui. Quelques bonnes gens de New-York ayant appris mon histoire, me trouvèrent une place de domestique, et je me privais de tout pour économiser la somme qui m'était nécessaire pour revenir en Angleterre. Car je pensais que si je pouvais revenir ici, sir Rupert me donnerait assez d'argent pour que je pusse finir mes jours en paix. Je ne suis pas vieille, ajouta-t-elle; miss Claribel Merton, je veux dire mistress Walsingham et moi, nous étions du même âge; mais je suis comme si j'étais vieille, j'ai tant souffert! Et penser que c'est lui qui me traite ainsi!... » dit-elle comme se parlant à elle-même.

Elles étaient arrivées devant la maison ; lady Lisle gravit vivement les marches du perron.

« Venez par ici avec moi, » dit-elle à Rachel Arnold.

Et traversant le vestibule, elle entra dans un couloir qui conduisait à la salle de billard, suivie de la femme du braconnier.

Sir Rupert Lisle se trouvait à l'autre extrémité de la salle; il était penché sur le billard occupé à retirer une bille des blouses, et il ne remarqua pas l'entrée de sa femme. La salle était pleine de gentlemen, parmi lesquels se trouvait le major qui, avec son bon naturel ordinaire, remplissait les fonctions de marqueur.

« Donc je vous marque vingt points de plus mon cher Rupert, dit-il. Quel joueur vous faites maintenant?

— Je n'ai pas besoin de vos plaisanteries, répondit le baronnet la tête toujours penchée sur la table du billard; si je joue mal, il y en a d'autres qui jouent mal aussi, je ne vois pas que vous soyez si flambant.

— Sir Rupert Lisle, » s'écria Olivia dont la voix claire résonna dans la salle.

Le baronnet leva la tête et regarda lady Lisle; mais presque au même instant il aperçut le .visage pâle et maladif de la femme qui se tenait un peu en arrière d'Olivia, et il devint livide comme un cadavre.

« Pourquoi amenez-vous des mendiants dans ma maison, lady Lisle? s'écria-t-il avec un blasphème. Un homme de ma condition doit-il être tourmenté par tous les vagabonds auxquels il plaît de demander de l'argent? Comment osez-vous amener des mendiants dans cette salle, Olivia, comment l'osez-vous ? J'ai supporté assez comme cela vos caprices et assez dépensé d'argent pour vos futilités; mais je ne supporterai pas de pareilles choses. »

De pâle qu'il était, son visage devint écarlate, et la sueur perla en larges gouttes sur son front.

« N'aurai-je donc jamais ma tranquillité? reprit-il. Ne pourrai-je donc jamais être seul?... Si ce n'est pas l'un, c'est l'autre ; de l'argent par-ci, de l'argent par-là ! A quoi me sert la fortune, si je n'en dois pas garder un penny?... Que me fait cette belle maison, si je ne puis y dormir en paix?... Que me veut-on maintenant?... »

Rachel Arnold se précipita près de lui, et, tombant à genoux, elle saisit une de ses mains et la baisa passionnément.

« Seulement, un peu de pitié, mon bienaimé, dit-elle en voyant que le jeune homme essayait de lui ôter sa main; seulement, un peu de pitié, mon bienaimé, en souvenir de l'amour que j'ai eu pour vous quand vous étiez enfant; ayez pitié de moi, ayez pitié de votre.... »

La pauvre créature, toujours agenouillée sur le sol et se cramponnant à sa main, levait la tête d'une manière suppliante. Dans sa rage, le baronnet frappa de sa main restée libre la malheureuse femme en plein visage, et avec une violence telle, que le sang jaillit d'une ouverture faite à la lèvre supérieure. Rachel Arnold tomba sur le sol en poussant un cri étouffé.

Lady Lisle, jetant un regard de sombre mépris sur le baronnet, se précipita au secours de la malheureuse créature. Les témoins de cette scène s'entre-regardaient, et un murmure d'indignation s'éleva dans toute la salle. Le major avait quitté son office de marqueur et s'était approché du baronnet. Au moment où la femme roula à terre, il saisit sir Rupert à la gorge, et le poussa furieusement contre la muraille.

« Misérable que vous êtes!... s'écria-t-il, misérable lâche!... méprisable coquin!... qui n'a pas la moindre parcelle d'humanité! Je vous jure que si j'eusse su ce que vous étiez réellement, vous auriez pu pourrir dans le grenier où je vous ai trouvé avant que j'eusse souillé mes mains et soulevé un de mes doigts pour vous venir en aide. Je ne crois pas qu'il y ait dans Newgate un misérable capable de faire ce que vous venez de faire. Chien que vous êtes, je vous hais et je vous méprise, et je me méprise moi-même de m'être lié avec vous! »

Personne n'avait encore vu le major Varney en colère. Grand et vigoureux, il dépassait de toute la tête le baronnet collé contre le mur, et qui semblait vouloir s'y enfoncer, afin de se cacher aux yeux indignés qui se fixaient sur lui.

« Je ne voulais pas lui faire de mal, s'écria le baronnet livide et tremblant. Pourquoi m'a-t-elle poussé ainsi à bout? Je n'ai pas besoin que des vagabonds viennent chez moi me baiser les mains et me rendre ridicule devant mes invités. Pourquoi diable! Olivia l'a-t-elle amenée ici? Elle doit l'avoir fait exprès pour me tourmenter. S'il lui faut un billet de cinq livres, je le lui donnerai, mais qu'elle s'en aille. On n'a pas besoin d'elle ici, et elle n'y restera pas. Maudit soit son pâle visage!

— Elle restera ici tout le temps qu'il lui plaira, dit le major; elle restera ici pour prouver que vous êtes un misérable et que vous avez l'âme la plus noire. Elle portera la marque faite en ce jour jusqu'à sa mort. Je ne suis pas trop sensible, vous le savez, ajouta le major; mais je puis me souvenir de ma mère, car je l'aimais avant que le monde m'eût appris à ne m'occuper que de moi, et je ne verrai jamais frapper une femme, et moins encore verrai-je celle-ci frappée par vous.

— Mais vous ne savez pas tout, major Varney, dit lady Lisle, qui avait, avec l'aide des personnes présentes, porté Rachel Arnold sur un fauteuil; vous ne savez peut-être pas que cette femme est entièrement innocente du complot ourdi contre la fortune de sir Rupert Lisle, et qu'elle était son amie et

l'aimait beaucoup à une époque où il n'avait que
très-peu d'amis. Nous venons de voir comment il a
répondu à son dévouement.

— Taisez-vous! » s'écria sir Rupert avec fureur.

Pendant ce temps, le major l'avait laissé libre, et
il essayait de refaire le nœud de sa cravate, regardant autour de lui d'un air défiant.

« Quant à vous, Olivia Lisle, je vous prie de me
laisser en repos et de ne pas vous mêler de cela,
dit-il. Il vous appartient bien de parler de dévouement, vous en savez si long là-dessus, vous m'en
avez tant montré, n'est-ce pas ?... oui, votre dévouement pour ma fortune : c'est la seule sorte de dévouement que j'aie eue de vous. »

Elle se releva de toute sa hauteur et passa devant
lui sans prononcer un mot ; mais à la porte elle
lui dit, en présence de tout le monde :

« Jusqu'à ma mort je me souviendrai de votre
conduite d'aujourd'hui, sir Rupert Lisle, de même
que je ne me pardonnerai jamais d'avoir été une
misérable assez lâche pour vous épouser. »

Elle partit avant qu'il pût répondre. Comme la
porte se refermait sur elle et comme les visiteurs
s'éloignaient un à un, il se laissa tomber sur un
fauteuil et commença à pleurer comme un enfant.

« Comme elle est dure, disait-il en soupirant ;
comme je suis malheureux ! Je voudrais être mort,
je voudrais être un chien ! Je voudrais être n'importe où, mais hors d'ici ! Ah ! si seulement j'étais
loin d'ici ! »

Olivia envoya la gouvernante prendre soin de

Rachel Arnold. La malheureuse femme fut transportée dans une chambre confortable, où une des
femmes de service l'aida à se déshabiller, et resta
à ses côtés jusqu'à l'arrivée du docteur.

Le dîner fut bien triste ce jour-là. Olivia se rendit
chez son père et ne revint pas le soir. Le baronnet
dîna dans sa chambre et le major le remplaça. Mais,
quoiqu'il fît de son mieux pour causer et rire, afin
de dissiper l'impression de la scène qui avait eu
lieu dans la salle de billard, il n'y put réussir. Un
sombre nuage était suspendu sur l'esprit de toutes
les personnes présentes. Ce n'est pas une chose
agréable que de manger le meilleur des dîners aux
dépens d'un hôte qu'on méprise, et il n'y avait personne à la table de sir Rupert qui n'eût préféré
partager une tranche de lard avec un honnête paysan de Sussex, que de partager le repas du maître
de Lislewood.

« Je vois avec terreur le scandale d'aujourd'hui,
monsieur, disait un vieillard à son voisin de table,
car c'est pour moi la preuve de la dégradation et de
l'abaissement de nos grandes familles de province.
Les Lisle, monsieur, passaient pour les plus nobles
gentilshommes de Sussex depuis six cents ans, et je
puis vous assurer que la conduite de ce jeune homme
aujourd'hui est un coup bien rude porté à mes sentiments. »

CHAPITRE XXV.

A BELMINSTER.

Walter Remorden trouva beaucoup à faire dans
la ville de Belminster. Bien que les gravures de
mode qu'on voyait à la fenêtre de miss Fagg, la
couturière de la Grande-Rue, fussent vieilles d'une
année et demie, et connues du reste du monde avant
d'être une nouveauté à Belminster; bien qu'il y eût
cent choses différentes pour lesquelles la petite
ville du Yorkshire fût en retard d'un siècle sur les
villes plus grandes et plus affairées, il y avait certaines choses pour lesquelles elle était aussi avancée
que la ville d'eaux la plus fréquentée, ou la ville
manufacturière la plus importante de toute l'Angleterre. Hélas! pourquoi faut-il que je l'écrive? Ces
choses pour lesquelles Belminster n'était pas en
retard, c'étaient les crimes et les vices qui projet-
tent leurs ombres hideuses jusque dans les lieux les
plus charmants. Belminster, en fait de vices, était
en avance sur le siècle, ou ne devrais-je pas dire
plutôt qu'elle était cruellement et tristement en arrière, en raison de son isolement, qui la tenait dans
l'ombre pendant que de nouvelles lumières bril-

16

laient sur l'obscurité d'endroits plus fréquentés et
mieux connus? Les habitants de Belminster avaient
été abandonnés à leurs mauvaises mœurs ; le tapage
des nuits de débauche, de disputes se faisait entendre dans ses rues sombres. Le dernier recteur de
Sainte-Marie était un vieillard paresseux, qui faisait
souvent dans ses sermons des allusions personnelles
aux membres de la congrégation, les interpellait
quelquefois par leurs noms, et les faisait toujours
rire ; mais comme à Noël il donnait une grande
quantité de bon vin vieux, de soupe, de flanelle, de
charbon et de bœuf, il était généralement aimé, et
tout Belminster l'accompagna jusqu'à sa dernière
demeure en pleurant, gémissant et se lamentant ;
puis tout Belminster termina la journée par une
batterie d'ivrognes.

Le nouveau recteur était un homme tout différent.
Fils d'un petit fermier, il avait commencé sa carrière avec une cure de cinquante-cinq livres par
an, dans un petit village du Lincolnshire, et il avait
lentement fait son chemin dans l'estime de l'arche-
vêque d'York par des actes d'abnégation et de dévouement qui avaient fait connaître, aimer et craindre son nom partout où il était reçu. C'était l'homme
qu'il fallait à Belminster. Le tonnerre de sa voix
ébranlait la voûte de Sainte-Marie. Il réprouvait et
condamnait les vices de ses ouailles ; mais il avait
soin de leur montrer comment ils pouvaient se
corriger. Le péché ne l'effrayait pas, il ne tremblait
jamais à son aspect, mais il le pourchassait et en
venait aux mains avec lui, luttait corps à corps et

sortait victorieux. Il ne traversait pas de l'autre côté
de la rue quand il apercevait une femme de mauvaise vie, mais il la saisissait par les coins de son
châle et lui demandait pourquoi elle se conduisait
ainsi et si elle avait l'intention de continuer une vie
aussi misérable sans espoir de s'amender et sans
s'efforcer de le faire ? Il se mettait toujours au niveau des gens auxquels il parlait, non avec ostenta-
tion, non en employant des paraboles aussi fausses
que creuses, mais des arguments clairs et positifs ;
et il n'était content que lorsqu'il avait convaincu
son interlocuteur.

« Vous êtes ouvrier, et moi aussi je suis ouvrier,
disait-il à un briquetier paresseux et ivrogne ; vous
négligez vos travaux et vous fatiguez la paroisse de
vos demandes répétées de secours quand vous de-
vriez gagner trente shillings par semaine. Vous
avez été un paresseux sans doute, vous avez bu, et
vous vous êtes fait renvoyer par votre maître. Pensez-vous que ce ne serait pas un plaisir pour moi
de boire une vieille bouteille de porter, et de pa-
resser ensuite chez moi toute la journée à lire le
journal? Sans doute ce serait un plaisir ; mais je
ne dois pas le faire ! Et, qui plus est, vous ne devez
pas le faire ! ou, si vous le faites, vous devez en
subir toutes les conséquences, qui, je vous le dis
clairement, vous conduiront à mourir de faim. »

Neuf fois sur dix ce raisonnement réussissait
pleinement, l'homme reprenait courage, quittait le
cabaret, et cherchait du travail s'il y en avait, et il y
en a presque toujours pour ceux qui en cherchent.

M. Hayward n'essayait jamais de tromper les
hommes et les femmes à l'aide de ces petits sub-
terfuges anodins auxquels personne ne croit jamais.
Il ne disait pas à des malheureux entassés dans un
sous-sol, où l'air pur ne pénétrait jamais, que si
seulement ils étaient bons, ils seraient certains d'ê-
tre heureux. Non, il leur disait qu'il ne fallait pas
se plaire au milieu de la boue et de la fange, qu'il
fallait ouvrir les fenêtres, donner de l'air, purifier
et blanchir à la chaux leurs habitations, et qu'alors,
mais pas avant, ils pourraient être heureux et contents. Dans tous ces travaux, il les aidait substan-
tiellement; et quand c'était fini, que la maison
était propre et que la fille aînée arrachée à la rue
était envoyée à une maison de réforme, établie à
quelques milles de la ville par le recteur et quelques
habitants charitables de Belminster; quand le fils
aîné avait été guéri de l'habitude de jouer à pile ou
face au coin des rues et envoyé dans une fonderie
pour gagner cinq shillings par semaine; quand les
plus petits étaient installés à l'école de charité et
que le père avait réussi à se remettre à son travail,
alors le recteur se mettait à enseigner à ces gens
le moyen d'être bons, et alors, et pas avant, il trouvait en eux des élèves aptes à écouter sa parole.

Mais M. Hayward ne parvint pas à se frayer un
chemin dans le cœur de ces paresseux sans un rude
combat. D'abord Belminster le détesta et se défia de
lui; puis on commença à le craindre, et ensuite on
finit par l'aimer; — par l'aimer comme des enfants
peuvent aimer un père bon, mais sévère : et tel

était l'état des affaires quand le recteur s'assura un excellent coadjuteur dans la personne de Walter Remorden.

Le recteur n'avait qu'un enfant, une fille d'environ dix-neuf ans qu'il aimait à la folie, et son affection était bien méritée, car Blanche Hayward aimait son père comme peu de pères ont le bonheur d'être aimés en ce monde. Mistress Hayward était une personne inutile et insignifiante, qui passait ses journées à faire de jolis travaux de fantaisie, et qui ne se fatiguait jamais de lever les yeux au ciel et de se récrier contre la dépravation de Belminster. La direction de la maison, la dispensation des aumônes, la coupe et la confection des vêtements pour les pauvres, tout cela était réservé à Blanche, qui était la conseillère et la confidente de son père et qui l'aidait dans toutes ses entreprises. Le père et la fille se promenaient ensemble dans les jardins du presbytère pendant les fraîches soirées de l'été; le père appuyait sa main sur l'épaule de Blanche et lui racontait ce qui s'était passé dans la journée, pendant que la femme les regardait par la fenêtre du salon, se demandant comment ils pouvaient avoir tant de choses à se dire; mais la fille du recteur n'était pas une personne ordinaire : elle avait été élevée par son père, avait fait d'excellentes études, parlait une demi-douzaine de langues modernes, connaissait bien l'histoire, et pouvait rédiger un excellent sermon.

Les jeunes personnes de Belminster ouvraient de grands yeux quand elle leur disait simplement et

sans rougir qu'elle ne connaissait pas une seule
note sur le piano et qu'elle ne savait pas, dessiner
une feuille, ni une des abeilles du jardin. Elle n'é-
tait pas jolie, ses traits étaient irréguliers, son teint
pâle; mais son visage avait une expression de bonté
et d'intelligence qui eût racheté le plus laid visage.
Elle avait d'abondants cheveux châtains qui tombaient en boucles naturelles autour de sa tête et qui
défiaient toute tentative d'arrangement. Elle s'habillait on ne peut plus simplement, car, passant tout
son temps à visiter les habitations des pauvres, elle
n'avait guère besoin de beaux habits. Elle avait été
une fois à un bal du comté vêtue d'une robe de soie
noire montante à manches longues, et, ainsi que le
remarquèrent les dames outrées de Belminster, sans
seulement avoir mis une fleur dans ses cheveux;
mais comme cette luxuriante chevelure retombait
autour de sa tête et sur ses épaules avec grâce, que
sa robe noire mettait en relief ses épaules arrondies
et ses bras blancs, miss Blanche Hayward n'avait
pas été la moins admirée ni la moins attrayante du
bal. Et elle avait parlé — je suis effrayé de dire combien elle avait parlé — à ses danseurs, et aux vieux
gentlemen relégués contre la muraille, et aux jeunes
filles, et aux duègues, et jusqu'à un des valets
qu'elle avait reconnu pour un ivrogne réformé et
un protégé de son père. Mais, malgré tout cela, tout
le monde l'estimait et l'aimait, et elle rentra à la
maison après une soirée du plaisir le plus pur, pour
se lever à six heures le lendemain matin, s'habiller à
la lumière, et aller faire la classe à l'école nationale.

Blanche Hayward et Walter Remorden furent
bientôt les meilleurs amis du monde. Elle était enchantée du nouveau recteur, et bien qu'elle ne pût
comprendre sa tristesse, elle voyait qu'il courait à
son devoir comme à une distraction, l'aimant pour
lui-même, plus encore, s'il était possible, que son
père et elle-même, simplement, parce que c'était à
faire et parce qu'il était bon de le faire.

« M. Remorden a quelque chose dans l'esprit,
papa, dit-elle un matin à son père; savez-vous ce
que c'est?

— Non, Blanche, que peut-il avoir? Sa famille
est dans l'aisance, son revenu ici est suffisant. Il n'a
pas à lutter contre la pauvreté; sa santé est excellente.

— Assez bonne, papa, interrompit Blanche, mais
pas excellente. Vous savez qu'il venait seulement de
relever d'une grave maladie quand il est venu à
Belminster.

— Vous savez tout, à ce qu'il paraît, miss Blanche, dit son père en riant.

— Il me l'a dit, vous le savez, papa, répondit-elle
en levant les yeux sur son père. Je l'aime beaucoup, car je pense tout le bien possible de lui, et je
n'aime pas à le voir malheureux, car je sais qu'il
est malheureux.

— Je suppose qu'il vous l'a dit aussi? dit le recteur.

— Non vraiment, papa. Il semble qu'il s'efforce
sans cesse de paraître gai, mais vous pouvez voir
que cet effort lui est pénible.

— Vous pouvez voir?... Je ne vois rien de la
sorte. Petite folle de Blanche, répondit son père,
pensez-vous que je me donne la peine d'étudier les
soupirs et les gémissements de M. Walter Remorden? Je sais seulement qu'il est le meilleur ministre
que j'aie jamais eu, qu'il semble remplir son devoir de tout son cœur, et qu'il fait bien.

— Je ne serais pas étonnée, cher père, qu'il ait
eu quelque déception en amour. »

Je ne sais pas comment cela se fit, mais Blanche,
qui d'habitude ne trahissait aucune des folles émotions des jeunes filles, rougit profondément après
avoir fait cette observation, et se penchant sur son
ouvrage, elle fit jouer son aiguille avec une rapidité inaccoutumée. Le recteur ne remarqua pas
qu'elle rougissait. Il n'avait pas une seule fois levé
les yeux pendant ce court dialogue, et Blanche ne
dit pas un seul mot de plus au sujet de Walter
Remorden.

L'anniversaire du mariage de lady Lisle arriva,
et il y avait douze mois que Walter était à Belminster. Blanche et lui étaient chaque jour devenus plus
intimes; il en vint à la considérer presque comme
un ancien camarade de collége. Il y avait tant de
mâle aptitude dans le caractère de la fille du recteur
qu'elle remplaçait près de Remorden un ami de son
sexe. Il ne désirait parler de rien dont il ne pût
s'entretenir avec elle. Politique, théologie, économie
politique, littérature, métaphysique, sur tous ces sujets elle était sinon son égale, du moins une ravissante néophyte : franche, sans affectation, sans pré-

tention, toujours désireuse d'apprendre et avide de s'instruire. Personne n'essayait jamais de flatter Blanche; un compliment vulgaire aurait paru être une insulte à son bon sens. Elle avait peu d'admirateurs, car presque tous les hommes avaient un peu peur d'elle, bien qu'ils estimassent et respectassent sa bonté et ses capacités.

Un soir de décembre, pendant la première année de sa résidence à Belminster, Walter Remorden se trouvait dans la salle à manger du presbytère, causant avec Blanche et sa mère, ou du moins causant à Blanche, car mistress Hayward abandonna bientôt la conversation, en disant qu'ils étaient si savants qu'avec eux elle se trouvait tout à fait stupide. Le recteur s'était retiré dans son cabinet après le dîner, pour vérifier quelques comptes se rapportant à sa nouvelle école nationale. Blanche et le vicaire étaient donc parfaitement seuls. Dans ces moments-là Blanche était vraiment heureuse. Ayant un tas de livres sur la table devant elle, tout prêts pour la discussion, M. Remorden également prêt à déployer les richesses de sa conversation, sa mère tranquillement assise devant sa petite table à ouvrage, et par-dessus tout la conscience d'avoir rempli sa journée d'une façon qui eût étonné n'importe quelle jeune personne du Yorkshire, Blanche était au septième ciel; mais elle ne devait pas jouir longtemps, sans être interrompue, de la société du vicaire; son père vint pour le thé, et il avait bien des choses à leur dire sur une visite qu'il venait de recevoir dans son cabinet.

« Je sais à peine conseiller, Blanche, dit-il, mais vous et Remorden, qui êtes si raisonnables et qui avez toujours de bonnes idées, vous trouverez peut-être ce que je dois répondre à M. Daunton, le maître de la première pension de cette ville, qui vient me demander conseil sur une difficulté dans laquelle il se trouve.

— Et quelle est cette difficulté, papa? demanda Blanche.

— La voici, ma chère, dit le père : M. Daunton a depuis quelques années parmi ses élèves un jeune homme du nom de Saunders, qui a été amené chez lui il y a douze ans et demi, et qui à cette époque était âgé d'environ dix ans. Il a donc maintenant vingt-deux ans : par conséquent il est assez âgé pour aller dans le monde, au lieu de moisir dans le parloir de M. Daunton; mais là n'est pas la difficulté. Il paraît que le jeune homme a été amené chez M. Daunton par son oncle, un nommé Saunders, qui a déclaré être ministre de l'Église d'Angleterre. Le jeune homme, disait-il, était orphelin, et fils de son frère, mort aux Indes Occidentales, où il était né, et où il avait eu une attaque de fièvre jaune si forte que, pendant quelque temps, il avait été privé de sa raison et que sa mémoire en avait été tellement altérée, qu'il lui était impossible de se rappeler le moindre événement de son enfance. M. Saunders l'amenait donc à Belminster, disait-il, dans l'espoir que les soins, les attentions et l'air de la province pourraient lui rendre la santé. Pendant onze ans, le prix de la pension du jeune homme a été

payé régulièrement. M. Saunders venait à Belminster tous les six mois pour régler son compte et voir
son neveu ; mais, depuis un an et demi, M. Daunton
n'a pas reçu un liard, et il ne peut obtenir aucune
nouvelle de M. Saunders.

— Mais n'a-t-il pas son adresse ? demanda
Walter.

— Non ; M. Saunders lui avait dit de toujours
adresser ses lettres, sous enveloppe, à un homme
d'affaires de Gray's Inn Square. Il a écrit, cela va
sans dire, à ce gentleman ; mais il n'a pu rien apprendre, si ce n'est que l'homme d'affaires croit
fermement que M. Saunders est parti pour les
Indes. Où ?... il n'en sait rien.

— Mais la liste du clergé ?

— Oh ! quant à cela, dit le recteur, il y a plusieurs Saunders dans l'Église ; mais M. Daunton a
écrit à tous ceux qui portent ce nom et il a reçu
des réponses où ils disent ne rien savoir de cette
affaire.

— Et le jeune homme ne peut-il donner des renseignements ?

— Rien absolument qui puisse jeter quelque lumière sur ce sujet. Il ne se rappelle absolument
rien de son enfance, si ce n'est qu'il s'est trouvé au
bord de la mer avec son oncle George, c'est le nom
qu'il donne à M. Saunders, après une dangereuse
maladie. Il croit être resté au bord de la mer pendant deux ou trois ans, mais il ne se souvient pas
du nom de l'endroit, ni des gens chez lesquels il
était.

— Et peut-il se souvenir de ce qui s'est passé avant sa maladie?

— Non, on ne peut jamais l'amener à parler de cette époque, et il éprouve une répulsion étrange à s'entendre questionner à ce sujet; son tempérament est extrêmement nerveux et sa santé délicate.

— Mais son intelligence est-elle le moins du monde dérangée? demanda Walter Remorden.

— Pas du tout; au contraire, M. Daunton prétend qu'il est très-intelligent.

— Papa! s'écria tout à coup Blanche, j'ai une idée.

— Je savais bien, chère enfant, que vous nous aideriez à sortir d'embarras.

— Vous savez, papa, que, dès que votre nouvelle école nationale sera construite, vous aurez besoin d'un maître d'école pour les garçons. Je pense que vous serez bien aise de trouver un jeune homme dans cette situation, n'aimant pas à avoir à lutter contre les préjugés établis et les idées surannées. Pourquoi ne pas prendre ce jeune homme abandonné? Vous pourriez lui donner vos principes et faire de lui un maître d'école modèle.

— C'est vrai, Blanche, et je le ferai. »

Si l'herbe poussait dans le square placé devant la cathédrale, elle n'avait jamais le temps de pousser sous les pieds du recteur de Sainte-Marie. Donc, le lendemain matin, M. Hayward, étant lui-même particulièrement occupé, envoya son vicaire chez M. Daunton, le maître de pension, pour qu'il fît connaissance avec Richard Saunders.

« Faites attention que je m'en rapporte entièrement à vous, dit M. Hayward. Vous verrez en
cinq minutes si le jeune homme pourra vous convenir ; sinon, nous songerons à quelque autre chose
pour lui. »

Le vicaire trouva Richard Saunders assis devant
la porte du parloir de M. Daunton. Le digne maître
de pension n'avait rien changé à la manière dont il
traitait son élève depuis qu'on avait cessé de payer
la pension. En vérité, il était sincèrement attaché
au jeune homme et avait à cœur de le voir réussir.

« Car il est bien triste, disait-il au vicaire en le
conduisant au parloir, il est bien triste de voir un
jeune homme délicat, sensible et impressionnable,
jeté dans le monde sans ami pour lui venir en
aide. »

Walter Remorden eut une impression favorable
à l'aspect du jeune homme. Il y avait quelque chose
de particulièrement délicat dans son pâle visage et
dans ses longs cheveux blonds rejetés en arrière.

« Voici M. Remorden, Richard, dit le maître de
pension, dont vous avez entendu et admiré si souvent les sermons. »

Le jeune homme leva les yeux, mit son livre de
côté, et, se levant vivement, il salua Walter en rougissant comme une jeune fille.

« Je vais vous laisser avec Richard, dit M. Daunton au vicaire ; M. Remorden voudrait causer un
instant avec vous, mon cher enfant, » ajouta-t-il en
s'adressant à son élève.

Le vicaire entama plusieurs sujets de conversa-

17

tion ; mais Richard Saunders ne répondit que par
monosyllabes, jouant tout le temps avec les feuillets
du livre qu'il avait dans la main. Walter Remorden
remarqua ses mains minces et débiles qui étaient
aussi blanches et aussi délicates que celles d'une
femme.

« Où en est-il arrivé ? pensa le vicaire. Il est aussi
délicat qu'une femme, et je crains qu'il n'ait qu'une
pauvre intelligence. »

Mais bientôt Walter vit qu'il s'était trompé. Après
quelque temps, le jeune homme s'échauffa ; il parla
beaucoup et quelquefois il fut même presque éloquent. Il parla de beaucoup de choses, sans beaucoup de brillant peut-être, mais toujours avec beaucoup de jugement et de raison. Alors le vicaire crut
le moment arrivé d'aborder le sujet de l'école nationale. Il trouva le jeune homme enchanté de cette
idée. Il ferait tout, dit-il, tout, quelque dure que
pût être l'occupation, plutôt que de rester plus
longtemps à la charge de son excellent maître de
pension.

« Je lui dois déjà tant, dit Richard, tant, que je
ne pourrai jamais m'acquitter envers lui. Il a rem-
placé les parents que j'ai perdus ; il m'a guéri de
cruelles déceptions....

— Quelles déceptions ? demanda Walter Remorden.

— Des déceptions dont je souffrais encore quand
je suis arrivé ici. Oh ! je vous en prie, ne me demandez rien sur ce sujet. Je suis maintenant parfaitement guéri. Je le suis, oui, je le suis. »

Il parlait avec une énergie et une rapidité fiévreuse; mais, se calmant tout d'un coup, il dit
tranquillement :

« Maintenant, parlez-moi de la nouvelle école. Je
pense que, s'il est une position dans laquelle je
puisse rendre quelques services, c'est celle de
maître d'étude. J'ai vu si bien enseigner ici. »

Le lendemain matin, Richard Saunders vint au
presbytère. M. Hayward le reçut cordialement, lui
frappa sur l'épaule d'une main qui sembla ébranler
le frêle corps du jeune homme, et il le confia à
Blanche.

« Elle vous dira ce qui en est, mon garçon, dit
le recteur ; elle est mon secrétaire, mon premier
ministre et mon enfant gâtée, » ajouta-il tendrement, comme la jeune fille secouait en arrière
ses boucles charmantes et tendait son front haut et
blanc à son père pour recevoir un baiser.

Richard devint écarlate en s'entendant présenter
à miss Blanche Hayward. C'est à peine s'il s'était
trouvé avec des femmes, et il était plein d'appréhen-
sions en se voyant à la merci d'une jeune fille de
dix-neuf ans. Comment devait-il lui parler? Blanche
l'eut bientôt mis à l'aise ; elle lui dit de s'asseoir à
côté d'elle, et, prenant plusieurs papiers, elle commença à lui parler des plans, des estimations, des
statistiques des écoles libres, jusqu'à ce qu'elle l'eût
amené à causer sur ce sujet et qu'elle lui eût fait à
peu près oublier qu'il parlait à cette terrible partie
de la création : à une jeune fille. Il ne pouvait tout
à fait l'oublier cependant, car il ne pouvait s'empê-

cher de remarquer qu'elle avait de très-beaux yeux gris, d'abondants cheveux châtains, qu'elle était grande, gracieuse, élancée, et avait des formes arrondies. Il se souvenait de l'avoir vue au banc du recteur, de sa place, dans la tribune de Sainte-Marie, et il se souvenait aussi de s'être dit qu'elle devait être une bien aimable personne.

« Et elle est aimable, pensait-il quand Blanche le quitta pour aller s'habiller. Combien il y a d'aisance et combien il y a peu d'affectation dans ses manières, et combien elle est simple dans son désir de faire le bien ! »

Blanche revint, tandis que Richard continua à souper, sachant bien qu'il aurait dû dire quelque chose à la pauvre mistress Hayward, absorbée par son éternel ouvrage à l'aiguille.

« Je vais vous mener à l'école, dit Blanche en rentrant enveloppée dans une écharpe et la tête couverte d'un grand chapeau de paille, et je vais vous montrer la maison qu'on construit pour vous, où vous habiterez, vous savez, avec une vieille femme ou un jeune garçon, enfin quelqu'un pour vous servir, car sans doute vous ne pourriez faire votre cuisine?

— Faire ma cuisine?... Non.... je crains bien que non, dit Richard en rougissant.

— Quel dommage ! répliqua Blanche. Il eût mieux valu que vous eussiez pu préparer vous-même votre dîner ; mais alors il vous faudra une servante. »

La nouvelle école était située dans un petit vallon à un demi-mille de la ville. Blanche et Richard

marchaient côte à côte sur l'herbe humide, la jeune
femme traitant son compagnon avec la familiarité
que prennent souvent les jeunes filles avec un jeune
homme du même âge qu'elles. Blanche parlait à Richard Saunders avec la calme supériorité d'une
femme qui parle à un enfant, et pourtant il était
son aîné de trois ans.

« Il y a longtemps que vous êtes à Belminster?
dit-elle.

— Oui, douze ans.

— Et avant de venir ici?

— Avant de venir ici j'étais au bord de la mer,
dans un endroit très-tranquille, qui n'était pas à
beaucoup près aussi grand que Belminster; un lieu
très-retiré où il n'y avait que très-peu de maisons,
des rochers très-élevés et une mer orageuse et furieuse.

— Mais, dit Blanche, vous devez au moins vous
rappeler le nom de cet endroit?

— Non, vraiment; je ne crois pas l'avoir jamais
entendu prononcer. Je sais qu'en venant à Belminster
nous fûmes un jour et une nuit en route, donc cela
devait être loin d'ici. C'était un lieu très-isolé, et je
n'y ai jamais vu que mon oncle George qui vint
m'y voir quelquefois, et une vieille femme qu'on
appelait Magways et qui prenait soin de moi.

— Étiez-vous malade, alors?

— Pas toujours, mais quelquefois très-malade;
la tête un peu fatiguée parfois.

— Mais, dites-moi, fit Blanche avec curiosité,
vous aviez dix ans quand vous vîntes à Belminster,

vous n'êtes resté que deux ou trois ans au bord
de la mer, donc vous deviez avoir sept ou huit
ans quand vous y arrivâtes. Vous devez vous rappeler quelque chose de votre existence avant cette
époque.

— Non.... non.... non !... s'écria le jeune homme
avec le même regard de terreur que Walter Remorden avait remarqué la veille sur son visage;
non, je ne me rappelle rien de cette époque. Ce n'est
qu'illusion et misère; rien qu'illusion, rien !

— Mais, monsieur Saunders, dit Blanche dont la
curiosité était excitée de plus en plus par les manières étranges du jeune homme, mais ces illusions,
qu'étaient-elles ?

— Ne me le demandez pas, s'écriait-il, j'ai fait
le serment solennel de n'en jamais parler à aucun
être vivant.

— Un serment ?... mais à qui ?

— A mon oncle George. Il m'a dit que ma seule
chance de ne pas devenir fou était de me résoudre
à n'en jamais reparler. Il m'a dit que ma longue
maladie avait rempli mon cerveau d'idées étranges,
et qu'il ne tenait qu'à moi d'opérer ma guérison ou
de finir mes jours dans une maison de fous. Il m'a
dit cela quand nous étions au bord de la mer, la
veille de notre départ. Je n'étais qu'un enfant, mais
je compris bien tout ce qu'il me disait. Je répétai
les paroles solennelles d'un serment qu'il me dicta,
et par lequel je jurai de ne jamais révéler les fantaisies étranges qui s'étaient emparées de moi.

— Et maintenant que vous êtes plus âgé, pensez-vous que votre oncle George ait eu raison, et que ces idées n'étaient que des illusions?

— J'ai juré de n'en jamais parler. Je vous en supplie, ne me questionnez pas.

— Un seul mot. Vous devez vous souvenir de vos amis, de vos parents, de votre père, de votre mère....

— Ma mère!... oh! par pitié, pour l'amour de Dieu, ne me parlez pas de ma mère. »

Le jeune homme agita les bras en l'air, et se jetant sur l'herbe il soupira profondément.

Blanche s'agenouilla à ses côtés, et tout en lui prodiguant des paroles de consolation, elle essaya de soulever la tête; mais il continuait à la tenir cachée, en s'écriant au milieu de ses sanglots :

« Ma mère.... ma pauvre.... ma bonne et tendre mère! elle aussi a donc été un rêve, une idée fixe, une illusion comme le reste! »

CHAPITRE XXVI.

DÉLIRE.

Rachel Arnold fut longtemps à guérir de la blessure triangulaire faite sur sa lèvre supérieure par le poing crispé du baronnet; la fatigue, les privations, les émotions, les soucis et les mauvais traitements avaient concouru à affaiblir la pauvre créature; et pendant de longues semaines elle resta entre la vie et la mort dans une des chambres situées à l'étage supérieur de Lislewood. Lady Lisle avait donné des ordres tout particuliers pour que la malade reçût les soins que réclamait son état et pour qu'on fît tout pour la rendre à la santé. Mais longtemps le docteur eut peu d'espoir de la guérir.

« La constitution est faible, ma chère dame; elle est de plus fort altérée par de rudes labeurs. Cette femme a mené une existence bien dure, j'en suis convaincu. Je me souviens d'elle, il y a des années, lorsqu'elle et son misérable mari habitaient la loge, et quand leur fils qui, disait-on, avait l'air d'être le frère de sir Rupert, jouait devant la grille du parc.

— L'enfant est mort très-jeune d'une mauvaise fièvre, dit lady Lisle.

— Je comprends, je comprends, ma chère lady Lisle, il tenait de sa mère et était assez peu robuste; je n'ai pas été surpris d'apprendre sa mort, et maintenant je vais aller voir ma malade. Pauvre créature! la constitution est si faible et l'esprit si peu fort.... la tête n'est pas forte du tout. »

Sir Rupert ne s'opposa pas à ce que Rachel Arnold résidât sous son toit. Il sembla même s'inquiéter assez sérieusement de l'état de sa santé. Il s'informait d'elle chaque jour, de la manière réservée qui lui était particulière, mais en même temps, prenant un intérêt visible à la réponse, il demandait continuellement :

« Est-elle mieux?... a-t-elle le délire.... dites?...
Non.... Elle est calme?... Parfaitement calme?...
Oui, parfaitement raisonnable et sensée.... De quoi
parle-t-elle?... Quant à cela, elle parle fort peu; elle
est trop faible pour parler beaucoup. »

Ces réponses paraissaient le satisfaire, mais il
faisait les mêmes questions le lendemain, et avec le
même ton de réserve et d'intérêt dissimulé. Pourtant, malgré toute son inquiétude sur Rachel Arnold et sa santé, rien de ce qu'on lui dit ne put
jamais amener sir Rupert Lisle à voir la malade.
Chaque jour elle lui envoyait des paroles de prières
pour lui dire combien elle désirait le voir, ne fût-ce
que quelques minutes, seulement le temps de voir
son visage, de tenir ses mains dans les siennes et
de lui rappeler les jours où elle l'avait tenu, pauvre
enfant maladif, sur ses genoux, pour lui demander
pardon de s'être présentée à lui dans ses jours de
triomphe et de prospérité. Voilà quelles supplica-
tions elle lui faisait adresser chaque jour; mais elle
aurait aussi bien fait de supplier une pierre!

Il n'avait pas besoin d'aller s'ennuyer dans la
chambre d'une malade, disait-il. Qui lui disait que
sa maladie n'était pas contagieuse? Il était plus que
probable qu'elle était contagieuse, — une fièvre ga-
gnée à bord d'un navire peut-être. Ce serait une
jolie chose, si un baronnet et l'homme le plus riche
du comté allait mourir d'une fièvre qu'il aurait ga-
gnée en allant voir une servante malade. Qu'elle se
trouve heureuse d'être tombée dans une maison
aussi charitable, et qu'elle se contente de cela.

Voilà les consolations que Rachel Arnold obtint de sir Rupert Lisle.

Le gros major, dont les gilets devenaient de plus en plus larges à mesure que les doigts légers du temps passaient sur sa chevelure blonde sans oser les teindre en gris, ainsi qu'ils eussent fait pour le commun des hommes, — le major, dis-je, avait repris le dessus à Lislewood Park.

Après la scène de la salle de billard, il reprit le sceptre tout aussi tranquillement que s'il ne l'eût jamais déposé, et cette fois il le tint fortement. Le baronnet reprit son ancienne position et ses anciennes habitudes. Peut-être avait-il pensé à s'assurer une alliée dans la personne de sa charmante femme ; mais Olivia se tenait constamment et complétement à distance, de sorte qu'il dut rester seul, et, restant seul, il n'était pas de force contre le major Varney. Comme autrefois, il regardait le major avant de parler ; comme autrefois, pâle et défait, ayant les manières d'un chien coupable qui vient d'échapper à une correction, il suivait les talons du major, ne paraissait vivre que parce que ce dernier le voulait bien, et ne vivait que pour faire toutes ses volontés. Une fois il parla au major de la malade.

« Que puis-je faire ? dit-il, elle me fatigue sans cesse avec ses messages romanesques au sujet du besoin qu'elle a d'obtenir mon pardon et un tas d'autres folies semblables. Et je n'ai aucun besoin de la voir. Vous le savez, disait-il de sa voix lente et aiguë.

— Non, fort peu, à ce que je crois, sir Rupert,
répondait le major, mais je vois briller, en ce moment, un superbe saphir à votre doigt. Vous avez
donné cent vingt napoléons pour ce saphir dans la
rue de la Paix, et c'est ce même saphir qui a coupé
si cruellement la lèvre de Rachel Arnold. Non, je
pense bien que vous ne tenez pas beaucoup à voir...
votre ancienne servante.

— Il me semble, murmura sir Rupert, que vous
pourriez bien retenir votre langue à présent. Vous
en avez tiré un bon parti.

— J'ai toujours eu l'intention d'en tirer un bon
parti, mon cher baronnet (baronnet de la création
de James Ier, rappelez-vous ; cher garçon, et chevalier depuis des siècles — les Lisle sont une bien
noble famille!). J'ai toujours eu l'intention d'en
tirer un bon parti, répéta le major en se plongeant
dans les profondeurs d'un moelleux sofa. Sur le
marché de la vie, il n'y a pas de marchandise plus
coûteuse que la cervelle. Je ne suis qu'un marchand,
et j'ai fait de mon mieux pour obtenir un bon prix
de la mienne. Peut-être ai-je réussi, répéta le major
en tirant un gros foulard de sa poche, en essuyant
et en polissant les ongles roses de ses doigts.

— Tenez, dit le baronnet, je ne puis pas avoir
cette femme autour de moi tous les jours de la vie.
Je voudrais donc que vous allassiez la trouver pour
lui dire qu'elle ferait mieux de se tenir tranquille ;
car elle est ici assez confortablement, et si elle ne
fait pas attention à ses faits et gestes, elle se fera très-
probablement mettre à la porte. Comprenez-vous ?

— Parfaitement. Il faut que j'aille dire tout cela
à Rachel Arnold.

— Mot pour mot.

— Ce n'est pas une commission agréable que
vous me donnez-là, mon cher Rupert.

— Qu'importe! Agréable ou non, je crois que
vous pouvez vous en charger. Vous tirez assez de
choses de moi; ainsi vous pouvez bien en retour
faire quelque chose pour moi. »

Le baronnet croyait devoir prendre un air de
défiance sournoise avec le major, bien qu'il sût
parfaitement que c'était inutile et que le major n'é-
tait pas sa dupe.

« Pour ce que je tire de vous, ou ce qu'il peut me
plaire d'en tirer à l'avenir, dit le major en regardant sir Rupert en face, c'est de peu d'importance.
Mais souvenez-vous que j'ai tiré de vous ce qui vous
a rendu mon esclave tout autant que si je vous avais
acheté un certain nombre de dollars dans l'Amérique
du Sud, autant mon chien que si je vous avais acheté
à un marchand de chiens, et que si je vous avais
enchaîné et cadenassé dans mon chenil. Voyez ceci ! »

Le major Varney, tout en parlant, déboutonna
son gilet et montra une ceinture de cuir qu'il portait très-serrée autour de sa taille énorme; à cette
ceinture était attaché à gauche un tout petit portefeuille à fermoir d'acier.

« Voyez ceci ! dit le major en montrant le portefeuille; cette ceinture est un remède contre l'embonpoint auquel je suis si malheureusement porté;
et puis comme c'est sûr ! »

Sir Rupert passait ses doigts dans ses cheveux rares et pâles comme s'il eût voulu les arracher; mais il était trop douillet pour supporter cette douleur.

« Oh! oui... oui.... oui!... s'écria-t-il en se tordant sur sa chaise, vous me tenez bien. Malédiction!

— Ah! comme vous ressemblez bien à l'homme aimable sous le toit duquel vous avez passé vos premières années, dit le major en souriant, toujours prompt aux blasphèmes et aux malédictions, et toujours lent à l'action. »

Lent à l'action, major Granville Varney? En ce moment même, pendant que l'écho de votre voix sonore vibre encore sous la voûte de cette salle; pendant que l'ombre des nuages effleure les coteaux de Sussex où souffle la brise, un homme se fraye un chemin à travers les sombres massifs d'une forêt d'Amérique, à travers les lianes entrelacées, les branches noueuses et pourries des arbres tombés et les buissons épineux qui s'attachent à lui et déchirent ses vêtements au passage, comme s'ils méprisaient l'homme et se faisaient un malin plaisir de le tourmenter et de le blesser. Tout fatigué qu'il est, il marche à travers les herbes qui retiennent ses pieds, en maudissant les ronces et les épines qui déchirent sa chair, maudissant l'ombre noire et le soleil brûlant, le lieu où il va et les gens qu'il y va trouver; se maudissant lui-même et maudissant le monde; mais cependant, avec son visage sombre et ses regards fixés devant lui, il marche au but arrêté depuis longtemps dans son cœur, qui aspire à la vengeance; c'est le but qui donne à ses faibles membres une force étrange, surnaturelle, et l'aide à tout surmonter.

Gai et bienveillant, caressant ses moustaches blondes en traversant les longs corridors et en gravissant l'escalier de service, le major Varney se dirigeait vers la chambre de la malade. Il semblait, comme autrefois, porter avec lui la lumière du soleil jusque dans les lieux les plus ombrés, à tel point que les domestiques qui le rencontraient dans l'escalier clignaient des yeux en passant à côté de lui; sa face rayonnait et sa chaîne de montre produisait un cliquetis musical en faisant balancer ses ornements d'or. Il entra d'un pas léger dans la chambre de la malade.

Rachel Arnold occupait une pièce assez sombre à un des angles de la vaste maison; une chambre basse, mansardée, traversée par d'épaisses poutres en chêne et ayant une fenêtre en losange ombragée par le toit en saillie. En face de la fenêtre se trouvait un ancien lit à baldaquin sur lequel reposait la malade. Son visage pâle était tourné du côté de la porte de la chambre ; ses yeux, d'un bleu clair, étaient dilatés et avaient un regard de terreur et d'inquiétude. Le docteur occupait une chaise à la tête du lit, et contemplait la malade d'un air pensif, tandis qu'une grosse fille de campagne, qui servait de garde-malade, regardait machinalement les arbres du parc.

« Elle est un peu plus mal aujourd'hui; il me semble, dit le docteur, qu'il y a dans son esprit quelque tendance à battre la campagne ce matin.

Comme la garde ignorait la signification du mot tendance, et comme elle n'était pas non plus bien certaine de ce que signifiait battre la campagne, elle n'essaya pas de répondre au docteur; de sorte que ce gentleman regardait la malade, puis regardait sa montre, comme s'il eût voulu établir un rapport entre le chronomètre à cylindre et l'esprit de la malade, et qu'il se fût imaginé qu'en remontant l'une il aurait pu réussir à régler l'autre; mais ayant regardé quelques minutes avec attention le battement des rouages, les trous et les rubis, il leva les sourcils d'un air mécontent, comme pour dire qu'il y renonçait comme à une chose tout à fait inutile, et il ferma la montre, qui rendit un petit bruit sec et métallique.

« Un fils unique!... méchant.... cruel.... mauvais.... traître.... Un fils unique!... un fils unique!...

— C'est terriblement fatigant, dit la fille de campagne, qui évidemment était à bout. Elle a été comme cela toute la nuit, et je n'ai pas fermé l'œil avec ses *fils uniques*. Des légumes et des casseroles c'était déjà bien assez, mais ceci est bien pire, bonté divine! »

Ce discours est assez obscur en lui-même, mais la jeune fille avait fait son apprentissage dans le sous-sol de Lislewood House, comme sous-aide de cuisine, poste qu'elle avait quitté pour être promue au grade de garde-malade.

« Un fils unique !... répéta la femme les yeux toujours fixés sur la porte ouverte, méchant !... méchant!... cruel.... bien cruel!... un fils unique !... un fils unique !... »

En ce moment, le major Granville Varney parut sur le seuil. Il était si gros et si important qu'il remplissait toute l'embrasure de la porte et avait l'air d'un portrait peint en brillantes couleurs et placé dans un grossier cadre en bois.

Le docteur était paresseusement assis, occupé à allonger les doigts de ses gants de fil. La fille de campagne bâillait avec bruit derrière ses mains rouges. Un petit rouge-gorge sifflait sur l'appui de la fenêtre, les cendres tombaient peu à peu sous les barres inférieures du petit foyer, et une grande quantité d'eau d'orge chantait dans la bouilloire placée sur le trépied ; rien, dans la chambre comme au dehors, ne laissait voir que la présence du major était connue, excepté de la malade. En poussant un cri perçant, la faible créature s'élança de son lit, et se jetant sur le major étonné, saisit avec sa main affaiblie la cravate peu serrée autour de son cou, et se cramponna comme si, toute faible qu'elle était, elle eût voulu lutter avec le vigoureux officier indien.

« Vous!... s'écria-t-elle, vous!... le plus méchant de tous.... Pourquoi venez-vous près de moi?... Pourquoi me laissez-vous voir votre fausse et hideuse figure?... Pourquoi venez-vous où je suis, si vous ne voulez pas que je vous assassine?...

— Je l'avais bien dit, murmura le docteur en secouant doucement la tête, j'avais bien dit que la tête était un peu dérangée. Je m'y attendais. »

La garde-malade reconduisit Rachel Arnold à son lit ; celle-ci se laissa recoucher aussi tranquillement qu'un enfant ; ses cheveux, mis en désordre par la lutte, tombaient en boucles enlacées sur ses joues creuses et amaigries.

Le major éloigna d'un geste de la main le docteur, et s'assit à sa place aussi tranquillement que si la malade l'eût reçu comme son meilleur et plus cher ami.

« Ma bonne mistress Arnold !... ma chère mistress Arnold !... dit-il avec une tendresse consolante, voilà qui n'est pas bien du tout !

— Oh ! cette voix cruelle, cette voix affreuse !... s'écria la femme en roulant avec peine sa tête sur l'oreiller, cette voix cruelle et affreuse que j'ai si souvent entendue me dire des paroles si dures....

— Voyons, ma chère amie, il ne faut pas parler de voix cruelles et de voix affreuses, continua le major, ni laisser notre pauvre chère tête rouler sur toutes sortes de fantaisies pénibles ; mais il faut tâcher de nous calmer et d'écouter tranquillement nos amis. Je vous apporte un excellent message de sir Rupert Lisle.

— Sir Rupert Lisle.... sir Rupert Lisle.... sir Rupert Lisle.... répéta-elle en continuant à rouler sa tête sur l'oreiller, un fils unique.... un fils unique !

— Eh ! n'est-ce pas fatigant ? s'écria la garde-malade en prenant dans son désespoir le major à témoin, n'est-ce pas fatigant, hein ? Et elle a été comme cela toute la nuit, c'est comme l'arithmétique. »

Peut-être la femme l'entendit-elle, et par un étrange mystère du délire fut-elle transportée au temps où elle et une vingtaine d'autres jeunes filles avaient appris à compter à l'école du village, car elle dit d'une voix criarde :

« Sept fois cinq, trente-cinq ; sept fois cinq.... Sir Rupert Lisle.... je pose sept.... posé sir Rupert Lisle. Je l'ai, je l'ai porté bien des fois ; quand mes bras me faisaient mal, je l'ai porté, car il était mon seul enfant.... mon seul enfant !...

— Pauvre créature ! pauvre créature ! dit le major avec un soupir de compassion ; cela est trop triste, cela est réellement trop pénible. Docteur Lumkins, je serais bien aise de causer quelques minutes avec vous dans ma chambre. Cette scène m'émeut au dernier degré, en vérité. C'est là là jeune personne qui garde mistress Arnold, n'est-ce pas ? ajouta-t-il en regardant fixement l'ex-fille de cuisine, c'est cette jeune personne, n'est-ce pas, qui a eu soin d'elle pendant tout le temps de sa maladie ?

— Oui, c'est moi, répondit la jeune fille, et on ne m'a pas aidée, ni cette nuit, ni les deux précédentes ; depuis qu'elle a été folle, j'ai eu bien peur.

— On ne vous a pas aidée, hein ?... murmura le major. Pas aidée du tout ?... Bien.... »

Le major Varney prononça ces paroles très-vagues d'un ton tout à fait distrait ; il regarda la jeune fille pendant quelques minutes, puis le docteur et ensuite la malade, qui, entièrement épuisée maintenant, était étendue là tête tournée du côté du mur.

« Maintenant,, docteur Lumkins, dit-il après un moment de silence, si vous voulez avoir la bonté de venir jusque dans ma chambre, je ne vous retiendrai pas cinq minutes. »

Le major occupait un petit appartement complet sur le côté le mieux exposé, le plus méridional du château. Il conduisit le docteur dans une chambre splendide, d'où, un quart d'heure après environ, le praticien du village sortit, l'air grave et important.

« Alors je verrai M. Morrisson cette après-midi, major Varney, dit-il en échangeant une poignée de main avec l'officier indien, et je crois qu'il y aura peu de difficultés au sujet du certificat. »

CHAPITRE XXVII.

DIT DANS L'OMBRE.

Betsy Jane, l'ex-fille de cuisine, avait eu bien de la peine avec sa malade, le reste de la journée, après la visite philanthropique du major. La malade avait déliré; à chaque minute, de plus en plus exaltée, elle prononçait des phrases sans suite, où le nom de sir Rupert Lisle se trouvait mêlé à toutes sortes d'idées vagues ; des paroles aussi étranges que com-

munes tombaient à tout moment de ses lèvres brûlantes. Toute la glace que la jeune fille amoncelait
sur la tête en feu de la malade, ne put parvenir à
calmer la fièvre de ce cerveau surexcité. Betsy Jane
en prit son parti à la fin, et, s'asseyant confortablement sur un tabouret près de la cheminée, elle appuya sa tête sur le bord en cuivre du garde-feu et
se mit à parcourir un intéressant roman à un penny
la feuille, intitulé : *Rodolphe à la Main Rouge.*

Mais comme elle s'était plaint au docteur Lumkins de n'avoir pas fermé l'œil de la nuit précédente, elle commença à se perdre dans les numéros,
allant du 17 au 20 dudit *Rodolphe*, et elle s'em-
brouilla à un tel point dans ce roman, qu'elle finit
par n'être plus bien certaine de l'identité de Rodolphe lui-même; et tombant d'un passage très-inté-
ressant dans un profond sommeil, elle rêva que le
héros à main rouge était couché sur le lit à baldaquin et parlait de sir Rupert Lisle.

« Lady Lisle!... lady Lisle!... lady Lisle!... allez
chercher lady Lisle! »

Rodolphe à la Main Rouge devint si bruyant et si
perçant qu'il éveilla Betsy, qui ouvrit les yeux avec
un soubresaut qui fit retomber sa tête, du garde-feu
où elle s'appuyait, sur ses genoux.

La malade s'était levée sur son lit et montrait la
porte.

« Lady Lisle!... criait-elle. Allez chercher lady
Lisle. »

Betsy Jane écarquilla très-fort les yeux, mais elle
ne fit pas autrement attention à la malade.

« Cherchez-la !... s'écria Rachel ; amenez-la-moi ;... qu'avant de mourir je puisse lui dire.... amenez-la-moi que je puisse sauver ma misérable âme. Entendez-vous ?... amenez-la-moi !... »

La jeune fille ne bougeait pas davantage. Rachel Arnold jeta sur elle des yeux furibonds, puis, saisissant un couteau placé sur une assiette, à côté de citrons coupés sur la petite table qui était près du lit, elle s'écria de la voix la plus perçante :

« Allez me la chercher, ou je vous tue !... »

Betsy Jane poussa des cris et se précipita dans l'escalier de service et de là dans la partie inférieure de la maison.

Le magnifique château n'était depuis quelque temps qu'un lieu bien triste. Sir Rupert était presque toujours dehors : à Londres, à Brigthon, jouant au billard dans l'auberge de Lislewood, où le capitaine Walsingham était descendu bien des années auparavant; à Chichester, à Lewes, partout excepté dans sa propre maison. Il s'y trouvait misérable. Il errait à travers les chambres magnifiques comme si elles ne lui eussent point appartenu. Arrogant et tyrannique ailleurs, la vue des vieux serviteurs dont les pères et les grands-pères avaient vécu et étaient morts au service des seigneurs de Lisle semblait l'effrayer. Olivia passait la plus grande partie de son temps au Bocage, ou à courir dans la plaine, à cheval, ou renfermée dans son appartement. Le major et mistress Varney avaient donc toute la maison pour eux seuls. C'est au major que les domestiques demandaient des ordres. On commen-

çait à jaser de cet étrange état de choses : on disait
qu'Olivia Lisle et son mari étaient à couteaux tirés,
que le jeune homme devenait ivrogne et débauché,
et que sa ruine serait certaine sans les efforts de
l'estimable major Varney

Il arriva cependant dans cette après-midi que lady
Lisle se trouvait au château ; elle était seule dans le
grand salon, debout à l'une des fenêtres, regardant
tomber la pluie, quand la porte s'ouvrit tout à
coup, et une personne qui lui était étrangère s'a-
vança dans le salon. C'était Betsy Jane, qui ne s'était
pas arrêtée même pour respirer entre la mansarde
et le salon.

« Qu'y a-t-il ? demanda lady Lisle, que voulez-
vous ?

— Oh ! s'il vous plaît, madame, s'écria la jeune
fille, s'il vous plaît, la pauvre malade mistress Arnold, milady, m'a dit de venir vous chercher, et
elle a pris un couteau, et elle a dit qu'elle allait me
tuer si je ne venais pas. Oh ! milady, venez.

— Rachel Arnold me demande ? dit Olivia.

— Oh oui ! milady ; elle a eu le délire toute la
journée, et elle dit que c'est pour sauver son âme.
Oh ! venez, milady....

— Je vais y aller, ma bonne fille, dit lady Lisle.
Pauvre créature ! je me demande ce qu'elle peut me
vouloir ; mais je vais y aller. »

Olivia suivit la jeune fille à la chambre occupée
par la malade, et, entrant doucement, elle s'assit à
côté d'elle.

« Je vous amène milady, dit Betsy Iane. Ce n'est

pas tout le monde qui viendrait satisfaire vos ab-
surdes exigences.

— Lady Lisle !... lady Lisle !... répéta la femme
sans lever une seule fois les yeux sur Olivia.

— Eh bien ! lady Lisle est là, n'est-ce pas ? Si cela
ne vous contente pas, rien ne vous contentera. »

Rachel Arnold se leva sur ses coudes et regarda
Olivia.

« Non ! non ! pas celle-ci ! s'écria-t-elle ; l'autre !... l'autre !... celle-ci est sombre et fière, et ses
yeux noirs brillent comme des charbons ardents ;
celle-ci me fait peur. Pas celle-ci !... l'autre !...,
l'autre qui autrefois me ressemblait ! Dieu me vienne
en aide !

— C'est de ma mère qu'elle veut parler, dit Olivia, qui appelait toujours mistress Walsingham
sa mère.

— Je parle de celle qui était blonde et pâle ; celle
qui a épousé sir Réginald Lisle il y a bien des années ;
celle qui a eu un fils qu'elle aimait tant. Pauvre
dame !... pauvre dame !... faites que je la voie !

— Vous ne pouvez la voir maintenant, dit Olivia,
elle n'est pas à Lislewood en ce moment ; mais vous
la verrez dans un jour ou deux si vous avez quelque chose de particulier à lui dire.

— Particulier ! s'écria Rachel. C'est la vie ou la
mort. C'est pour sauver mon âme. Je puis mourir
ce soir. Comment puis-je mourir avec un poids
semblable sur ma conscience ?

— Mais si vous avez quelque chose à dire, quelque chose qui pèse sur votre conscience, ne pouvez-

vous pas me le dire? dit Olivia. Tout ce qui concerne mistress Walsingham a le plus grand intérêt
pour moi ; et pourquoi ne vous fieriez-vous pas
à moi?

— Non, non ! s'écria la femme; non, vous ne me
pardonneriez jamais. Vous êtes sa femme, et l'in-
jure qui vous a été faite est plus profonde et pire
que celle qui lui a été faite à elle-même, oui, pire
encore. Elle pourrait me pardonner, car elle est ma
vieille maîtresse, elle, et elle m'a connue il y a
longtemps quand j'étais jeune fille et heureuse, et
que je lui ressemblais. Elle pourrait me pardonner
d'avoir gardé cet odieux secret, mais vous, vous
ne le pourriez jamais.

— Si.... si.... dites-le-moi, et je vous promets de
vous pardonner.

— Vous me promettez?... s'écria Rachel Arnold
avec impatience; mais vous ne savez pas.... vous ne
savez pas ce que vous me promettez. Je vous dis
que vous ne pouvez pas me pardonner. Vous êtes
fière, passionnée, et vous descendez, m'a-t-on dit,
d'une ancienne famille, non, vous ne pourriez me
pardonner.

— Oui, oui, je vous pardonnerai, dit Olivia alarmée par l'impétuosité des manières de cette femme.
Ah! dites-le-moi, répéta-t-elle en prenant la main
de Rachel Arnold dans la sienne.

— Alors asseyez-vous, mettez votre tête derrière
le rideau, et laissez-moi penser, si je puis, que
vous êtes l'autre lady Lisle, mais d'abord renvoyez
cette fille.

— Vous pouvez sortir, dit lady Lisle à la désap-
pointée Betsy Jane, dont la curiosité avait été éveil-
lée par la scène précédente. Vous pouvez vous en
aller ; et faites attention à ne pas écouter aux portes. Allez jusqu'en bas, et que je vous entende descendre. »

La jeune fille se retira ; et son beau visage rendu
plus sombre par les rideaux derrière lesquels elle
se tenait, Olivia Lisle écouta la confession de la
malade.

Quel que soit le secret prononcé dans ces phrases
sans suite et entrecoupées, quel que soit le secret
révélé dans ce délire, il doit avoir bien fortement
impressionné lady Lisle, car le visage de la femme
de sir Rupert était terrible à voir dans sa pâleur
quand elle quitta la chambre de la malade et qu'elle
descendit lentement et en tremblant l'escalier obscur, se tenant à la rampe et s'arrêtant de temps à
autre pour porter ses mains à son front et dire d'un
air troublé :

« Est-ce possible ?.., est-ce possible?... »

CHAPITRE XXVIII.

LA FORCE CONTRE LE DROIT.

Lady Lisle resta seule au salon éclairé par une lampe le reste de la soirée où elle avait été voir la malade. Pâle comme une morte, elle semblait penser, couchée devant la cheminée, ses grands yeux noirs enfoncés vaguement fixés sur les flammes rouges qui étaient à ses pieds. Les heures sonnaient les unes après les autres sur la pendule dorée de la cheminée, et lady Olivia restait enfouie dans ses tristes pensées.

Le major et sir Rupert étaient allés à Chichester avant le dîner, et on ne les attendait que très-tard. Il arrivait bien rarement qu'Olivia s'inquiétât des actions de son mari, mais ce soir-là elle demanda où le baronnet était allé, et à quelle heure il devait rentrer. Onze heures, minuit, une heure, une heure et demie, deux heures moins le quart sonnèrent avec un gentil carillon à la splendide pendule, tandis qu'Olivia, le visage calme, attendait le retour de son mari. Mais au dernier coup des trois quarts on entendit, sur le sable de l'allée, les roues de la voiture du baronnet, qui s'arrêta court sous les fenêtres du salon.

« C'est le major qui conduit, dit Olivia. Ce misérable poltron a peur de tenir les rênes quand il fait nuit. »

Elle entendit le major et le baronnet parler dans le vestibule.

Sir Rupert parlait très-haut, mais sa voix était épaisse et indistincte, et il eut quelque peine à ouvrir la porte du salon. Il s'avança en chancelant, et se jetant dans le fauteuil le plus proche, il éclata de rire.

« Nous avons eu une fameuse soirée, eh! mon vieux camarade ! dit-il au major en rejetant en arrière, sur le dossier en velours du fauteuil, sa tête pâle avec ses cheveux tombant en désordre sur son visage abruti.

— Mon cher Rupert, murmura le major Varney d'un ton de reproche, vous ne voyez donc pas lady Lisle?

— Comment! s'écria le jeune homme, elle est ici? Non, je ne la vois pas, et ce qui est mieux, je n'ai pas besoin de la voir. Maudite soit cette rabat-joie; qu'ai-je besoin de sa figure pâle et de ses yeux noirs et de ses grands airs, moi? Je lui apprendrai à me traiter ainsi ; je lui apprendrai qui je suis, Dieu me damne!

Fier dans la lâcheté de son âme, même de cette fanfaronade d'ivrogne, il campa son poing sur sa hanche et regarda autour de lui d'un air triomphant.

Lady Lisle quitta son fauteuil, et se redressant de toute la hauteur de sa taille superbe, elle marcha droit au jeune homme.

« Supposons que je sache qui vous êtes, » dit-elle.

Le major était resté dans l'embrasure de la porte,
occupé à retirer lentement ses gants de peau paille;
mais en entendant Olivia prononcer ces quelques
mots, il changea tout à coup d'attitude, et fermant à
demi la porte, il y appuya son dos.

« Supposez que je sache qui vous êtes, répéta
lady Lisle les yeux étincelants, supposez qu'à ma
honte et à mes dépens je sache qui vous êtes et tout
ce qui vous concerne. »

Ses narines et sa lèvre supérieure tremblaient,
tant était grande son agitation. Elle fut obligée de
poser sa main sur la table près de laquelle elle se
trouvait, afin de se soutenir, car tout son corps était
agité d'un tremblement convulsif.

« Ma très-chère lady Lisle, dit le major, avec une
certaine expression de visage qui montrait qu'il
écoutait attentivement tous les bruits de dehors, je
n'attendais réellement pas cela de vous; avec votre
puissante intelligence, c'est positivement la dernière
chose que j'eusse attendue de vous.

— Je vous dis, s'écria Olivia de sa voix forte,
claire et vibrante, je vous dis que je sais tout sur
ce lâche et odieux complot, et je sais le rôle que
vous y avez joué, major Varney. Mais, regardez-le!
s'écria-t-elle avec impétuosité, regardez-le! cet
ivrogne stupide, plus brute que les bestiaux dans
les étables. Grands dieux! quelle misérable dupe
j'ai été pour m'être laissée tromper par une telle
créature. »

Elle éclata d'un rire nerveux en regardant le

jeune homme avec une expression d'indicible
mépris.

Le major retira tranquillement la clef de la serrure de la porte d'entrée et la glissa dans la poche
de son gilet, puis s'approchant de lady Lisle, il
essaya de lui prendre les mains.

« Lady Lisle, dit-il, écoutez-moi. »

Elle lui retira sa main avec indignation.

« Lady Lisle! s'écria-t-elle. Hypocrite, intrigant,
fourbe, escroc, voleur, comment osez-vous me donner ce nom faux et menteur, qui n'a jamais été le
mien une heure, une seule heure! O femme stupide
et niaise que j'ai été! s'écria-t-elle, sa colère et son
mépris faisant place à un ton d'angoisse inexpri-
mable; stupide et folle de vendre mon âme pour la
pompe et la grandeur, de sacrifier un cœur généreux et noble, pour qui?... pour quoi?... pour un
imposteur dont le nom est un mensonge, et qui vit
de la fortune d'un autre! »

Sir Rupert Lisle regardait éploré sa femme furi-
bonde. Rejetant ses cheveux de ses yeux humides, il
sembla sortir immédiatement de sa torpeur et redevenir le lâche personnage d'autrefois.

« Elle a parlé à ce diable femelle qui est là-haut,
dit-il en regardant d'un air piteux le major, et elle
lui a dit....

— Elle m'a tout dit, interrompit Olivia. Votre
pauvre malheureuse mère m'a tout dit, et ce qu'est
réellement celui qu'on appelle sir Rupert Lisle. »

Le major Varney levait les épaules et souriait
d'un air de mépris.

« Comme je vous l'ai dit tout à l'heure, lady Lisle, vous êtes la dernière personne de laquelle j'eusse attendu tout ceci. Voyons, ajouta-t-il d'un ton doux et conciliant en offrant une chaise à Olivia, voyons, asseyons-nous et essayons, de voir ce que tout cela signifie réellement. »

Elle était si épuisée par la violence de sa colère qu'elle n'avait plus la force de lui résister; elle se laissa tomber sur la chaise qu'il lui offrait.

« Donc, dit-il, essayons de bien comprendre les choses. Vous avez eu l'imprudence de vous laisser entraîner à faire une visite à la femme malade?

— Oui, dit-elle d'une voix étouffée.

— Et cette infortunée créature qui, depuis quelques jours, au su de plusieurs personnes, n'a plus sa raison, vous a fait part de ses hallucinations.

— Elle m'a dit ce que je sais et sens être la hideuse vérité! dit Olivia en regardant fixement le major. Hélas! je voudrais pour tout au monde que cela ne fût pas vrai!

— Oh! vous savez et sentez qu'elle vous a dit la vérité, murmura le major. Puis-je vous demander si elle vous a donné quelque preuve de la vérité de ce qu'elle vous a dit?

— Aucune preuve évidente, peut-être, dit Olivia.

— Aucune preuve évidente? demanda le major avec un sourire radieux. Vous a-t-elle donné la moindre preuve, quelle qu'elle soit, l'ombre d'une preuve? Non! s'écria-t-il en élevant la voix. Je pense que non. Elle vous a simplement dit qu'elle

était la mère d'un gentleman qui passe pour avoir
une haute naissance, que la mère supposée a
reconnu publiquement; et elle vous a conté quelque intrigue de commère aussi impraticable et invraisemblable que celle dont jamais ait rêvé l'auteur d'un roman populaire. Voilà ce qu'elle a fait,
n'est-ce pas?

— Elle m'a révélé la part que vous avez prise dans
cet indigne complot, dit Olivia, dans cet infernal
complot que vous avez conçu et dirigé vous-même,
en trouvant, avec la méprisable lâcheté d'un scélérat, un instrument plus vil encore pour l'exécuter.

— Ma chère lady Lisle, dit le major sans se laisser aucunement déconcerter par les accusations lan-
cées contre lui par Olivia, ma chère lady Lisle, je
m'en rapporte à votre propre sens commun; laissez-
vous seulement guider par lui, et nous nous enten-
drons bientôt. Supposez que j'aie jamais ourdi une
intrigue comme celle dont vous parlez, pensez-vous
que j'eusse jamais pris Rachel Arnold pour confidente? Croyez-vous que je me fusse fié à une pauvre
créature faible, malade et à moitié folle, qui pouvait
se mettre dans la tête de me trahir à tout moment?
Est-ce possible? est-ce vraisemblable? Grands dieux!
est-ce seulement possible?

— Ses paroles étaient incohérentes, dit Olivia,
mais je pense, d'après ce qu'elle a dit, qu'elle a entendu quelque conversation entre vous et son mari.

— Lady Lisle, répondit le major avec gravité, je
suis bien fâché que vous vous soyez laissée aller à
un semblable éclat ce soir. Vous avez écouté les

divagations d'une folle chez laquelle une maladie longue et grave a fait naître une hallucination qui peut-être ne sera pas très-difficile à expliquer si nous nous souvenons que Rachel Arnold avait un fils de l'âge de sir Rupert et qui lui ressemblait. Ne vous laissez-donc pas influencer par cette malheureuse créature au point dire à votre mari qu'il n'est pas la personne qu'il prétend être, et en outre de m'accuser d'avoir pris part à cette supercherie. Supposons maintenant qu'il fût de votre intérêt d'aller aux preuves de cette assertion, ce qui ne se peut pas; puisqu'en agissant ainsi vous ne feriez que vous rendre la risée de tout le comté de Sussex, comme une femme qui s'est vendue à un homme pour son rang et sa fortune, et qui a découvert qu'elle a épousé un mendiant, un homme de rien; si, dis-je, il était de votre intérêt de prouver ceci, quelle preuve pourriez-vous donner? »

Olivia garda le silence.

« Vous dites que votre mari ici présent n'est pas le baronnet réel, et que le vrai sir Rupert Lisle est vivant. Puis-je vous demander où?

— Je ne puis vous le dire.

— Je le pensais bien, dit le major. Il n'est pas en votre pouvoir de le produire, n'est-ce pas?

— Je le crains.

— Bon! et puis-je demander quand mistress Rachel l'a vu en vie?

— Quand on l'a fait sortir de l'hôpital, il y a quinze ans au moins.

— Quinze ans, répéta le major, c'est un long

espace de temps, ma chère lady Lisle, et en présence des divagations d'une femme que son médecin dit être folle, et en l'absence de toute autre preuve, nous pouvons rétorquer cette accusation par la déposition du mari de cette femme, Gilbert Arnold, dûment signée par lui en présence du notaire du baronnet.

— Le ciel me vienne en aide! dit Olivia en joignant les mains avec douleur, mais l'instinct me dit que cette femme m'a dit la vérité.

— Votre instinct ne servirait guère à soutenir votre cause en justice, ma chère lady Lisle, dit le major. Nous n'avons pas peur de vous, n'est-ce pas, mon cher Rupert? nous n'avons pas peur non plus de mistress Arnold. En vérité, il n'y a qu'une personne que sir Rupert puisse craindre, et cette personne c'est le major Granville Varney. »

Tout en parlant, il frappait doucement avec sa main sur le côté de son gilet où était placé le petit portefeuille, de sorte que la chaîne d'acier et le cadenas faisaient entendre un léger bruit.

« Le ciel me vienne en aide et m'apprenne ce que je dois faire dans mon malheur! s'écria Olivia.

— Je vous recommanderais de laisser les choses comme elles sont, ma chère madame, plutôt que de faire un scandale inutile qui vous rendrait un objet de pitié pour tout le pays, comme une femme ambitieuse qui a été trompée par le fils infime d'un braconnier vagabond. Mais cela serait aussi affreux que dans la *Dame de Lyon.* »

Accablée et désespérée, Olivia Lisle rentra dans

ses appartements pour songer aux événements de
la journée.

De grand matin, le lendemain, en traversant le
vestibule, elle vit deux étranges individus se pro-
menant de long en large sur les marches du perron.

« Qu'attendez-vous? demanda-t-elle à l'un d'eux,
grand gaillard aux épaules larges, qui avait un mouchoir rouge noué autour de son cou.

— Nous attendons la personne que nous devons
conduire à l'asile, madame, et elle est joliment longtemps à venir, répondit l'homme.

— L'asile!... quel asile?... demanda Olivia.

— L'asile des aliénés, madame, des fous pauvres. »

Avant que lady Lisle eût pu faire une question de
plus, Rachel Arnold parut dans le vestibule, sou-
tenue d'un côté par la garde-malade, et de l'autre
par une femme aux traits durs, venue d'une maison
de fous, pour aider à transporter la malade. La
malheureuse créature était pâle comme une morte
et tremblait violemment.

« Oh! milady.... milady.... s'écria-t-elle d'un ton
plaintif, ne les laissez pas m'emmener! Je ne suis
pas folle, en vérité, je ne suis pas folle! Ce que
je vous ai dit est aussi vrai que l'Évangile; tout
est vrai.

— Arrêtez!... s'écria Olivia, arrêtez, je le veux.
Que signifie tout cela?

— Cela signifie, lady Lisle, dit le major, ouvrant
la porte de la bibliothèque, cela signifie que lorsque
les gens sont en proie à des hallucinations dan-
gereuses, il est grandement temps de les enfermer;

sans cela, ils finiraient par influencer l'esprit des
autres, même ceux de leurs supérieurs, jusqu'à les
rendre aussi fous qu'eux-mêmes, et souvenez-vous,
ma chère lady Lisle, que le rang le plus élevé ne
sauve personne d'une maison de fous. »

La femme aux traits durs et un des hommes en-
traînèrent Rachel Arnold vers les marches du perron. Mais sur le seuil de la maison, elle s'arrêta
tout à coup, et levant sa main amaigrie et fatiguée,
elle s'écria :

« Malédiction sur cette maison et les méchants
qu'elle abrite ! »

CHAPITRE XXIX.

PAUVRE RICHARD.

Les neiges de l'hiver fondaient dans les rues de
Belminster. Les crocus du jardin de M. Hayward
étaient remplacés par des narcisses brillants et des
jonquilles odoriférantes ; de timides violettes se cachaient sous les haies épineuses, et Blanche Hayward passait toujours ses heures à accomplir tous
les devoirs qu'elle croyait utiles ; le beau vicaire
continuait à vaquer à ses occupations avec un visage
mélancolique et des manières préoccupées ; le bien-

veillant recteur luttait avec courage contre les péchés et les imperfections de la pauvre nature humaine, et Richard Saunders occupait toujours la place de directeur de la nouvelle école nationale. Par un beau soleil de printemps dans une après-midi du commencement de mai, il est assis au milieu de ses bruyants élèves, leur expliquant patiemment une simple leçon qu'ils viennent de réciter. Mais infatigable comme il est, et aimé de ses élèves, la première pensée de l'étranger en le voyant est qu'il n'est pas à sa place dans cette humble école. Ses yeux bleus rêveurs ont une expression vague de souffrance et de bienveillance. Il y a quelque chose comme une agitation nerveuse dans ses manières qui n'annonce pas un esprit entièrement satisfait. Mais quoi qu'il puisse penser ou sentir, il accomplit bravement ses devoirs, et ces enfants grossiers aiment leur doux maître avec un dévouement sincère qui se traduit de cent manières charmantes. Ils lui apportent de magnifiques bouquets de fleurs de leurs jardins; ils se lèvent avant le jour pour orner les salles d'études avec leurs bouquets; ils font des lieues pour chercher un livre dont il a besoin, car ils savent qu'il étudie beaucoup, et ils le regardent émerveillés, la bouche ouverte pendant qu'il tient sa tête penchée sur quelque lourd volume emprunté à un curé des environs. Une tablette de son petit salon est chargée de livres, achetés avec son argent de poche, dans le temps où sa pension payée par l'oncle George le mettait à même de satisfaire ses penchants pour l'étude. Cette après-midi de mai il est singulièrement grave et silencieux, et il ne parle que fort peu aux enfants en les renvoyant chez eux, de sorte que deux ou trois des plus avancés s'en vont tout à fait déconcertés, se disant l'un à l'autre que le maître a certainement quelque chose. Quand ils sont tous partis, Richard s'abandonne à la rêverie. Ses yeux bleus sont fixés sur la fenêtre ouverte où; à travers une haie de jardin proprement taillée, il peut voir les détours du sentier par lequel Blanche l'avait amené par un jour d'hiver visiter la nouvelle école.

« Viendra-t-elle? dit-il. Elle m'a promis de m'apporter la dernière livraison du *Quarterly* dès qu'elle l'aurait reçue du cabinet de lecture : elle est bonne et si infatigable, que je suis sûr qu'elle tiendra sa promesse. Oui, je sais qu'elle viendra. »

Cette pensée semblait le remplir d'une sensation de plaisir. Il s'approcha d'un rayon de livres, et ayant choisi un volume, il se mit à lire, le visage tourné du côté de la fenêtre et sur le petit sentier conduisant à Belminster.

« Si elle vient m'apporter la revue, dit-il, n'est-ce pas une marque qu'elle prend intérêt à moi? Mais n'en ferait-elle pas autant pour le plus pauvre individu de Belminster s'il avait du goût pour la lecture, et qu'elle pensât qu'il fût de son devoir de lui faire plaisir. Elle est si différente des autres filles qu'il faudrait qu'un homme fût le plus vil des fats pour voir une preuve de préférence dans ses moindres actions. »

Cette pensée l'avait rendu tout triste, et il se leva

19

pour faire une ou deux fois le tour de la chambre
sans tapis.

Ce n'était pas un beau jeune homme, mais il y
avait dans sa personne une délicatesse et une distinction qui le rendaient particulièrement attrayant.
Ses vêtements étaient très-simples et de couleur
peu voyante, mais quoi qu'il portât, il avait toujours l'air d'un gentilhomme. Pendant qu'il se promenait de long en large, un charmant visage se
montra à la fenêtre, et une voix pleine de gaieté
s'écria :

« Ah! Richard, voilà de l'impatience. Vous mar-
chez là comme un lion affamé qui attend son dîner,
parce que sans doute je suis un peu en retard avec
votre revue. Je suis bien fâchée de vous dire qu'elle
est horriblement triste ; je n'ai pas pu en lire une
demi-douzaine de pages. Puis-je entrer?

— Oh! s'il vous plaît, lui dit-il en tremblant.

— Très-bien, dit Blanche ; d'abord j'ai toutes sortes de commissions pour vous de la part de papa, et
bien des choses à vous dire moi-même. Donc, je
vais entrer m'asseoir une dizaine de minutes. »

Le jeune homme s'élança pour ouvrir la porte à
sa visiteuse, qui, après être entrée dans la salle d'é-
tude, s'installa dans la chaire. Pendant une dizaine
de minutes elle continua à parler à Richard d'une
foule de choses : des commissions qu'elle voulait
qu'il fît, des informations qu'il devait prendre sur
les parents de ses élèves, et d'autres affaires. Mais
le maître d'école gardait le silence le plus complet.
Il s'appuyait contre la fenêtre, et d'une main blan-

che comme celle d'une femme, il jouait avec sa chaîne de montre.

Blanche remarqua son air préoccupé et lui dit enfin avec quelque impatience :

« Mais, Richard Saunders, vous ne m'écoutez pas du tout. Je suis sûre que vous n'avez pas compris un seul mot de tout ce que je vous ai dit.

— C'est vrai, c'est vrai, miss Hayward, s'écria-t-il avec une énergie soudaine et passionnée ; je n'entends que votre voix, et c'est une telle mélodie pour moi que cette chère musique m'enivre, et que la tête me tourne quand je l'écoute.

— Richard ! dit-elle.

— Oh ! oui, s'écria-t-il avec amertume, dites-moi que je m'oublie, que votre bonté m'a rendu insolent. Allez trouver votre père, Blanche, et dites-lui qu'il a mal placé ses bontés, car le jeune homme qui lui doit tout ne le récompensera de ses bontés qu'en osant aimer sa fille.

— Richard !... Richard !... s'écria Blanche avec tristesse. Non.... non.... non !...

— Vous ne me reprochez pas ma présomption, miss Hayward ?

— Non, Richard. Quelle présomption peut-il y avoir dans ces paroles de vous à moi ? Ne sommes-nous pas égaux par l'éducation et les sentiments, de même que nous le sommes bien certainement par la naissance ?

— Comment ! s'écria Richard dont le visage pâle devint radieux d'espérance. Pensez-vous ce que vous dites?... Est-il possible?... Se peut-il que vous m'écoutiez?

— Pas un seul mot, dit-elle avec détermination, pas un seul mot. Oh! Richard.... Richard.... pourquoi faut-il qu'une idée semblable soit jamais entrée dans votre tête? Pourquoi ne vous contentez-vous pas de ces études tranquilles, au milieu desquelles vous étiez si heureux? Savez-vous combien il y a d'amertume à aimer.... à aimer sans espoir? Savez-vous la douleur et la honte de penser nuit et jour à quelqu'un qui ne pense jamais à vous?...« Oh! Richard, vous n'êtes qu'un enfant, et je vous parle comme je pourrais parler à quelque frère plus jeune, et je vous conseille comme je lui conseillerais de repousser cette malheureuse idée de votre cœur. »

Elle avait parlé avec une chaleur inaccoutumée; ses yeux gris étaient allumés d'un éclat fiévreux, et un rouge vif colorait ses joues.

« N'y a-t-il donc pas d'espoir?... N'y a-t-il pas d'espoir, Blanche?... Rappelez-vous que je ne suis qu'un enfant, vous l'avez dit vous-même; ma pauvreté n'est qu'une chose momentanée. Je travaillerai pour entrer au collége. Je me ferai ministre. Je me ferai votre égal, et alors.... alors, Blanche, quand j'aurai fait tout cela, pourrai-je espérer?

— Non, Richard, non! »

La douce gravité de son ton et la profonde tristesse répandue sur sa figure eussent dit au plus entêté prétendant que sa cause était en effet désespérée. Richard Saünders cacha sa tête dans ses mains, et

éclata en sanglots. En ce moment le vicaire de Belminster parut sur la porte.

« Puis-je entrer? dit Walter en mettant le pied
sur le seuil, sans attendre une réponse. Bonsoir,
miss Hayward; Richard, comment vous trouvez-
vous, ce soir? »

Il posa, en parlant, sa main sur l'épaule du jeune
homme, et sentit que tout son corps était ébranlé
par des sanglots convulsifs.

« Comment, Richard!... Richard!... dit-il doucement, qu'avez-vous?

— Vous avez été bon pour moi, monsieur Remorden, dit le jeune homme, et je me suis confié à vous
comme à un frère aîné. Vous savez combien je
l'aime, me pardonnera-t-elle de vous avoir dit ce
que je lui ai dit à elle-même ce soir?

— Oui.... oui.

— Et elle m'a défendu d'espérer, soit pour le présent soit pour l'avenir. Que le ciel la bénisse, un
ange aurait parlé comme elle l'a fait ce soir; mais
elle n'en a pas moins brisé mon cœur. »

Le vicaire ne pouvait voir le visage de Blanche;
elle avait appuyé sa tête sur sa main, et elle tenait
ses yeux fixés à terre.

« Mes enfants, mes enfants, dit doucement Walter, car vous êtes presque des enfants pour moi,
n'y a-t-il pas un peu de précipitation dans cette
décision? Vous paraissez si bien faits l'un pour
l'autre que j'avais espéré un dénoûment meilleur.
Miss Hayward, donnez-moi votre main. Comme
elle est froide, pauvre petite main! Voyons, asseyons-

nous à la fenêtre; et je vous conterai une histoire d'amour; elle est vraie avec sa triste fin, mais elle contient une excellente morale dont peut-être vous ferez bien de vous souvenir. »

CHAPITRE XXX.

RÉCIT DU VICAIRE.

« C'est une chose généralement reçue, dit M. Remorden, en s'asseyant le dos tourné à la fenêtre et le visage dans l'ombre, qu'un homme doit toujours être honteux d'avoir été la victime d'une passion sans espoir, et surtout d'avoir été trompé par celle qu'il aimait. Quoi qu'il en soit, je vous confesse volontairement que je puis être rangé dans la malheureuse catégorie des hommes qui ont été trompés. »

Blanche tressaillit légèrement en entendant cette confession du vicaire, mais ni elle ni Richard n'élevèrent la voix.

« Jusqu'à ce soir, continua Walter Remorden, je n'ai jamais dit un seul mot de cette ingrate créature. J'ai porté seul mon fardeau, et j'ai essayé de faire mon devoir. Mais quand je vois ce pauvre garçon, quand je le vois gémir sur ses espérances

.et ses rêves brisés, je ne saurais le mieux consoler qu'en lui disant comment les espérances d'un autre ont été anéanties dans les orages de la vie, ne laissant après elles que ruine et désespoir. »

Blanche tenait les yeux fixés sur le visage du vicaire, mais la tête de Richard s'affaissa sur le pupitre où il avait coutume d'écrire.

« Il y a quelques années, je pris de l'attachement pour une femme qui était, à mes yeux, la perfection même. Je sais aujourd'hui qu'elle n'était pas sans défauts. Je me souviens de son caractère hautain, de son fier dédain pour les faiblesses des autres, et de ses brillants rêves d'ambition qui peut-être eussent mieux convenu à l'esprit aventureux d'un homme ; mais, avec des imperfections si grandes, elle avait un cœur si noble et si brave, un esprit si au-dessus de toute pensée vulgaire, qu'aujourd'hui encore je pense qu'elle était digne d'amour. Le ciel sait combien je l'aimais sincèrement ; je sais qu'elle m'aimait ; aussi jamais je n'ai vu plus clairement son amour que quelques semaines avant son mariage avec un autre.

— Elle vous aimait et elle en épousa un autre ! s'écria Blanche.

— Oui, nous étions amis dès l'enfance ; son père m'aimait, et ce fut sous son toit que je passai les heures les plus heureuses de mon existence. Elle était toute jeune : dix-sept ans à peine quand je quittai le pays pour une cure éloignée. Nous nous séparâmes sans échanger de promesses, mais avec l'accord tacite qu'à mon retour elle deviendrait ma

femme. J'avais tant de foi dans sa franchise, j'étais
tellement sûr que son amour était aussi sincère
que le mien, que je ne songeai pas un seul instant à
la lier par une promesse solennelle. Comment pou-
vait-elle me faire du mal? N'était-elle pas un second
moi-même, une part de mon être?

— Et cependant elle vous trompa? murmura
Blanche.

— Je restai absent trois ans. Nous ne correspon-
dîmes pas pendant ce temps, car jusque-là notre
amour était ignoré de son père. J'avais de ses nouvelles par des personnes qui la voyaient tous les
jours. Pendant cette épreuve de trois ans, je fus
parfaitement heureux. Ma confiance en elle était si
entière, que je considérais notre union future comme
une des phases assurées de mon existence. Peut-être
le ciel m'en voulût-il de m'être fait une idole d'une
créature terrestre; peut-être mon amour même de-
vint-il un péché. S'il en fut ainsi, mon châtiment fut
cruel et terrible. »

Il s'arrêta quelques moments, comme perdu dans
ses tristes souvenirs; ni l'un ni l'autre de ses deux
amis ne l'interrompit, et bientôt il reprit :

« Je travaillais beaucoup, moins peut-être avec le
désir de faire mon devoir, que celui de faire connaître mon nom dans le diocèse, afin d'obtenir de
l'avancement dans l'Église, et aussi de lui plaire.
J'étais sur pied du matin au soir, car je ne voulais
pas me donner un cheval, tant était grande mon
envie d'économiser quelque argent pour meubler
une élégante maison quand viendrait l'heureux jour

qui nous réunirait. Épuisé de fatigue, d'émotions, d'inquiétudes, je dus succomber à la fin, et je tombai sérieusement malade. C'est pendant cette maladie, quand j'étais seul, brisé, découragé, soigné par l'honnête paysanne chez laquelle je demeurais, que j'appris par hasard son prochain mariage avec un homme très-riche, un baronnet dont la propriété touchait à la maison de son père. »

Le vicaire s'était arrêté quelques instants, la voix brisée par l'émotion ; Blanche se rapprocha de lui et mit sa main froide dans la sienne.

« Vous êtes émue pour moi, Blanche, dit-il, et je savais bien que vous le seriez. Vous me pardonnerez mes tristes regards, mes mélancoliques réserves, mon indifférence aux attraits de jeunes filles douées de charmes bien faits pour les faire admirer et aimer. Le coup était bien cruel ; pendant quelque temps j'en fus étourdi, et je restai bien des jours dans un état voisin du délire, me demandant si j'avais bien entendu, s'il se pouvait que la femme que j'avais tant aimée me trahît.

— Il faut qu'elle ait eu bien peu de cœur.

— Arrêtez, Blanche ! pas un mot de reproche ; Dieu sait que depuis longtemps je lui ai pardonné, pauvre fille ! quoique son abandon devait apporter le malheur sur sa vie. Aussitôt que je pus quitter mon lit, une fièvre d'impatience s'empara de moi ; je sentis que, quoi qu'il arrivât, je devais retourner au village, et m'assurer par moi-même que ce qu'on disait était la vérité. L'excellente femme du recteur reçut avec joie sous son toit hospitalier un pauvre malade au cœur brisé, et je me retrouvais à un mille ou deux de celle que j'avais espéré appeler ma femme.

— La vîtes-vous ? demanda Blanche.

— Oui, une fois seulement ; je vis aussi dans cette courte entrevue que son mariage était dicté par l'ambition seule, et que ses sentiments pour moi n'étaient pas changés, qu'elle n'avait pu résister à la tentation des richesses et d'une position élevée. Pauvre fille ! elle avait été élevée dans la pauvreté, elle l'avait vue de près, sous sa forme la plus pénible : la pauvreté d'une fille bien née et fière. Je ne sentais rien de tout cela alors, mais j'ai appris depuis à m'en souvenir. Ce soir-là, non-seulement je la vis, mais je vis aussi son fiancé.

— Et lui.... dit Blanche.

— Oh ! Blanche, ne me demandez pas ce qu'il était. Je le vis, et alors seulement je sentis l'amertume réelle de son abandon. Plus j'examinai l'être vulgaire et sans esprit auquel elle allait s'allier, et plus j'en fus effrayé. C'était un homme de naissance, mais, grand Dieu ! je doute qu'il y ait eu dans ses vastes domaines un homme d'aussi mauvais ton, et de sa personne aussi grossier, aussi vulgaire que lui.

— Et cependant il était gentilhomme ?

— Par la naissance, oui ; mais il y avait eu dans sa jeunesse des circonstances toutes particulières, qui disaient ou expliquaient la grossièreté de ses manières et la vulgarité de son esprit. Mon cœur saigna quand je le vis, et que je sentis que le bonheur de la femme que j'adorais allait dépendre du caprice d'un lâche et d'un brutal. Depuis cette époque, je n'ai plus entendu parler d'elle, car j'évite avec intention d'en parler dans mes lettres, et ceux qui connaissent ou qui devinent mes sentiments l'évitent également. Le ciel sait ce que doit avoir été sa vie, et mon cœur saigne quand je pense à elle, car je ne confierais pas volontairement un chien à sir Rupert Lisle. »

Pendant tout le récit du vicaire, Richard Saunders n'avait pas une seule fois relevé la tête, qu'il tenait penchée sur le pupitre; mais, en entendant prononcer le nom du baronnet, il se releva brusquement, et, pâle comme la mort, il s'écria avec un accent plein de terreur :

« Sir Rupert Lisle!... êtes-vous fou comme moi?... C'est le nom que je n'ai ni entendu, ni prononcé depuis douze longues années.

— Que voulez-vous dire, Richard? s'écria Blanche Hayward, craignant pour la raison du jeune homme.

— Je veux dire que lorsque j'étais enfant, j'eus une fièvre dangereuse qui troubla ma raison, et ma folie était de croire que j'étais sir Rupert Lisle! »

CHAPITRE XXXI.

SUR LA ROUTE.

Sur un chemin de traverse, à environ vingt milles de Liverpool, sur la route de Londres, un homme voyageait sous les rayons brûlants d'un soleil de juillet. Sa blouse tombait en haillons autour de lui ; ses souliers à gros clous tenaient à peine à ses pieds ; le chapeau de feutre qu'il portait avait évidemment supporté tant d'orages que sa forme primitive était à jamais perdue. Il portait un misérable petit paquet suspendu à un gros bâton. Cet homme lui-même avait vu bien des mauvais temps. Sans les jurons parfaitement anglais qui de temps à autre s'échappaient de ses lèvres, vous l'eussiez certainement pris pour un homme né dans quelque pays du Midi, tant son visage avait été bronzé par les ardeurs d'un soleil brûlant. Bien que la route qu'il parcourait fût déserte, il avançait d'un pas craintif, se tenant sans cesse auprès des haies comme quelqu'un qui craint d'être rencontré par un ennemi impitoyable. Ce n'était pas l'homme le plus agréable du monde à voir, et je pense, lecteur, que si vous vous fussiez trouvé tout à coup en face de lui sur cette route isolée, vous eussiez ressenti une certaine alarme vague pour la sûreté de votre montre ou de votre chaîne, sinon pour celle de votre vie. Le chemin lui-même ressemblait à un coupé-gorge. C'était bien celui qui convenait pour un guet-à-pens de bandits contre d'honnêtes gens. A l'extrémité de cette route il y avait un monticule, sur lequel au bon vieux temps plus d'un malfaiteur avait été pendu aux branches d'un gros chêne qui, quoique mort, continuait à être ce qu'il avait été de son vivant, la terreur du pays; c'est pour cette raison que cet endroit porte encore aujourd'hui le nom de Gibbet Hill.

C'est au pied même de Gibbet Hill que le voyageur harassé se laissa tomber à terre pour se reposer, murmurant en même temps une de ces malédictions à l'aide desquelles il s'était efforcé de rompre la monotonie de la route. Il tira de son paquet un os assez misérable et quelques morceaux de pain, puis ouvrant un couteau d'une dimension effroyable, il commença son pauvre repas. Quand il eut gratté l'os au point que le chien le plus affamé en fouillant le ruisseau n'eût pas daigné s'y arrêter, il ferma son couteau, le mit dans sa poche de côté, et, se laissant tomber sur le dos, il prit du tabac dans son gilet, et commença à bourrer une pipe de terre noircie qu'il portait fichée au galon de son chapeau.

« Je suis encore à deux cents milles de l'endroit où je vais, dit-il d'une voix rauque; les pieds endoloris, fatigué, affamé; avec environ trois shil-

lings dans ma poche pour faire deux cents milles,
cela semble dur. »

Il accompagna ce discours de tant de jurons qu'il
le fit deux fois aussi long que celui que nous trans-
crivons ici, puis allumant sa pipe, il se mit à aspi-
rer des bouffées boudeuses comme s'il avait quelque vieux compte à régler avec le tabac, et qu'il
s'efforçât d'en venir à bout. De cette manière il finit
sa pipe en très-peu de temps, et comme sa provision
de la feuille consolatrice l'obligeait à l'économie,
il remit le petit morceau de terre noircie dans son
chapeau, et s'arrangea pour dormir. Il dormait depuis quelque temps, quand il fut réveillé par un
chien qui aboyait tout près de lui. Il ouvrit les yeux
en murmurant un de ses jurons favoris, et, levant
la tête, il vit sur la route, en bas du monticule, un
grand diable de bohémien assis sur un âne, qui le
regardait avec attention.

« Holà, camarade, dit ce dernier, tout naturellement, vous avez de la chance de ronfler comme
cela en plein air, je ne vous dis que ça !

— Appelez votre vermine de chien, voulez-
vous? hurla le voyageur éveillé, à moins que
vous ne vouliez que je lui fende le crâne pour
vous. »

Mais il était si affaibli par sa longue marche,
qu'il s'épuisa lui-même par son emportement, et
retomba sur l'herbe incapable de faire aucun mal.

« Vous avez le réveil joliment mauvais, camarade, dit le bohémien, en balançant ses jambes qui
pendaient sur les flancs de son âne ; mais vous n'a-

vez pas l'air trop fort, mon brave; vous avez marché, et vous êtes un peu fatigné.

— Je suis fatigué, répondit l'autre, et je ne suis
pas bon. Pourquoi me réveillez-vous quand je n'ai
pas dormi depuis quatorze heures? J'étais plus heureux en dormant, car je rêvais.

— Rêviez-vous que vous aviez mangé? demanda
le bohémien en riant.

— Non, grommela le voyageur, je rêvais quelque
chose de plus doux; bien que, Dieu le sait, j'aie assez faim pour trouver qu'il est doux de manger, et
bien que je vienne de manger la viande la plus co-
riace que gentleman ait jamais donnée à ses chiens,
je rêvais de quelque chose beaucoup plus doux que
le manger ou le boire, et même que l'argent, ou
l'amour, ou la tranquillité, — et même que la vie,
— je rêvais que je me vengeais. »

Dans la chaleur du moment, il se releva et frappa
violemment la terre de son bâton.

« Diable, que Dieu nous sauve! s'écria le bohémien. Quel homme vous faites! Je ne voudrais pas
vous avoir offensé.

— Que ceux qui m'ont offensé prennent garde à
eux, voilà tout, dit l'autre.

— Vous avez l'air terriblement malade, murmura
le bohémien, en regardant fixement le visage du
voyageur.

— Je suis terriblement malade, répondit-il d'un
ton sinistre; j'ai été plus mal, et je puis être plus
mal encore; mais, malgré tout, j'irai jusqu'au bout.
J'ai eu une fièvre qui m'a tenu sur le dos nuit et

jour sur un tas de haillons, dans un trou où un chien n'aurait pas couché; mais j'en suis venu à bout. J'ai eu des rhumatismes au point que ma carcasse ressemblait à un monceau de cendres et des douleurs; mais j'en suis venu à bout. Que je devienne aveugle et boiteux! s'écria-t-il, que je devienne aveugle et boiteux, si je ne vais pas jusqu'au bout, maintenant que je suis si près du but! »

Il était si faible que sa voix s'était affaiblie en prononçant ces derniers mots, et il commença à tousser fortement.

« Je vais vous dire, camarade, fit le bohémien, vous paraissez trop mal pour continuer votre route aujourd'hui. Nos gens ne sont pas loin d'ici, et j'ose vous promettre qu'avec un mot ou deux de moi, et si vous voulez retenir votre langue, ils ne demanderont pas mieux que de vous garder la nuit. »

Le vagabond accepta de mauvaise grâce cette offre bienveillante, et le bohémien, mettant pied à terre, dit à l'autre de monter sur son âne.

« Vous pourriez tomber, je le sais. Je suis assez solide; et cela me fera du bien d'allonger un peu mes jambes. »

Le camp des bohémiens était à un angle de la route, à environ un mille de l'endroit où l'homme s'était couché. C'était un lieu agréable et bien ombragé, entouré d'aulnes et de peupliers, et couronné d'un épais bouquet de hêtres aux pieds desquels se trouvait une mare. Au milieu des buissons, sur l'herbe, deux ou trois hommes étaient étendus et

fumaient paresseusement en faisant des paillassons.
Une couple de chiens montaient la garde sous un
hangar, et une femme était assise sur un tabouret,
occupée à éplucher des pommes de terre. Une autre
femme, plus jeune et plus belle que sa compagne,
dormait la tête appuyée sur un vieux châle. A l'exception de cette dernière, ils levèrent tous la tête à
l'apparition du bohémien et du voyageur.

« Holà, Abraham! s'écria l'un des hommes, qui
amenez-vous-là?

— Un dormeur que j'ai ramassé à Gibbet Hill, et
ce serait une bonne action que de lui donner une
bouchée à manger et de lui laisser prendre une
nuit de repos. Voulez-vous, hein?

— Quant à cela, nous n'avons pas grand' chose;
mais il est libre de prendre sa part de ce que nous
avons. N'éveillez pas Britannia.... Pauvre fille!...
elle vient de s'endormir, et cela ne lui arrive pas
si souvent. »

Le vagabond s'étonnait d'entendre cet homme
parler de la dormeuse avec tant d'égards. Elle était
très-belle, mais elle avait l'air hagard et soucieux.
Ses lèvres étaient péniblement contractées, et il y
avait un cercle creux et bistré autour de ses yeux
fermés.

« Vous pourriez donner un coup de main à ces
camarades, pendant ce temps le souper s'apprêtera,
dit un des hommes. A propos, comment vous appe-
lez-vous? »

L'homme se gratta la tête comme s'il ne savait pas
trop comment répondre à la question du bohémien.

« John Andrews, dit-il courtoisement.

— John Andrews.... bien.... et comment gagnez-vous votre vie, maître Andrews ?

— Quelquefois d'une façon, quelquefois d'une autre; je n'ai pas fait grand'chose depuis trois mois, je suis plutôt mort de faim qu'autre chose, mais j'irai jusqu'au bout. »

Il dit cela non pas au bohémien, mais à lui-même. Ses yeux creux semblaient briller d'un feu diabolique, comme s'il avait eu dans sa poitrine quelque mauvais génie qui le poussât et lui donnât la force de tout surmonter. Il s'assit et aida les deux hommes, ainsi qu'on l'en avait prié. Il s'en tirait assez maladroitement, ses doigts n'étaient pas accoutumés à manier la paille; mais cependant il y mettait beaucoup de bon vouloir, et cela contentait les bohémiens. Quand vint le soir, la femme qui avait épluché les pommes de terre prit un ragoût savoureux dans une marmite qui était restée suspendue sur un feu de bois à côté du hangar. Après avoir sorti du garde-manger de la petite troupe un pot de bière, elle annonça que le souper était prêt.

Les yeux de John Andrews brillèrent d'une satisfaction étrange quand il sentit cette nourriture appétissante, et qu'il vit la femme verser le ragoût dans une demi-douzaine d'assiettes en étain. La femme qui avait dormi pendant toute la soirée ouvrit les yeux au bruit des assiettes et regarda autour d'elle.

« Allons, Britannia, dit l'homme qu'on appelait Abraham, venez, ma fille, vous avez bien dormi; réveillez-vous et venez manger un peu.

— Je n ai pas faim, répondit-elle en secouant la tête d'une manière fatiguée et préoccupée. Vous êtes tous très-bons pour moi ; mais je n'ai pas faim, je veux seulement arriver là-bas ; elle regarda droit devant elle à l'horizon empourpré les yeux brillants et les lèvres serrées, rigides et froides comme si elles eussent été taillées dans la pierre ; tout ce que je demande, c'est d'arriver *là-bas !* »

Les hommes s'entre-regardèrent. Quelque vagues que fussent ses paroles, ils en comprenaient évidemment la signification. Elle ne mangea qu'un peu de pain et de fromage, mais les hommes firent honneur au ragoût de viande et de légumes, et John Andrews dévora tout ce qui lui tomba sous la main.

« Et maintenant, camarade, dit un des bohémiens en allumant sa pipe après dîner, quelles sont vos intentions pour demain ?

— Continuer ma route, répondit John Andrews.

— A pied ?

— Oui, à pied.

— Alors, pourquoi ne pas marcher avec nous ? Vous pourriez vous rendre utile d'une manière ou d'une autre, car je ne suppose pas que vous teniez spécialement à une occupation ?

— Non, mon Dieu, non ! répondit M. Andrews avec une grimace sinistre.

— Alors pourquoi ne pas rester avec nous ? dit l'autre.

— Parce qu'il n'y a qu'une route qui puisse me

convenir, et que probablement ce n'est pas celle-là que vous suivez.

— Pourquoi pas? dit le bohémien en réfléchissant; nous allons d'un assez bon pas, et ce qu'il y a de mieux, c'est que nous ne nous pressons si fort que pour satisfaire la fantaisie de cette pauvre fille, qui va quelque part de l'autre côté de Londres.

— Moi aussi je vais de l'autre côté de Londres, fit John Andrews.

— Nous allons tous dans le comté de Sussex, aux courses de Chilton; nous y étions à la dernière tombée des feuilles, et nous y avons bien fait nos affaires; mais il nous est arrivé un malheur qui a presque dérangé le cerveau de cette pauvre fille....

— Dans quelle partie du Sussex? demanda John Andrews avec impatience. Qu'importe la fille?... Quelle partie de Sussex?

— Les plaines de Chilton sont à dix milles de Chichester. »

Il faisait presque nuit, et les hommes ne se voyaient qu'à la lueur d'une allumette, quand l'un d'eux allumait sa pipe. John Andrews garda le silence pendant quelques moments, et quand il parla ce fut pour dire tranquillement :

« Je reste avec vous, camarades. »

Après cela les hommes échangèrent à la ronde des poignées de mains; les Bohémiens franchement et amicalement, le voyageur avec la réserve et la façon sournoise qui lui étaient particulières, comme si le démon enfermé dans sa poitrine l'empêchait de trop se lier avec ses semblables.

Plus tard, dans la soirée, il parut frappé d'une pensée soudaine et dit :

« Pourquoi votre jeune fille là-bas va-t-elle aux plaines de Chilton?

— Pour une pauvre sœur à elle, qui est enterrée non loin de là, » répondit Abraham le bohémien.

La jeune fille entendit ces derniers mots, quoiqu'elle n'eût entendu rien autre de ce que l'homme avait dit.

« Une belle jeune fille.... murmura-t-elle, une belle jeune fille.... elle n'avait pas dix-huit ans, et c'était le meilleur cœur qu'il y ait jamais eu. Ma pauvre Susannah!... ma pauvre Susannah!... »

Elle cacha sa tête dans ses mains et pleura longtemps.

« Pourquoi pleure-t-elle tant sa sœur? demanda Andrews.

— C'est une longue histoire, camarade, dit Abraham, mais il se peut que je vous la dise quand nous aurons été quelque temps ensemble. Ce n'est pas une de ces histoires qu'on aime à raconter à des étrangers. »

La femme releva la tête, et, les yeux en feu, elle regarda le groupe.

« On devrait la dire au monde entier!... s'écriat-elle; on devrait la dire à ciel ouvert à la multitude, cette cruelle, cette honteuse, cette pénible histoire! Mais vous m'y conduirez, n'est-ce pas? dit-elle d'un ton suppliant. Vous m'avez juré, Abraham, de m'y conduire.

— Je vous y conduirai, mon enfant, je tiendrai ma promesse.

— Et vous me mettrez face à face avec lui.

— Face à face.

— Soyez béni, Abraham, vous êtes bon et loyal.»

Épuisée par sa douleur, elle se laissa retomber sur le sol et s'assoupit de nouveau.

« Elle est un peu folle, n'est-ce pas? murmura Andrews en portant sa main à son front.

— Un peu, j'en ai peur, la pauvre fille.... Elle a eu assez de chagrin pour rendre fou le plus sage.... Pauvre fille !... Elle devait être ma femme, camarade, et il est bien dur de la voir ainsi. »

Les hommes se partagèrent toute la bière qui restait dans le pot de terre, et, quand les étoiles parurent sur la nue sombre, ils se laissèrent aller à une certaine familiarité. John Andrews lui-même parut oublier un moment le démon enfermé dans sa poitrine, et joignit sa gaieté un peu sombre à celle des autres, gaieté pleine de bonnes intentions, mais qui n'avait rien de séduisant. De temps en temps, il interrompait la conversation pour dire :

« Je reste avec vous, camarades.... Je reste avec vous ! »

CHAPITRE XXXII.

POURQUOI LES BOHÉMIENS EN VOULAIENT A SIR RUPERT LISLE.

Le champ de course de Chilton est situé sur un vaste terrain, à trois milles du village ou de la ville. C'est le rendez-vous favori des vagabonds et des bohémiens, mais il est très-peu fréquenté d'ordinaire, si ce n'est par quelque fermier revenant du marché de Chilton, et voulant gagner un quart de mille en prenant par la côte, au sommet de laquelle se trouvait un hangar delabré en lattes et en plâtre, auquel les naifs habitants du pays donnaient fièrement le nom de *Grand Stand*.

Les courses avaient lieu au commencement d'août. Le 1er et le 2 du mois, les alentours commençaient à se peupler de tentes et de hangars, sous les toits peu élevés desquels un homme ne pouvait que ramper sur un lit de fougère et de ronces étendu sous la toile; des chevaux mis hors de concours broûtaient l'herbe humide, et des ânes mélancoliques erraient sous les haies pendant le jour, et savouraient les verts herbages.

Parmi les premiers qui déployèrent leurs tentes dans la plaine de Chilton, se trouvait la troupe à la-

quelle John Andrews s'était associé. Ils arrivèrent
à la nuit et choisirent un coin abrité loin de la
route, un coin isolé et oublié loin de tout autre cam-
pement, et ne trahissant sa présence que par la légère colonne de fumée bleue qui s'élevait au-dessus
du feu des bohémiens.

« Peut-être aurons-nous beaucoup d'amis ici, dit
Abraham, quand lui et les autres eurent choisi la
place; mais nous n'avons pas besoin de leur compagnie. Pour cette pauvre fille, il vaut mieux rester
séparés. »

La pauvre fille était celle qu'on appelait Britannia. Une ou deux fois John Andrews avait essayé
sournoisement, selon son habitude, d'entrer en conversation avec elle; mais il s'était heurté à cette barrière infranchissable de morne désespoir qui semblait la séparer du reste du monde. Je doute même
que la jeune bohémienne sût qu'il y avait un étranger avec eux. Elle parlait à John Andrews quand il
lui parlait; elle allait du moins jusqu'à répondre
par monosyllabes aux questions qu'il avait répétées
trois ou quatre fois; mais elle ne levait jamais les
yeux sur lui, et ne relâchait jamais un seul des mus-
cles de ce visage de marbre, qu'elle avait dans les
jours d'orage, comme dans les jours de beau temps,
avec ses amis comme avec ses ennemis. Quand on
la forçait de manger, elle mangeait — assez pour ne
pas mourir de faim, c'était tout. Elle ne dormait
qu'épuisée par la fatigue, et son sommeil était agité
de rêves cruels qui lui faisaient éprouver des tortures atroces. Le soir où ils plantèrent leurs tentes

au terme de leur voyage, John Andrews, pour la seconde fois, demanda le secret du désespoir de Britannia.

« Vous aviez dit que vous me conteriez cela
quand nous aurions été ensemble quelques jours,
dit-il à Abraham, et il y a longtemps que nous sommes ensemble; donc je suppose que vous pouvez
bien me le dire maintenant.

— Je vous la dirai, cette histoire, répondit le bohémien avec force ; quelquefois j'aime à la dire ;
cela me semble bon ; d'autres fois il me semble que
la raconter, c'est se venger à demi de ceux qui nous
ont offensés, je vais vous la dire, John Andrews. »

Les deux hommes fumaient leurs pipes ; ils étaient
couchés sur le sol, à quelque distance des autres bohémiens ; Abraham se leva en parlant, et conduisit
son compagnon au bout d'une allée étroite, à environ cent mètres des tentes, où se trouvait une
barrière rustique. Il s'assit sur la barrière et fit signe à Andrews d'en faire autant. Celui-ci obéit, rebourra sa pipe et l'alluma, préparatifs indispensa-
bles pour bien écouter le récit du bohémien.

« Cette fillette là-bas est assez belle fille, n'est-ce
pas, camarade ? dit tout à coup Abraham. Elle était
bien plus belle encore avant que la nuit où les cruels
événements se sont passés (mais ils n'ont pas été
oubliés.... Dieu sait qu'ils ne sont pas oubliés !) n'enlevât la couleur de ses joues et l'éclat de ses yeux.
Elle était bien belle dans ce temps-là.

— Je le crois assez, dit John Andrews avec un
peu d'impatience, continuez.

20

— Elle ne ressemble pas plus à celle qui est perdue pour nous, reprit le bohémien avec une certaine chaleur, que les fleurs qui poussent seules dans les plaines, comme celles-ci ne ressemblent à celles qui sont plantées, soignées et cultivées dans les serres chaudes de vos belles maisons. Elle ne ressemble pas plus à sa sœur assassinée que la lanterne de la tente là-bas ne ressemble à l'étoile qui paraît si brillante juste au-dessus de nous. Pauvre fille... pauvre enfant assassinée!...

— Assassinée!...

— Voyez-vous, camarade, il y a des assassins qui ne se servent jamais de couteaux ni d'armes à feu, et qui ne passent jamais devant aucun tribunal. Il y a des assassinats où c'est l'âme qu'on tue, et non le corps; c'est ainsi qu'elle a été assassinée.

— Je ne sais pas où vous voulez en venir, dit le vagabond; je voudrais que vous fussiez un peu plus bref, et que vous restassiez dans votre récit.

— C'est ce que je vais faire, brave homme, mais donnez-moi le temps. Il y a des paroles qui sont comme des coups de poignard, et qui vous pénètrent au cœur, une à une; un coup séparé pour chaque syllabe. J'arrive au fond du récit, s'écria-t-il. Quelque part en ce pays vit un beau gentilhomme (si de beaux habits et une grande fortune pouvaient faire un beau gentilhomme il le serait, et si un cœur méchant, lâche, cruel, peut faire un grand scélérat il en est un); quoi qu'il en soit, il est un des grands personnages de ce pays, et l'an dernier, aux courses, il conduisait sa voiture à quatre chevaux, et avait une belle femme avec lui ; et le champagne coulait comme de l'eau, et lui et ses amis pariaient pour chaque cheval qui était engagé. »

John Andrews avait écouté attentivement chaque parole de ce récit, et quand Abraham s'arrêtait, le vagabond s'écriait avec impatience :

« Continuez, camarade, continuez !

— Je continue, répondit l'autre. Rachel, celle qui est morte, la propre et unique sœur de Britannia, était ici aux courses de l'an dernier ; elle allait au milieu des voitures, disant la bonne aventure aux belles dames et aux beaux messieurs, et elle avait gagné beaucoup d'argent avant la fin de la journée. Sa femme la remarqua parmi les autres et lui donna un souverain d'or pour qu'elle lui dît sa bonne aventure ; elle lui parla longtemps avec bonté et douceur. Lui aussi, la remarqua, non pas franchement et ouvertement comme les autres gentlemen qui lui disaient tout haut qu'elle était plus jolie qu'aucune des belles dames de l'assemblée, et qu'elle méritait bien de trouver un bon mari. Il ne la remarqua pas de la même façon, mais il vint à elle sournoisement et avec ruse, et quelques-uns des nôtres l'entendirent lui parler, et lui dire que, si elle voulait, il lui donnerait une belle maison et une belle voiture. Elle s'éloigna de lui avec indignation ; mais partout où elle alla, ce jour-là et le lendemain, il la suivit partout, jusqu'à ce qu'enfin il la retrouva près de sa voiture en face de la jolie dame, car elle savait que là il n'oserait pas lui dire un mot. Quand les courses furent terminées, nous trouvâmes que nous avions assez bien fait nos affaires, car nous faisions bourse commune : ni Rachel, ni Britannia ne gardaient seulement six pence de ce qu'elles gagnaient, bien qu'elles gagnassent plus qu'aucun de nous; de sorte que nous restâmes un jour ou deux pour nous reposer un peu, et mettre tout en ordre pour un long voyage. Croiriez-vous que, pendant ces deux jours, chaque soir ce scélérat errait autour de nos tentes, essayant de parler à Rachel.

— Et elle n'avait rien à lui dire?... murmura John Andrews.

— Non! hurla le bohémien, pas elle, la pauvre et innocente fille! Plus d'une fille aurait été enchantée d'être remarquée par un gentleman comme lui; plus d'une aurait trouvé difficile de refuser les beaux présents en bijoux et en argent auxquels elle n'avait jamais rêvé; plus d'une fille de fermier l'aurait fait aller gentiment avec des agaceries, des coquette-ries, et l'aurait retenu autour d'elle, et l'aurait mon-tré à ses amies, et eût été fière de son empire sur lui, quand même elle aurait dû l'envoyer promener en fin de compte; mais les bohémiennes ne sont pas ainsi, et elle ne fit rien de cela, la pauvre fille! Il me semble la voir encore quand elle revint à la tente, un soir qu'il lui avait parlé. Ses beaux yeux tout en feu, ses joues pâles et ses dents blanches tremblaient de colère. « Je crois que nous ne le « verrons plus, » dit-elle; « je ne crois pas qu'il re- « vienne ici après ce que je lui ai dit ce soir. » Dieu lui serait venu en aide, la pauvre enfant, si cela avait été la dernière fois qu'il fût venu ; peut-être serait-elle encore avec nous. Nous étions un tas de fous, car lorsqu'elle nous apprit qu'elle l'avait congédié de manière à ce qu'il ne la suivît pas plus longtemps, nous la crûmes, et nous pensâmes, en ne le voyant pas revenir le lendemain soir, qu'il avait vu qu'il ne réussirait pas et que nous n'entendrions plus parler de lui.

— Mais il n'en fut rien ?...

— Hélas ! non, reprit Abraham en serrant ses poings, il n'en fut rien ! Nous ne savions pas ce dont un lâche peut être capable quand une fois il s'est mis quelque chose dans la tête. Le dernier jour que nous devions passer ici, Rachel demanda la permission de prendre trois ou quatre shillings dans la bourse commune pour acheter quelques rubans pour orner un peu son joli visage. Il eût été dur de refuser cela à celle qui avait tant fait pour le gagner ; de sorte que nous lui donnâmes la permission de prendre ce qu'elle voudrait ; elle prit environ cinq shillings, et partit pour Chilton à trois heures de l'après-midi. Britannia et moi nous lui promîmes d'aller au-devant d'elle, Dieu sait comment cela se fit ; mais je suppose que cela était dans la destinée et devait arriver. Il faisait particulièrement lourd ce soir-là, et le temps était chaud ; je m'endormis jusqu'à ce que Britannia vînt m'éveiller tout effrayée en me disant que l'heure à laquelle Rachel avait promis de revenir était passée, et qu'on ne l'apercevait pas. Mon sommeil m'avait rendu stupide et lourd, et je ne fis pas beaucoup d'attention à ce qu'elle me disait, je lui répondis que j'allais partir avec elle, et que sans doute nous allions bientôt rencontrer Rachel. Vous connaissez la route d'ici à Chilton, camarade, je n'ai pas besoin de vous dire que c'est une route peu fréquentée, et qu'un fossé la borde tout du long. C'est sur cette route que Britannia et moi nous partîmes à sa rencontre comme il commençait à faire nuit. Nous ne la rencontrâmes pas, et nous allâmes jusqu'à Chilton. Là nous eûmes de ses nouvelles; on nous dit qu'elle était partie quatre heures auparavant, et qu'on l'avait vue se mettre en route pour rentrer. Voyez-vous, camarade, quand quelque chose de terrible doit vous arriver, tous vos sens sont comme aiguisés, et le moindre indice vous dit tout. Je devinai aussitôt qu'il était arrivé quelque chose à la petite. Je ne dis rien à Britannia, et elle ne me dit rien non plus ; mais je voyais bien à son air qu'elle était aussi inquiète que moi, et qu'elle pensait que quelque malheur était arrivé à sa sœur. Il faisait presque nuit alors ; j'empruntai une lanterne, non pas pour éclairer le chemin, car nous le connaissions bien, et nous aurions pu le trouver quand même il eût été deux fois aussi noir. Mais je voulais une lanterne, et quand j'en demandai une, je vis que Britannia devinait ce que j'allais faire. Dès que nous fûmes hors de la ville, sur la partie isolée de la route, je m'arrêtai pour parler à Britannia. Elle avait marché à côté de moi tranquillement, mais elle était pâle comme un cadavre. « Britannia, ma « fille, » dis-je, « allons regarder tout le long de cette

« haie, Rachel peut s'être trouvée fatiguée, et s'être
« endormie quelque part. » Les mots m'étouffaient à
mesure que je les prononçais, car je savais bien ce
que j'avais dans l'idée et ce qu'elle avait dans l'esprit pendant tout ce temps, bien que nous nous
efforcions de n'en laisser rien voir. Vous savez,
camarade, que le fossé ne borde qu'un côté de la
route, de l'autre côté on est en rase campagne; c'est
du côté du fossé que nous cherchâmes. Je tenais la
lanterne que je laissais presque au niveau de l'eau
stagnante, et Britannia, qui marchait à côté de moi,
regardait par dessus mon épaule.

— Eh bien? fit John Andrews avec impatience en
voyant que le bohémien s'arrêtait court.

— Eh bien! c'était à peu près ce que j'avais
pensé, répondit l'autre. A mi-chemin, à l'endroit le
plus solitaire de la route, nous la trouvâmes étendue dans l'eau bourbeuse, roide et morte. Il y avait
des empreintes de pas sur l'herbe le long du fossé,
un pied d'homme et un pied de femme; et sur la
route il y avait l'empreinte de pieds de chevaux.
L'herbe était foulée, comme s'il y avait eu lutte, et
un fouet de chasse brisé était resté dans les herbes
tout près de là. J'ai toujours conservé ce fouet depuis, et c'était le sien, je l'ai reconnu au manche en
or ciselé, qui est de la même forme que son ci-
mier. Britannia était comme une folle; elle voulait
aller le trouver chez lui immédiatement, bien que
cela fût loin de Chilton, et l'accuser devant toute sa
maison d'avoir tué sa sœur. Mais je lui dis que cela
ne servirait à rien; je l'envoyai chercher un des

nôtres, et lui et moi nous portâmes la pauvre fille
jusqu'à notre tente, et nous l'y couchâmes, comme
si elle était morte tranquillement dans son lit, avec
tous ses amis autour d'elle. Le lendemain, je me
rendis chez lui avec le fouet brisé dans ma poche. Je le vis se promener avec un de ses amis plus
âgé que lui, et quand je lui eus dit mon histoire
et montré le fouet, ils se mirent tous les deux à me
rire au nez, et son ami me dit que c'était une frime
pour lui extorquer de l'argent. Je voyais dans ma
pensée la pauvre fille morte; et quand je les vis
insolents et calmes me dire qu'ils ne savaient ce
que je voulais dire, et que j'avais sans doute ramassé le fouet le jour des courses où il l'avait
perdu, je devins comme fou, je m'élançai sur lui,
et je l'étranglai à moitié avant qu'on en pût parvenir à nous séparer. Je voudrais l'avoir tenu
jusqu'à ce qu'ils m'eussent arraché membre par
membre. Mais ils eurent le dessus, car ils me con-
duisirent devant le magistrat pour avoir attaqué
un gentilhomme, et je fus condamné à trois mois
de prison; mais nous nous reverrons cette année,
et je lui ferai une marque qu'il portera jusqu'à la
tombe, et cela avant qu'il soit longtemps.

— Vous ne m'avez pas dit son nom, dit John
Andrews.

— Peu importe son nom, répondit l'autre.

— Mais je veux savoir son nom, répondit le
vagabond avec un empressement étrange, et si
vous ne voulez pas me le dire, je vous le dirai, moi.

— Vous !... s'écria Abraham ; comment le sau-
riez-vous ?

— Il s'appelle sir Rupert Lisle, répondit Andrews, et habite au château de Lislewood, à environ
neuf milles d'ici, et l'ami que vous avez vu était un
gros homme en gilet jaune, avec des chaînes d'or
autour du corps et des moustaches jaunes sur son
infâme bouche, et il s'appelle, celui-là, Granville
Varney, et c'est le plus profond scélérat que la
terre ait jamais porté ! s'écria John Andrews, dont
la voix s'élevait à chaque mot, et finit par devenir
un cri féroce. Malédiction sur lui !... s'écria-t-il en
brandissant son bras au-dessus de sa tête.

— Mais, camarade, dit Abraham étonné, car
sa colère n'était rien auprès de la fureur de
cet homme étrange, camarade, que veut dire
ceci ?

— Ceci veut dire que vous et moi nous sommes
amis et frères dès ce moment, dit l'autre, et que
cette jeune fille, Britannia, est ma sœur, car nous
travaillons tous dans un même but; et quant à
l'autre, dit John Andrews en se parlant plutôt à
lui-même qu'au bohémien, quant à l'autre, si
je tenais le jeune chien sous mon talon, ce
soir, je lui écraserais la mâchoire, ainsi qu'à son
maître. Dieu sait que je n'ai jamais eu grand
amour pour lui. Qu'il ne compte pas que je
l'épargnerai ! »

Quand les deux hommes rentrèrent aux tentes,
John Andrews marcha droit à l'endroit où Britannia était assise, et l'embrassa au front. J'ai dit que

le vagabond n'était en aucune façon séduisant, et
malgré sa distraction, la bohémienne recula indi-
gnée de cette familiarité.

« Il en tient aussi contre ceux que vous savez,
fille, dit Abraham; et il ne reculerait pas s'il fallait
le tuer, je pense, si j'en juge par l'état dans lequel
il était tout à l'heure.

— Vrai? dit la jeune fille en tendant ses lèvres
brûlantes; embrassez-moi, alors.... embrassez-moi,
car nous sommes bons amis! »

CHAPITRE XXXIII.

LES COURSES DE CHILTON.

Ceux qui étaient venus pour les courses aux environs de Chilton ouvrirent les yeux sur un brillant
soleil le 6 août. Le ciel était si bleu et si pur qu'on
ne pouvait le regarder sans clignoter des yeux. Il
couvrit d'un rideau d'azur la pelouse de Chilton.
Quelques esprits mécontents, vexés de la joie générale, disaient tout bas que le temps était trop beau
pour durer, et qu'il y aurait probablement de l'orage
avant la nuit; mais les plus joyeux, les plus avides
de plaisir défiaient ces mauvais augures et, montrant la route blanche et poussiéreuse, les rayons

du soleil et la nue brillante, demandaient si c'étaient
là des signes de pluie.

Il y avait certainement une grande quantité de
poussière sur les routes conduisant à la pelouse de
Chilton; mais que serait la route d'Epsom à Londres,
quand les paris ont été gagnés et perdus, sans un
peu de poussière? Donc, les fermiers de Sussex
conduisaient gaiement leurs chars-à-bancs et leurs
tilburys à travers les nuages blancs qui s'élevaient
sous les pieds de leurs vigoureux chevaux, et les
femmes de fermiers se résignaient à gâter leurs jolis
chapeaux achetés tout exprès pour les courses.

La première course eut lieu à une heure, et à une
heure cinq minutes, exactement, au moment où le
numéro du cheval gagnant fut hissé, et où les fermiers perdants et les fermiers gagnants échan-
geaient leur argent dans l'enceinte sacrée, au pied
des tribunes, généralement connue sous le nom de
Ring, le *drag* de sir Rupert Lisle arrivait sur le
champ de course, conduit par le major Varney.
Le baronnet était assis à côté de lui, tandis que, à
une des portières de la voiture, belle et hautaine,
apparaissait la figure sévère d'Olivia Lisle. Elle ne
manquait jamais de se montrer à ces réunions pu-
bliques. C'était dire à tous : « On prétend que je
mène une vie malheureuse avec mon mari? On dit
que je me suis vendue pour une fortune qui ne peut
me donner le bonheur, et pour un titre que je porte
comme un fardeau et une honte? Regardez-moi, et
voyez avec quelle hauteur je porte cette grandeur
que mon mari ne peut pas porter! » Deux de ses

sœurs étaient avec elle dans la voiture du baronnet. Leurs figures pâles et leurs cheveux clairs aidaient à mettre en relief la brune et brillante beauté d'Olivia. Elles étaient au monde pour la faire ressortir, et elles le savaient, et elles la haïssaient parce qu'il en était ainsi. Leurs manières insipides, leurs grâces de pensionnaires ne faisaient que rendre plus charmante sa vivacité. Peut-être était-ce une consolation pour elles de penser qu'avec tous ses avantages, leur sœur n'était pas heureuse. Elles pouvaient suivre l'éclat fiévreux de ses yeux remuant sans cesse, la contraction nerveuse de ses lèvres, le désir perpétuel de changer de place, d'avoir de la société qui l'enlevât à son intérieur, et pour ainsi dire à elle-même. Les hommes s'empressèrent autour de sa voiture dès qu'elle parut sur le champ de courses. Elle pouvait rire et parler plus gaiement qu'aucune autre. Les femmes des fermiers, qui n'avaient d'autres soucis que leur ménage et leur étable à cochons, n'étaient guère plus radieuses, et ne semblaient pas plus heureuses qu'elle. Quelques officiers de Brighton étaient venus à cheval jusqu'à Chilton : d'éblouissants dragons qui couraient à droite et à gauche pour trouver quelqu'un qui pût les présenter à lady Lisle, et qui demandaient ensuite si le cadet assis sur le siége à côté de Varney, de l'Honorable Compagnie des Indes Orientales, était bien réellement sir Rupert.

Des bohémiens et des bohémiennes étaient en grand nombre ; des visages bruns encadrés de chapeaux bleus ou jaunes, allaient et venaient au mi-

lieu des voitures. Il y avait des enfants aussi, de
jolis petits bohémiens auxquels les femmes donnaient, tantôt une patte de homard, tantôt une pile
de sandwiches, une pièce de six pence ou un verre
de champagne, chose plus facile à se procurer sur
le champ de courses de Chilton qu'une gorgée d'eau
fraîche.

Abraham et les autres hommes allaient et venaient au milieu des voitures, prêts à tenir un
cheval, ou à brosser l'habit d'un gentleman, ou à
faire n'importe quoi pour une pièce de six pence.
Chose étrange à dire : John Andrews le vagabond
refusa de se joindre à eux, et de se montrer sur le
champ de courses.

« J'ai mes raisons, dit-il, et elles sont excellentes ;
ainsi, soyez tranquilles. Je travaillerai aux paillassons ou je ferai tout ce que vous me donnerez à
faire sous la tente, mais je ne sortirai pas tant que
dureront les courses. »

Il tint parole, et resta couché la moitié de la journée dans le coin retiré où les bohémiens avaient
planté leur tente. Parmi la brune tribu, Britannia
allait et venait ; elle avait l'air étrangement fatigué
et défait. Elle portait un chapeau tout chiffonné,
chargé de fleurs artificielles grossières, de dentelles et de rubans. Il semblait qu'une fascination
étrange la retînt dans le voisinage de la voiture de
sir Rupert. Si elle quittait cet endroit pendant quelques minutes pour tâcher d'exercer son métier
dans une autre partie du champ de courses, elle
semblait y être ramenée par une force irrésis-

21

tible. Olivia la reconnut et lui fit signe d'approcher.

« Vous étiez ici l'an dernier ?

— Oui, milady.

— Comme vous êtes changée…. Avez-vous été malade ?

— Oui, milady.

— Très-malade ?

— Oui, milady. Plus malade d'esprit que de corps. Je me suis usée de jour en jour. J'ai vu consumer ma propre chair par la fièvre et la douleur ; et ce n'est que ce matin, en mettant une robe, que je n'avais pas mise depuis douze mois, que j'ai su combien j'étais changée.

— Pauvre créature ! c'est bien triste. Mais où est votre sœur, votre jolie sœur, qui vous ressemblait tant ?

— Elle était plus belle que moi, milady, interrompit la bohémienne.

— Oui, elle était bien belle ; une des plus belles femmes que j'eusse jamais vues. Vous souvenez-vous d'elle, Laura ? ajouta lady Lisle en s'adressant à sa sœur aînée ; mais pourquoi n'est-elle pas ici cette année, ma bonne fille ?

— Parce qu'elle est morte, milady, » dit la bohémienne en serrant les dents.

Et ses joues devinrent d'un blanc mat.

« Morte !

— Oui, milady, morte !… noyée dans un fossé, pas bien loin d'ici. »

Il y avait quelque chose d'extraordinaire dans le

visage de la jeune bohémienne, une étrange et terrible signification dans sa voix qui fit éprouver une vague terreur à lady Olivia.

« S'est-elle noyée elle-même, la pauvre enfant? demanda-t-elle, en devenant presque aussi pâle que la jeune fille.

— Non, milady.

— Non?... Qui l'a noyée, alors?... Comment cela est-il arrivé?... Dites-le-moi....

— Dieu sait qui a commis le crime, et nous aussi nous ne le savons que trop bien; mais le monde ne le saura jamais, parce que c'est un monde cruel et faux, et que les oreilles des hommes sont sourdes aux crimes d'un beau et riche gentilhomme.

— Je suis bien fâchée d'apprendre cela, dit Olivia en glissant un souverain dans la main de la jeune fille. Je ne saurais dire combien cela me fait de peine. »

Elle dit cela à la bohémienne en toute sincérité, et elle fut sérieuse et pensive tout le reste du jour, à tel point que les lourds dragons de Brighton se dirent les uns aux autres que cette superbe créature, que lady Lisle, paraissait malheureuse, et que probablement son mari la maltraitait. Après quoi ils se consolèrent en regardant malicieusement sir Rupert au travers de leurs lorgnons, qui faisaient horriblement grimacer leurs figures; et ils se réjouissaient lorsque, ne voulant se laisser guider que par son propre jugement, il pariait invariablement pour le plus mauvais cheval de course.

« Pauvre fille! disait Olivia à ses sœurs. Pauvre

fille !... Elle était si belle, si pleine de vie et d'entrain, l'an dernier ! et penser qu'elle ait eu un sort aussi cruel, par le fait de quelque misérable encore ! Grands Dieux !... que cette terre est odieuse : elle ne semble peuplée que de misérables ! »

Plus tard, pendant les préparatifs de la dernière course, Britannia la bohémienne s'approcha de la voiture pendant que sir Rupert se tenait debout à la portière, le coude appuyé sur les coussins. Il ne parlait pas à sa femme, il ne la regardait même pas, car il osait à peine faire l'un ou l'autre ; mais il se posait à côté d'elle pour proclamer, pour ainsi dire, qu'elle était à lui, aux yeux de la foule admiratrice.

Il pâlit en voyant la jeune bohémienne venir à lui. Il ne l'avait pas vue depuis ce jour-là, et il se sentait d'autant plus faible, que le major Varney s'était éloigné pour aller fraterniser avec les officiers de Brighton, dont quelques-uns lui étaient connus.

« Vous dirai-je votre bonne aventure, mon beau monsieur ? demanda-t-elle en regardant fixement le baronnet.

— Non.

— Quand même la bohémienne pourrait vous dire toutes sortes de choses étranges ? dit-elle avec intention ; quand même elle pourrait vous dire ce qui est passé comme ce qui est à venir. Oh ! monsieur !

> Le crime est le passé, le bagne l'avenir ;
> Le meurtre se fait jour si tout reste muet.

— Qu'est-ce que cela? s'écria sir Rupert avec fureur.

— Un petit bout de poésie, voilà tout, mon beau monsieur. Nous autres bohémiennes, nous savons un tas de choses. Laissez-moi vous dire votre bonne aventure.

— Non, dit le baronnet, je vous dis que non! Ne pouvez-vous pas vous contenter d'une réponse, quand on vous en fait une! C'est de l'argent que vous voulez, sans doute, de l'argent pour ne rien dire que des niaiseries dont se soucient seulement les sots. Prenez, alors, et allez à vos affaires. »

Il tira un souverain de sa poche et le tint sur sa main gantée. La bohémienne s'élança sur lui comme une jeune tigresse, fit tomber la pièce à terre, et cracha dessus.

« Voilà comment je reçois l'or de vos semblables!... » cria-t-elle.

La foule regardait dans l'étonnement cette scène étrange : la bohémienne hors d'elle-même, le baronnet rouge et pâle tour-à-tour et tremblant de rage, lady Lisle regardant par la portière avec un calme glacial.

« Curtis, dit sir Rupert à l'un de ses grooms qui était occupé à charger des paniers, Curtis, allez me chercher un policeman, que je fasse arrêter cette femme. »

Le groom courut de l'autre côté de l'arène où il apercevait le chapeau luisant d'un policeman. La gipsy ne bougea pas un instant; elle ne semblait même pas avoir entendu l'ordre donné par sir Ru-

pert à son valet ; elle resta debout et calme, les yeux
fixés à terre.

« Qu'allez-vous faire, sir Rupert Lisle ? demanda
Olivia en regardant son mari en face.

— Faire arrêter cette femme.

— Pourquoi ?

— Pour m'avoir insulté, répondit-il de sa voix
lente, en continuant à rougir et à pâlir alternativement.

— Je connais cette femme, dit lady Lisle avec
calme, et j'ai connu sa sœur. J'ai entendu le récit
de la mort de la pauvre fille. Vous ne ferez pas arrêter cette femme, sir Rupert.

— Pourquoi non ?

— Parce que je ne le veux pas, et parce que je
sais la part que vous avez prise dans....

— Qu'elle s'en aille alors, dit sir Rupert. Curtis,
dites au policeman qu'on n'a plus besoin de lui.
Ma femme a le cœur si tendre qu'elle préfère voir
insulter son mari plutôt que de prendre son parti.
Allez à vos affaires, ajouta-t-il en se tournant furieux vers la bohémienne, et qu'on n'entende parler
ni de vous, ni de votre sœur, ni d'aucun de vos
mendiants. Vous entendez ?

— J'entends, répondit la jeune fille, et il y en a
d'autres à entendre. »

Elle s'éloigna, mais, après avoir marché quelques
pas, elle revint auprès du baronnet, et lui dit à voix
basse :

« Sir Rupert Lisle, n'avez-vous jamais peur ?...
ne vous éveillez-vous jamais dans la nuit sombre et

silencieuse, avec une sueur froide sur le front, et
ne voyez-vous pas alors un visage pâle, glacé et humide, fixé sur vous dans l'ombre de votre lit ? Moi,
je vois souvent ce visage dans l'ombre et dans la
lumière, et si cette apparition est terrible pour moi,
que doit-elle être pour vous ? »

CHAPITRE XXXIV.

PAR LE CLAIR DE LUNE.

Quand les courses furent terminées, le major
Varney et les officiers étaient devenus très-amis.
Ils étaient devenus tellement amis sous l'influence
du champagne, du vin du Rhin, et du bourgogne,
que lorsque la dernière course fut terminée, quand
le vainqueur eut été cédé à quelque hardi spéculateur dont les surenchères provenaient du voisinage
du coude de l'encanteur, et qui ne se présentait pas
pour ratifier son marché, quand les cabarets sous
tentes commencèrent à allumer de petites lampes
pour la commodité de ceux qui voulaient clore par
la danse les plaisirs de la journée, quand les gros
fermiers du Sussex se furent fait peser ainsi que
toute leur famille à la balance même du Jockey
Club, à raison d'un penny chacun, quand le terrain

des courses se vida sous l'intervention de police-
men ruraux, quand, en un mot, la grande affaire
du jour fut terminée, et que les flâneurs seulement,
ceux qui n'ont jamais assez de plaisir, restaient encore, les officiers de Brighton refusaient de se séparer de leur nouveau camarade.

« Nous avons commandé à dîner pour huit heures
et demie, au *Roi George*, à Chilton. Pourquoi ne pas
venir avec nous, major ? Nous pouvons vous emmener dans notre voiture, et vous trouverez facilement un cabriolet pour rentrer à Lislewood.

— Je serais enchanté, dit le major, mais mon
ami...

— Amenez sir Rupert Lisle avec vous, dit un
jeune capitaine, le chef du groupe, le meilleur et
le plus généreux garçon du monde, bien que son
père fût un tailleur du West End ; amenez sir Rupert avec vous. Il n'a pas l'air de savoir dire grand'-
chose, mais nous ferons de notre mieux pour l'a-
muser. »

Le capitaine Hunter et le major s'approchèrent
de la voiture du baronnet pour lui faire part de l'invitation. Sir Rupert était encore tout pâle de sa rencontre avec la bohémienne. La proposition du major fut un soulagement pour lui.

« J'irai, dit-il avec empressement, cela me dis-
traira. Lislewood Park est si triste ; on ferait aussi
bien de vivre dans un cimetière. »

Donc, un des grooms ramena la voiture contenant Olivia Lisle et ses sœurs à Lislewood, tandis
que sir Rupert et le major prenaient place dans le

drag appartenant aux officiers. Le capitaine Hunter
conduisait, et le major était assis à côté de lui sur
le siége.

« Il faut que nous rentrions ce soir à Brighton,
dit le capitaine, car nous devons assister à la parade
demain matin. C'est vexant, n'est-ce pas ? »

Le major se mit à rire gaiement.

« J'ai eu un service tellement rude au service de
la Compagnie des Indes, dit-il, que je ne saurais
éprouver beaucoup de compassion pour vos éblouissants dragons.

—Oh ! mais, sur mon honneur, maintenant, nous
travaillons joliment ! »

Il faisait nuit quand ils arrivèrent à Chilton. Le
salon principal du *Roi George* était brillamment
éclairé. Sur la longue table brillaient l'argenterie
et les cristaux. Le maître d'hôtel, avec un énorme
gilet blanc et tout habillé de noir, était prêt à apporter le potage et à recevoir ces messieurs. On fut
très-gai, un peu bruyant et débraillé, et parfois on
criait très-fort. Sir Rupert Lisle buvait le champagne verre sur verre et se joignait à la gaîté générale, de temps à autre, par un rire stupide et
bruyant qui ajoutait beaucoup au tumulte de l'assemblée, sans augmenter le moins du monde l'hilarité de personne. Une fois que le dessert fut servi,
on fit une plaisante allusion au commerce auquel
le capitaine devait sa belle fortune. La plaisanterie
n'était peut-être pas très-brillante, mais elle venait
d'un vieux camarade, et comme elle était faite sans
la moindre méchanceté, un homme même moins

aimable que le capitaine Hunter l'eût prise en
bonne part. Sir Rupert Lisle, encouragé par ce ba-
dinage, essaya de lancer quelques légers propos
plaisants de son cru sur le même sujet; mais il fut
arrêté par un tel froncement de sourcils du major
Varney, qu'il s'arrêta au milieu de sa phrase, et
garda le silence pendant quelques moments. Mais
à mesure que la nuit avançait, il redevint bruyant,
et finit par être si désagréable à la joyeuse petite
réunion, que le major Varney se leva, en prenant
le baronnet par le collet de son habit, le conduisit
dans une pièce voisine, et lui dit de se coucher et
de dormir.

« Vous n'êtes pas plus fait pour le monde que
ceux qui vous ont élevé, dit-il au jeune homme
abruti. Quoique vos caves soient remplies des meilleurs vins, vous êtes si niais que vous ne pouvez
boire quelques bouteilles de champagne sans vous
griser. Couchez-vous et cuvez votre vin. Couchez-
vous ! »

Il n'arrive pas souvent à un gentleman dont le
nom est inscrit sur le livre d'or, et dont le domaine
est le plus beau du comté qu'il habite, de s'entendre
parler de cette manière; mais sir Rupert obéit aussi
tranquillement que s'il eût été le valet et le major
le maître.

La bonne entente de la soirée fut certes considérablement augmentée par ce procédé du major. Les
officiers se réunirent autour des fenêtres ouvertes
de l'appartement, et allumant leurs cigares, ils
contemplèrent au clair de la lune la place du mar-

ché de Chilton. Les rues étaient désertes. Un unique
policeman se promenait de l'autre côté de la rue,
consacrant une oreille à la bruyante réunion du *Roi
George*, et un œil aux diverses demi-couronnes qu'il
allait en obtenir avant la fin de la nuit. Il était plus
d'une heure quand la dernière bouteille de champagne envoya un des officiers sous la table, et les
quatre chevaux bais impatients piaffaient sur le pavé
de la grande rue de Chilton devant la porte du *Roi
George*.

« Nous aurons une belle promenade jusqu'à
Brighton, dit le capitaine Hunter. Ne prendrons-
nous pas par la plaine pour entrer avec fracas dans
Lewes sur les quatre heures du matin ?

Le maître du *Roi George* s'était procuré un petit
dogcart fort convenable avec une jument bonne
trotteuse pour ramener le major et sir Rupert à
Lislewood.

« Rendez-lui les rênes, dit-il en amenant la voiture devant la porte, rendez-lui les rênes et laissez-
la aller à son pas sans seulement sortir le fouet de
sa gaîne, et elle vous mettra à Lislewood avant que
vous sachiez seulement où vous êtes. »

Il fallut secouer le baronnet, et lui crier dans les
oreilles avant de pouvoir le réveiller. Quand enfin
il ouvrit les yeux, ce ne fut que pour demander en
jurant où il était. Le major Varney ne crut pas le
moment favorable pour lui donner les explications
demandées ; mais, prenant le baronnet par le collet
de son habit, comme il l'avait fait précédemment, il
lui fit descendre l'escalier et le déposa dans le dogcart.

Il y eut grand échange de poignées de mains entre le major et les officiers de cavalerie, et un bruit considérable et des cris quand les jeunes gens montèrent sur les siéges de la voiture ; un jeune enseigne, sur lequel le vin avait agi un peu vigoureusement, occupait seul l'intérieur. Le policeman traversa la rue pour faire quelques observations sur ce bruit qui troublait la tranquillité de Chilton ; mais gagné par les demi-couronnes attendues, le digne fonctionnaire devint tout à coup tellement sourd qu'il ne dit rien du tout lorsqu'un des officiers emboucha un cornet à piston, et le drag s'éloigna au son du *Post Horn Galop*, que l'officier exécuta de toute la force de ses poumons.

Le major Granville Varney était, ainsi que nos lecteurs ont pu s'en apercevoir, d'une nature extrêmement sociable, et quand il entendit le drag s'éloigner avec fracas dans la grande rue, et les voix joyeuses des jeunes gens couvrant le bruit des roues, il éprouva une sorte d'ennui à la pensée de parcourir seul la route qui le séparait de Lislewood.

« J'aurais pu aller à Brighton avec eux, et j'aurais couché au *Vaisseau*, pensa-t-il. Mais alors qu'aurais-je fait de ce lourd ivrogne, de ce pauvre sot ?

Le major rassembla les rênes, et les rendit à l'animal, et bientôt il se trouvèrent sur la route de traverse qui conduisait à Lislewood.

« C'est une route bien triste, même pendant le jour, dit le major ; continuellement des chemins de traverse et des carrefours. J'espère que la jument est sûre pour une pareille route. »

Sir Rupert s'endormit, heurtant lourdement l'é-
paule du major à chaque oscillation de la voiture.

« Je commence à me fatiguer de ceci, se dit
l'officier indien. Il n'est pas agréable de passer sa
vie à conduire et à dresser un animal aussi mal lé-
ché que celui-ci. J'ai une bourse assez ronde maintenant, suffisante pour me faire vivre dans le luxe
jusqu'à la fin de mes jours, et j'ai quelque chose
qui laisse cette brute en mon pouvoir. Je vais mettre
mes affaires en ordre, et je quitterai l'Angleterre
avec mistress Varney. Nous pourrons nous établir
à Florence et passer en paix le restant de nos jours.
Nous commençons tous deux à vieillir, nous deve-
nons paresseux, et nous prenons de l'embonpoint.
Nous avons fait un peu de bien à notre façon, et un
peu de mal à notre façon; mais nous n'avons jamais commis un délit qui pût être condamné; nous
n'avons jamais donné à cette étrange incarnation,
qu'on nomme la loi, le pouvoir de dire : Je tiens cet
homme. C'est une agréable chose, au terme d'une
vie agitée, murmura le major avec une certaine
onction, de pouvoir se dire cela. »

Le major n'était pas un buveur, et il était en outre un de ces hommes auxquels leurs nerfs d'acier
et leur constitution sans égale permettent de boire
beaucoup sans en être le moins du monde affectés.
Les quelques verres de vin qu'il avait bus au *Roi
George* n'avaient fait que donner plus de vigueur et
plus d'action à son esprit. Il avançait en faisant des
réflexions sérieuses, mais qui n'étaient nullement
désagréables. Si Granville Varney avait jamais eu

une conscience, il avait étouffé ce déplaisant men-
tor à une époque si reculée, qu'il n'avait plus aucun
souvenir du temps où sa faible voix avait le pouvoir de l'ennuyer parfois de ses fatigantes remontrances.

« La beauté ou plutôt la symétrie de ma vie, disait
le major, à résulté principalement d'une chose : de
mon étude consciencieuse de la loi. L'homme, à son
entrée dans le monde, se trouve face à face avec un
ennemi : la loi. S'il triche au jeu, la loi le tient;
s'il fait des dettes, la loi le prend; s'il veut épouser une seconde femme, la première encore vi-
vante, la loi lui dit : Non! S'il doit de l'argent à
un homme et que cet homme par hasard meure subitement, il faut que la loi sache tout ce qu'il en est.
La vie est une bataille rangée entre l'homme et la
loi, et ce n'est qu'en trouvant les endroits faibles de
son ennemi, qu'il a quelque chance de vaincre....
Mais l'ennemi a ses endroits faibles. Oui, dit le major
gaiement, en secouant les rênes, la loi punit l'instrument et non pas l'ouvrier qui s'est servi de
l'instrument. Il faut à la loi une victime, et vous
n'avez qu'à jeter dans l'arène d'Old Bailey un cri-
minel aveugle et stupide. La loi se jette sur sa victime pendant que le maître scélérat regarde du
milieu des spectateurs et rit du sacrifice. »

Avec des réflexions aussi agréables, le major
Varney franchissait les chemins éclairés par la lune
entre Chilton et Lislewood, pendant que son compagnon oscillait de droite et de gauche sur la petite
voiture tout en dormant d'un vrai sommeil d'ivrogne.

Dans tout le comté de Sussex, il n'y a peut-être pas un bout de route plus laid qu'un certain mille sinistre entre Chilton et Lislewood. Une côte rapide avec des brusques détours, des ornières toutes défoncées, à peine assez larges pour les roues, bordée d'un côté par une bruyère maigre, et de l'autre par un talus de gravier taillé brusquement au bord même de la route. Un conducteur moins expérimenté que le major Varney eût couru de grands risques à passer en voiture sur cette route difficile par un clair de lune capricieux. Mais l'officier indien était habitué aux routes difficiles, et il gravit tranquillement le pied léger et l'œil au guet, la côte rapide où trottait la grosse jument alezane. Vers le sommet de la montée il y avait un massif de buissons qui avaient poussé là depuis qu'on avait tracé la route plusieurs années auparavant. Ces buissons se détachaient noirs et distincts sur le ciel éclairé par la lune, et derrière eux le major crut voir la silhouette d'un homme. Il ne s'était pas trompé. En arrivant au haut de la côte, l'homme s'avança tranquillement et porta la main à la tête du cheval.

« Pouvez-vous me donner une place ainsi qu'à mon camarade, maître ? demanda-t-il.

— Non, dit le major, je ne le puis ; j'ai dix milles à faire, et je suis déjà assez chargé. Laissez la tête de la jument, voulez-vous ?

— Mais, maître, vous pourriez, je pense, parler un peu plus poliment. Il est heureux que je vous aie arrêté. Ne savez-vous pas que votre trait est brisé ?

— Non.

— Il l'est cependant; descendez voir. »

L'homme avait parfaitement raison. Le major descendit; en examinant le trait à l'endroit indiqué par l'homme, il vit que le trait était usé à l'endroit où se trouvait la boucle, et qu'il était séparé en deux.

« Voilà qui est fâcheux, dit le major; avez-vous un bout de corde sur vous?

— Pas un pouce, répondit l'homme; mais il y a une maison en bas de ce côté, et il se peut que vous trouviez là ce dont vous avez besoin.

— Bon. Sir Rupert, descendez, voulez-vous? »

Mais le baronnet restait sourd à cet appel; il avait glissé de dessus la banquette dans le fond de la voiture, et il était accroupi sur le tapis de pied.

« Attendez, dit l'homme. On ne vous connaît pas au cottage, et il se pourrait qu'on vous laissât frapper jusqu'au jour avant de répondre; mais on me connaît et on fera tout ce que je demanderai. Je vais mener votre cheval jusqu'au bas de la côte, réveiller les gens, raccommoder le trait, et vous attendrez ici jusqu'à ce que je vous donne le signal. »

En tout autre moment, le major aurait pu concevoir quelque soupçon quant aux motifs de la politesse de cet homme; mais il était fatigué et à moitié endormi, et il ne tenait pas essentiellement à conduire le cheval et la voiture jusqu'au bas de la côte. Il accepta donc, en bâillant, l'offre de l'homme, en lui disant de faire attention, et qu'il aurait une demi-couronne pour sa peine.

Resté seul sur la petite éminence, il se tint de-

bout le dos tourné aux buissons, et ayant les bruyères argentées devant lui. Il regarda sa montre, car
le clair de lune lui permettait de voir les aiguilles.
Il était trois heures vingt minutes.

« Nous n'avons pas perdu de temps, se dit-il à
lui-même, pour venir de Chilton jusqu'ici. Nous
serons à Lislewood à quatre heures et demie. »

Il tira de sa poche son étui à cigares, et en alluma
un. Il aspirait fortement la fumée, et l'étincelle
rouge, tour à tour brillante et faible, apparaissait
dans la nuit, quand tout à coup il entendit à côté de
lui une respiration haletante et précipitée, et se
trouva face à face avec un homme aux épaules larges, à l'air lourd et maladroit, et vêtu d'une blouse
de paysan.

« Qui êtes-vous et que voulez-vous ? » demanda le
major entre ses dents, sans ôter son cigare de sa
bouche.

L'homme ne fit pas de réponse.

L'apparition soudaine de cet homme dans un lieu
si solitaire, à une heure aussi étrange, jointe au silence lugubre, eût ébranlé jusqu'au fin fond le cœur
d'un lâche ; mais le courage indomptable du major
ne faisait que s'accroître à l'heure du danger.

« Qui êtes-vous? s'écria-t-il en jetant son cigare,
et mettant ses mains sur sa grosse chaîne de montre. Qui êtes-vous?... Vous feriez bien de répondre,
à moins que vous ne vouliez que je vous jette dans
cette sablière.

— Prenez garde que ce soit moi qui vous y jette,
dit l'homme d'une voix enrouée et discordante, qui

n'était pas inconnue au major. Je n'ai pas envie de
votre montre! s'écria-t-il d'un ton de mépris. J'aurais pu vous la prendre il y a des années, mais aujourd'hui, non!... aujourd'hui, non!... C'est vous
qu'il me faut, corps et âme. Votre corps gras et bien
nourri, et votre âme noire et cruelle! Allons! C'est
ma vie contre la vôtre! »

L'homme passa sa main rude et musculeuse dans
la cravate du major ; mais le major avait eu le temps
de le saisir par le collet de sa blouse. Se cramponnant l'un à l'autre, les deux hommes luttaient sur
l'étroit sentier, oscillant tantôt d'un côté, tantôt de
l'autre ; tantôt s'attirant sur le bord du précipice,
tantôt s'en éloignant par un puissant effort. Pendant toute cette lutte, le major était calme et maître
de lui-même, et luttait avec la prudence d'un lutteur
de profession, toujours sur ses gardes et prêt à profiter du moindre avantage. L'autre homme, au contraire, s'excitait par des cris de rage, et vomissait
des malédictions à l'adresse de son adversaire. C'é-
tait une véritable bête féroce qui n'était que plus
horrible parce qu'elle était douée de la parole.

« Je vous ai dit, hurlait-il, je vous ai dit de faire
attention si jamais je revenais de l'endroit où vous
m'avez envoyé.... Je vous ai dit de prendre garde
et je vous ai dit vrai.... Eh bien, je suis revenu!...
Pour revenir, j'ai marché, j'ai souffert, j'ai eu
faim.... Je suis revenu pour terminer ma misérable
vie.... Je suis revenu pour vous tuer.... et je vous
tuerai! »

Ces paroles remplissaient l'atmosphère calme ;

on eût dit des cris perçants. Il n'y avait ni près de là, ni au loin sous le clair de lune une seule créature pour entendre ces cris ou pour séparer les deux hommes.

« Tout l'argent que vos crimes vous ont gagné ne suffirait pas à me payer, s'écria l'adversaire du major; tous les bijoux que vous avez portés, étalés à mes pieds, ne vous épargneraient pas un seul coup. Je vous hais!... je vous hais!... et je suis venu ici pour vous tuer, comprenez-vous? »

Le major ne répondit rien encore; ses mains blanches et fines serraient le collet de l'ample vêtement de l'homme, et ses yeux bleus brillaient d'un éclat sauvage. Il ne disait pas un mot, mais il luttait avec calme. Son silence exaspérait son adversaire.

« Vous me connaissez, s'écria-t-il, vous me connaissez, et vous savez quelles raisons j'ai de vous haïr. Vous vous êtes servi de moi pour arriver à vos fins! Vous vous êtes servi de moi comme d'un instrument, et vous m'avez ri au visage quand vous avez eu fini. Vous avez découvert un secret de mes jeunes années, et vous l'avez tenu suspendu sur ma tête. Vous avez appris que j'avais tué un homme près de Sevenoaks, un homme à qui j'en voulais, que je haïssais, mais pas la centième partie de ce que je vous hais! Entendez-vous?

— J'entends, » dit tranquillement le major.

La science et le sang-froid l'emportèrent; l'officier indien étendit Gilbert Arnold sur le chemin, et mit son genou sur sa poitrine. Mais le braconnier était venu préparé à tout. Au moment où son ennemi se pencha sur lui, ses yeux bleus fixés sur son visage pourpre, une main délicate passée dans sa cravate, Gilbert Arnold réussit, par un puissant effort, à tirer de la poche de son pantalon, à l'aide de son bras libre, un mauvais pistolet rouillé. Avant que le major pût s'apercevoir de son mouvement, le braconnier avait pressé la détente et déchargé son arme en plein visage de son ennemi. L'officier indien roula sur son assassin comme une masse inerte, et expira sans proférer une plainte.

Gilbert Arnold se dégagea de dessous le cadavre, et fouillant résolûment les poches du major, il prit sa montre, une quantité de pièces d'or et un portefeuille renfermant des bank-notes. Le major avait été fort heureux dans ses paris aux courses de Chilton ! Puis avec un cri de sauvage triomphe, le braconnier traîna sa victime au bord de la sablière, en laissant une longue trace de sang sur son passage, et il précipita le cadavre dans le précipice.

Il roula lentement, arrêté parfois dans sa course par des broussailles; puis, se dégageant par sa propre pesanteur, il roula jusqu'à ce qu'enfin il tomba avec fracas dans une couche d'eau stagnante, au fond du ravin.

Le bohémien Abraham était loin sur la route pendant ce temps-là. Il avait conduit le dogcart au bas de la côte, puis, fouettant la jument avec violence, il la lança au galop. L'animal s'emporta, entraînant la voiture dans sa course furieuse.

« Cette nuit verra sans doute s'éteindre sir Rupert Lisle! dit-il, en écoutant le bruit lointain des roues.

C'est une pauvre vengeance pour l'assassin de la fillette; mais c'est quelque chose cependant! »

CHAPITRE XXXV.

OU L'ON RÈGLE SES COMPTES.

Le village de Lislewood était ému de la nouvelle d'un accident arrivé au maître de Lislewood Park. De grand matin, le lendemain des courses, sir Rupert Lisle avait été trouvé par une bande de laboureurs se rendant à leur ouvrage, étendu, défait, et tout sanglant sur la route peu fréquentée qui conduit de Chilton à Lislewood. Les débris d'un dog-cart jonchaient le sol; les brancards en étaient brisés, une des roues renversée, et les harnais en morceaux.

Ces hommes prirent une claie dans un des champs environnants, et déposant le corps inanimé du baronnet sur cette rude litière, ils le portèrent à trois milles de là, à un village appelé Underhill, à mi-chemin environ de la route de Lislewood, puis ils le transportèrent chez un médecin de l'endroit.

Ils trouvèrent le praticien du village en train de déjeuner. Il se leva aussitôt en voyant l'état du malade que ces hommes lui apportaient. Une foule de villageois, inquiets et curieux, encombraient la porte et la fenêtre du petit laboratoire, sur la table duquel sir Rupert Lisle avait été étendu, d'après les indications du docteur.

Une de ses jambes était complétement brisée par la violence avec laquelle il avait été précipité de la voiture. Les côtes droites étaient brisées, et une des épaules était démise.

Le docteur avait l'air très-grave en constatant toutes ces blessures.

« Les gens qui l'ont rapporté savent-ils qui est ce gentleman ? demanda-t-il.

— Non ; ils ne savent de lui que ce qu'ils ont dit. Ils l'ont trouvé étendu sur la route, la voiture en morceaux à côté de lui.

— C'est un mauvais coup, dit le docteur, il est dans un triste état. »

Il aurait pu dire dans un état désespéré.

. Pendant tout ce temps-là, sir Rupert restait dans un état complet d'insensibilité, n'entendant rien de ce qui se disait autour de lui, et n'ayant même pas conscience de l'état dans lequel il se trouvait.

On trouva un petit carnet émaillé et brodé de perles dans la poche de son gilet. Une carte leur apprit son nom et son rang.

Le médecin d'Underhill était un jeune homme qui n'avait jamais eu la bonne fortune de guérir aucun personnage important ; sa clientèle se composait de riches fermiers et de négociants retirés. Il devint presque aussi pâle que son malade à l'idée de se voir un vrai baronnet à soigner, un propriétaire si

riche sous sa propre main, dans son propre laboratoire. Il était si enchanté de cet heureux privilége
qu'il éprouvait quelque embarras sur le meilleur
moyen d'en tirer parti.

Son premier mouvement fut d'envoyer un peu
rudement les curieux à leurs affaires.

« Allons, disait-il, dégagez la porte et la fenêtre;
voulez-vous? Il n'y a pas moyen d'avoir un peu
d'air ici, tant que vous resterez là. Allez à vos travaux, et donnez à sir Rupert une chance de revenir
à lui. »

Sir Rupert Lisle! C'était donc sir Rupert Lisle
de Lislewood Park qui était étendu sans connaissance, broyé, mort, couvert de poussière, les vêtements tachés de sang, sur la table du cabinet de
M. Dawson.

On ne suppose pas que cette nouvelle fit partir
les villageois avec plus d'empressement; ils firent
seulement semblant de s'en aller pendant quelques
instants, puis ils revinrent tout doucement et sans
bruit. Mais sir Rupert ne manifestait pas la moindre
velléité de revenir à lui et à ses souffrances. On lui
fit respirer de l'esprit de corne de cerf et de l'am-
moniaque. On inonda son visage de vinaigre et
d'eau fraîche, et, quand à la fin il ouvrit les yeux
injectés de sang, ce ne fut que pour regarder vaguement autour de lui, pendant quelques instants,
et les refermer aussitôt.

Après délibération, le jeune docteur adopta la
marche à suivre. Il envoya un des villageois à la
principale auberge de l'endroit, avec ordre de se

procurer la meilleure voiture possible, et de l'amener immédiatement.

Une demi-douzaine de paysans partirent pour
exécuter cette commission, tandis que les autres
demeurèrent pour savoir ce que deviendrait sir Rupert Lisle. Je pense que les honnêtes paysans s'ima-
ginaient que M. Dawson allait remettre les membres
du baronnet à leur place en une demi-heure ou
quelque chose d'approchant, et qu'il allait lui rendre
la santé à l'instant même pour leur édification.

Une grande voiture non suspendue, spacieuse et
solide, traînée par un cheval blanc couronné, arrivait avec un grand fracas sur le pavé du village, et
s'arrêtait avec autant de bruit qu'une diligence à la
porte de la maison du médecin.

On porta sir Rupert Lisle sur un des matelas de
M. Dawson, et le matelas fut étendu avec soin dans
la voiture et maintenu à l'aide d'un ingénieux système par les vieux coussins rongés aux vers. Le
médecin, pourvu de mixtures et de lotions, d'une
éponge et d'une bouteille d'esprit de corne de cerf,
sauta dans la voiture après avoir donné quelques
ordres au vieux conducteur, et s'être assis lui-même
à côté du malade.

M. Dawson avait résolu de transporter le jeune
baronnet directement à Lislewood Park, et là de le
remettre entre les mains de ses parents et amis.

Olivia Lisle déjeunait dans la bibliothèque, auprès de la fenêtre en ogive. Elle n'était pas seule,
car mistress Varney était étendue sur une chaise
longue, de l'autre côté de la fenêtre, et bâillait sur

un journal. Dire que les deux femmes s'accordaient, ce serait peut-être beaucoup s'avancer; mais elles n'étaient jamais en désaccord. Adeline Varney ne demandait au monde que de belles robes et de somptueux dîners, une voiture dans laquelle elle pût se promener, et une belle maison à habiter. Ceci une fois obtenu, elle donnait quittance à la fortune, et devenait la créature la plus facile et la plus aimable. Sa résidence à Lislewood Park lui assurait tout cela. Elle sentait que le major était réellement le maître du lieu, et que tous les avantages qu'offrait le château étaient autant à sa disposition qu'à celle d'Olivia Lisle.

Ni l'une ni l'autre de ces deux dames ne s'était alarmée de l'absence prolongée du baronnet et de son ami. Olivia ne s'intéressait pas plus aux faits et gestes de son mari, qu'elle ne se fût intéressée à ceux de quelque animal nuisible, et Adeline accordait une telle confiance au brillant major, que, fût-il resté absent tout un mois, elle eût été parfaitement heureuse, avec la certitude qu'il avait de bonnes raisons pour cela.

Donc, les deux dames prolongeaient leur déjeuner. Lady Lisle, triste et distraite, les yeux fixés vaguement sur le jardin, tandis que mistress Varney s'amusait à sucer une aile de pigeon, tantôt à mordre dans une petite tartine de pain rôti, tantôt à peler un abricot ou à manger une grosse poire de Guernesey coupée en quatre, enfin effleurant toutes les friandises de la table avec un plaisir tout épicurien.

22

« Savez-vous, lady Lisle, dit mistress Varney après avoir contemplé Olivia pendant quelques instants à travers les cils à demi clos de ses beaux yeux fendus en amande, savez-vous que je m'imagine quelquefois que vous ressemblez à un homme qui est mort dans cette maison.

— Vous voulez parler du capitaine Walsingham.

— Oui, le pauvre Arthur Walsingham, qui épousa votre jolie et blonde belle-mère, et qui termina ses jours dans cette splendide prison. Il y a dans votre visage un air que j'ai vu cent fois dans le sien, l'air d'une personne qui a commis une terrible erreur.

— J'ai commis une erreur, moi! s'écria Olivia en fronçant les sourcils. Vous savez cela aussi bien que moi, et je m'étonne que vous osiez m'en parler. »

Mistress Granville Varney leva au ciel ses yeux noirs avec un air d'innocence tout charmant.

« Ma chère lady Lisle, dit-elle, souvenez-vous, je vous prie, que je ne sais rien. Quels que soient les secrets que puisse avoir mon mari, ces secrets ne sont pas les miens, et je suis beaucoup trop stupide pour qu'il me les confie. »

Elle haussa les épaules avec un mouvement plein de gaieté, et sortit de l'appartement en fredonnant une joyeuse barcarolle.

Une demi-heure après, Olivia commanda son cheval et sortit pour faire une longue promenade dans la plaine.

Elle rencontra une lourde voiture roulant lentement sur la route qui sépare Lislewood des plaines, mais elle était trop absorbée dans ses tristes pensées pour remarquer ni la voiture, ni ce qu'elle contenait.

Il était cinq heures de l'après-midi quand elle rentra. La femme de la loge la regarda d'un air plein de compassion. Elle mourait d'envie d'annoncer la catastrophe à sa maîtresse. Son mari sortit de la loge en fumant sa pipe, tandis que, près du jardin, se tenaient deux ou trois villageois en visite à la loge, qui étaient arrivés à temps pour apprendre la nouvelle, et la porter à Lislewood.

Olivia remarqua l'étrange expression de figure de ces gens qui, tous, mouraient d'envie de lui apprendre la fatale nouvelle.

« Qu'y a-t-il ? demanda-t-elle à la femme du portier. Que font ces gens-là, ici ? »

Cela suffit pour délier la langue de la femme.

« Oh ! milady ! Pauvre sir Rupert, pauvre cher gentilhomme ! Mais remettez-vous, milady, ne vous laissez pas aller à la douleur. Il peut encore en revenir, milady. Le médecin de Londres est avec lui, et on a fait tout ce qu'il fallait. Ainsi ne vous alarmez pas. »

Mais Olivia Lisle ne donnait pas le moindre signe de chagrin. Son visage devint très-pâle, ses grands yeux noirs se dilatèrent, et quand un des villageois plus officieux lui apporta un verre d'eau, et le lui offrit avec un air de circonstance, elle l'arracha des mains du pauvre homme, et l'envoya se briser en mille morceaux sur les pierres du chemin.

« Est-il arrivé quelque chose à votre maître ? dit-elle à la femme, d'une voix claire et sèche.

— Oh ! mais, milady, on devait vous le cacher, et ne vous....

— Lui est-il arrivé quelque chose?... Allons, répondez-moi, le voulez-vous, oui ou non?

— Oui, milady, répondit la femme. Sir Rupert est tombé de sa voiture.... et sa vie est en danger.... mais ne vous.... »

Avant que la femme eût eu le temps de finir sa phrase de consolation, Olivia avait appliqué un coup de cravache sur l'encolure de sa jument, et galopait sur l'avenue du château.

Les braves gens s'entre-regardèrent lorsqu'ils eurent vu le cheval disparaître dans les branches des hêtres de l'avenue.

« Comme elle prend drôlement la chose, murmura la gardienne de la loge. Elle est fâchée et furieuse, mais pas le moins du monde désolée. Moi, j'aurais crié qu'on m'eût entendue du village. »

Son mari secoua la tête en signe d'acquiescement. Les cris étaient justement les armes terribles que sa femme tenait suspendues sur lui en toute occasion.

« Il y en a qui prennent la chose autrement que les autres, dit-il avec gravité. Mais, ajouta-t-il en baissant la voix, j'ai entendu dire que sir Rupert et milady n'étaient pas ensemble les gens les plus heureux de la terre. »

Lady Lisle marcha droit à la chambre voisine de celle où l'on avait transporté son mari. Deux graves docteurs causaient ensemble à voix basse dans l'embrâsure d'une fenêtre, tandis que M. Dawson, le mé-

decin d'Underhill, se tenait à une distance respectueuse, se frottant les mains avec ardeur.

L'intendant de sir Rupert avait télégraphié à
Londres et à Brighton pour demander de prompts
secours médicaux, et M. Dawson se trouvait inutile
entre les deux éminents docteurs qui le regardaient
sournoisement à travers leurs doubles lunettes, et
qui firent entendre une petite toux douteuse quand
il leur décrivit le traitement auquel il avait soumis
le baronnet.

Pâle et calme, son chapeau d'amazone à la main,
et ses épais cheveux noirs tombant sur ses épaules,
lady Lisle parut devant les trois hommes de l'art.

« J'apprends que sir Rupert est en danger, dit-
elle avec calme. Voulez-vous être assez bons, messieurs, pour me dire l'étendue du danger?

— Madame, dit un des docteurs d'un ton affecté,
l'art médical fera de son mieux pour sir Rupert
Lisle, vous pouvez y compter. Si on peut le sauver,
nous le sauverons.

— Mais vous croyez qu'il sera difficile de le
sauver? » demanda-t-elle.

Ils s'étaient attendus à des sanglots et à des lamentations, et le calme de ses manières les surprenait.

« Oui, madame, une difficulté sérieuse.... »

Elle avait jusque-là été très-pâle; mais lorsque
le médecin de Londres prononça ces mots, qui, du
ton dont il les dit, pouvaient passer pour l'arrêt de
mort du baronnet, son visage devint pâle comme un
linceul, et elle porta la main à son front comme pour
rassembler ses idées.

M. Dawson s'empressa de lui avancer une chaise, croyant que cette nouvelle inattendue l'avait accablée.

« Elle ne va pas se trouver mal, dit à voix basse le médecin de Brighton, qui rougit de sa méprise.

— Messieurs, dit Olivia d'un ton grave, vous ferez de votre mieux pour le malade, je le sais. Tout ce que la science médicale peut faire, il faut le tenter. Si vous désirez d'autres avis, je vous supplie de faire venir les hommes les plus éminents de Londres et du Continent. Qu'on ne néglige rien. Le résultat est entre les mains de la Providence; nous ne pouvons qu'attendre avec calme et résignation. »

Il y avait dans les manières de lady Lisle quelque chose de si différent de la conduite des femmes en pareille circonstance, que les trois docteurs se regardèrent simultanément.

Olivia se laissa tomber sur un fauteuil près de la table, et cacha sa tête dans ses mains.

Elle priait Dieu d'empêcher qu'elle éprouvât une joie cruelle de l'accident arrivé au maître de Lislewood.

CHAPITRE XXXVI.

AU BOUT.

Il y avait maintenant une question qui venait à tout moment aux lèvres des gens de Lislewood.

« Où était le major Granville Varney? »

Les deux hommes avaient quitté ensemble le champ de courses, et l'un d'eux seulement avait été trouvé sur la route solitaire qui conduit de Chilton à Lislewood. Si Olivia Lisle demeurait calme au milieu de ces scènes de désolation et de malheur, il n'en était pas de même de mistress Varney. Elle errait de chambre en chambre, disant à tout moment que son mari devait être mort, que sans cela il n'aurait jamais abandonné le baronnet. C'est en vain que les domestiques terrifiés essayaient de la rassurer. Le major était peut-être resté à Chilton; il pouvait être allé à Brighton, et avoir laissé sir Rupert rentrer seul au château. Il y avait cent raisons probables pour qu'il ne fût pas revenu.

« Ne me dites pas cela, répétait-elle, je vous dis qu'il est mort; sans cela il serait revenu avec ce jeune homme. Pour l'amour de Dieu, qu'on aille fouiller la route entre Lislewood et Chilton. »

Les grooms et les garçons d'écurie partirent.à la
brune à la recherche du major, comme les gens de
Lislewood étaient partis bien des années auparavant à la recherche de l'héritier perdu.

Leurs recherches se terminèrent avant minuit.
En fouillant à droite et à gauche chaque haie, chaque buisson, ils étaient arrivés à la sablière avec
son trou et sa couronne de buissons. Là, étendu
dans l'eau bourbeuse et sanguinolente, au fond du
ravin, ils avaient trouvé celui qu'ils cherchaient,
pâle et défait, ses yeux vitreux contemplant la nue.
Avant le jour, ils l'avaient transporté à Lislewood
et déposé sur son lit, — ce lit moëlleux dans lequel
il avait, pendant des années, dormi du paisible sommeil du juste.

Sa femme, désolée et frappée de terreur, resta à
son chevet tout le jour qui suivit, pleurant et se lamentant sur lui, tandis que dans tout le comté se
répandait la nouvelle de son assassinat, et que dans
toutes les rues des villages voisins on lisait une af-
fiche déclarant qu'une récompense de cent livres
serait accordée à celui qui pourrait donner des renseignements qui amèneraient l'arrestation de l'assassin.

Tous les jours les magistrats du comté allaient et
venaient dans le château comme au dehors, tandis
que plusieurs agents de la police de Londres prenaient en toute hâte leur repas à l'office, interro-
geant les domestiques, lesquels n'étaient que trop
enchantés de pouvoir parler.

En déshabillant le mort, on trouva une ceinture

de cuir et un petit portefeuille à fermoir d'acier, autour de ses reins ; ce portefeuille fut ouvert en présence de tous les magistrats réunis.

Il contenait une demi-feuille de papier; c'était une espèce de confession écrite par le major Varney, signée par James Arnold, autrement dit sir Rupert Lisle, et certifiée par Alfred Salamons.

En voici la copie :

« Moi, James Arnold, autrement dit sir Rupert Lisle, je confesse par le présent écrit que, à l'instigation de mon père, Gilbert Arnold, maintenant en Amérique (autant que je puis le croire), j'ai consenti à me faire passer pour sir Rupert Lisle de Lislewood, dans le comté de Sussex, et que par cette fraude j'ai obtenu possession des biens dudit sir Rupert Lisle, sachant parfaitement que ledit sir Rupert Lisle est vivant actuellement dans le comté d'York.

« Fait ce dixième jour d'octobre 18—.

« JAMES ARNOLD, dit *Rupert Lisle*.

« Certifié, ALFRED SALAMONS. »

M. Alfred Salamons vint de son plein gré reconnaître sa signature. Les magistrats, surpris, lui demandèrent ce qu'il savait sur ce document.

« Seulement ceci, messieurs, dit l'israélite, dont les yeux étaient rougis par les larmes, car le valet avait été sincèrement attaché à son maître, seulement ceci, messieurs : Mon maître, ayant appris par hasard que ce jeune scélérat était un imposteur, aurait pu le faire traduire devant un tribunal et faire rentrer l'héritier légitime de Lislewood dans ses droits ; mais les tribunaux sont étranges, et la possession vaut titre, et l'héritier légitime ne se présentait pas. De sorte que mon maître pensa qu'il valait mieux laisser aller les choses, ne fût-ce que pour la jeune femme qui avait épousé ce faux sir Rupert.

— De sorte qu'il a été complice d'un crime, dit l'un des magistrats. Il a caché ce qu'il savait de cette infâme affaire, et a souffert que le véritable sir Rupert fût frustré de ses droits. C'est bien mal, on ne peut plus mal !

— Il est mort, dit tranquillement M. Salamons ; si vous avez quelque chose à dire contre lui, vous ferez bien de ne pas le dire devant moi, car je l'ai servi pendant dix-neuf ans et plus, et il a toujours été un bon maître pour moi. »

Après cette observation, M. Salamons tourna sur ses talons, laissant les magistrats s'arranger comme ils l'entendraient.

Pendant tout ce temps, James Arnold, autrement dit sir Rupert Lisle, restait sans connaissance, soigné de près par les deux célèbres médecins, et à distance respectueuse par M. Dawson ; car le médecin de campagne se cramponnait ferme au malade qui était tombé comme une bénédiction du ciel dans sa maison d'Underhill.

On ne savait rien dans la chambre du malade, ni même dans aucune autre partie du château, des découvertes importantes qui venaient d'être faites par

les graves magistrats enfermés tous ensemble dans
la chambre à coucher du major Varney.

Pendant ce temps, à l'autre extrémité du Sussex,
on faisait d'autres découvertes. Un homme à mine
suspecte avait tenté de changer une banknote de
cinq livres à l'auberge d'un village près de la côte.
Le maître de l'auberge, qui, comme tout le reste
du pays, était encore tout ému du meurtre du major, avait réussi à retenir l'homme, pendant que
par le télégraphe il prévenait les agents de la police
à Lislewood. Les soupçons de l'hôtelier parcouraient
les fils de fer de station en station, et quatre
heures après un vieux gentleman, à l'air grave, entra dans la salle où Gilbert Arnold fumait sa pipe
en se régalant de gorgées de bière répétées. Le
grave gentleman avait déjà arrêté une demi-douzaine d'individus sur un simple soupçon, il ne fit
donc aucune difficulté pour en arrêter un septième,
et avant la nuit Gilbert entrait une fois encore dans
la prison de Lewes. Les fouilleurs de cet établissement trouvèrent la montre du major et sa chaîne
dans un coin de son havresac, et ses banknotes dans
les semelles de ses souliers. Cet homme semblait
tout à fait étranger au péril qui le menaçait. Il laissa
les gens de la prison faire de lui ce qu'ils voulu-
rent; il les regardait faire, et un éclat vif et surnaturel brillait dans ses yeux d'un vert jaune.

Le prisonnier d'une cellule voisine l'entendit
souvent se parler à lui-même dans le silence de
la nuit.

« Je suis revenu pour cela, disait-il. J'avais dit

que je le ferais, et j'ai tenu ma promesse. Ils peuvent me pendre si cela leur fait plaisir, mais j'ai tenu ma promesse. »

Il prenait un sauvage plaisir à répéter cela en riant et en frottant ses mains noueuses l'une contre l'autre. A la lueur du jour naissant, le visage de sa victime lui apparut sur le mur de son étroite cellule; mais il ne recula pas devant ce spectre hideux, comme aurait pu faire un autre assassin. Au contraire, il l'invitait et le défiait.

« Je vous vois, disait-il, j'aperçois vos yeux bleus hypocrites, et votre sourire menteur, et vos favoris de renard, et votre bouche méchante et rusée; mais j'ai tenu ma promesse, et vous avez payé pour tout ce que vous avez fait. Les comptes sont réglés entre nous, major Granville Varney. »

Trois jours après l'arrestation de Gilbert Arnold, son misérable fils expira; pas avant, toutefois, d'avoir attesté à son dernier moment l'authenticité du document trouvé sur le major assassiné.

« Oui, dit-il d'une voix étouffée, c'est ma signature, mais ce n'est pas mon fait. Depuis le commencement jusqu'à la fin, c'est le major Varney qui a tout fait. »

Un des médecins vint trouver Olivia dans son appartement pour lui annoncer la mort de son mari.

Elle reçut cette nouvelle avec beaucoup de calme, mais quelques minutes après, pour la première fois de sa vie, elle tomba sans connaissance sur le plancher.

On envoya chercher son père, et, une fois encore, le vieux colonel pressa la chère enfant dans ses bras.

« J'ai été cruellement punie de mon ambition, soupira-t-elle. Je n'ai connu dans ces murs que la misère et l'humiliation. Emmenez-moi, papa, emmenez-moi au Bocage, à la maison, si je peux encore l'appeler ainsi. »

Claribel Walsingham était à Hastings pendant que ces étranges événements se succédaient si rapidement. Un des magistrats, un des vieux amis de la famille, vint la trouver pour lui raconter ce qui s'était passé, et la consulter sur le meilleur plan à adopter pour retrouver son fils, si le véritable sir Rupert vivait encore.

La première chose à faire était de mettre un avis dans le *Times*; le voici :

« *Sir Rupert Lisle.* — Toute personne qui pourrait fournir des renseignements sur ce gentleman, est priée de vouloir bien les communiquer à M. Wilmore, notaire, à Lislewood, Sussex. »

Ce fut M. Walter Remorden qui, deux jours après, y répondit en personne.

C'était un récit bien étrange que celui que le jeune vicaire fit au notaire de Lislewood, récit en partie déjà connu du lecteur, et qui fut confirmé par la présence de Richard Saunders, le jeune homme mystérieux élevé à Belminster, et qui déclarait être bien le véritable sir Rupert Lisle. Son histoire était suffisamment vraisemblable. Il raconta l'accident

23

arrivé au lieu appelé Beecher's-Ride, comment il s'était réveillé dans un hôpital où il était resté des mois entiers, et d'où il avait été emmené par un homme qui se disait son oncle George, mais qu'il se souvenait bien avoir connu domestique d'un gros monsieur à barbe blonde. Il parla du village isolé au bord de la mer, où il était resté plusieurs années avec une vieille servante ; puis il raconta cette triste histoire à l'aide de laquelle l'oncle George, autrement dit Alfred Salamons, avait réussi à lui faire croire que tous les souvenirs de son enfance n'étaient que les hallucinations d'un cerveau malade.

On envoya chercher M. Salamons, afin qu'il confirmât le récit du jeune homme ; mais cet individu avait tranquillement quitté le château pendant que les magistrats se demandaient ce qu'ils allaient faire de lui.

Il restait néanmoins plusieurs autres moyens de confirmer le récit du jeune homme connu sous le nom de Richard Saunders. D'abord l'instinct maternel qui fit ouvrir les bras de mistress Walsingham, et qui fit sortir de ses lèvres une exclamation de joie, de plaisir, et d'affection qu'elle n'avait jamais éprouvés pour l'imposteur James Arnold. Il y eut le ravissement du jeune homme lui-même à la vue de sa mère.

« Je me souviens de vous comme d'un rêve, ma mère !... s'écria-t-il en sentant Claribel pendue à son cou. Je me souviens si bien de vous, chère mère ! mais vous aviez de belles boucles blondes alors, et j'avais coutume de jouer avec elles et avec votre chaîne d'or, et je me souviens de la chambre qu'on appelait *la chambre des enfants*. Et le portrait de mon père ; j'en ai parlé bien des fois quand on disait que j'étais fou. »

Mais la plus forte confirmation de tout son récit vint aux assises, quand Gilbert Arnold fut jugé pour le meurtre du major Granville Varney. Ayant été déclaré coupable, il fit le lendemain même une entière confession, non-seulement du meurtre, mais aussi de la longue série de circonstances qui l'avaient précédé. Comment il avait été forcé par le major de substituer son propre fils au fils de sir Réginald Lisle, afin que le major pût devenir, en usant de son influence sur l'imposteur, le véritable maître de Lislewood. Il raconta toute l'intrigue menée par l'officier indien, et confirma la déclaration faite par Richard Saunders, autrement dit sir Rupert Lisle.

Claribel rentra donc avec son fils dans le domaine qu'elle avait quitté pendant l'usurpation du jeune Arnold, et elle apprit à son retour que mistress Varney avait quitté Lislewood pour le continent, laissant une lettre et un paquet cacheté à l'adresse de mistress Walsingham. C'était une longue lettre écrite en long et en travers sur deux feuilles de papier. Claribel pâlit en la lisant, puis, d'une main tremblante, elle brisa le cachet du paquet.

Il contenait une demi-douzaine de lettres très-courtes, d'une écriture hardie ; elles étaient attachées ensemble par un ruban. C'étaient les lettres d'amour écrites autrefois par sir Arthur Walsin-

gham à l'actrice qu'il avait épousée à Southampton,
—l'actrice qu'il avait abandonnée le jour de son mariage, et avec laquelle il avait plus tard négocié une
séparation formelle avec l'aide du major Granville
Varney, qui consentit à épouser la dame pour une
somme d'argent fixée d'avance, en faisant semblant
d'ignorer son premier mariage.

C'était l'explication du terrible pouvoir que le
major avait exercé sur Arthur Walsingham.

Claribel jeta dans le feu le paquet, et regarda brûler les lettres jusqu'à ce que les derniers fragments
du papier brûlé et noirci eussent disparu lentement
dans la cheminée.

Puis, le visage calme, elle quitta sa chambre pour
aller retrouver son fils.

Elle le trouva dans la salle à manger, contemplant le portrait de son père.

« Rupert, dit-elle en posant doucement la main
sur son épaule, Rupert, vous apprendrez à m'aimer
bien tendrement. J'ai eu jusqu'à présent une vie bien
malheureuse, et je compte sur vous et mon pauvre
enfant, Arthur Walsingham, pour mon avenir. »

Est-il nécessaire d'en dire beaucoup plus long?

Est-il nécessaire de parler de cette sinistre matinée où l'endurci et impénitent Gilbert Arnold
sortit de la prison de Lewes pour subir la peine réservée aux grands coupables?

Est-il nécessaire que nous assistions à un jour
plus heureux, un an après, où l'église de Lislewood
vit se célébrer deux mariages, et où le bedeau put
reprendre son rôle important encore une fois?

Il n'y a pas grand éclat à ce double mariage. Les enfants du village ont des vêtements neufs, il est vrai, et ont pillé les bois et les jardins pour joncher le chemin de fleurs. On doit rôtir un bœuf à Lislewood Park, et il y aura de l'ale en quantité suffisante pour noyer la moitié de la paroisse ; mais il n'y a ni monde fashionnable ni longue file de voitures, seulement deux couples heureux accompagnés d'une douzaine d'amis.

D'abord la fille de M. Hayward, Blanche, appuyée sur le bras de sir Rupert Lisle, et souriant aux enfants de charité qui jettent des fleurs sous ses pas, tandis que derrière eux vient Walter Remorden, ayant à son bras Olivia Marmaduke. Le colonel a mis la main de sa fille dans celle du vicaire avec un orgueil et un plaisir qu'il n'avait pas éprouvés lors du premier mariage qui avait paru si splendide.

Le digne recteur de Lislewood obtint une meilleure cure de l'évêque du diocèse, et il laissa le charmant presbytère, entouré de jardins touffus, à l'ombre de la vieille tour grise de l'église, à Walter Remorden et à sa femme.

Les pauvres de Lislewood apprirent à bénir le jour qui leur amena Blanche, lady Lisle, la troisième qui eut porté ce nom en moins de vingt ans.

Au presbytère et au château régnait donc ce bonheur pur et simple, si intense dans sa douce tranquillité, qu'on tremble, comme à la vue d'un ciel pur, du moindre petit nuage qui s'élève à l'horizon.

Mistress Granville Varney vécut et mourut à

Paris, laissant après elle une partie considérable de
la belle fortune que le major avait acquise, à l'aide
de ses détournements, de la fortune de Lislewood.

La pauvre Rachel Arnold sortit de l'asile des fous
du comté pour reprendre possession de la jolie loge
gothique aux portes de Lislewood, et pour entendre
des voix d'enfants résonner sous la longue avenue
de hêtres où sir Rupert et son fils avaient joué dix-
sept ans auparavant.

FIN.

TABLE.

FIN DE LA TABLE.

Paris. — Imprimerie de Ch. Lahure, rue de Fleurus, 9.

Librairie de **L. HACHETTE** et Cie, boulevard St-Germain

A PARIS

ET CHEZ LES PRINCIPAUX LIBRAIRES FRANÇAIS ET ÉTRANGERS

DICTIONNAIRE
UNIVERSEL
DE LA VIE PRATIQUE
A LA VILLE ET A LA CAMPAGNE

CONTENANT

DES NOTIONS D'UNE UTILITÉ GÉNÉRALE ET D'UNE APPLICATION JOURNALIÈRE
ET TOUS LES RENSEIGNEMENTS USUELS

EN MATIÈRE

1° de Religion et d'Éducation :

Obligations religieuses, offices, dispenses, sacrements, cultes divers;
— instruction publique et privée : conditions d'admission aux
écoles du gouvernement et aux emplois publics; lecture, écriture,
orthographe, calcul; — dessin, peinture, musique; — broderie, etc.;
— savoir-vivre; — professions diverses;

2° de Législation et d'Administration :

Droit politique, civil et commercial; procédure; formules pour les
actes; — lois, décrets, ordonnances de police et arrêtés municipaux; — règlements d'administration publique; contributions,
douanes, octrois; passe-ports; — postes, télégraphie privée; —
crèches, asiles, ouvroirs, hôpitaux, monts-de-piété, etc.;

3° de Finances :

Placement de fonds, achat et vente de titres de toute sorte, opéra-
tions de bourse; banques, assurances, tontines; sociétés de pré-
voyance et de secours mutuels, caisse d'épargne et de retraite, etc.;

4° d'Industrie et de Commerce :

Prix et qualités des marchandises; monnaies, poids, mesures; pe-
sage, mesurage; professions commerciales;

5° d'Économie domestique :

Substances alimentaires, cuisine bourgeoise, pâtisserie domestique,
office, conserves, vins et liqueurs, service de la table et de la maison, menus pour dîners et déjeuners, batterie de cuisine; — do-

mestiques; — médecine domestique et hygiène : soins à donner aux enfants; secours aux malades et aux blessés; pharmacie usuelle, plantes médicinales; — bains de mer, eaux minérales; — art vétérinaire : animaux domestiques ; — habillement, blanchissage, ameublement, ménage et comptabilité domestique; — constructions;

6° d'Économie rurale :

Agriculture, horticulture et jardinage, arboriculture et sylviculture; — constructions rurales, arpentage, levé des plans; — drainage; élève des bestiaux, oiseaux de basse-cour; — étangs naturels ou artificiels; — pisciculture; abeilles, vers à soie; — animaux et insectes nuisibles; — maladies des plantes, etc.;

7° d'Exercices de corps et de Jeux d'esprit :

Chasse, pêche, gymnastique, danse, escrime, natation, équitation; — jeux d'adresse, de combinaison, de hasard (les échecs, le trictrac, les dames, le whist, etc.); — jeux d'action, jeux d'esprit, jeux d'enfants;

RÉDIGÉ AVEC LA COLLABORATION D'AUTEURS SPÉCIAUX

PAR G. BELEZE

Ancien élève de l'École normale supérieure, ancien chef d'institution à Paris, auteur de divers ouvrages de sciences et d'éducation.

UN BEAU VOLUME GRAND IN-8 DE 1890 PAGES, A DEUX COLONNES.

PRIX, BROCHÉ : 21 FRANCS.

La reliure en percaline se paye en sus 2 fr. 25 c.; la demi-reliure en chagrin avec tranches jaspées, 4 fr.; avec tranches et gardes peignes, 5 fr.

Il a paru de nos jours un grand nombre d'ouvrages destinés à initier le public aux progrès des connaissances humaines, et à mettre la science à la portée du plus grand nombre. Les sciences morales et politiques, les sciences physiques et naturelles, l'histoire et la géographie, le droit et la médecine, l'agriculture, l'industrie et le commerce, ont aujourd'hui leurs traités spéciaux, leurs dictionnaires particuliers, dans lesquels les esprits curieux de s'instruire peuvent puiser des notions utiles et intéressantes, apprendre la définition et l'étymologie des termes techniques, l'origine et les progrès des inventions, les procédés industriels de tout genre. Mais il y a un point de vue sous lequel les choses n'ont pas encore été considérées, c'est la science pratique de la vie. S'il importe que personne ne reste complétement étranger aux notions générales des sciences humaines, il n'est pas moins important que chacun connaisse exactement les moyens de satisfaire à toutes les exigences de sa condition, à tous les devoirs de la société. Il y avait là la matière d'un livre utile à faire: c'est ce livre dont nous annonçons aujourd'hui la publication sous le titre de : *Dictionnaire universel de la vie pratique à la ville et à la campagne.*

Le titre seul de cet ouvrage indique déjà suffisamment et la pensée qui l'a fait entreprendre et le but éminemment utile qu'on s'est proposé d'atteindre.

Réunir dans le plus commode des cadres, celui d'un dictionnaire, et sous la forme la plus favorable aux recherches, c'est-à-dire la forme alphabétique, la connaissance exacte de tous les intérêts et de tous les devoirs de la vie ; mettre à la portée des lecteurs toutes les notions usuelles, tous les renseignements utiles dont ils ont journellement besoin ; indiquer ce qu'ils doivent faire dans toute espèce de circonstances ; leur éviter des pertes de temps qu'entraînent les incertitudes, les démarches inutiles, les embarras de tout genre ; répondre aux mille questions qu'on se pose tous les jours et qu'on adresse souvent à dix personnes sans pouvoir obtenir une solution satisfaisante ; fournir enfin à chacun un guide sûr et fidèle qui le mette en état de faire ses affaires lui-même et de résoudre, sans autre peine que celle d'ouvrir un livre, toutes les difficultés qui se rencontrent dans le cours ordinaire de la vie, tels sont en peu de mots les avantages qui peuvent recommander cette nouvelle publication à l'attention des classes diverses de la société.

Propriétaire ou locataire d'une maison de ville ou de campagne, d'un appartement, d'une ferme, d'un bois, on a souvent à rédiger ou à signer un bail sous seing privé, à donner des quittances, à demander des réparations, à faire constater un délit forestier ou un délit de chasse; mais la plupart du temps on ignore la manière de procéder dans ces diverses circonstances, la forme dans laquelle les actes doivent être rédigés, les obligations qu'ils imposent, les formalités qu'ils exigent, les frais qu'ils peuvent entraîner. Veut-on obtenir une concession d'eau, une concession de mines; s'assurer la propriété d'une œuvre littéraire ou artistique, prendre un brevet d'invention, se faire délivrer un passe-port, un permis de chasse? on se demande souvent à qui il faut s'adresser et dans quelle forme. — S'agit-il d'une déclaration de naissance ou de décès, de la célébration d'un mariage, d'un engagement militaire, d'un placement de fonds, de la constatation d'un incendie? Nou-velles obligations, nouvelles formalités, nouvelles démarches également embarrassantes. — Un père, une mère de famille recherchent-ils quels sont les avantages, les inconvénients et les conditions d'une carrière, d'une profession pour un fils? quels sont pour de jeunes enfants les soins d'hygiène les plus simples et les meilleurs? quels moyens peuvent rendre plus faciles l'ordre et l'économie dans un ménage? — Enfin, on veut savoir à quoi obligent les devoirs religieux, les devoirs de so-ciété, les règles du savoir-vivre, et, dans un autre ordre d'idées, quels sont les meilleurs procédés de chasse et de pêche, quelles sont les meilleures recettes d'économie domestique?

Pour trouver une réponse à ces questions et à tant d'autres semblables, il fallait jusqu'ici se procurer des ouvrages spé-ciaux et souvent coûteux, consulter une foule de documents qu'on n'a pas sous la main, ou chercher au loin les conseils des hommes expérimentés. Le *Dictionnaire de la vie pratique* a pour objet de répondre sur tous ces points à tout le monde. Pro-priétaires, commerçants, industriels, agriculteurs, ménagères, pères de famille, tuteurs, maîtres ou domestiques, patrons, ou-vriers et apprentis; électeurs, gardes nationaux, maires ou conseillers municipaux, chacun dans les diverses conditions de la vie, pourra avoir auprès de lui comme un guide universel ce vaste répertoire d'indications sûres et précises. Religion, droit et législation; administration, assurances et tontines; industrie et commerce, agriculture, horticulture et sylviculture; médecine domestique, hygiène et art vétérinaire; économie domestique et rurale; cuisine et office; méthodes d'ensei-gnement, exercices du corps; chasse, pêche, jeux de toute sorte, etc.; toutes ces matières ont été abordées au point de vue purement pratique, dans tout ce qui peut intéresser cha-cun, à Paris et dans les départements, à la ville comme à la campagne.

Malgré l'étendue de son plan et l'importance des matières qui y sont traitées, le *Dictionnaire universel de la vie pratique* ne forme qu'un volume, mais ce volume, avec ses quatre mille colonnes, a permis que toute espèce de renseignements usuels, toute notion pratique de quelque importance pût y trouver place.

Paris. — Imprimerie de Ch. Lahure, rue de Fleurus, 9.

BIBLIOTHÈQUE DES MEILLEURS ROMANS ÉTRANGERS

FORMAT IN-8° JÉSUS.

Paris. — Impr. de L'ILLUSTRATION; A. Marc, 22, r. de Verneuil.

www.ingramcontent.com/pod-product-compliance
Lightning Source LLC
Chambersburg PA
CBHW072342030726
47505CB00013B/401